Bad boy and working girl

Eva Baldaras

BAD BOY
&
Working girl

New Romance à suspense

© 2024 Eva Baldaras

1ère édition : 2022

Édition : BoD • Books on Demand GmbH, In de Tarpen 42, 22848 Norderstedt (Allemagne)
Impression : Libri Plureos GmbH, Friedensallee 273, 22763 Hamburg (Allemagne)

Couverture : Eva Baldaras (avec outil CANVA PRO)

ISBN : 978-2-3225-3905-5

Dépôt légal : septembre 2024

Illustration Aurore Payelle

« Tous droits de reproduction, d'adaptation et de traduction, intégrale ou partielle réservés pour tous pays. L'auteur ou l'éditeur est seul propriétaire des droits et responsable du contenu de ce livre. Le Code de la propriété intellectuelle interdit les copies ou reproductions destinées à une utilisation collective. Toute représentation ou reproduction intégrale ou partielle faite par quelque procédé que ce soit, sans le consentement de l'auteur ou de ses ayant droit ou ayant cause, est illicite et constitue une contrefaçon, aux termes des articles L.335-2 et suivants du Code de la propriété intellectuelle »

Cette histoire a été publiée précédemment sous le titre « ne me laisse jamais guérir de toi ». Cette version a été entièrement retravaillée, des chapitres ont été ajoutés ou supprimés et certains passages réécrits complètement, apportant à l'histoire encore plus de profondeur et d'émotion !

« *Tu ne peux pas empêcher ton cœur de battre, tu ne peux pas empêcher tes yeux de regarder. Surtout lorsque tous tes sens sont attirés automatiquement par un autre être que tu portes dans ton âme. Cet autre être qui te fera oublier tout le mauvais de ta vie* »

Eva **BALDARAS**

Ce livre est dédié à toutes les Lily de la Terre...

Prologue

Crois-tu au destin ?
Crois-tu au hasard ?
Et sinon, les âmes sœurs, t'en penses quoi ?

… Joker.

J'aurais dû capter que ma meuf ne s'intéressait qu'à ma tune et qu'à l'occase, elle voyait d'autres mecs.

J'aurais dû capter que Sophie et Félix n'étaient pas deux prénoms compatibles.

Dieu, s'Il existe, m'en est témoin.
Jamais plus je me ferai avoir par une gonzesse bourrée de fric, qui n'aspire qu'à avoir un mec bourré d'oseille pour s'enrichir encore plus. Qui s'en tape de l'homme que je suis si j'en ai plus.

C'est mon nouveau *deal* avec moi-même.

Ma vie ?
Merdique, avec ou sans Sophie.

Alors, quitte à choisir, aujourd'hui, je me casse de la sienne.

Chapitre 1 : mon livre
Lys

Selon certaines théories, le hasard n'existerait pas, le destin ne serait qu'une illusion.

Cependant, force est de constater que parfois, la vie nous conduit vers des chemins inattendus. Que certaines coïncidences se révèlent troublantes. Que certains évènements ne vous donnent pas le choix et qu'ils vous mettent devant le fait accompli. Qu'une seule rencontre peut bouleverser une vie, la chambouler, perturber nos croyances profondes.

Une vie rencontre des embûches, des consécrations, des doutes à longueur de temps. Inévitablement.

Ma maigre vie est construite d'hésitations continuelles, d'instabilités émotionnelles. Malgré ma jeunesse, mon diplôme en poche et bien que j'aie toute la vie devant moi pour réaliser tous mes vœux, je n'ai pas encore pu exorciser ce type de mal, car il n'y a pas de recette miracle.

Pourtant, je devrais être heureuse, j'ai quelqu'un qui m'aime et qui est très bien. De plus, je ne manque de rien : ni l'amour de mes parents, ni l'amitié de mes amis, ni les biens matériels en ma possession. J'ai tout. Indéniablement.

Seulement, un détail au fond de moi me chuchote qu'Hubert n'est pas ma véritable âme sœur. Mais je veux y croire. Notre esprit rationnel nous conserve dans une routine infernale, et ce au péril de nous perdre. Il nous somme de nous soumettre à des obligations. Du moins à ce qu'il croit en être. Parfois, il est question uniquement d'un ordre moral. D'éthique.

Dans tous les cas, je ne conçois pas la vie sans Hubert. C'est impossible. Il fait partie de ma vie, il est écrit dans mon livre et il y restera. Car finalement, quel être humain peut affirmer aujourd'hui qu'il détient le profil type de sa moitié véritable ? Qui peut prétendre qu'il vit une histoire d'amour avec celui qui lui est réellement destiné ? Peu peuvent accéder à ce trône.

Chacun d'entre nous écrit le livre de sa vie avec son nom et sa date de naissance en titre. Les pages défilent très vite, à l'image du temps. Les chapitres sont en partie classés. Chacun doit avoir la force de tourner les pages pour avancer, et ce jusqu'à la fin de son histoire. Mais comme nous sommes tous des auteurs, nous décidons. Nous avons le droit de vie ou de mort sur notre personnage principal. Enfin, façon de parler... car dans le fond, nous ne maîtrisons pas tout... surtout le dernier aspect de la chose. Mais peu importe. Il faut poursuivre notre chemin, jusqu'au bout.

À ce tournant décisif de mon histoire, je dois décider de la suite de mon personnage. C'est-à-dire moi.
Je le regarde, l'observe de plus près.
Les années me guettent... mon producteur attend de moi une grande révélation, un rôle de maître. Une histoire qui le tient en haleine.
Le producteur, c'est aussi moi... Lys, diminutif de Liliane. Un prénom qui vient du latin *litium*, Lily est le nom de la fleur en anglais. La préférée de ma mère.
J'exige une vie haletante, une romance qui me fait vibrer. Hubert m'a-t-il fait vibrer au début ? Je ne m'en souviens plus. Quoi qu'il en soit, aujourd'hui, lorsque je le regarde, je le découvre sous un jour différent. Je m'aperçois qu'un inconnu m'accompagne et cela m'attriste.
Pourquoi ?
Il est gentil, beau, intelligent, possède des qualités remarquables. Certes.
Il a un bon travail dans l'usine de mon père. Soit.
Il ne manque pas d'argent et me couvre de cadeaux. Oui.
Il possède tous les atouts dont une femme peut rêver. Il est parfait. C'est sûr. Toutes les femmes l'idolâtrent. Elles m'envient. Sauf qu'il ne me fait pas vibrer. Nous entretenons une relation platonique. Il est là, c'est bien, mais c'est tout. Il n'y a rien d'autre.

Mais finalement, c'est parfait. Je n'en demande pas plus.

Que lui dirais-je si je décidais de partir ? *Tu es bien, mais sans plus. Ce n'est pas ta faute, c'est la mienne. Je veux une vie pétillante avec un amour qui s'abattra sur moi comme la foudre sur un arbre. Un amour avec lequel je ne me poserais plus aucune question. Un amoureux avec qui je ferais un amour vrai. Pour toujours.*
Non, vraiment, c'est absurde, je n'ai rien à lui reprocher.

Je ne supporte pas la solitude et Hubert est un remède puissant. Lorsque ses yeux doux me fixent amoureusement, je ne peux me résoudre à lui faire du mal. Nous partageons des fous rires et parfois, nous nous amusons. Même si la vie n'est pas pimentée comme je la peins dans mon désir de jeune femme, cela n'a aucune importance. Même s'il n'est peut-être pas le grand amour que j'attendais, peu importe. Je me sens bien auprès de lui et je suis prête à partager sa vie jusqu'à la fin de la mienne. Il est issu d'une bonne famille, comme moi. Nous sommes faits l'un pour l'autre même si ce que je ressens au fin fond de moi-même ne semble pas vouloir valider complètement mon affirmation. Du moins de temps en temps.

Voilà pourquoi je doute.

De toute façon, le quitter, cela ne se fait pas. Ce serait un échec, un divorce avant l'heure, même si nous ne sommes pas encore mariés. Que diraient nos familles ? Elles qui ont déjà planifié nos noces, la robe blanche, l'église familiale et tout le reste ? De toute manière, le quitter est au-dessus de mes forces.

Je l'aime ?
En voilà une question idiote ! Bien sûr que je l'aime.
Je l'aime.
Normalement.

Seulement...

Vivre avec des regrets jusqu'à la fin de ses jours n'est pas un bon antidote. Et puis mon livre n'aurait aucun intérêt.

Alors... alors voilà, j'écris ma suite. Car il ne faut pas attendre les choses : il faut les provoquer. Car parfois, à force de vouloir vouer sa vie à la raison, le brin de folie qui nous guette se déclare sans crier gare... pour nous entraîner dans une débauche inconsciente. Comme suivre cet inconnu sur le périph parisien, par exemple, sans savoir où cela va réellement me mener. Un signe ou un coup d'épée dans l'eau.

Dans la vie, le mieux que l'on puisse faire, c'est prendre des risques.
De toute manière, que peut-il nous arriver lorsque l'on est jeune et en bonne santé comme moi ?
Rien.

Alors moi, puisque je n'ai qu'une seule vie, j'ai envie de dépasser le stade de mon standard raisonnable en lien avec ma petite vie bourgeoise.

D'ailleurs... qui n'a jamais eu ce besoin vital, cette force incontrôlable de vouloir tout changer quoi qu'il en coûte ?

Personne ne connaît son histoire par avance, car sinon il n'avancerait plus.

Chacun se doit de faire des choix qui conditionneront son avenir. Du moins dans ce qu'il peut maîtriser. D'ailleurs, Hubert ne m'a-t-il pas proposé de faire un *break,* pour voir si vraiment on sera faits un jour pour être ensemble ?

Donc, voilà.
Cette fois-ci, c'est décidé.
Je fonce.
Juste pour voir où ça me mènera...

Chapitre 2 : jour 1 - la mission

Félix

Putain, Paris et sa circulation m'emmerdent ! Déjà que j'ai dû me rendre à un nouvel entretien d'embauche pour finalement n'obtenir qu'une simple mission d'ouvrier intérimaire de trois mois en Alsace !
J'appelle ma mère, qui doit se faire du mouron pour moi, comme à son habitude. Je fais son numéro. Finalement je n'ai rien d'autre de plus balaise à faire sur ce périph bondé de caisses immatriculées 75, mis à part glander. Et puis, je ne l'ai plus appelée depuis hier.
Elle décroche et j'entends qu'elle me sourit.
— Bonjour, Félix, mon chéri. Alors ?
— Alors, j'ai été pris !
— Quelle bonne surprise ! Où ça ?
— En fait, j'ai décroché le pompon ! Ouvre bien tes oreilles, tu ne vas pas y croire, une mission d'intérim du tonnerre : trois mois dans une boîte près de chez toi.
Elle ne relève pas ma phrase de déglingué.
Tu parles d'un job !
— Super, c'est déjà ça ! Et Sophie, est-elle contente ? Enfin, je veux dire triste, puisqu'elle devra se passer de toi pendant trois mois !
La bonne blague !
— Je ne l'ai pas encore sonnée, elle a d'autres chats à fouetter. Je l'appellerai plus tard.
Ou demain, il n'y a rien qui urge. Et encore, si j'y pense.
— Ce n'est pas demain la veille que j'aurai droit à un mariage et à des petits-enfants…
Elle recommence avec ses envies à la noix.
— Maman… nous en avons déjà causé. De toute façon, avec Sophie, c'est une cause perdue. C'est une femme tendance, avec tout ce qui va avec. Elle et moi, je pense que c'est mort.
— Ah… me répond-elle, légèrement déçue.
Il faudra que je lui dise que j'ai largué ma copine.
Enfin, que je me suis tiré de chez elle après cinq putains d'années de merde.
— Maman, je peux venir pieuter chez toi pendant ma mission ?
— Bien sûr ! Quelle question ! Tu es toujours le bienvenu dans TA maison. Tu le sais, j'espère ? De toute façon, je t'avais prévenu que suivre Sophie à Paris n'était pas un bon plan…

Et voilà, elle remet les pieds dans le plat… Sophie n'était pas une fille pour toi et patati et patata. Comme si je ne le savais pas.
Enfin, j'aurais dû le savoir plus tôt, mais ce qui est fait est chose ancienne. Ou un truc du genre.
J'en profite pour changer de disque. Pas envie qu'elle me sermonne encore.
— Et si je me pointais tout de suite ? Enfin, dans quelques heures, parce que je traîne encore sur le périph.
J'entends qu'elle est surexcitée. Là, je pense qu'elle s'en fiche de mademoiselle Sophie, vu que son fiston est de retour.
— Je prépare ton plat préféré pour ce soir et ta chambre est déjà prête !
Une tuerie, mon plat préféré, alors je suis partant.
— Merci, maman, car je démarre mon taf demain. Oui, j'aimerais bien ma choucroute. Enfin, si ce n'est pas trop de boulot pour toi.
Je m'en lèche les babines d'avance, pendant qu'elle remet ça.
— Oui, bien sûr ! Il te faudrait une femme qui te cuisine de bons petits plats !
Putain, elle ne voit pas qu'elle me fait chier ? Une autre nana, même pas en rêve ! Mais je ne vais pas le lui dire… toutes les mères font ça. En plus, c'est pour mon bien, c'est bien connu…
— Maman… arrête ton cinéma…
Je raccroche avec un « bisou » et je laisse débarquer mon sourire en pensant à la binette de ma mère à l'autre bout du fil. Elle seule peut me mettre à la bonne. Je la kiffe grave. Je suis content de passer les prochaines semaines avec elle et chez elle, comme lorsque j'étais gosse. D'ailleurs, je suis sûr qu'elle a laissé ma chambre de gamin comme avant, avec des jouets partout et la couette avec les dessins de camions. Ça sera à pisser de rire lorsque je pioncerai dedans.
Ça me fait penser que ça fait longtemps que je ne suis pas retourné la voir. Et pas une seule fois, elle n'a trouvé ça chelou. Ou peut-être qu'elle ne me le reproche pas. De toute façon, Sophie, ça la soûle de quitter sa chère ville de Paname. Pourquoi je me suis laissé embobiner ? Merde ! Parce qu'un mec, c'est con, une gonzesse se fout en string, gigote devant lui, se fout à poil et lui, il bande comme un âne… et ensuite, comme elle recommence et que c'est qu'un mec, il se fait avoir.

J'ouvre l'œil. Le peuple est encore en *stand-by*. Fait chier ! J'ai l'estomac dans les talons, il va falloir que je me trouve un p'tit restau sur la route dans pas longtemps... je n'ai même pas pensé à prendre un casse-dalle.

Je dresse l'oreille. Putain, ma 308 fait un drôle de boucan ! J'espère qu'elle ne va pas me lâcher maintenant... En plus, je sens mon cou qui se réveille.

Encore une nuit de merde dans le canapé du salon...

Je le masse un peu et je tourne ma tête vers la bagnole d'à côté qui fait du *sitting* avec une meuf complètement disjonctée au volant. C'est marrant... si seulement Sophie pouvait elle aussi parfois être à la va comme j'te pousse... ma vie serait moins chiante, déjà qu'avec le boulot, c'est un peu galère... je ne demande pas la lune ? Enfin, j'ne crois pas. Mais bon, une fille gâtée comme elle, avec des parents hyper friqués... c'est pas un scoop. Fini de me laisser entraîner par une bourgeoise de ce type. J'en ai ma claque.

Je le jure ! Plutôt devenir moine ou curé.

Je m'ébouriffe les cheveux, pose une main sur mon volant et je reluque la meuf de la bagnole d'à côté.

Mais qu'est-ce qu'elle trafique encore ? Au moins, elle me fait passer le temps. C'est déjà ça.

Bon. Je dois avoir l'air d'un abruti à regarder une nana qui fout le bordel dans sa caisse. C'est la sienne, après tout. Elle fait ce qu'elle veut. J'essaye donc de faire autre chose, mais la blonde en question ne me lâche pas la cervelle. Ou mes yeux n'arrivent pas à s'en dégager. On dirait qu'elle bat le fer pendant qu'il est encore chaud. Elle n'a pas l'air de mollir. En plus, sa zic me casse presque les oreilles. Même si elle est bonne ! Et puis, ce n'est pas ma faute si elle me tarabuste avec tout son micmac foldingue.

Ouais... ouais...

J'avale ma salive pour remettre mes idées dans mes cases.

Mais bon, je ne peux pas m'empêcher de la zieuter chahuter ses cheveux blonds dans tous les sens comme une forcenée. Pendant des plombes.

La musique toujours à fond, elle arrête de faire la débile d'un coup.

Waouch !

Comment elle fait ça ? Elle a failli se faire elle-même le coup du lapin, bordel !

Elle est con ou quoi ?

Elle me chope au vol, puis se dépiaute de ses grosses lunettes de soleil de star improvisée pour me faire des mines. Elle cherche quoi, là ? Si je n'étais pas dans ma bagnole, je penserais qu'elle a envie de se faire secouer...

Blonde, yeux bleus, peau hâlée et maquillage sophistiqué. Chemisier entrouvert dévoilant la naissance de sa poitrine. Hum... pas mal, finalement...

Je rêve ou je bande ?

Putain ! Basta, mon gars ! T'as pas autre chose à gamberger ?

Et puis pourquoi je pense *ça*, d'abord ?

Parce que je n'ai rien d'autre à foutre. Sûrement.

Un autre moment zarbi, pendant lequel la sonnerie casse-couilles (= sonnerie personnalisée-Sophie) de mon téléphone fait le boxon et me rend mon cafard par la même occasion. Elle a vraiment le chic pour tout chambouler, celle-là, même lorsqu'elle n'est pas dans mes pattes ! Mes lèvres s'entrouvrent et mes yeux attendent comme sœur Anne avant de se délier de la timbrée.

Je décroche le téléphone, puis je raccroche dans la foulée pour lui fermer son clapet avant qu'*elle* ne l'ouvre. Ensuite, j'appuie sur le champignon pour suivre la cavalerie qui démarre. J'espère qu'elle a capté, Sophie. Parfois, j'ai l'impression qu'elle a des trous dans les neurones. J'sais pas encore ce qu'il faut que je fasse pour qu'elle s'occupe de son cul.

Je lui ai dit que je ne voulais plus d'elle et de son fric, elle n'a pas pigé ?

Je monte le son de ma radio pour ne plus entendre *l'autre* qui risque de sonner encore une fois. Je pense qu'il faudra que je lui fasse entendre qu'elle n'est plus ma came sans cafouiller, la prochaine fois. Direct. Comme ça, pas de quiproquo. Histoire qu'elle sache sur quel pied danser et moi aussi. Finalement, la mission de trois mois dans l'Est tombe pile-poil quand il faut. Ce sera plus facile pour la larguer définitivement... en plus, je pourrai lui dire : t'as vu, je n'ai pas eu besoin du piston de ton paternel, cette fois ! Et je n'en aurai plus jamais besoin. Pas trop classe, mais j'sais plus quoi faire... de toute façon, elle et moi, c'est de l'histoire ancienne depuis un sacré bout de temps. Il faudrait avoir de la merde dans les yeux pour ne pas s'en être rendu compte. Et moi, la coloc avec mon ex-copine, ce n'est pas mon truc.

Un coup j'te kiffe, un coup j'te kiffe pas... elle, ça n'a pas l'air de la torpiller, moi si. Elle n'a qu'à aller voir ailleurs. Elle me ferait une fleur, ou plutôt un bouquet !

Je reviens à mes moutons.

Je zieute la blonde dans le rétroviseur vite fait. Elle bafouille un peu, puis se range derrière moi. On dirait qu'elle me colle au cul... Je fais des zigzags et elle suit comme un petit chien : elle a la tête dure ! J'essaye de calculer ce qu'elle cherche... m'allumer à distance ? Non, ce n'est pas le genre... sinon elle serait venue tambouriner à ma vitre tout à l'heure. Les garces, ça ne se gêne pas pour deux sous. Alors quoi ? Elle veut que je m'arrête ? J'ai peut-être un feu HS ? Ou alors une roue dégonflée ? J'ai oublié mon portefeuille sur le toit ? Tête en l'air comme je suis, ça ne m'étonnerait pas.

Mais ce n'est pas ce que je crois. Ou alors elle a changé d'avis...

Bon, en fait, elle m'a larguée pour dégager à droite... maintenant, je ne la vois même plus dans mon rétro. Je suis con, je crois que j'ai gratté trop de bornes et du coup, je ne peux même plus faire marche arrière... sur une autoroute, ça craint... bon, ruminer ne sert à rien. Non plus.

Bref.

Pendant un moment, j'ai cru que la blonde de la bagnole d'à côté me collait au train, alors je me suis amusé à lui tailler la route. Mais non, puisque lorsque j'ai voulu lui laisser de la marge pour qu'elle me rattrape, elle s'est arrêtée sur une aire d'autoroute.

Bon, finalement, ma vie est aussi merdique que d'habitude.

Personne ne me kiffe.

Même pas une blonde complètement dingue.

En plus, maintenant, j'ai mal au bide.

La bouffe de Sophie.

J'espère que je ne vais pas avoir la chiasse.

Et puis merde !

Chapitre 3 : jour 2 – la filature
Lys

Aujourd'hui est un jour à marquer d'une pierre noire : j'ai exécuté de nombreux kilomètres jusqu'à Paris pour n'aboutir à rien de concret. Un seul *merci mademoiselle, on vous recontactera* que j'ai déjà entendu maintes fois. Qu'est-ce qui cloche ? Les entreprises recherchent un profil comme le mien très rapidement et lorsqu'elles le reçoivent, elles l'analysent pendant une éternité avant de prendre leur décision. Pourtant, moi, je suis disponible immédiatement et je détiens les compétences demandées ! Parfois, mon *curriculum vitae* est trop parfait, ce qui à leurs yeux est plutôt suspect. Parfois, il manque de l'expérience même s'ils souhaitent une personne jeune ! Ou encore, il faudrait que le chinois ne revête aucun secret pour moi alors qu'en réalité, il s'agit d'une qualité non nécessaire pour le poste vacant ! Et mes prétentions sont trop exagérées par rapport au marché actuel, en dépit du fait que la rémunération proposée n'est pas en adéquation avec les exigences du poste. Car sincèrement, cinq mille euros par mois représenteraient déjà un salaire de misère pour tout le travail attendu ! Que pourrais-je bien faire avec mille six cents malheureux petits euros ? Je suis certaine que ce dernier recruteur pense que le prix d'une baguette de pain s'élève à deux centimes ! Alors que franchement, elle coûte au moins…
Oui, au moins…
Décidément, les directeurs des ressources humaines s'attribuent des pouvoirs pour prouver leur existence, ou alors je ne comprends rien au monde du travail !

Dans ma voiture, sur le chemin du retour, je stagne sur le périph parisien bondé à cette heure.
Jamais je ne pourrais habiter à Paris et subir ça tous les jours !
Je jette un œil au rétroviseur pour m'admirer.
Pas mal. Jolie blonde aux yeux bleus, cheveux courts coupe carré plongeant, lunettes *design* sur un nez stylé, une allure distinguée. Je me recoiffe d'une main et observe l'état de mon maquillage parfait. Ne sachant plus quoi faire, mes yeux se déportent sur mes deux mains parfaitement manucurées tapotant mon volant en cuir rouge. Pourquoi m'énerver ? Il vaut mieux prendre mon mal en patience.
Dire que j'ai sorti mon tailleur noir avec mon chemisier blanc pour l'entretien !
Ils étaient tous habillés en jeans !

Quand on me voit ainsi vêtue, personne ne me soupçonnerait d'une déraison quelconque et pourtant... une petite voix à l'intérieur de moi parvient à m'éjecter en dehors des clous.

Soudain, j'en ai ma claque d'attendre docilement.

J'autorise alors l'augmentation du volume de la musique qui propage une chaleur dans mon corps.

Les Planètes de M. POKORA.

Je l'accompagne en chantant à en perdre haleine. Ma tête se secoue, laissant swinguer les boucles de mes cheveux dans un va-et-vient endiablé en rythme. Tobie, mon berger allemand, laisse échapper un son qui s'accorde avec le mien. Toutes les voitures roulent à nouveau au pas jusqu'à un nouvel arrêt total. Le moteur de la mienne s'arrête automatiquement lorsque je laisse mon accélérateur tranquille. Puis l'attente interminable se poursuit.

Plutôt que de laisser libre cours à mon agacement, je me laisse porter par ma danse endiablée, jusqu'à ce que mon visage ressente une présence tentant de s'incruster. J'arrête de bouger instantanément.

Comme attirée par un aimant, mon regard vient se poser sur la voiture d'à côté, à ma droite. Un homme m'observe d'un air glacial et pénétrant. Je tressaille et frissonne en même temps. Mes pupilles s'ouvrent au maximum comme sous l'effet d'une drogue et n'arrivent pas à se détacher de lui.

Cheveux bruns, avec une mèche indocile lui barrant le front. Des yeux verts étincelants qui semblent coller aux miens d'une manière intense. Peau mate, bouc bien dessiné. D'après ce que je vois, il semble porter un T-shirt blanc qui moule un torse de malade... tant il paraît baraqué. Le bras que je distingue grâce à sa main qui est posée sur son volant est pourvu de tatouages que je n'arrive pas bien à voir et est super... musclé.

Genre bad boy et top model en même temps.

Une vague de chaleur colore mon visage, mon cœur accélère ses battements. Mon imagination divague vers d'autres contrées très éloignées de la mienne. Où ai-je abandonné ma bonne éducation ? *Et Hubert ?*

Mais rien n'empêche mon corps de poursuivre son élan. Une vague de fébrilité me surprend. Un iceberg fond devant mes yeux et mes mains s'envolent pour toucher en pensée la peau de son visage... Je me dégage un instant de mes lunettes de soleil pour lui dévoiler ma physionomie. Ce qui n'a pas l'air de lui déplaire. Au contraire, puisque ses lèvres s'étirent. Pourtant, ce n'est pas du tout mon genre d'homme, physiquement…

Qu'est ce que je fais là maintenant ?

J'ouvre ma vitre et… quoi ?!

La folie perverse me brûle… me convertit à une religion qui n'est pas la mienne… fonce, Lys ! Que risques-tu à l'intérieur de ta belle décapotable rouge ?

Je ne fais jamais rien d'extravagant, une simple provinciale bien docile, de vingt-cinq ans à peine, avec des parents censés et à la tête d'une usine employant deux cents personnes grosso modo… fiers de leur petite Lys qui vient d'obtenir son diplôme d'ingénieur, dont l'avenir est déjà tout tracé, qui cherche sa place dans le monde des grands depuis deux cents offres d'emploi… au moins… Un *job* lui permettant enfin de quitter le cocon familial, comme une jeune femme *normale…*

Je me rappelle que j'ai pris une décision, celle qui est écrite noir sur blanc dans mon livre.

Faire un truc… dingue. Foncer…

La longue chenille de véhicules démarre et l'homme de la voiture d'à côté me laisse tomber en accélérant le pas comme les autres.

Ma folie prend vraiment le dessus, oubliant la réalité. À ma grande stupeur, mon pied droit embrasse passionnément la pédale d'accélérateur et le reste suit afin de filer ce mystérieux inconnu. Mon inconscient aime bien ce type, mon sixième sens me dit que c'est lui qu'il attendait depuis longtemps. *Tu délires, Lys !* me lance la voix de ma raison, qui tarde à partir. *Qu'attends-tu ?* me répond ma folie, qui prend de plus en plus ses aises. *Au moins, tu ne seras pas venue à Paris pour rien !* Je crois qu'elle n'a pas tort. Après tout, je n'ai rien à perdre ! Je passe à la vitesse supérieure.

La voiture que je suis quitte le périph, roule un peu plus vite, avec moi à ses basques. Si maman me voyait ! Je me demande si le conducteur que je talonne comprend ce qui m'arrive, ce qui lui arrive. Et moi, le sais-je ? Non, mais peu importe, une force interne me guide, c'est devenu pour moi une nécessité. Un besoin vital.

Je devrais être sur le chemin du retour, j'en ai au moins pour sept heures de route. Mais ma névrose l'emporte. Enfin.

Lorsqu'il s'engage sur une bretelle de sortie, ma voiture fait de même. Je crois que mon inconnu s'est rendu compte que je le file, car il augmente la vitesse de son engin. Qu'à cela ne tienne, j'en fais autant jusqu'à ce que Tobie s'en mêle à travers des gémissements implorants qui m'accablent aussitôt. J'avais complètement oublié que mon chien se trouvait dans la voiture. S'il continue, il risque de faire ses besoins sur la banquette arrière en cuir.

Bon, OK, il a gagné.

Si mes calculs sont bons, il mettra moins de cinq minutes pour se soulager. Ensuite, il suffit que je me débrouille pour rattraper mon retard. J'arrête le véhicule pour lui permettre de faire sa petite affaire, tout en jetant un coup d'œil sur le véhicule de *l'homme de ma vie* qui s'éloigne. Sentant l'urgence et surtout le mécontentement de sa maîtresse, Tobie achève son travail rapidement et remonte sagement dans l'auto. Dès qu'il s'installe à l'intérieur, j'accours à ma place pour démarrer en trombe. Ma voiture roule à vive allure sur cette route à présent désertée.

Pourquoi j'ai embarqué mon chien à l'entretien, d'ailleurs ? Si je ne l'avais pas fait, d'un, on ne m'aurait pas regardée bizarrement et on m'aurait peut-être laissé une chance (car qui emmène son chien à un entretien d'embauche, hein ?) et de deux, j'aurais rattrapé le mec qui m'a foudroyée avec son regard de prédateur.

Dix minutes se sont écoulées depuis la pause pipi de mon meilleur ami au monde, dix minutes de trop ne laissant plus aucun espoir de retrouvailles, de premier rendez-vous, de fiançailles, de mariage… !

J'ai perdu de vue la voiture de l'homme du périph.

Je viens de manquer mon âme sœur et Dieu seul sait à quel point il est difficile de la trouver sur cette planète bourrée de faux semblants.

Il ne me reste plus qu'à rentrer chez moi. Désœuvrée…

J'active le GPS et ma folie m'abandonne. Je redeviens Lys la sage. Lys qui va retrouver *son* Hubert, son chevalier à armure sécuritaire… sa vie sans encombre… il est onze heures du matin, avec un peu de chance et deux heures d'arrêt, j'arriverai chez moi à vingt heures.

Pas terrible comme début de premier chapitre. D'ailleurs, je ne le retranscrirai pas.

Mes espoirs se sont évanouis d'un coup. Mon désappointement se dévoile en même temps qu'un appel d'Hubert se fait entendre. J'appuie sur le bouton du kit mains libres de mon téléphone pour lui répondre.

Ma folie ne sert à rien.

Tant pis.

Chapitre 4 : jour 2 - intérimaire chez « Machines H »
Félix

— Bien dormi, mon chéri ?
— Comme un môme.

Maman est nickel chrome, comme toujours. Souriante, avec le mot pour rire, comme chaque rosée du matin depuis que je la connais. On se fend toujours autant la gueule, tous les deux. Même depuis ce putain de jour où le paternel a décidé de la laisser en plan pour une écervelée. Et qu'il m'a laissé tomber moi aussi par la même occasion. Même s'il est sous terre, je l'ai toujours dans le pif. En tout cas, de temps à autre. Car finalement, parfois, j'ai le *blues* en me disant qu'il aurait pu être encore des nôtres si… bon.

Ma mère, elle, a la mémoire courte, mais en fait, elle en a plein dans le ventre. D'un côté, c'est vrai que ça ne sert à rien de retourner le couteau dans la plaie. En plus, il a clamsé, mon vieux. Et les histoires d'adultes, ça n'a pas à toucher les gamins. J'avais pris le parti de ma mère. Quand on ne veut plus être avec quelqu'un, on le largue. On n'a plus rien à foutre avec lui. Lui, il était là et plus là. Ça dépendait des jours. Il cherchait toujours où sortir sa crotte, ou plutôt, il faisait comme les vaches, il chiait là où ça le prenait. Ça ne se fait pas. C'est tout.

Il est revenu un jour, la fleur au fusil, pour reprendre sa place. Il lui a sorti toute son artillerie et lui a raconté des salades pour se faire pardonner ses conneries. Elle n'a rien voulu savoir. Pas tout de suite. Mais après, elle s'en est mordu les doigts. Car la vie a choisi pour elle, ou plutôt le sort.

Elle a passé l'éponge sur son lit de macchabée.

Lui, sa dernière parole, c'était que son cancer l'avait baisé pour tout ce qu'il avait fait à sa bonne femme.

Moi, ce que je crois, c'est que j'étais trop petit à l'époque pour piger les affaires des grands. Qu'ils n'ont pas su se causer. Qu'il devait y avoir anguille sous roche depuis le début. Car quand il y en a un qui déguerpit, c'est qu'il y a un truc qui le dérange. En tous les cas, c'est ce que je crois. D'ailleurs, moi, avec Sophie, j'ai rien fait pour arranger les choses. Parce que je m'en tape d'elle depuis que je me suis maqué avec elle. Je suis juste tombé dans le panneau avec ses belles fesses. Le reste ne me va pas. Depuis le début. Le pire, c'est que pour elle, c'est idem, même si elle ne le sait pas encore. Car mis à part mes muscles et ma queue, il n'y a rien d'autre qui la branche.

Tu me diras, moi, mis à part son cul…

Pour mes vieux, ce n'était pas à moi de dire si je voulais qu'ils restent ensemble ou pas. J'aurais dû les laisser se démerder seuls pour qu'ils fassent leur *deal*. Ils auraient dû le faire avant que ça soit cuit. Avant que mon vieux ne décide de mener sa barque en solitaire. Je n'aurais pas dû dire à ma mère de le foutre dehors définitivement. Mais comme sur l'autoroute, je ne peux pas revenir en arrière. Les carottes sont cuites depuis longtemps. Elles ont même brûlé.

Pour mon vieux, j'aurais peut-être pu faire un truc pour le sauver de sa maladie de merde. Et aujourd'hui, ça me fait chier de ne pas avoir pu le soigner. Ça m'emmerde de penser qu'il est mort à cause de son satané cancer à la con, qui n'avait pas autre chose à foutre que de ficher en l'air une famille qui allait se remettre ensemble. Juste au moment où elle avait trouvé son chemin.

Merde !

Tout le monde fait ses propres conneries. Personne n'est tout blanc ou tout noir.

Tout le monde a le droit à une seconde chance. Mais tout le monde ne l'a pas.

C'est comme ça. On n'y peut rien.

Bref.

Depuis, aucun autre mec n'a su s'approcher de ma mère. Ou bien c'est elle qui n'a rien voulu laisser venir.

Elle, elle a kiffé mon père tout le temps, jusqu'au bout, et a chialé à son enterrement comme une madeleine. D'ailleurs, ses cendres sont toujours dans un meuble du salon. Une façon de rester avec lui, ou de le coincer, je pense. Histoire de lui faire quand même payer ce qu'elle a bavé avec lui.

Même si j'aime mon paternel, je trouve que ça fait gore. Mais je sais qu'il aurait fait la même chose pour ma mère si elle avait été la première à crever.

C'est con de ne pas savoir kiffer quelqu'un avant qu'il claque. C'est vraiment con. Mais comme on dit, quand il est tard, il n'est plus tôt. Enfin, un truc dans le genre…

Bon, j'arrête. Il ne manquerait plus que je me mette à chialer devant elle.

Là, je suis à côté de la plaque. C'est de l'histoire ancienne.

Faut faire son deuil, maintenant.

Ma baraque est toujours pareille que lorsque j'étais môme. Une belle maison à l'alsacienne à colombages d'environ deux cents mètres carrés, au centre-ville de Colmar. Trois chambres, deux salles de bain, une cuisine avec un poêle en fonte et des meubles en chêne, un salon avec un canapé en cuir brun, une télé à écran plat et un buffet costaud en chêne. Je la kiffe grave, et la préfère à l'appart' parisien *design* de Sophie.

Pourquoi claquer du fric dans du neuf, alors que t'en as pas besoin, hein ? Surtout quand c'est comme neuf et que ça raconte ton histoire.

Ma mère est déjà prête pour partir au taf : pantalon noir ajusté, chemisier blanc qui épouse ses formes, cheveux bruns relevés en chignon mal ficelé, laissant échapper quelques boucles sur sa joue droite. Mêmes yeux verts que les miens, même couleur de tifs.

Elle est canon, et n'a pas besoin de trop d'artifices sur sa gueule hâlée. Juste un *blush* sur les joues, un *eye-liner* noir qui souligne ses paupières et un *gloss* qui fait briller ses lèvres rouges. Elle pourrait en faire tourner, des têtes, mais ça l'emmerde de se maquer avec un autre mec depuis le sien.

Et quelque part, je la comprends. Moi, je vais faire idem. Plus de meuf.

Plus de Sophie ni de fille à papa bourré de tunes.
Mais comment trouver une meuf qui me corresponde, hein ?
Y'en a pas dans ce monde de merde.
Et de toute façon, j'en cherche pas.

Je m'affale à ses côtés pour avaler mon café en vitesse et déguerpir *illico presto*. Je dois me grouiller pour aller à la boîte intérim. Ce matin, je signe mon contrat, puis j'ai un rencard avec mon patron cet aprèm. Maman se remue pour me taper la bise et en profiter pour me fourrer un croissant dans la main gauche. Ensuite, elle m'ébouriffe les cheveux comme si j'étais encore un gamin. Puis, avant que je ne rouspète, elle pète de rire pour se couvrir.

— Laisse-moi en profiter un peu ! Tu ne me rends jamais visite ! Tu commences cet après-midi, alors ? Nous pourrions déjeuner ensemble ! Je t'invite !

Je remets mes tifs en place avant de la ramener. Maintenant, je vais devoir les plaquer avec du gel.

— Je croyais que tu ne bouclais pas ton magasin entre midi et deux ?

Voilà qu'elle me pince la joue avant de l'ouvrir à son tour.

— C'est vrai, mais comme c'est moi qui décide et que nous sommes mardi, j'ai tout de même le droit de déjeuner avec mon fils, non ?

Je lève mon cul de la chaise et elle me suit jusque dans ma chambre. Je choisis mes fringues dans le fouillis que j'ai foutu dans ma valise, qui est encore ouverte à côté du lit. Faut que je m'active, l'heure tourne.

— Je ne vois pas le rapport avec le mardi, maman.

Elle me cloue le bec en me donnant un futal noir et un pull blanc qui va avec, qu'elle a déjà repassé. Carrément !

— Cela tombe bien, moi non plus ! Alors, raison de plus ! me lance-t-elle pour finir.

Je la serre contre moi et je lui en tape cinq. Sans elle, je ne sais pas ce que je serais devenu ni même qui je serais aujourd'hui. Enfin, on se comprend.

Maintenant, je vais me débarbouiller un peu dans la salle de bain attenante. Pendant ce temps, elle pose ses fesses sur mon lit pour m'attendre, comme lorsque j'allais au bahut. Histoire de me surveiller, comme avant. C'est marrant, mais je trouve ça trop cool.

Je me décrasse un peu dans la douche, me harnache, me fignole devant le miroir au-dessus de mon lavabo. Pour finir, je m'asperge de parfum. Avant de partir, je la baisote. Elle est trop belle. Ses cheveux bruns étincellent, et se marient bien avec ses yeux verts, son visage est à peine ridé et sa peau est lumineuse alors qu'elle est à peine fardée. Elle ne fait pas cinquante ans, elle en fait au moins dix de moins.

Une fois dehors, je referme les boutons de mon blouson en cuir noir et remonte le col. Je me les pèle. Le froid me gèle les roubignoles et je sens l'air jusqu'au bout des orteils. Mais là, je ne sais pas comment arranger l'affaire. Pourtant, on n'est qu'en septembre, c'est bizarre. Ma bagnole démarre en toussotant un peu et roule jusqu'à *Personne intérim*. Je me demande qui a pondu un nom pareil. En tout cas, il fait sensation, à en croire le nombre de types qui font le piquet juste devant.

Je gare ma caisse juste en face et je sors. Je me case dans la queue lorsque la porte s'ouvre enfin. Les mecs déboulent dedans comme s'il y avait mort d'homme. Pas la peine de s'échauffer, j'en ai ma dose avec Sophie toujours à *speeder*, j'attends qu'ils entrent. Une fois dedans, je pose mes fesses sur une chaise dure comme du béton, qui me refroidit encore plus. J'aurais dû attendre que quelqu'un s'asseye avant moi et me la chauffe. Mais bon, ils en ont tous déjà trouvé une. En plus, tout le monde râle, ils ont des fourmis dans les guibolles. Moi, je ronge mon frein. De toute façon, ils savent qu'on est là, ils vont tous nous appeler l'un après l'autre. Et puis à quoi ça sert de se faire du mouron pour des queues de prune ? On n'a pas assez d'emmerdes à chercher un boulot dans ce monde pourri ?

Ça braille pendant un moment pour ensuite se tasser peu à peu. Les mecs de *Personne intérim* s'en branlent et fixent leur liste. De toute façon, on est dans un monde où les gens se disent que l'herbe est plus verte ailleurs. Alors, ils gerbent sur tout, même sur ce qui est bon. Car les trucs bien, personne n'en cause : c'est bien ça, le problème. Mais bon, personne n'est parfait et on n'est pas des robots. Chacun fait ce qu'il peut. Même ceux de chez *Personne.*

Bon, finalement je vois pas trop le rapport…

Pour patienter, je frime avec mon portable dernière génération. Je n'ai pas envie de m'attirer des noises alors que je n'ai pas encore signé mon contrat.

Maintenant, on entend les mouches voler, enfin, jusqu'à ce que tous s'occupent avec leurs *smartphones*. Un coup ils grognent, un coup ils rient. En fait, comme je ne relève pas leurs conneries, ils s'alignent sur ce que je fais. Des vrais moutons.

Un long moment passe.

Pendant que les autres gars se fendent la gueule avec des conneries sur le *net,* je zieute le mec qui va nous recevoir. Il gigote dans tous les sens et n'arrête pas de se gratter le crâne. Il doit avoir quoi ? Presque soixante piges ? Au moins. Même plus. Il ne devrait pas lâcher du lest et faire du tricot chez lui, histoire de laisser sa place à quelqu'un d'autre ? Il a plein de tifs blancs qui germent sur le caillou. En plus, il est gras et tassé, pas trop la gueule de l'emploi… enfin, je trouve.

Bon, chacun est comme il est, mais ce mec devrait quand même faire gaffe à son corps, pour sa santé. Et peut-être qu'il n'a pas assez bossé pour se taper une retraite à taux plein.

Tout d'un coup, le petit chauve de chez *Personne* se réveille. Il hurle *personne suivante !!* Comme un maboul. Frustré, le mec, sûrement un mal baisé. Il n'a pas besoin d'aboyer comme ça, on est postés tout près de lui et en plus, personne n'est dur de la feuille.

C'est mon tour. La veine. Comme quoi, être entré le dernier en laissant passer tous les autres, ça paye.

Je me plante devant son bureau et j'ai le temps de compter les stylos qu'il a étalés devant lui. Il ne lève même pas la cafetière. Il pourrait au moins dire bonjour, ce n'est pas poli, tout ça, et surtout, on n'est pas des animaux. Alors, je gesticule un peu devant lui, puis m'affale bruyamment sur la chaise postée devant son bureau pour lui faire comprendre que je suis là.

Enfin, il se décide à ouvrir son clapet :

— Félix Mayer, c'est ça ? me demande-t-il, mal à l'aise.

— Oui, lui réponds-je.

— OK, une signature là et des paraphes dans le coin de chaque feuille. Vous savez ce que c'est, des paraphes, ou faut-il que je vous explique ?

Il a l'air vénère. Est-ce que j'y peux, moi, si ça le fait chier de venir bosser ? Je décide de ne pas lui donner de coup de main. Ça lui fera les pieds.

— J'comprends pas. Vous pouvez m'expliquer ? lui demandé-je en prenant l'air d'un analphabète.

Il souffle en marmonnant des mots dans sa barbe. Puis il me montre les coins où je dois signer et mettre mes initiales avec son lourd salsifis. De près, il est vraiment moche, avec sa gueule sans chicots. Y'a pas à dire…

Il reprend et continue à me causer sur un ton de merde.

— Bon, trois mois d'intérim et si tu te la joues bien, tu peux encore renouveler ta mission, voire obtenir un CDI. Bon, un contrat à durée indéterminée en intérim, tu piges ?

Son ton ne me branche pas. En plus, il souffle. Pour qui il se prend, ce crâne d'œuf ? Ce n'est pas parce qu'il a un boulot fixe et que je suis sur le pavé qu'il doit se prendre pour monsieur le président de la République !

— Oui, je pige, lui dis-je en souriant comme un mongol.

Il reprend son air à la messire de j'sais pas quoi. Mais c'est qu'il y croit, ce gros con !

— Ah ! j'aime mieux ça. Je n'ai pas de temps à perdre avec des gens qui n'ont même pas leur bac, me répond-il en me crachant à la gueule.

J'allais partir et j'avais déjà fait quelques pas vers la sortie lorsque ma rogne ne fait qu'un bond. Je me retourne d'un coup et je lui fais face. Il a les pétoches. Tous les autres me regardent d'un air baba. Le mec fixe l'aigle tatoué sur mon bras qui dépasse de ma veste un poil trop courte. Le calme plat entre dans la pièce. Je crois que je lui en bouche un coin. Sans moufter, j'y vais franco. En arrangeant un peu mes mots pour lui montrer que je sais bien parler la France :

— Et d'un, j'ai le bac, sinon je n'aurais pas pu être sur cette mission, et de deux, en admettant que je n'aie pas bac plus dix comme vous, même si je pense que si vous les avez, vous avez sûrement triché aux exams, je respecte les gens quels qu'ils soient et je reste poli. Alors au revoir, monsieur. Ah ! Et de trois : n'oubliez pas que si je n'étais pas là avec les autres intérimaires, vous n'auriez plus de taf.

Maintenant, le mec transpire à grosses gouttes pendant que je fais volte-face pour me tirer. En plus, il n'a pas de couilles et a dû chier dans son froc. Il pensait peut-être que j'allais lui péter la gueule. Je l'imagine dans une usine... il se ferait bouffer tout cru ! Mais lui, il a du boulot. Je me demande pourquoi des crétins pareils ont du taf pendant que d'autres qui bossent comme des forcenés n'en trouvent pas ! Cherchez l'erreur ! Moi, je ne l'ai pas encore trouvé et pourtant, j'ai fouillé ! Je vous le dis ! En plus, on n'a pas gardé les vaches ensemble. Il ne sait pas à qui il a affaire. Car il a tout faux : moi, j'ai bac « plus » que lui. Et je peux dire que j'ai potassé pour l'avoir, l'après-bac. Sans pompes et avec mention. Il devrait s'occuper de sa brioche, plutôt. Il devrait bouffer des briques, cela ferait du bien à son bidon. Il nous ferait une fleur au lieu d'empoisonner la vie des autres !

Et je m'exprime comme je veux. Depuis que... bref, plus envie de parler comme les bourges.

Bon, j'arrête. Je me fais du mal pour rien. Et puis, il n'a qu'à faire ce qui le branche. Je n'en ai rien à branler, finalement. C'est pas un charlot qui va me bousiller ma journée.

Lorsque je sors, il fait un temps de curé. Alors, je décide de me balader dans les rues. J'embarquerai ma caisse plus tard, elle ne gêne pas là où elle est.

Je me fous mes lunettes de soleil. J'avance tout droit. La librairie de ma mère est tout près d'ici.

Je regarde le paysage. Je ne vois rien qui fait tache. C'est beau les arbres, le chant des piafs, les gens pépères. À Paris, on doit toujours être à fond la caisse. Pourquoi ? On se le demande. Après, on entend partout qu'il faut lanterner. Qu'on n'a qu'une vie. Qu'il faut se la faire belle. Ça me fait bien marrer, tout ça. Une vie de merde, oui !

Je me demande ce que je suis allé foutre là-bas.

Ah oui, Sophie... Sophie et ses chichis...

Je me pointe devant la librairie de ma mère et je la repère à travers la vitrine, puis j'entre. Elle termine avec un client, puis s'amène.

— Viens ! me dit-elle. Je vais te montrer un roman qui pourrait t'intéresser.

Je fais signe que non de mes mains. Je n'ai pas envie de lire. Je ne fais plus ça depuis des lustres. D'après Sophie, ça prend trop de place, les bouquins.

— Maman, tu sais que les livres et moi...

Mais ma mère, c'est une dure à cuire. Elle connaît sa partition.

— Pourtant, tu aimais lire, avant, et je trouve que parfois, ton langage laisse à désirer !

Oui, je sais, à force de travailler dans des usines, on devient comme des gars qui sont dans des usines ! Normal ! Mais ce n'est pas pour autant que les mecs de là-bas sont des moins-que-rien ! Car moi, j'en connais de la haute qui ne leur arrivent même pas à la cheville !

Je lui réponds, un peu à cran :

— Je parle comme je veux.

Son ton devient plus doux.

— Oui, oui, je n'ai pas dit ça. Je veux juste ton avis sur ce livre, c'est tout ! C'est un auteur local qui veut une critique. Et comme le sujet est dans ton domaine, alors, je me disais que...

Pendant un moment, je pense que je vais exploser. Ouais, j'ai fait des études de médecine, je suis même devenu toubib, mais depuis que mon pote d'enfance a claqué et que je n'ai rien pu faire pour lui, j'ai tout largué. Je préfère fabriquer des trucs, réparer des machins, tout ce qui n'a pas d'importance si un jour ça ne roule pas. Simplement parce qu'on peut reboucher les trous des machines et pas ceux des gens. Alors maintenant, je ne m'emmerde plus. Je bosse parce qu'il faut mettre un truc à bouffer sur la table. C'est tout.

Mais c'est ma mère, elle me tend une perche. Je me flinguerais pour elle s'il le fallait. Donc je calme le jeu en me forçant à peine.

— OK, je vais le lire pour toi et je te dirai ce que j'en pense. Mais je ne te promets pas un truc à casser des briques. Et ne te fais pas de bile pour moi, je ne veux juste plus m'occuper des gens. Je n'ai même pas été foutu de soigner mon pote et ton bonhomme. Même si les toubibs sont en manque de main-d'œuvre. C'est coton, comme métier. Et surtout, ça me remplit la tête. J'en veux plus. J'y arrive plus.

Elle met de l'eau dans son vin et baisse d'un ton.

— Je sais et je ne te demande rien de tel, Félix. Juste un avis sur un récit, c'est tout.

Je continue à m'exciter un peu. Pourquoi je suis comme ça ? Je ne suis vraiment qu'un gros connard, mais c'est plus fort que moi.

— Ouais, parce que ma vie est top en ce moment, lui mens-je.

Elle me prend une main et me répond.

— Oui, bien sûr.

Je lui dis un machin débile pour me bourrer le crâne moi-même, en tapant le centre de ma poitrine avec mon poing droit. Quel crétin !

— Moi, je kiffe Sophie. À mort !

(Ben... c'est fort de café ! Je crois qu'elle sait que je la prends pour une nouille à voir sa gueule.)

Elle me prend l'autre main et me bloque les deux. Elle comprend mon baratin, mais ne relève rien.

— Oui, je n'en doute pas.

Comme une tête de mule que je suis, je la chambre à fond.

— Et j'adore être intérimaire et fabriquer des pièces pour les machines.

Ouais, c'est vraiment super cool, j'en rêve même la nuit !

Elle me serre les deux mains entre les siennes et me regarde avec son air trognon compatissant.

— Oui, tu as raison, mon chéri.

Je suis culotté jusqu'au bout. Moi, j'aime bien avoir le dernier mot. Mais je boucle mes nerfs. Ce n'est pas sa faute. Alors, je lui demande une chose pour valider ma vie de raté, alors que j'ai envie de changer d'air. Je suis un vrai nul, de chez nul...

— Bon, alors, je ne change rien, OK ?

Mais c'est elle qui l'a. Le dernier mot. Et ce qu'elle me dit m'attrape tellement que j'oublie tout ce que j'ai bavé avec Sophie.

— Ne change rien, mon chéri. Tes choix t'appartiennent. Je t'aime comme tu es.

Ben non, finalement, c'est moi qui l'ai. Le dernier mot. En plus, je l'empoigne fort contre moi quand je la boucle, car je sais que finalement, elle a visé en plein dans le mille. Mais je n'ai plus de chien. Et je ne le lui dis pas.

— Moi aussi, maman.

Sophie m'appelle un peu après et comme d'hab pour me faire la gueule. Elle me casse tout le long. Ça me tue. J'ai failli lui dire que si elle pensait avoir un mec bourré de tunes, comme un toubib, par exemple, il fallait qu'elle me laisse tomber. Mais c'est peut-être ce qu'elle a fait. Peut-être qu'elle se tape un autre mec et qu'elle se fout de ma poire ? D'ailleurs, peut-être qu'elle est avec moi juste parce que j'ai fait fac de médecine ? Ça a dû lui faire une douche froide depuis que j'ai lâché mon cabinet de médecin généraliste ! Merde, je n'aurais pas dû lui répondre ! Je me serais moins fait chier ensuite à

ressasser toutes ces conneries qui trottent maintenant dans mon ciboulot. Je me laisserai plus avoir.
Pourquoi je lui ai fait miroiter que je faisais juste une pause dans notre relation ?
Putain de merde !

Cet après-midi, je poirote trente minutes dehors avant que la secrétaire de mon patron intérimaire me sonne. La météo n'est pas meilleure que ce matin, ça caille toujours. En plus, le vent n'arrête pas de délirer. Je me demande pourquoi ils nous font venir à l'aube si c'est juste pour qu'on tombe malade avant même d'avoir commencé. Heureusement que j'ai mis ma cagoule !
La belle plante se la ramène enfin et nous demande de la suivre. Je la détaille. Cheveux blonds relevés en chignon strict, jupe moulante arrivant au-dessus des genoux, chemisier dont les premiers boutons ont sauté pour permettre la vision du soutif. Elle roule du cul exagérément devant moi, je remarque les traces de son string et je lève les yeux au ciel.
Elle veut se faire sauter ou quoi ?
On arrive dans une salle avec une dizaine d'autres intérimaires. Des *tout-crachés* comme moi, avec les mêmes gueules de déterrés. Elle nous fait un *speech* de bienvenue, puis nous donne un badge, des fringues, des godasses, un casque et des gants. Elle fout une veste aux couleurs du nom de la boîte, puis elle nous fait voyager. Elle me fait rire avec ses échasses de poule. En plus, ça doit être super costaud de traîner avec ça dans les pattes ! *Au moins, ça la grandit.*
Tout le monde la suit à la queue leu leu. Au bout d'un long couloir, on atterrit dans une salle de réunion où elle nous fait l'exposé de l'histoire de la boîte : le patron est parti de rien, un ouvrier qui a eu une idée géniale de fabrication de machines, devenu premier employeur de la région. Elle nous vante ce qu'il a fait. On n'aurait pas dit, mais elle en sait, des trucs, la meuf.
Après une pause de dix minutes, histoire pour certains de fumer une clope, et pour d'autres de se les geler dehors, les heures suivantes, on les passe à apprendre ce qu'on doit savoir sur la sécurité. J'ai déjà mon certificat « sécurité », mais je tends l'oreille quand même.
Comme elle y va ! Elle connaît son affaire, en tout cas. Et au moins, en fin de journée, elle dit salut... je me demande pourquoi elle n'arrête pas de me viser tout le temps lorsqu'elle parle. À moins que ce ne soit uniquement un effet d'optique.

C'est tout pour aujourd'hui. Tout le monde s'affole et se tire.

Je suis en train de trotter vers la sortie lorsqu'un mec m'interpelle :

— Salut, moi, c'est Fred. Où c'est qu'on les met les fringues ?

J'arrête de marcher et je sors mes mains de mes poches pour lui montrer les casiers d'un doigt. Encore un qui n'a pas lu la doc et qui n'a pas ouvert ses oreilles. Pourtant, la nana l'a répété au moins cinq fois… mais comme je suis sympa et qu'il a l'air sympa lui aussi, je le dépanne.

— Tu peux aussi les emporter chez toi, tant que t'as pas de cadenas. Moi, c'est ce que je fais. En plus, je me sape à la baraque. Comme ça, j'suis pas obligé de me grouiller le matin.

Fred a l'air content de ma réponse.

— Pas con. J'ai déjà vu que t'en as dans ta cervelle. Merci, vieux. À demain.

— À demain, lui réponds-je.

Il a l'air sympa Fred. Faut jamais juger les gens avant de savoir qui ils sont.

Faut jamais juger un livre à sa couverture.

Mais malheureusement, tout le monde fait ça.

Voilà ma première journée de travail passée. Enfin, si on peut dire que c'était du taf. Demain, les tests de dextérité et ensuite trente jours de formation. Tout ça, rien que pour trois mois d'intérim… on n'arrête pas le progrès.

À la maison, de la bonne tambouille m'attend, ensuite une partie d'échecs. Cela faisait longtemps.

— Bon, mon chéri, tu veux les blancs ou les noirs ? Moi, je prends les noirs, et toi ? me demande-t-elle.

Je fais mine de gamberger un peu avant de prendre une décision.

— Eh bien, je prends les blancs, alors !

Nous pissons de rire tous les deux. Ça me fait du bien d'être là.

Le soir, avant de me pieuter, je lis le bouquin que m'a donné ma mère. Il me plaît bien.

Sophie s'en fiche de moi. Même pas un SMS pour savoir comment s'est passé mon après-midi de merde. Ou alors, elle fait encore la tronche. De toute façon, j'ai coupé mon téléphone, ce bouquin ne me lâche plus tellement il m'accroche !

Et puis, ça lui apprendra.

Putain, mais j'en ai rien à foutre d'elle, pourquoi je ne le lui dis pas clairement ?!

Chapitre 5 : jour 2 - le *job*
Lys

J'émerge doucement de mon rêve au moment même où je perçois au loin un son d'animal mécontent. Tobie gratte la porte de ma chambre avec fureur en lançant des cris de désespoir. Depuis quelque temps, je préfère boucler ma forteresse plutôt que de subir les léchouilles continuelles de mon meilleur ami sur tout mon visage au réveil. De plus, pouvoir dormir jusqu'à épuisement de mon sommeil est un autre avantage non négligeable.

Je m'étire et jette un coup d'œil à mon radio-réveil.

Onze heures ! Déjà ? Le temps passe à une allure hors de contrôle ! Mon corps s'allume et je me dresse subitement à côté de mon lit, mes pieds frappant lourdement mon parquet. Je suis ainsi, soit *« on »*, soit *« off »*. D'ailleurs, mon cher père n'a jamais trouvé le bouton pour me désactiver.

Je tente de calmer mon chien en le prévenant à travers la porte :

— Tobie, arrête ! Il faut apprendre à être patient, comme ta maîtresse !

Ce qu'il ne fait pas, évidemment, bien au contraire. Il exagère un peu plus, et parvient miraculeusement à ouvrir la porte. J'aperçois mon animal domestique qui s'étale sur le sol, les deux pattes de devant en premier et Brun, le chat de maman, qui le suit. La belle équipe ! Tobie s'est occupé sans doute de la poignée de la porte avec sa patte droite pendant que Brun l'entrouvrait avec l'une de ses pattes. Je les ai déjà vus à l'œuvre !

Je ris de bon cœur avant de leur faire un câlin à tous les deux.

— La prochaine fois, mes coquins, je fermerai ma porte à clé !

Brun ne tarde pas à s'en aller tandis que Tobie va chercher sa laisse pour me la rapporter. Je pense qu'il doit avoir un besoin pressant. Je m'habille à la hâte pour lui faire faire sa promenade du matin.

Je regarde par la fenêtre pour vérifier la météo. Quelle chance, aujourd'hui, il fait beau ! Ce qui a le don d'embellir ma journée et de me faire oublier celle d'hier. Et surtout qui m'évite un équipement antipluie, que ce soit pour Tobie ou pour moi !

Lors de sa promenade, mon chien prend son temps, pendant que moi, j'en profite pour respirer l'air pur à pleins poumons. Histoire d'évacuer toute la négativité emmagasinée lors de ma dernière virée intitulée *à la recherche d'un emploi pour Lys*. Tout le long du trajet, je parle à Tobie. Il me regarde de temps en temps comme pour approuver mes propos. Lui au moins, il m'écoute et ne me demande jamais rien en échange. Un trésor d'être vivant ! Il ne lui manque plus que la parole !

À notre retour, il est presque midi, ma mère m'accueille sur le seuil de la maison (oui, chose importante : j'habite encore chez mes parents…). Elle m'ordonne de me remettre en beauté pour un déjeuner avec la famille d'Hubert.

Hubert est mon fiancé depuis trois ans. Il est de bonne famille et très gentil. Mais ça, je l'ai déjà dit. Il porte en lui le galon suprême du parfait gendre pour mon père. D'ailleurs, c'est son bras droit à l'usine. Aujourd'hui, il est en tenue décontractée : jeans bleu, chemise blanche. Sa veste de costume bleue est admirablement bien assortie à ses yeux de la même couleur. Ses cheveux blonds coupés court sans qu'aucune mèche rebelle ne s'échappe sur son front sont très beaux. Il est rasé de près, en réalité, je déteste tout ce qui ressemble de près ou de loin à des poils sur le menton.

Il est très beau, mon fiancé, même s'il m'embrasse sur la joue, comme d'habitude.

Et que je ne ressens pas le besoin de plus, comme toujours.

Hubert et Lys… cela sonne plutôt bien.

Du moins à l'oreille.

Mais notre relation nous convient à tous les deux, même si elle est platonique.

Alors, pourquoi je remets le coup de folie d'hier sur le périph ?

Le périph… le mec de la voiture à côté…

Je soupire sans comprendre le sens de ma pensée et déverrouille mon téléphone portable pour jeter un œil sur mes comptes Instagram et Facebook.

Le déjeuner se déroule dans un restaurant gastronomique de Colmar. Une salade alsacienne en entrée, un coq au vin en plat de résistance et en dessert un fondant au chocolat : tel a été mon choix. En réalité, lors de ce type de repas à consonance *familiale*, les discussions tournent toujours autour des affaires, de l'usine, du recrutement d'intérimaires afin de faire face à l'augmentation des commandes exceptionnelles. Je ne participe pas, comme à mon habitude. À la place, je pianote sur mon *smartphone* et m'éloigne de plus en plus de la discussion jusqu'à ce que mon père m'interpelle :

— Et toi, Lys, qu'en penses-tu ?

Surprise, je réfléchis à ma réponse, tout en cliquant sur *j'aime* sur une vidéo extrêmement hilarante.

— Euh… oui, je suis entièrement en accord avec ta stratégie, lui réponds-je d'une manière affirmée même si je ne sais pas de quoi il retourne.

Mon père me force à le regarder en face en se raclant la gorge d'une manière non équivoque.

— Donc, tu penses comme moi.

Je le fixe, avec un regard appuyé en me désintéressant de mon téléphone un instant.

Pour marquer mon assurance, je saisis mon verre de vin blanc pour le porter à ma bouche juste après lui avoir répondu.

— Oui, tout à fait.

Mon père me propose un sourire satisfait qui engendre une vague de frissons en moi avant qu'il ne m'apprenne une nouvelle inattendue.

— Tu commences demain, ma chérie, me dit-il le plus naturellement du monde.

Je manque de m'étouffer avec la gorgée de vin que je viens d'avaler de travers. Quel est le sujet ? Que viens-je faire là-dedans ? À présent, mon père affiche un air pervers. Il m'a piégée ! Il m'a tendu un traquenard et je m'y suis enlisée ! Mais à l'intérieur de quoi ? Telle est ma question actuelle qui se cache au fond de ma gorge.

Il reprend, sans se démonter.

— Ne t'étouffe pas, ma chérie ! Hubert sera là pour te guider. Ne t'inquiète pas outre mesure !

Je m'essuie la bouche pour prononcer les remerciements qui sont de rigueur.

— Merci, papa.

Mais de quoi parlent-ils, à la fin ?

Mon incompréhension doit se lire sur mon visage puisque mon père étoffe son explication et met fin au *suspense* qu'il me fait endurer.

— Et puis le fait de démarrer à la chaîne dans l'usine te permettra de comprendre le processus de fabrication et surtout de sélectionner les meilleurs intérimaires pour les embauches ! Après, tu travailleras à la direction avec Hubert. De toute façon, tu ne trouves pas de poste à ta hauteur ailleurs.

Mon visage se pétrifie d'un coup. Il m'offre un travail dans son usine ! C'est bien la dernière chose au monde qui m'attire ! Par ailleurs, je croyais que mon père et moi étions d'accord là-dessus !
Je réplique furieusement en tentant de garder mon calme :
— J'ai un seul problème, papa. Ce n'est pas un cadeau d'être ta fille... enfin, je veux dire, lorsque les ouvriers connaîtront mon identité, ils me mèneront la vie dure et je ne pourrai pas...
Maintenant, il se frotte le nez et me coupe la parole.
— Hubert a tout prévu, ma chérie. Tu ne seras pas ma fille dans l'usine, mais une intérimaire comme les autres, au départ. Même parcours que les autres, même formation, même travail et même salaire de mille trois cents euros pour commencer. N'est-ce pas une formidable idée ?

Hubert, maintenant... ben voyons...

Sans aucune autre issue possible, je hausse les épaules en signe de résignation. Mille trois cents euros... même mon recruteur hier manifestait plus de charité à mon égard !
Je réponds avec force pour lui prouver que son piège ne m'atteint pas.
— Dans ce cas... si Hubert a tout prévu, je ne m'inquiète plus. Merci pour ta générosité. Vraiment...

Mon fondant au chocolat est devenu indigeste d'un coup : moi, dans une usine qui contient en son sein quatre-vingt-dix-huit pour cent d'hommes. Une faune en chaleur ! N'ayant aucun égard envers la gent féminine ! Se rend-il vraiment compte de l'effort considérable qu'il me demande ? Puisque c'est comme cela, ce soir, je me coupe les cheveux à la garçonne et je me les teins en roux avec une mèche bleue !

Ma nouvelle vie approche... c'est vraiment... formidable... ce soir, j'écrirai *formidable* en grand dans mon livre... pour ne jamais l'oublier !

Mon père reprend la conversation.

Quoi ? Ce n'est pas encore terminé ? Il veut m'achever ?

— Encore une petite chose, ma chérie : avec ta mère et les parents d'Hubert, nous avons pensé qu'il était temps que vous viviez ensemble dans un appartement en ville. Nous préparerons le mariage pour l'été prochain. Tu es contente ?

C'est la goutte d'eau. Ce qu'il me manquait après ma journée d'hier ! Ma gorge se noue : ils m'exproprient de ma propre maison si douillette et me forcent à vivre avec Hubert avant le mariage. J'espère au moins que je garderai ma voiture...

Mais je ne veux pas m'unir avec lui, moi ! Je ne sais même pas comment il fait l'amour !

Je ne sais même pas s'il me plaît... pour toute une vie, moi !

Déployant mes talents de diplomatie pour ne pas froisser Hubert et ses parents, je brandis une excuse imparable.

Pourquoi tu ne quittes pas Hubert ? Tu ne l'aimes pas ! Quel mec sensé ne touche pas sa copine au bout de trois ans de fiançailles, Lys ? Et toi, as-tu vraiment envie d'écarter les jambes pour lui ? Réfléchis au lieu de perdre plus de temps ! Le temps est une denrée précieuse, Lys, inutile d'en perdre ! La vie est très courte !

Je balaye d'un clignement de paupières les pensées que j'attribue à Lilou, ma meilleure amie, avant de défendre ma cause. D'un je suis jeune, la vie est donc un peu plus longue et de deux…

Bref.

— Génial, papa, mais vivre avec Hubert avant le mariage serait un scandale, non ?

Que nenni ! Lorsque mon père est sur la rampe de lancement, il s'envole dans l'espace sans aucun moyen pour qu'on le récupère ! Même s'il a oublié sa combinaison spatiale.

En joignant le geste à la parole, il termine en apothéose.

— Soyons fous, ma chérie, et vivons avec notre temps ! Tu as ma bénédiction et celle de ta mère. D'ailleurs, Hubert est fou de joie ! N'est-ce pas, Hubert ?

Hubert garde le silence, je pense qu'il ne l'attendait pas, celle-là. Son sourire niais en est la preuve la plus stricte. Cependant, nos parents l'ignorent et font comme s'ils nous avaient octroyé une faveur. Nous nous observons tous les deux, n'osant rien contredire. Nous n'avons jamais évoqué l'éventualité d'aller aussi loin dans notre relation. Et eux ? Ils décident de notre avenir sans prendre la peine de recueillir notre avis.

Nos téléphones portables se révèlent alors notre seul recours à tous les deux. Nous portons nos deux regards sur eux. En ce qui me concerne, je n'ai même plus envie de rire lorsque je lis le commentaire de Lilou sur la vidéo saugrenue à laquelle j'ai attribué mon approbation. Les parents et beaux-parents changent de conversation comme si de rien n'était. Tout à leur image.

Au bout d'un moment, Hubert et moi délaissons nos *smartphones* et éclatons de rire simultanément, ce qui a pour effet de couper le son de la voix de nos parents sur-le-champ. Mon fiancé s'aventure le premier.

— Enfin débarrassés de nos parents ! Il nous en aura fallu, du temps ! déclare-t-il en prononçant distinctement chaque mot, haut et fort comme s'il avait affaire à des illettrés.

J'accuse réception de son message et poursuis sur la même lancée.

— Ne m'en parle pas ! Enfin libres ! Merci beaucoup, papa, pour ton ouverture d'esprit, lui dis-je avec un clin d'œil.

Hubert les achève.

— Oui, terminé les déjeuners du dimanche ! Nous sommes libres de faire ce qu'il nous plaît de notre temps !

C'est ce qui s'appelle le revers de la médaille : nos parents, mal à l'aise, semblent avoir peur de ne plus pouvoir nous forcer à exécuter leurs rituels ridicules qu'ils nous imposent chaque semaine. Dont le fameux déjeuner hebdomadaire du dimanche tous ensemble, une fois chez l'un, une fois chez l'autre, à tour de rôle.

Car finalement, pourquoi pas ? Nous nous aimons *bien,* tous les deux ! Une idée folle peut devenir une idée de génie. Merci, papa !

Et voilà, c'est le genre d'évènements que je déteste introduire dans mon livre... car totalement impromptus... mais c'est très, très excitant !

Je soupire.

Ou pas.

Chapitre 6 : jour 3 - le premier jour dans l'usine de papa
Lys

Le réveil est dur. Mes yeux sont épuisés. Leurs poches sont tellement creuses et les cernes tellement prononcés que ma beauté et mon humeur joyeuse s'évanouissent d'un coup. Il est six heures du matin lorsque je descends dans la cuisine, prête pour prendre mon petit déjeuner.

Mon père sirote tranquillement son café, ses iris plongés dans son journal lorsqu'il m'aperçoit. Il porte son costume gris, sa chemise blanche et sa cravate bleue. Frais et dispo pour se rendre à l'usine comme chaque matin que Dieu fait. Rasé de près, comme toujours. À presque cinquante ans, il a toujours une chevelure blonde magnifique.

— Bonjour, ma chérie. Tu es tellement… tellement… différente, ce matin ! observe-t-il de ses yeux bleus inquisiteurs.

— Tu as vu juste, mon papa chéri ! Comment me trouves-tu ? lui demandé-je en pivotant sur moi-même.

Il plisse les yeux et fait une moue pensive. Sa bouche s'ouvre de surprise lorsqu'il me remarque *vraiment*. Je devine ce qui le choque. Mon allure a changé. Hier, je me suis offert une nouvelle coupe à la garçonne et j'ai coloré mes cheveux en noir. J'ai troqué mes tenues sexy pour la tenue de travail officielle de « Machines Haller » – un pantalon et une veste de type bleu de travail – même si la couleur verte de celle-ci ne se marie pas tout à fait avec mon teint. Il sourit et me pointe de son majeur.

— Ta nouvelle allure est très… comment dirais-je… très bien. Très bien. Oui, c'est ça. Très bien. Étonnant, mais astucieux !

Ma mère ne prononce aucun mot, mais j'imagine ce qu'elle pense en ce moment. Elle passe une main sur sa longue chevelure blonde. Ses yeux bleus deviennent plus pâles, ses paupières ornées d'une poudre rose discrète battent une fois. Elle quitte son siège à côté de papa, passe ses mains machinalement sur sa jupe pour la lisser, puis tire sur son chemisier pour le rajuster sur son bas.

D'un air exprimant du regret, elle me caresse les cheveux en tentant de se remémorer leur couleur d'origine. Ce qui confirme mes soupçons.

— Ouais ! Ça déchire grave ! leur réponds-je avec un sourire, contente de mon effet.

Mon père ne laisse pas mon attitude provocatrice l'atteindre et me rétorque sans détour :

— Langage adapté au terrain : j'adore ! Tu es déjà dans le bain ! me déclare-t-il en exécutant un clin d'œil.

Maman fait une moue avec ses lèvres rosées. Elle est contrariée, mais reste muette. Mon père reprend.

— Ce qu'il faut, Lys, c'est s'adapter à ton interlocuteur, tu l'as compris. Ton intégration sera très facilitée ensuite. Mais attention : tu dois le respect à mes employés, ils ne sont pas pour autant une bassesse de l'humanité. Ce n'est pas parce qu'ils ne sont pas nés dans un cocon familial comme le tien que tu dois les dénigrer. Le *respect*, Lys. C'est le pilier de la performance sociale. Et s'il n'y a pas de performance sociale, il n'y a pas de performance tout court. Un système gagnant-gagnant ! Tu piges ?

Pour qui me prend-il ? Je n'ai jamais pris ses ouvriers comme tels !

Je suis outrée qu'il pense cela de moi.

Il se lève d'un coup, rajuste sa cravate en soie autour de son cou, insère un mouchoir de la même couleur dans la poche haute gauche de sa veste, m'embrasse, étreint ma mère et s'en va.

Que peut-il savoir sur le sujet ? Lui, il ne les côtoie jamais ! Comment pourrait-il comprendre quoi que ce soit sur le terrain ? Ce qui l'intéresse, ce sont les profits que son entreprise génère. C'est à peu près tout.

En chassant mes pensées, je m'assieds pour prendre mon petit déjeuner avec maman. Je n'ai pas faim. Aussi, je picore quelques grains de céréales dans son bol pour lui prouver ma bonne volonté. Mais elle réagit comme le ferait chaque mère dans ces mêmes circonstances : avec un sermon écrit d'avance.

— Il faut prendre un bon petit déjeuner, Lys. À l'usine, il faut beaucoup d'énergie. Être ouvrier, ce n'est pas simple, m'explique-t-elle.

Elle exagère. Franchement, qu'y a-t-il de difficile à reproduire un geste unique pendant sept heures par jour ? De plus, Hub m'a dit qu'il était accordé des pauses de dix minutes aux ouvriers régulièrement !

Son métier à elle est plus difficile : avocate, c'est hyper dur ! Moi, je ne pourrais jamais défendre qui que ce soit. Surtout dans sa spécialité. Les divorces. Voir le déchirement de couples, ce n'est pas pour moi.

Je prends rapidement congé pour me rendre à l'usine. Et afin de me soumettre à la volonté de papa, c'est-à-dire *me fondre dans la masse et ne pas me faire remarquer*, je décide de prendre le bus. Par ailleurs, l'idée d'être finalement une espionne me plaît bien. Sans compter que je vais me la couler douce ! Mis à part la mission que m'a confiée papa, optimiser au maximum les processus de fabrication, choisir les CDI parmi les meilleurs intérimaires. Normal, c'est ma formation ! Et je suis très douée.

Enfin, je crois...

L'arrêt de bus siège pile en face de l'entrée de notre maison. Je le rejoins rapidement. Quelques personnes s'agglutinent déjà en plongeant leur regard au loin, pour espérer entrevoir l'autocar, comme si cet acte pouvait le faire venir plus rapidement. Lorsqu'il arrive, tous s'apprêtent à y monter en premier. Ne voulant pas faire l'objet d'une crêpe matinale, j'attends que la dernière personne y grimpe pour rejoindre la masse des visages blasés du matin.

Le bus est bondé à cette heure et mes narines subissent les relents d'autres personnes, ce qui a pour effet de m'écœurer au plus haut point. Cependant, je ne peux m'évader. Il n'y a pas d'issue possible. Il ne me reste plus qu'à faire de l'apnée jusqu'au prochain arrêt. Je terminerai à pied.

Lorsque l'autocar s'arrête enfin, je suis au bord de l'asphyxie. Tant et si bien qu'un jeune homme inquiet prend de mes nouvelles. Je sors rapidement, puis aspire une bouffée d'oxygène qui réalimente tout mon organisme. Ensuite, je marche. Le trottoir traîne en longueur. Je n'avais jamais remarqué à quel point il était doté d'un nombre incalculable de mètres. Dans tous les cas, en voiture, cela ne se remarque pas. Pourquoi personne ne m'a prévenue qu'il restait encore au moins dix kilomètres après cet arrêt de bus pour atteindre ma destination ?

OK, j'exagère à peine... Cinq ? Quatre ? Bah... j'en sais rien.

N'ayant que mes pieds pour me porter, je presse le pas en tenant compte de mon souffle, qui s'accélère dangereusement. Il faudra que je me programme des séances de cardio, j'ai le sentiment que ma bonne condition physique s'éloigne de plus en plus de moi.

Mon téléphone sonne : c'est Hubert. *Que fais-je ?* me demande-t-il sans détour. Eh bien, je marche, car j'ai failli m'évanouir dans le bus. Que puis-je y faire si j'ai dû descendre deux arrêts plus tôt ? Préférait-il ma mort ou ma mort ? *Non, inutile de venir me chercher. Je suis une clandestine, Hub, ne l'oublie pas !*

Je raccroche, puis je poursuis mon chemin en transpirant à grosses gouttes. Heureusement que les températures restent au-dessus de zéro, sinon je me transformerais en glaçon !

Je franchis enfin la porte de l'usine une heure après celle prévue. Dans le hall, je suis attendue par un Hubert à bout de nerfs qui me conduit à l'endroit où doivent s'effectuer les tests de dextérité. Je ne peux pas m'empêcher de le trouver beau, avec son costume identique à celui de mon père, mais beaucoup plus sexy sur lui. Il passe une main nerveuse dans ses cheveux blonds, frotte son menton impeccable et me fixe avec ses yeux bleus d'une manière furieuse. Les salutations intimes ne sont pas d'actualité. Sans aucune autre alternative, je cours derrière lui jusqu'à ladite salle. J'arrive la dernière, sans surprise. Hubert m'abandonne lâchement à mon sort. Apparemment, le terme solidarité est un mot inconnu dans son dictionnaire !

Pendant qu'il referme la porte derrière lui, j'essaie un sourire maladroit. La pièce doit faire dans les vingt mètres carrés. Je la balaye rapidement du regard : les murs, le sol... tout est gris et il n'y a aucune source de lumière naturelle. La première pensée qui me vient, c'est qu'elle n'est pas accueillante et qu'y rester toute une journée doit nous rendre moroses.

L'assemblée me dévisage comme si j'étais une intruse, me donnant l'impression d'être démasquée. J'imagine déjà mon père mécontent par mon attitude déshonorante qui risque de compromettre ma fonction d'agent secret.

S'ils savaient que je suis la fille du patron ! Que je suis là pour les observer et choisir qui aura le droit de rester ? Que je suis là pour augmenter la productivité !

Bon, je suis là aussi pour améliorer les conditions de travail, les outils et la performance sociale. Entre autres.

Je me tiens debout, au milieu de ces fauves toutefois maîtrisés par ma bonne odeur corporelle, réfléchissant à ce qui va m'être demandé. En attendant et avec délicatesse, je laisse mes yeux élaborer un tour de piste à titre de reconnaissance. La réponse est sans appel. Tous des hommes, comme prévu, une dizaine. Je ne regarde pas leurs visages que je sens sur moi, je ne m'attarde que sur leurs tenues. Tous vêtus comme moi, en tenue verte de Machines H. Des hommes qui s'éloignent de moi avec dégoût. Génial : je crois que je comprends le ressentiment des gens malodorants du bus, maintenant. Si Hub m'en avait laissé le temps, je serais passée dans les toilettes des femmes pour me rafraîchir un peu. Mais non. Comportement purement égoïste de sa part. Qu'importait-il si j'affichais deux minuscules minutes de retard supplémentaires ? *Rien. Cela n'aurait pas changé la face du monde mis à part la sienne, bien évidemment.*

Ces gens manquent *a priori* d'éducation. J'ai l'impression que tous me dévisagent comme si j'étais une espèce en voie d'extinction. Il y a des blonds, des bruns… bref, je ne m'y attarde pas plus que nécessaire. Ils sont là pour obtenir un contrat illimité et moi pareil.

Enfin, presque.

La secrétaire de mon père, chargée de recopier bêtement les résultats des tests dans des fiches, m'observe également d'un air railleur. Elle affiche ouvertement sa satisfaction devant mon erreur, car elle sait qui je suis. Elle. Elle qui, dans ses songes, espère qu'Hubert s'attachera un jour à sa personne. Elle qui espère devenir un jour la femme du bras droit d'une usine brassant des bénéfices impressionnants. Elle qui n'aura jamais Hubert, même si un jour nos deux chemins se séparent. Mon sixième sens l'affirme et le certifie.

Embarrassée malgré moi, je joue la carte des excuses dûment justifiées :

— Désolée pour mon retard, ma voiture est en panne et j'ai dû me dépêcher.

Une phrase lancée en vain, car plus personne ne prête attention à moi. La secrétaire réactive le bouton de notre examinateur, qui prononce le départ du chronomètre. Un ordre de passage est annoncé clairement, mot après mot, avec une reformulation supplémentaire, comme si nous étions tous à l'école maternelle.

Elle nous prend pour des débiles ou quoi ?

À retranscrire dans mon rapport.

Elle me signifie que je serai la dernière à être notée en arquant un sourcil. Simple punition de la jolie secrétaire, j'en suis certaine. Néanmoins, cette grande pétasse me fait une fleur, puisque ainsi, je pourrai avoir tout le loisir d'observer comment les autres s'y prennent. Il faudra que je pense à la remercier pour ce geste bénévole !

Franchement, elle a besoin de venir en minijupe et pull avec un décolleté plongeant au travail ?

Noter qu'elle ne respecte pas le port de la veste des Machines Haller. Enfin, elle l'a revêtue, mais elle ne l'a pas boutonnée, je suppose pour que tous les hommes ici puissent la dévorer des yeux !

Elle m'agace, grrr !!

Demain, je demanderai à Hub de me conduire. *Incognito.* Deux heures avant que les autres n'arrivent à l'usine. Je raconterai également à mon père comment sa jolie secrétaire m'a disqualifiée devant les autres. Balle de match. À mon profit, naturellement.

Pour un premier jour, c'est réussi. Une chose est certaine : j'ai fait de l'effet !

Il faut que je le note dans mon livre : *j'ai fait de l'effet*. C'est déjà ça...

Chapitre 7 : jour 3 - l'allumage
Félix

— Qu'est-ce qu'elle chlingue, cette meuf ! me chuchote Fred.

Elle doit surtout être super mal à l'aise. Je n'aimerais pas être à sa place. La pauvre ! De toute manière, après une journée de boulot, personne ne sentira la rose…

Faut dire que la tenue vert pomme lui va plutôt bien, avec ses yeux bleus, ça tranche. D'ailleurs, la couleur de ses yeux avec sa tignasse noire est pas mal non plus.

Pourquoi je souris comme un idiot en la regardant ? J'étrécis les yeux comme pour chercher un truc dans son visage. Quelque chose me turlupine. Pourtant, je ne la connais pas. Ou alors j'ai dû la voir dans un bar avant de déménager à Paris ? Non, il y a tellement de meufs qui lui ressemblent avec cette coupe et cette couleur de tifs ! Pourtant, il y a un truc. Un détail qui me perturbe. Ce sourire.

C'est con, mais je crois qu'elle me plaît.

Je la scrute intensément. Maintenant, c'est à son tour de nous montrer de quel bois elle se chauffe. Elle prend la visseuse et se lance. Elle met les bouchées doubles. Son front est trempé. Elle en chie. En plus, elle est chronométrée. La vache !

Quand je la vois comme ça, et que la secrétaire ricane en constatant qu'elle n'y arrive pas, je ne sais pas ce qu'il me prend, mais j'ai mal au ventre pour elle. Je me gratouille le crâne puis, sans réfléchir plus que ça, je vais vers elle pour lui filer un coup de main. Personne ne bronche. Je lui demande l'outil et elle me le donne sans moufter.

Putain, le regard soutenu qu'elle me lance me fait perdre la notion du temps pendant trois secondes !

Je déglutis et lui explique comment il faut faire. Elle se décale pour me laisser de la place.

— Attends. Regarde, la visseuse, tu la prends juste comme ça, tu la poses droite, et puis tu appuies tout doucement. Tu vois, c'est facile. Maintenant, à toi, lui fais-je en lui tendant la machine.

Je me tiens tout près d'elle en faisant gaffe de ne pas la toucher. J'ai presque cogné sa main contre la mienne sans faire exprès et ça m'a fait frissonner en me donnant les jetons. Je sens son souffle sortir de sa bouche et entrer dans la mienne. Ensuite, je me retire en m'éloignant d'elle d'au moins trois pas pour retrouver ma place initiale.

Moi, je ne trouve pas qu'elle pue.

Fred dresse son pouce comme pour me dire que j'ai fait un truc génial.

— Malin, mon gars. Tu sais qu'on est notés sur l'entraide, alors tu viens au secours d'une meuf paumée ! T'en as vraiment là-dedans, me lance-t-il en se tambourinant le crâne avec un doigt.

Je lève les yeux au ciel pour lui faire saisir qu'il raconte n'importe quoi. Mais j'ai une drôle de sensation au creux de l'estomac. J'ai l'impression d'être un voleur que l'on aurait pris la main dans le sac, parce qu'en réalité, j'ai aidé cette fille parce que… bref. Alors, je trouve une excuse complètement bidon. La seule qui me vienne à l'esprit pour le dégager loin de ce que je ne veux pas qu'il pense.

— Non. T'as pas compris. C'est pour la note.

Cette fois c'est lui qui me joue le type avec les yeux levés vers le ciel.

— C'est qu'est-ce que je dis ! Mais ma parole, t'es dans la lune, mon gars !

C'est pas faux. Je ne sais plus ce que je raconte. *Elle* m'a perturbé. Mais bon, j'ai fait d'une pierre deux coups sans le vouloir et j'ai droit à un nouveau bâton bonus dans mon papelard.

La secrétaire du patron s'approche de moi en me forçant à me décaler vers Fred tellement elle me frôle. Elle, elle empeste un mélange de clope et de bonbon à la menthe. Sauf qu'elle, elle s'en bat les ailes, elle continue à me coller presque sans vergogne. Cette gonzesse n'y va pas de main morte ! Si je ne savais pas ce qu'elle cherche, maintenant, c'est clair comme de l'eau de roche.

Elle se frotte les cheveux, sûrement pour m'appâter. Je vois plein de pellicules flotter dans les airs. Faut même que je m'écarte pour ne pas en recevoir sur moi.

Dégueu !

Elle continue sa drague. De loin, je vois les autres gars qui bavent. En même temps, elle le cherche, à force de se fringuer comme une pute.

Elle me fait voir toutes ses belles dents avant de me lancer des fleurs. Je m'éloigne de nouveau un peu d'elle. Je n'aimerais pas être catalogué par mon chef, d'ici à ce qu'elle m'accuse d'un truc pas très légal, il n'y a qu'un pas, alors que c'est elle qui me cherche.

Elle fait semblant de ne rien remarquer, mais je pense qu'elle a pigé, car elle ne bouge plus.

— Félicitations, Félix. Je peux vous appeler Félix ? me demande-t-elle.

Elle continue à me faire du rentre-dedans et là, devant plein de témoins. Finalement, appelle-moi comme tu veux, surtout, ne te gêne pas. Un mec, ça aime bien les flatteries... surtout lorsque ça vient d'une Géraldine...

— Oui, bien sûr, lui réponds-je.

Je rêve où elle rougit ? Il lui en faut très peu, à elle. Je n'ai rien dit de spécial, pourtant ! En plus, ce n'est pas trop mon genre. Encore moins le truc des pellicules.

Fred fait une drôle de tronche pour finalement me dire une chose débile devant elle.

Il est con, ce con, ou il est con ?

— Putain, tu lui as tapé dans l'œil, à la jolie blonde ! T'as vu comme elle est rouge ? Si tu veux mon avis, t'as qu'un mot à lui dire et c'est dans le sac !

Je la regarde et je lui souris. Elle est passé un cran au-dessus au niveau du rouge, il a raison.

Fred me donne un coup de coude. Je lui lance un regard mortel de celui qui lui dit d'arrêter son char. À force de la charrier, elle va y croire, alors qu'elle ne me branche pas du tout.

Elle attend encore un peu sans rien moufter, puis repart en se dandinant du cul. Je suis sûr qu'elle le fait pour que je la mate. Ce n'est même pas naturel. Elle pousse le bouchon un peu trop loin. Même un aveugle le verrait. Bon, je ne suis qu'un mec, après tout, et avec Sophie, c'est un peu la dèche en ce moment. Donc je la zieute encore un peu.

Les blondes ne m'ont jamais attiré.

Finalement, elle n'a rien de canon, cette fille, en plus, j'ai l'impression qu'elle fabrique sa toile d'araignée pour y faire tomber tous les mecs qu'elle croise. Il n'y a qu'à voir tous les gars là, encore avec la langue dehors.

Bon, ce n'est pas tout ça, mais il faut que j'écoute l'examinateur qui nous dit les résultats.

Mes yeux dévient sur la fille aux yeux bleus sans faire gaffe plus que ça et lorsqu'ils rejoignent les siens, mon cœur me donne un coup. Mon souffle se coupe.

Bordel, c'était quoi, ce truc ?

Je cligne les paupières pour casser le contact et revenir sur Terre. Je respire un bon coup.

Il se passe quoi, là, déjà ?

Ah, d'accord ! Les tests sont tous terminés et tous ont obtenu la note mini qu'il faut.

En clair, le droit de rester trois mois.

Moi, je me suis tapé la meilleure note qu'il est possible d'avoir. Je crois que comme d'hab', je vais me coltiner les tafs les plus costauds. Mais c'est la vie. Il y en a qui ont la chance d'avoir des postes pénards et d'autres comme moi qui sont condamnés à des boulots compliqués à perpétuité. Mais bon, je m'en fiche. Et comme dirait l'autre, l'essentiel, c'est d'avoir un *job*.

On attend quelques secondes d'avoir le nom du poste où on va nous foutre. J'ai de la chance, je suis avec Fred et Lily (c'est la meuf que j'ai aidée). Il faut croire qu'à nous trois, nous sommes l'élite de l'usine, puisqu'on nous réserve des postes où les types déclarent forfait au bout d'une semaine seulement. Mais bon, comme ils nous ont dit : faut pas déconner, il faut bien un poste à la hauteur de nos capacités, sinon on risque de s'ennuyer, à force !

Ouais... ouais...

L'examinateur se barre après avoir sonné la pause. Tous dehors, histoire de se rafraîchir les neurones. Comme à l'école.

Elle s'appelle Lily, c'est mignon comme prénom...

Fred me chope par le bras pour m'éloigner du coin des fumeurs.

— Viens par-là ! Il ne faudrait pas qu'on attrape un cancer du poumon ! me dit-il sans badiner.

Bon, même si cette maladie ne s'attrape pas avec la fumée de cigarette, je ne lui dis rien et le suis quand même.

Au loin, Lily est à part. En même temps, avec tous ces chiens en chaleur dans l'arène, je la comprends. C'est dingue, d'habitude, je détaille la plastique des meufs, elle, je ne regarde que ses yeux en essayant de les attraper avec les miens.

Je guette ce qu'elle fait en écoutant Fred de loin.

Elle a des écouteurs dans ses pavillons et balance son bocal en cadence. Après quelques secondes, elle se met à sautiller sur place. Elle danse ? Elle enfile ses lunettes de soleil et elle secoue encore un peu plus sa tête. Qu'est-ce qu'elle fout ? On dirait bien que...

Bordel, elle me dit vraiment quelque chose...

— C'est pas con, qu'est ce qu'elle fait ? me demande Fred.

— Quoi ? lui demandé-je, distrait, ne la lâchant pas du regard.

— Là, comme elle fait. Elle se réchauffe, quoi !

— Ah...

Au moment où je lui réponds, elle enlève ses lunettes de soleil, puis me fixe droit dans les yeux. Cette bouille... ces yeux... je la connais, c'est sûr. Mais d'où ? Elle arrête de frétiller, enlève ses écouteurs et a l'air de réfléchir.

Putain de merde…

Maintenant, ça y est. Je me rappelle. Elle aussi, elle me remet. Elle vient vers moi, puis me cause.

— Tu es l'homme du périph ?

Elle me lance cette phrase, puis s'en va pour s'enfoncer dans l'usine. J'ai même pas le temps de lui taper une réponse. J'hallucine. Elle ne peut pas me dire ça, puis me laisser planté là sans rien dire d'autre !

Je savais que je l'avais déjà vue quelque part. La blondasse complètement disjonctée d'il y a deux jours.

Sauf qu'elle s'est teint les cheveux, qu'ils sont plus courts.

Bordel, elle est aussi bandante que lorsque je l'ai vue dans sa caisse ! En blonde, en brune, en noir, je crois que je m'en tape, en fait.

Elle fait moins guindée. Moins *pin-up* comme ça.

Merde, j'aime pas les blondes !

Putain, la vie est zarbi ! Quelles chances on avait de se retrouver ici dans cette usine pourrie ?

Quel putain de hasard ?

Je m'en fiche si elle était blonde au départ.

Quelle putain de bombe !

Bordel, pourquoi elle agrippe déjà ma cervelle comme ça alors qu'on se connaît pas ?

Comme il est l'heure du casse-croûte, on nous emmène dans la salle de pause, où sont plantées des chaises métalliques autour d'une grande table carrée genre béton. Les quatorze autres s'installent déjà.

Je détecte rapidement le micro-ondes et je sors ma gamelle pour la réchauffer. On se les gèle et la couleur grise des murs et du sol n'améliore pas notre ressenti. Les autres autour de la table sortent leur casse-dalle de leur sac et bavent lorsqu'ils voient mon émincé de poulet à la crème mitonné par ma mère. Je pose mon cul sur la chaise libre à côté de Fred.

Ms yeux dévient en direction de la meuf du périph qui se tient en bout de table, à trois mètres de moi environ.

— T'en as de la chance d'avoir une bonne femme qui te fait des trucs à se taper le cul par terre ! Faudra lui dire qu'elle le fasse pour quinze, demain ! me dit un gars.

Je saisis ma fourchette et pioche au hasard un morceau de volaille. Sans prévenir, mes yeux dévient sur ceux de la meuf du périph comme s'ils étaient aimantés.

Bordel, on dirait qu'ils collent et que je n'arrive pas à les dévisser d'elle !

Soudain, Lily baisse les yeux et fait une drôle de grimace.
Peut-être que c'est son casse-dalle qui est dégueulasse ?
Son regard s'accroche au mien comme un pou sur un crâne.
Bordel, il y a un truc qui m'a pincé l'estomac sans sommation !
Dans un effort terrible, je me défais de ses pupilles brillantes pour jeter un œil à Fred. Mon nouveau pote me fait un clin d'œil.

— T'as vu comme elle déchire son casse-croûte avec ses dents ? me chuchote-t-il à l'oreille.

— Je ne vois pas en quoi ça me concerne, lui réponds-je en continuant à bouffer en ordonnant à mon cerveau d'éviter de demander à mes yeux de la zieuter.

— Elle est jalouse de ta copine. Si elle existe vraiment, elle la graillerait toute crue.

— Mais je n'ai pas de copine. Enfin, ce n'est pas elle qui m'a fait la tambouille. Et puis, qu'est-ce que ça peut lui foutre ?

— Je crois qu'elle te kiffe.

Je souris en continuant à becter, laissant mes yeux faire ce qu'ils veulent : revoir ceux de la meuf qui me bouffe du regard. Je ne sais pas pourquoi, mais j'ai la banane. Enfin, jusqu'à ce que je voie arriver un mec de la direction qui s'appelle Hubert machin-chose, à ce qu'il vient de dire. Je n'ai jamais vu quelqu'un d'aussi snob. Pour lui, je suis sûr qu'on est de la merde. Tous, sauf Lily, vers laquelle il va les bras ouverts, avec un sourire d'enfoiré. Il tire une chaise qui apparaît de je ne sais où pour s'asseoir à côté d'elle. Elle paraît d'abord surprise avant de lui faire un sourire furtif que je chope à la vitesse de l'éclair.

D'ailleurs, ce n'est pas déjà lui qui est venu la larguer aux tests ?
Sa tête de blondinet aux yeux bleus et aux lèvres fines ne me revient pas. Et son corps de gringalet sans muscles est complètement ridicule.

Pourquoi Lily lui sourit, déjà ?
Le mec est plus petit que mon mètre quatre-vingts et il doit avoir quoi… au moins cinq ans de plus que moi.

Ouais, il a au moins trente-cinq ans. Plus vieux que moi.
Fred ne le piffe pas non plus et sort une phrase à la douce.

— Et vas-y, déroule-lui le tapis rouge tant que t'y es ! Ah non, t'as la flemme ? Ouais, ça pourrait t'écorcher tes belles mains de col blanc !

Le Hubert à la noix n'entend pas. Je respire un bon coup et je calme Fred, alors que j'aimerais bien refaire le portrait de ce mec. Mais il faut ce qu'il faut. Ce n'est pas le moment de se faire remarquer.

Putain, mais pourquoi je suis si à cran parce qu'il approche une meuf que je ne connais pas ?!

— Arrête, ne sois pas mauvaise langue, Fred.

Je ne lui dis pas ce que je pense. En réalité, Hubert m'a l'air d'être un gros connard. De ceux qui n'en ont rien à branler des ouvriers, mais les petites ouvrières innocentes, ça, il en profite, le salopard ! Je ne sais pas pourquoi, mais rien que d'y penser, ça me met en boule : j'ai juste envie de lui mettre un pain.

— On devrait peut-être voir si Lily a besoin d'aide. T'as raison, c'est un connard, reprends-je, énervé.

— Cool, Raoul ! Ne te prends pas trop la tête. T'as mangé du lion ou quoi ? Elle est majeure et vaccinée ! En plus, c'est pas ta copine, me répond-il en posant sa main sur mon épaule droite pour pas que je me lève.

Il a capté mon état.

Pourquoi je me fous en rogne pour cette fille, déjà ? Merde, je ne la connais ni d'Adam ni d'Ève, putain !

Je bois un coup pour refroidir le sang chaud qui coule dans mes veines, mais lorsque je vois de nouveau la bouche de ce Hubert à la con s'adresser à Lily, mon sang ne fait qu'un tour. J'ai vraiment la haine. En plus, le mec lui parle en s'époussetant le costard tout en rigolant comme un taré pas fini. Celui-là, il ne doit pas avoir toutes les lumières qui s'allument dans son cerveau. Il m'emmerde rien qu'en le regardant. En plus, Lily ne dit rien, elle se laisse faire ! Promotion canapé ? Ça doit être ça. De toute façon, c'est une blonde, au départ.

La salope...

Bon, faut pas trop que je tarde...

J'en ai assez vu. Je m'arrache. Je range mes affaires dans mon sac.

Toutes les mêmes...

Je répète : pourquoi je me fous en rogne pour une meuf que je viens à peine de rencontrer et qui m'a déjà tapé dans l'œil ?

J'en sais foutre rien.

Parfois, on espère des trucs qu'on ne comprend pas, comme vouloir qu'une meuf disjonctée te suive en bagnole et t'arrête pour faire ta connaissance.

D'un coup, le Hubert en question se lance dans un discours du style respect mutuel homme-femme. L'usine lutte contre le harcèlement sexuel. Il nous prévient avec un ton strict à la façon d'un poulet. Fred me donne un coup de coude. Il va me faire mal, à force. En plus, j'ai déjà des bleus.

Il ne peut pas me donner un coup de coude sur l'autre bras ?
— Tu t'es planté, Félix.
— Ouais, je pense qu'il devait avoir une panne de courant tout à l'heure dans son cerveau, lui fais-je, de mauvais poil.
— Une panne de quoi ?
— Laisse tomber. Ouais, je me suis planté. Mais franchement, il a une façon de la regarder ! Moi, si j'étais Lily, je ferais attention.
— Ouais, comme toi avec la jolie secrétaire ?
— T'es dingue ou quoi ? J'ai une copine. Elle s'appelle Sophie.

Sophie que j'ai quittée, qui n'a pas pigé et que je vais larguer bien comme il faut prochainement.
— Ouais… Sophie… Bon. Et avec Lily, tu l'as sentie, l'étincelle ?

Je me gratte la tête avant de lui répondre.
— Oui, et elle m'a allumé.

Je ne capte pas pourquoi, mais ça me donne la pêche d'avoir retrouvé la blonde détraquée du périph. Une espèce de truc de destin, dirait ma maternelle. Un jour, ça me tombe sur le coin de la gueule sans prévenir, juste comme ça…

J'ai fait quoi au Bon Dieu ? J'avais pas déjà assez d'emmerdements ?

Bientôt, si elle ne m'éteint pas, je pourrai bien devenir le premier nid d'énergie pour illuminer le marché de Noël de la ville de Colmar… Il y a juste un pépin, c'est que je ne sais pas si je pourrai travailler trois mois avec elle sous mon pif tous les jours ! Et… même si elle ne roule pas des fesses…

Chapitre 8 : jour 3 - première journée
Lys

J'arrive au bout de ma première journée de travail. Bilan ? J'y réfléchirai plus tard, lorsque j'aurai un peu de temps et surtout lorsque mon corps aura repris son tonus d'origine. Pourtant, je n'ai fait qu'une petite marche à pied, quelques tests où j'ai eu la mention très bien. Je me suis jetée dans une mare d'hommes en chaleur à l'intérieur de laquelle Hubert a failli me faire démasquer ! Quelle imprudence ! Il s'en est fallu de peu.

Il est treize heures, je suis rentrée. Je prends un bain digne de ce nom. J'y plonge corps et âme. Quel bonheur de douceur ! Hum... les bulles générées par le système spa de la baignoire m'enveloppent et me procurent un bien immense. Je ferme les paupières pour apprécier ce calme...

Hubert m'attend dans ma chambre. Je vais en profiter pour lui demander un bon massage des pieds. Surtout pas le dos. Je n'ai pas la volonté ni la force de m'adonner au plaisir de la chair, ce soir. Je suis vidée. Demain, ma véritable mission démarre à quatre heures du matin. Il va falloir que je me couche tôt, ce soir. Que dis-je, tout à l'heure !

De toute façon, Hubert et moi attendons le bon moment pour fusionner. Et ce ne sera pas ce soir. J'ai de la chance, il est très patient !

Pendant que je savoure cet instant glorieux, mon téléphone portable trouble ma quiétude. Épuisée, je quitte mon havre de paix malgré moi, sans prendre la peine de me rincer. Je m'enroule dans une serviette au parfum fleuri et d'une douceur imparable. Mes cheveux non essorés laissent glisser quelques gouttes dessus. Des petites traînées de mousse s'étalent sur le sol jusqu'à ce que je m'affale dans mon fauteuil, placé juste à côté de mon lit. Lorsque je décroche, je remarque qu'Hub n'est plus là. Un petit mot sur ma table de chevet et une rose m'attendent. Il est mignon lorsqu'il me demande pardon ainsi pour les massages qu'il ne pourra pas me faire...

Je soupire. J'ai de la chance. Une belle chambre de vingt mètres carrés, avec un lit à baldaquin, des draps en soie, une coiffeuse de princesse, un *dressing* et une chambre attenante. Le tout dans des tons chauds, avec du mobilier contemporain.

Dire que nos parents nous forcent à quitter nos cocons respectifs...

— Allô ? dis-je.

— Lys ? C'est Lilou.

Je pouffe.

— Sans blague ! Je n'aurais jamais deviné que c'était toi !

— Ah oui, j'oublie tout le temps que ma photo s'affiche sur ton téléphone à chaque fois que je t'appelle ! Je ne te dérange pas, j'espère ? me répond-elle en riant.

— Non, bien sûr que non, que vas-tu chercher ? Ça me fait plaisir que tu m'appelles !

Lilou est ma meilleure amie depuis la maternelle. Nous avons des tonnes de passions communes, dont la littérature. Nous avons le même âge, vingt-cinq ans. Physiquement, elle me ressemble beaucoup. Les mêmes cheveux blonds, la même couleur d'yeux, le même teint de porcelaine, le même mètre soixante-dix, les mêmes courbes voluptueuses avec la même taille fine. On nous dit très souvent que nous sommes sœurs.

Enfin, moi, maintenant, j'ai légèrement changé de look.

Je souris à l'idée de voir sa tête lorsqu'elle me découvrira la prochaine fois avec mes cheveux noirs !

Mon amie me propose que nous nous retrouvions demain après-midi autour d'un verre dans notre librairie fétiche d'un genre avant-gardiste. On n'y achète pas seulement des livres, nous pouvons y apprécier des boissons et des petits gâteaux délicieux ! De plus, la libraire est très sympathique.

J'accepte naturellement. Cela faisait longtemps que nous n'avions pas pris un temps pour nous, entre filles. Ça nous fera du bien.

Et je pourrai lui raconter mon dilemme : me marier ou pas avec Hubert...

— Pas de problème. Je termine le travail à treize heures. À demain quinze heures. Bises !

Je raccroche et avant de me rendre dans ma salle de bain pour achever mon rituel de relaxation, je découvre le petit mot de mon amoureux. Il m'invite au restaurant ce soir, avant de passer la nuit dans un lit à baldaquin dans un château ! Il est vraiment très charmant.

Ce sont lors des instants comme celui-là que ma conscience se rend compte à quel point Hub est attentionné et s'imbrique parfaitement dans ma vie.

Finalement, pour quelle raison ne pourrais-je pas l'épouser ? On s'entend plutôt bien ! Et franchement, les trucs intimes dans un lit ne me manquent pas du tout.

Mon bain s'empare une nouvelle fois de moi, jusqu'à ce que je décide de rompre le charme, à mon grand regret. L'eau emprisonnée est délivrée et tourbillonne autour du bouchon de la baignoire jusqu'à disparaître totalement. Je me redresse et admire ce spectacle qui me ravit à chaque fois sans que je comprenne pourquoi j'y attache autant d'importance. À présent, une pluie d'eau de douche s'envole sur mon corps, me procurant une satisfaction de bien-être supplémentaire. Au bout de quelques secondes, je tamponne doucement ma peau avec ma serviette de bain avant de la couvrir de crème hydratante.

Je jette un coup d'œil à l'heure : quatorze heures. Il me reste encore un peu de temps avant que mon chevalier servant ne vienne m'emmener dans sa calèche.

Sans attendre, je me jette dans mon lit moelleux et ne tarde pas à m'assoupir. Mon rêve semble doux, bienfaisant, puisqu'il me détache un sourire.

Un homme ne tarde pas à me surprendre.

Il me tend une main que je n'arrive pas à saisir. Je l'interpelle, mais il ne prête pas attention à moi. Il a des yeux d'un vert émeraude surprenant, des cils épais à souhait, ses cheveux bruns courts s'accordent parfaitement à son bouc taillé de près. Ses bras qui se cachent sous une veste verte sont musclés, ses mains sont magnifiques... son odeur est boisée et son souffle me fait...

Soudain, un bruit. Un son perçant.

Tiens ? Une perceuse... un cri... un appel... un son ?

Un homme.

Le mec du périph ?!

Mon cœur fait un bond et accélère ses battements à une vitesse folle.

Je me redresse rapidement, une main posée au milieu de ma poitrine. J'émerge brutalement de mon état végétatif. Ma conscience est alertée par une alarme. Celle que j'ai programmée sur mon *smartphone*. J'ouvre mes yeux encore très lourds.

Il est vingt heures ! Déjà ? Mais comment se fait-il que le temps galope ainsi sans faire de pause ! Zut, je suis en retard !

Le monde réel vient à moi comme pour reprendre ses droits.

Je me mets sur pied, avec une volonté ne masquant pas sa difficulté. Je n'aurais jamais dû faire une sieste. C'est encore plus difficile que si j'avais résisté à cette envie.

Je m'apprête à m'habiller en quatrième vitesse lorsque mes oreilles perçoivent un sifflement. Je lève les yeux dans sa direction. C'est Hub qui me taquine. Il se tient déjà sur le pas de ma porte et compatis. Restant cloué sur place, il ne vient pas vers moi tout de suite.

Inutile de nous embrasser comme dans les films, nous ne faisons guère cela depuis longtemps !

Enfin, depuis toujours.

Nous sommes passés à un autre stade tout de suite, en fait.

Lorsqu'il s'aperçoit de mon état de fatigue, il modifie ses plans. Il me propose aussitôt un traiteur à domicile en lieu et place de notre petite escapade, l'essentiel étant pour nous de partager un bon moment ensemble.

En prenant un air professionnel, il passe sa commande d'un coup de fil et finit par s'avancer vers moi. Il s'assied à mes côtés pour me serrer contre lui. Je ne peux m'empêcher de lui exprimer ma gratitude par un léger baiser improvisé sur sa joue. Je ne peux qu'oublier les faits que je lui reproche encore. Son nombrilisme lors de mon retard le premier jour dans l'usine.

Le repas arrive très rapidement et nous nous détendons devant un plateau télé. Très plaisant, ce dîner. Ensemble, c'est tout. Le partage, tout simplement. Un repas, une soirée pyjama, sans aucune arrière-pensée.

En silence.

Il est presque vingt et une heures trente, nous terminons notre dîner et Hubert ramasse nos assiettes en carton pour les descendre à la cuisine. Mes parents sont de sortie, ce soir.

Lorsqu'il revient, nous nous allongeons dans mon lit. Il éteint le téléviseur.

— Il est l'heure. Demain, ta journée sera longue, me dit-il d'une voix presque inaudible.

Après s'être adonné à des massages sur mon dos endolori, Hub s'endort comme un bébé, avec moi à ses côtés.

J'ai senti ses mains de moins en moins actives, jusqu'à devenir indétectables… Il est trop chou. Moi aussi, je dois m'endormir, sinon demain, je vais me transformer en un véritable zombie. Alors, j'essaie. Du mieux que je peux. Je redescends mon haut de pyjama sur mes reins et me retourne sur le côté. Je déteste sentir son souffle sur mon visage.

Cependant, j'ai beau serrer mes paupières très fort pour m'endormir, mes pensées ne me laissent pas tranquille. Je ne parviens pas à leur résister. L'insomnie me surveille pendant que je me livre à une bataille contre elle. Elle me tient en éveil, malgré ma détermination à vouloir le contraire. Peut-être ne suis-je pas assez convaincante ?

Des yeux verts traversent mon esprit à la va-vite et tentent de s'incruster dans ma cervelle.

Mais quelle est la procédure pour arriver à me déconnecter au plus vite ?

Je n'en ai aucune idée.

L'heure de mon radio-réveil défile. Je pousse un long soupir. Je n'arrive toujours pas à débrancher mes neurones. Pourtant, je devrais dormir, me reposer, afin d'être en forme demain. Je me tourne et me retourne dans mon lit, sans pour autant déranger Hub, qui ne bouge pas d'un pouce. Je n'arrive pas à fermer l'œil. Cet œil qui chaque minute scrute mon radio-réveil qui n'arrête pas son sprint… je dois être debout dans moins de trois heures, maintenant.

Il faut se montrer raisonnable, Lys. Dormir… uniquement dormir…

Peine perdue.

Mon esprit me ramène constamment à l'homme du périph… à celui qui a croisé mon chemin déjà deux fois… à l'homme avec lequel je ferai équipe dès demain… à l'homme sur lequel mes fantasmes appuyés ignorent mon besoin d'abandon et repartent de plus belle. À chaque fois avec une meilleure intensité, jusqu'à toucher un point interdit. Celui que pourtant je semble désirer. Sans échappatoire possible. Du moins pour cette nuit.

Et non, je n'écrirai pas mes dernières pensées. Cela pourrait choquer mon cœur sensible ! C'est trop… personnel… trop gênant… trop encombrant… de plus, je n'arriverai jamais à me relire.

Pourquoi le deuxième chapitre prend-il une tournure comme celle-ci et me torture l'esprit au point qu'il détourne constamment le train du sommeil afin qu'il se trouve hors de ma portée ?

De plus, cet homme n'est pas libre.

Impossible, il est trop… canon.

Il est peut-être même marié. À une jolie petite femme qui lui cuisine de très bons plats. Une femme qui le touche lorsque l'envie l'en prend, une femme à qui il fait l'amour, à qui il a peut-être déjà fait des enfants… un homme qui me dirait que moi aussi, je suis une femme liée à un autre homme.

Peut-être.

Un homme, Hub, avec qui j'ai prévu d'emménager dans un mois. Un homme avec lequel je vais faire ma vie. Un homme gentil… très gentil avec moi.

Mémo : écrire « gentil » une bonne fois pour toutes dans mon livre afin d'éviter de le répéter continuellement.

Gentil...

Seulement, me débarrasser de l'image de l'homme du périph est une chose infaisable. Il est greffé en moi, m'obsède. Il est entré en moi comme un avatar dans un corps humain. Il est présent à chaque fois que je ferme les yeux. Il suscite en moi des rêves défendus.

J'imagine ses mains qui se baladent sur ma peau. Je me surprends à détailler son corps nu sans honte...

Mes mains audacieuses s'aventurent sur son torse musclé... l'odeur de son parfum musqué se répand à l'intérieur de mes narines... ses lèvres douces se posent sur les miennes, exigeantes, cherchant le plaisir au fond de mon être entier... je remarque mon corps qui s'emboîte dans le sien... Je constate que les deux corps se conviennent parfaitement. Exactement. Inévitablement.

Il entre dans mon intimité et repart, il grogne et prononce mon prénom d'une voix éraillée. Je gémis et de la sueur coule sur ma peau, tandis qu'il fait des allers-retours entre mes cuisses. Je tremble de désir, d'envie. Sa langue parcourt mon cou, en même temps que sa main glisse sur ma peau, m'empoigne un sein et le malaxe, je frissonne de plus belle. Mon cœur fait la course la plus rapide au monde pendant que son souffle entre dans ma bouche, juste avant que ses lèvres ne fondent sur les miennes. Juste avant que sa langue s'enroule autour de la mienne, que je lui réponde avec ardeur. Juste avant que notre corps-à-corps devienne plus brûlant, et incontrôlable.

Je ressens les prémices d'un plaisir inconnu qui me surprend, qui grimpe en moi, telle de la lave sur un volcan qui va bientôt entrer en éruption. Je me cambre, il geint, je crie son prénom et je gémis longuement.

Et je l'arrête au moment où je sens monter en moi un plaisir inattendu, bienfaisant, inconnu... un truc que je sens réellement au moment où je me réveille subitement.

STOP !

Je me redresse sur mon lit, ma main sur ma poitrine, mon corps moite, je suis excitée comme jamais je ne l'ai été, à bout de souffle.

Hub ne bouge toujours pas à mes côtés. Il ronfle.

J'ai honte d'avoir eu des pensées impures avec un autre homme. D'avoir fait *ça* avec lui, alors que je ne l'ai jamais fait avec mon fiancé.

Je déteste quand Hub ronfle, il fait trop de bruit.

D'ailleurs, comment s'appelle-t-*il* ? Il s'agit d'un nom pas commun... un nom d'animal sauvage... non, non, non, ça suffit !

Est-ce qu'il me plaît ?

Question idiote !
Bien sûr que non.
Il ne me plaît pas.
Mais vraiment pas du tout !
Je dois être en manque de films érotiques.
Oui, c'est cela même. Demain, je ne manquerai pas d'en acheter un.
Genre Cinquante nuances de Grey, *ou* 365 jours...
De toute manière, nous ne faisons pas partie du même monde social. C'est un homme parmi tant d'autres, qui m'a uniquement procuré un peu d'aide. Sans rien d'autre en échange. Voilà tout.
D'ailleurs, pourquoi m'est-il venu en aide ?
Pourquoi ? Un mot à la suite de « gentil » à transcrire dans mon livre, dans l'espoir d'y trouver bientôt une réponse.
C'est tout.
Maintenant, j'exige du sommeil qu'il me parvienne sans délai. Sans rêve burlesque.
Ce qu'il ne fera pas, bien évidemment !
Demain sera ma deuxième pire journée de travail. Je pressens que papa va me faire la tête, ou bien pire encore.
Tant pis. Après tout, c'était son idée à lui. Pas la mienne.
Par ailleurs, en quoi serait-ce ma faute si l'homme du périph a été recruté en même temps que moi et, qui plus est, dans la même équipe ?

Chapitre 9 : jour 4 - à la production
Félix

Il fait plutôt frisquet, ce matin, ce qui me secoue pour de bon après un réveil difficile. Je gagne au moins ça. Comme quoi, il y a du positif dans tout.

J'ai pas pioncé de toute la nuit, parce que des yeux bleus sont revenus à la charge chaque seconde, pour faire chier mon cerveau.

On n'a pas idée comme j'étais tranquille avant de les voir, ses yeux.

Je gare ma caisse dans le parking devant l'usine, j'en sors rapidement, puis je m'active. J'aurais pu prendre ma bécane, celle que j'ai laissée chez ma mère depuis que j'ai quitté Colmar pour Paris. Mais il faut que je lui fasse une révision d'abord, ça fait trop de temps qu'elle ne roule plus.

D'autant plus qu'à moto, on se gèle les couilles en hiver, même si on n'est qu'en octobre.

Sophie n'aime pas les engins à deux roues. Et moi ? J'ai laissé tomber, lui obéissant comme un toutou en lui promettant de ne plus toucher ce genre de transport.

Quel con !

Après avoir lâché mes affaires dans mon casier, je file à mon poste. Arrivé là-bas, je vois que Fred est déjà sur place.

Il vient vers moi avec une bouille de quelqu'un qui est de bonne humeur.

— En forme ? me demande-t-il en me serrant la pince.

Je lui réponds en scrutant l'horizon.

— Toujours !

Fred rigole et me rétorque que c'est pas la peine de me tordre le cou : elle ne s'est pas encore pointée.

— Qui ? lui demandé-je d'un air innocent.

— Prends-moi pour un con, me répond-il.

Les machines tournent depuis au moins une heure.

Les yeux bleus sont toujours pas là.

Deuxième jour et deuxième retard : elle commence mal.

Je m'en fais pour elle alors que je ne devrais pas. C'est juste une meuf qui bosse avec moi, c'est tout. En plus, si elle en pinçait pour moi, elle se débrouillerait pour arriver un peu avant le début de la journée pour me dire salut avant les autres…

Merde, pourquoi je suis comme ça ? À m'accrocher à quelqu'un que je ne connais pas plus que ça ? Un jour que je l'ai rencontrée et voilà qu'elle s'accroche à mes pensées comme un pou sur des tifs !

Tout ça ne me dit rien de bon.

Mais vraiment pas du tout.

Je dégage Lily de ma tête, puis je reviens à mon affaire. Fred fait de même en me lançant un clin d'œil, puis en me jetant un regard pour que je tourne la tête sur ma gauche. Ce que je fais rapido. J'aperçois alors un mec qui se frotte à moi avec des espèces de tracts plein les fouilles.

— Salut, me dit-il.

Je lui dis salut à mon tour tout en poursuivant ma besogne.

C'est un type du syndicat majoritaire de l'usine. Il me tartine un baratin sur les droits des travailleurs comme moi. Histoire de ne pas nous faire enguirlander par la direction. Enfin, c'est ce qu'il m'explique. Je ne fais pas attention à lui et continue mon ouvrage.

J'ai une productivité à tenir, moi. Je ne suis pas là pour le plaisir d'être là et surtout pour écouter des contes de fées à la noix.

Voyant que je ne lui réponds pas et surtout que je ne m'arrête pas de bosser, il continue son discours à deux balles. En fait, il me propose un marché juste pour mon bien.

— Demain, tous en grève pour les droits des intérimaires. Tu es des nôtres ? me demande-t-il.

Très peu pour moi, merci. Pas trop envie de risquer une rupture de contrat alors que j'arrive à peine. Je ne suis pas en CDI, moi, monsieur !

Mais le type s'en fout. Il reste planté devant moi à m'admirer comme s'il n'avait jamais vu quelqu'un travailler à cette vitesse.

— Juste un jour, c'est pas la mort ! me crie-t-il presque.

Je le regarde droit dans les yeux, puis je marmonne dans ma barbe un truc du genre :

— Moi, je n'en suis pas. Je bosse, car j'ai besoin de fric. Un jour de paye, c'est un jour de paye.

Le gars me pose un tract et un petit cahier d'explications sur ma petite table et reprend :

— Moi, si je te dis ça, c'est juste pour t'aider, mon gars.

Il reste planté devant mon poste comme un clou sur un mur.

M'aider ? Il me fait rire ! Tiens, je ris : ha ha ha !

J'en ai marre. Qu'il aille aider quelqu'un d'autre, ou plutôt qu'il fasse en sorte que je signe un contrat longue durée plutôt qu'un travail précaire ! Que tout le monde aille se faire foutre ! Moi, je ne suis pas là à demander une augmentation générale de dix pour cent, mais juste un *job* pour pouvoir enfin vivre ma vie, avec un salaire pour gagner mon pain et pour pouvoir me poser quelque part. J'en ai ma claque de crapahuter sans arrêt !

C'est trop demander de me lâcher la grappe s'il ne peut pas me donner ce que je demande ? Mais non, car les vrais problèmes, tout le monde s'en branle. On est dans un système où on se cache les yeux sur le malheur des gens !

Et puis, merde à la fin ! Qu'on me foute la paix !

Sans arrêter de bosser, je jette une dernière phrase, comme si je causais à tous les ouvriers de l'équipe.

— Ouais, ben s'il veut m'aider, il n'a qu'à m'aider dans mon taf, plutôt que de se pavaner au milieu de nous tous sans rien branler !

Car lui, ses heures de délégation sont payées et je suis sûr qu'il les dépasse, vu que je l'ai déjà vu passer cinq fois au moins ! Culotté, le gars !

Ce n'est pas avec sa façon de faire que je vais prendre ma carte.

Du coup, je remarque que le type en question prend ma charrette et la remplit avec les pièces que j'ai déjà fabriquées. Ensuite, toujours sans rien me dire, il la pousse jusqu'au prochain poste, où elles doivent passer à l'assemblage final. Après, il se tire sans piper mot.

Fred est scié. Il me regarde d'un air d'ahuri profond.

— Respect ! Tu lui as fait quoi, à ce mec, pour qu'il t'aide ?

— J'ai juste dit ce que je pensais. Rien d'autre. Allez, arrête de te poser des questions bidon et mets le turbo !

Mon pote la ferme en levant ses yeux au ciel tout en reprenant sa tâche *fissa*.

En réalité, je suis en rogne, car je me fais un sang d'encre pour Lily. Elle pourrait se donner un coup de pied au cul ! Elle croit encore que parce qu'elle a signé un contrat minable de trois mois, c'est du tout cuit pour la suite ?

Elle croit que le père Noël va lui apporter des diamants ou quoi ?

Avec ses conneries, je risque de ne plus jamais la revoir. Elle va se faire lourder. Comment je vais faire pour avoir son numéro de téléphone ?

Putain, mais je divague ou quoi ? Elle est qui, elle, pour m'ensorceler de cette façon ? Faut que j'arrête de penser à ses yeux bleus qui passent pour la millième fois au moins dans ma cervelle depuis hier soir.

Finalement, c'est peut-être mieux qu'elle disparaisse de ma circulation.

Fred remarque que je ne suis pas dans *mon bon jour* et se concentre sur sa tâche. Il secoue sa tête de droite à gauche comme s'il était dans ma tête.

Ça se voit tant que ça ?
Et d'abord, de quel droit une meuf me fait cet effet ?
Juste parce qu'elle n'est pas là ?
J'arrête. Je vais penser à Sophie.
Oui, à Sophie.
Elle au moins, elle me coupe mon effet. Tout de suite.
Et ça marche, en plus.

L'heure de la soupe arrive enfin. Il était temps. Je n'en peux plus. J'ai mal aux mains à force de les plier dans tous les sens. Je déguste. J'aurais mieux fait de me prendre un casse-dalle, aujourd'hui, je ne sais même pas si j'aurai la force de tenir ma fourchette.

Et dire qu'ensuite, il me reste encore deux heures à tirer ! Je ne sais pas encore comme je vais faire pour me les coltiner jusqu'au bout.

Au signal, les gars piquent un *sprint* vers ce qui nous sert de cantine. On dirait une course ou un marathon, comme si on ne courait déjà pas assez toute la journée. De toute manière, pas la peine d'avoir une carte pour le restaurant d'entreprise, il ne ferait pas affaire avec nous. Ou alors, il faudrait faire une précommande le matin et un service directement à table le midi, ce qui ferait grimper les tarifs, qu'on ne pourrait pas se payer de toute façon.

Ensuite, les mecs mettent la sauce pour s'asseoir le plus rapidement possible. Moi, je suis quasiment le seul à réchauffer ma gamelle au micro-ondes. Au moins, je n'attends pas mon tour pendant des lustres. De toute façon, Fred me garde une place au chaud.

Tout le monde se met à becter le plus rapidement possible. J'en mets ma main à couper que nous battons le record du monde de bouffe avalée en moins de dix secondes.

Avec trente minutes de pause, il faut caser : le casse-croûte, les chiottes, le temps d'aller au casier, le retour au poste…

Voilà un truc pour le mec de tout à l'heure : augmenter le temps de midi sans rapetisser le salaire et le temps de travail. Avec ça, il gagnerait des adhérents à coup sûr.

Il ne sait pas comment s'y prendre, moi, à sa place, j'aurais déjà un fan-club à mes pieds.

Pendant que je suis là à critiquer tout ce qui nous fait chier avec Fred, un son me fout presque dans le coaltar.

— C'est trop juste pour déjeuner, n'est-ce pas ?

Assis à table avec les autres, je lève ma tronche pour m'apercevoir que Lily est enfin là, à ma gauche, encore debout. Je lui fais signe de la tête, incapable de sortir un autre mot de ma grande gueule habituelle. Au lieu de ça, je lui souris comme un gros bêta que je suis. Ça me fait vachement plaisir qu'elle soit là. Elle doit s'en rendre compte, car ses yeux brillent. Je ne sens même plus les douleurs dans mes manettes, elle est magique, cette fille !

Elle continue à me taper la discute en faisant comme si j'étais tout seul à table.

— Mon chef m'a pris cinq minutes pour me parler de *je ne sais quoi*. Penses-tu qu'il me les créditerait dans mon compteur ? Non, bien sûr. Lui n'en a rien à faire, il mange à la cafétéria. Entrée, plat, fromage, dessert, café, petite cigarette ! Pas attaché à la chaîne, lui, poursuit-elle en posant son cul sur une chaise à côté de moi.

Combien de chances il y avait pour que cette chaise soit libre à mes côtés ?

La vie est franchement bizarre, parfois.

Je hoche de nouveau la tête comme un crétin qui n'a rien d'autre à lui dire, en m'écartant un peu pour lui laisser de la place.

Parce qu'elle est trop près de moi, que ses yeux brûlent les miens, que la chaleur qu'elle dégage de son corps met le feu au mien qui bout depuis hier soir.

Je me rends cinglé tout seul en la voyant juste là, tout près de moi. En plus, aujourd'hui, elle sent super bon. On dirait que je connais son parfum. Un parfum haut de gamme. Je suis sûr qu'elle l'a aspergé sur son corps ce matin rien que pour moi.

La classe !

Bordel, ça me fait plaisir, parce qu'elle l'a foutu pour moi, hein ?

Elle défait l'alu de son casse-croûte et continue de plus belle en rouspétant après son chef, qui en prend pour son grade.

— En plus, il m'a d'abord affectée à un autre poste, parce qu'il y a un absent aujourd'hui. Il sait bien gérer ses ressources, lui ! Moi, je devais démarrer avec vous. Maintenant, je serai en retard d'une journée sur mon *vrai* poste.

Soudain, une idée m'apparaît comme un éclair dans le ciel.

— Pas grave. Si tu veux, je t'aiderai, lui proposé-je pendant que Fred manque de s'étouffer. Sinon, à part ça, tu tiens le coup ?

À force de me tordre le cou pour la regarder tout en mangeant, je vais attraper un torticolis.
Mais je m'en balance.
Elle avale sa bouchée avant de me répondre.
— Oui ! J'ai mal à plein de muscles dont je ne connaissais même pas l'existence ! me lance-t-elle en se marrant. Et toi ? Tu en chies ?
Je tente l'appel de la blague pour vérifier si c'est vraiment une marrante.
— Moi ? En ai-je l'air ?
— Tu n'en as ni l'air ni la musique ! me répond-elle en rigolant.
Elle est vraiment géniale, cette fille. Une sacrée beauté, en plus. Et puis je me sens super cool à côté d'elle.
Bordel, elle sent vachement bon…
C'est là qu'elle me pose une question qui d'abord me turlupine un poil.
— Au fait, comment tu t'appelles ? C'est idiot, mais ton nom m'est complètement sorti de l'esprit.
Sa question sort à peine de son gosier que les autres sifflent déjà mon nom entre leurs dents. Enfin… presque. Du style très marrant, un truc qu'on ne m'a plus fait depuis l'école.
Felix le chat ! Felix le chat !
Je rougis presque, mais pour une fois, je ne sais pas quoi dire. Je me laisse faire.
Lily me fait un clin d'œil et me sauve la mise.
Sans se démonter et avec beaucoup d'humour, du genre qui a le don de tous les scotcher sur place, elle me rétorque comme une tigresse.
— J'adore les félins… moi… grrr
Maintenant, ce sont des grognements qui sortent des gosiers des gars. Mais bon, humour d'usine. C'est pas bien méchant.
Moi, par contre, je me demande comment je vais gérer sa phrase.
Bordel, pourquoi mon bide a été pris d'un spasme ? Pourquoi mon cœur se lance dans une course de rallye ? Pourquoi… putain, mon machin commence à gonfler tout seul comme un grand !
Avec Sophie, il fallait franchement que je le motive… et encore, ça marchait plus.
Lily reste à côté de moi jusqu'à la fin de la pause.
Je suis sûr qu'ils sont tous jaloux.
Celle-là, elle est pour moi.
Je leur laisse la secrétaire, l'espèce de chienne en chaleur qui saute sur tout ce qui bouge ! Moi, j'en veux pas.

Lily, moi et Fred (qui tape l'incruste) cheminons ensemble jusqu'à nos postes respectifs. Elle travaille avec nous le temps qui reste.

La dernière partie de la journée passe trop vite.
Je ne veux pas la quitter.
Pas envie.
Vivement demain que je revienne.
Avoir envie de venir bosser à la chaîne... c'est dingue, non ?
Putain, mais je délire ou quoi ?
Pourtant, j'avais fait un pacte avec moi-même : ne plus me faire avoir par de jolis yeux.
Bordel, pourquoi mes lèvres restent étirées jusqu'à la baraque ?

Chapitre 10 : jour 4 - la révélation
Lys

Je me demande quel est le nom de la mystérieuse potion qu'avalent les employés de l'usine pour résister à la cadence infernale qui leur est imposée. C'est super dur !

Il nous est demandé une productivité monstrueuse qui ne nous laisse pas le temps de souffler une seconde, des pauses de cinq minutes qui laissent à peine le temps d'aller au petit coin, une pause déjeuner marathon. Mais ce n'est pas tout ! Nous avons des postes non optimisés, du matériel parfois défaillant et en parfaite inadéquation avec les moyens nécessaires ! Un roman s'ouvre à moi juste après une seule journée à la production ! C'est dire l'étendue des dysfonctionnements que je découvre !

Je termine de taper le dernier mot de ma synthèse lorsque ma révolte revient : papa est-il au courant ? Cela me déconcerterait au plus haut point ! Néanmoins, il devrait se programmer quelques séances sur le terrain, lui qui ne connaît que le luxe de son bureau orné de parquet flambant neuf et sa pause déjeuner de deux heures à la cafétéria !

Je ferme le couvercle de mon ordinateur portable, puis le délaisse sur mon lit.

Ma journée est terminée.

Je peux redevenir Lys.

Il est presque quatorze heures, il faut que je me hâte pour ne pas être en retard à mon rendez-vous avec Lilou. Chose qui par ailleurs s'avère être ma caractéristique principale depuis mon entrée dans le monde du travail. Mais que voulez-vous, je suis dans une phase de réglage et d'adaptation ! À compter de demain, je serai toujours en avance et je serai la reine de l'exemplarité.

Je chasse rapidement l'uniforme vert de l'usine pour que l'eau de ma douche puisse me décrasser au plus vite. J'aurais grand besoin d'un bain pour détendre mes muscles, mais un peu de crème anti-inflammatoire fera aussi bien l'affaire. Aujourd'hui, je n'ai pas le temps.

Une fois mon rituel de beauté du corps achevé, je me pare en jeans et beau chemisier blanc. J'achève le tout par un maquillage qui ravive mon teint et illumine mes yeux et ma bouche. J'avais oublié à quel point cela faisait du bien de se sentir femme à nouveau ! À l'usine, avec la transpiration que je génère, il est impensable de s'apprêter avec un quelconque maquillage, qui coulerait aussitôt. Même si je prends soin le matin d'emporter avec moi mon parfum usuel, que j'utilise à chaque fois que j'en ressens le besoin, mais surtout après un rafraîchissement express dans les toilettes des dames de l'usine.

Pas envie de sentir mauvais pour Félix.

Mes yeux s'ouvrent en grand en même temps que ma bouche.

Mince, mais je délire ou quoi ?

Revenons à nos moutons : l'hygiène.

À cet effet, ils devraient octroyer quelques minutes de plus aux employés. D'ailleurs, il faudra que je rajoute cette revendication à ma liste de première nécessité dans mon rapport de demain.

Avant de quitter ma salle de bain, je vérifie mon allure générale. J'avoue que je porte plutôt bien ma nouvelle coupe. Sans modestie déplacée de ma part. Bien entendu.

La librairie est très souvent le lieu de nos rendez-vous. C'est un endroit que nous adorons, Lilou et moi. Un nouveau genre : un café avec en prime des livres à vendre. De plus, la libraire est une véritable conseillère. Elle me déniche toujours le petit livre qui me va bien.

Sa boutique est magnifique, de belles étagères en bois massif, qui entourent des tables en bois chaleureux, sur lesquelles nous pouvons prendre un goûter. Le sol en parquet en chêne clair s'assortit admirablement avec le mobilier et les murs d'une peinture beige sont sobres et zen. Le soleil inonde la pièce d'une centaine de mètres carrés, accompagné de luminaires LED lorsqu'il décide de prendre congé progressivement. Tout pour s'y sentir bien et y rester longtemps.

Lorsque j'arrive, Lilou est déjà attablée. Elle m'attend.

— Désolée pour mon retard ! lui dis-je avant de l'embrasser.

— Oh, ne t'inquiète pas, je ne suis pas là depuis longtemps ! m'excuse-t-elle.

C'est drôle, elle porte un jeans comparable au mien, de la même couleur bleue et notre pull blanc est presque identique. On dirait des *presque* jumelles !

Je prends place sur la chaise en face d'elle et chacune de nous commande un chocolat chaud et une pâtisserie. Comme à son habitude, la libraire nous transmet les dernières œuvres qu'elle vient de recevoir dans un petit catalogue qu'elle confectionne elle-même. Nous échangeons quelques avis, puis chacune opte pour un titre. Je ne sais pas si j'aurai le temps de le lire avec mon travail, Hub et notre futur déménagement, mais je le prends tout de même. De plus, il me changera les idées.

Je veux dire à propos de Félix.

Je veux dire, ses yeux verts qui ne cessent de me hanter à n'importe quel moment de la journée, qu'il soit présent ou pas.

Enfin, je ne veux rien dire du tout.

La libraire est heureuse de nous apprendre que son fils est de retour. Aussi, elle nous prête une nouveauté sans rien en échange. Une sorte d'emprunt à la façon bibliothèque. Je prends le livre et je le respire. J'adore humer l'odeur du papier. La couverture m'attire comme un aimant. Elle représente une nuit étoilée avec en premier plan un couple enlacé. Je prends connaissance du premier chapitre pendant que Lilou discute avec elle. Peu de choses sur Terre m'enrobent de la sorte. Ce livre, j'en ai envie, j'en ai besoin. Je veux le posséder. Aussi, j'apprends ma décision à la libraire.

— Je vous l'achète.

Elle me sourit, puis me répond avec une douceur que je ne lui connaissais pas encore.

— Je vous l'offre. Prenez-le en guise de points bonus fidélité !

Je suis confuse. Je ne peux pas recevoir un tel cadeau de sa part. Mais elle insiste et comment dire ? Mon envie dépasse de loin mes convictions profondes. Alors, j'accepte.

Son fils doit vraiment être quelqu'un de bien pour qu'elle fête l'évènement avec de simples clientes. J'espère pour elle qu'elle ne va pas perdre une journée de chiffre d'affaires à cause de sa bonne nouvelle du jour. Surtout si elle décide de faire cette bonne action avec tous ses clients.

Lorsque nous sommes à nouveau seules, Lilou et moi papotons. Malgré moi, notre conversation tourne fatalement autour de ma vie amoureuse.

— Alors, raconte ! Tu en es où avec Hubert ?

— Eh bien, nous allons emménager ensemble. Bientôt. Nos parents en ont décidé ainsi et je t'avoue que je trouve l'idée très satisfaisante, lui rétorqué-je d'une voix atone.

Elle fronce le nez.

— Satisfaisante ? C'est tout ce que tu trouves à me dire ? Franchement, d'après tout ce que tu m'as déjà raconté, je ne trouve pas personnellement que ce soit une très bonne idée. Enfin, je veux dire, vous vous connaissez à peine, finalement.

Voilà qu'elle remet ça. Lilou n'approuve pas ma relation, qu'elle juge trop amicale, avec mon fiancé. Et même si elle n'a pas tort sur certains points, je pense que lui et moi sommes compatibles. Même milieu social, mêmes envies carriéristes, et...

Bref, c'est déjà pas mal.

— À peine ? Ça fait cinq ans déjà que nous sommes ensemble et trois que nous sommes fiancés ! Ce qui va être dérangeant, effectivement c'est que nous sommes collègues dans l'usine et avec *Félix* et les autres, ça risque d'être difficile, je te l'accorde.

Lilou paraît surprise de ma dernière réponse et me pose une question troublante.

— Félix ? Qui est-ce ce Félix ?

Je balaye l'air devant moi, mal à l'aise, d'un coup. Elle arque un sourcil et me sourit d'un air malicieux.

— Oh... c'est un collègue de l'usine ! lui réponds-je en chassant un chat de ma gorge pour faire disparaître mon trouble.

Mon amie pose son coude sur la table et laisse son menton s'échouer sur sa main transformée en poing détendu. Je rougis. Merde !

Et surtout, elle me connaît comme si elle m'avait faite, analysant toutes mes émotions, mes gestes, mes réactions.

Ses yeux me transmettent toutes ses pensées du moment. Aussi, je n'ai pas besoin de sa réponse de confirmation. Je cherche quelque chose dans mon sac. N'importe quoi pourvu qu'il me procure un alibi.

Elle est psy, mais ce n'est pas une raison pour *m'analyser*.

Voyant que je n'ai rien à dire de plus, elle conclut notre discussion.

— Oui, je vois, me murmure-t-elle d'un air espiègle.

Une chaleur m'envahit en me brûlant de plus belle et ma salive disparaît au fond de ma gorge sans permission. Sous le regard impertinent de mon amie, je saisis ma tasse débordante de chocolat chaud, puis la porte à ma bouche pour l'avaler d'un trait. Ma langue et mon gosier se brûlent tant il est ardent. Mon comportement me laisse désarçonnée. Pourquoi cette réaction ? J'avoue ne pas comprendre.

Tu es vraiment sûre, Lys ?

Je secoue la tête mentalement.

Celle de Lilou se rapproche de la mienne.

— Tu te sens bien ? s'inquiète-t-elle.

— Oui, très bien ! ris-je d'une manière tendue.

Non, Lilou, si tu veux tout savoir, des yeux verts que j'ai déjà rencontrés une fois à Paris ont percuté les miens ici, à Colmar. Et depuis, je n'arrive pas à les supprimer de ma cervelle.

Quelle était la probabilité pour que je rencontre un homme deux fois à cinq cents cinquante cinq kilomètres de distance ?

Je me racle la gorge une nouvelle fois, puis je poursuis, afin de la mettre dans une confidence modérée.

— Félix est un collègue avec lequel je m'amuse bien. Il travaille dans la même équipe que moi. C'est l'inconnu que j'ai suivi en voiture l'autre jour sur le périph.

Maintenant, c'est elle qui s'étrangle. S'il s'agissait d'un héros de bande dessinée, des points d'exclamation seraient tracés au-dessus de sa tête. Je lâche un petit rire taquin sans le vouloir.

— Quoi ? Et tu m'as caché son existence ? Te rends-tu compte que c'est un signe du destin ? Comme c'est romantique ! Enfin… euh… je veux dire… bizarre… oui, c'est ça, très étrange comme situation. Il t'a reconnue ? me questionne-t-elle, soudain très intéressée.

J'étire mes doigts et fais mine de les contempler, afin de lui prouver mon désintéressement total sur cette histoire. Je ne suis pas certaine que cela marche.

— Oui, c'est bien pour ça que nous sommes très vite devenus des amis, tu comprends ? Pour une femme, c'est compliqué à l'usine et lui, il est là pour moi. Enfin… je veux dire… c'est le seul qui m'aide. Le seul qui me comprenne. Nous partageons nos soucis professionnels, rien de plus. Je te rassure !

— Oh… je suis toute rassurée… me lâche-t-elle en faisant une moue espiègle.

Quelques secondes s'écoulent sans qu'aucune autre phrase ne brise le silence induit. Pour rattraper ma maladresse avec l'histoire de Félix, qui d'ailleurs n'en est pas une, je tente une autre stratégie : la recentrer sur ma relation avec Hub, en tentant de me montrer convaincante.

— Hub est très gentil. Il ne me demande rien et me laisse me reposer à ma guise, si tu vois ce que je veux dire.

J'ai l'impression que Lilou ne me croit pas, ou pire, je me rends compte que je raconte n'importe quoi. Elle prend sa tasse encore fumante avant de me répondre.

— Oui, je vois. Il est très gentil.

Zut, je croyais que le mot gentil se trouvait dans le registre des mots oubliés ! Le revoilà comme par enchantement !

Lilou sait que je n'entretiens aucune relation intime avec Hubert et elle ne trouve pas ça normal.

Je comprends que mon amie ne veut pas se mêler de mes affaires, mais en tant que psy, je sais ce qu'elle me conseillerait. Elle me l'a déjà sous-entendu plusieurs fois.

Hub n'est pas un homme pour moi. S'il ne m'a pas touchée et que je n'ai pas ressenti le besoin d'approfondir nos relations en unissant nos corps, c'est que nous ne sommes pas faits l'un pour l'autre. Elle m'a également lancé un jour que cette histoire avait été arrangée par nos parents et que nous n'étions plus au siècle des mariages sans amour.

Au fond de moi, je crois que je le sais. Mais, comment dire… je ne peux pas tout détruire juste parce qu'un homme de l'usine de mon père me plaît ?

Merde, me plaît ? J'ai vraiment dit ça ?

De toute façon, c'est impossible, même si je n'étais plus avec Hub.

Je suis la fille du patron. Je suis une espionne dont la mission est justement de vérifier le travail des intérimaires, de faire un diagnostic sur le fonctionnement de l'usine, de choisir ceux que mon père gardera et à qui il offrira des CDI.

Je ne suis pas honnête vis-à-vis de Félix. Et soudain, ça me rend mal à l'aise.

Et surtout, nous ne sommes pas du même monde. Mes parents n'approuveraient pas.

Lilou est concentrée sur le livre qu'elle a choisi et m'ignore pendant un temps.

Notre discussion est close.

Après quelques secondes de silence insupportable, la libraire revient s'asseoir auprès de nous pour échanger sur les premiers romans qu'elle a dénichés.

J'adore les gens qui donnent leur chance aux premiers : premier roman, premier travail, première récompense, premier amour… parce que finalement, il faut une première fois à tout.

L'après-midi défile très vite, aussi, il est temps pour moi de repartir chez moi afin d'anticiper sur ma forme physique de demain matin. Nous payons nos trouvailles littéraires, puis nous sortons de la librairie.

À l'extérieur, pendant que je m'apprête à prendre congé de mon amie, je sens mon cœur bondir. Mon estomac se tord, mon souffle se coupe et ma tête me tourne. Je perds quasiment l'équilibre.

Lilou me retient de justesse et s'inquiète.

— Ça ne va pas ? Tu es toute bizarre, d'un coup.
Je baisse la tête comme pour venir à la rencontre de mes bottes.
— C'est Félix. Là. Je ne sais pas quoi faire, lui avoué-je d'un air perturbé.
Comment puis-je me mettre dans tous mes états pour un homme que je connais à peine ? Pour un homme qui travaille avec moi depuis deux jours uniquement et qui est un collègue de l'usine ? *Il doit s'agir d'un simple malaise d'hypoglycémie... la prochaine fois, je ne manquerai pas de manger plus de sucre...*
Lilou ne me réconforte pas pour autant lorsqu'elle continue de faire mine de me retenir afin d'éviter une éventuelle chute.
— Attention, il s'approche de nous. Je te tiens au cas où, me chuchote-t-elle à l'oreille avec une pointe d'ironie.
Félix arrive comme au ralenti, les mains enfouies dans les poches de son jeans bleu ciel troué au niveau des genoux. Sa veste en cuir est entrouverte et laisse apercevoir un T-shirt blanc qui moule son torse musclé. Dommage que je ne puisse pas voir les tatouages sur son bras.
Ses yeux verts plongent dans les miens avec une ferme intention d'y rester.
Bordel, ses cheveux en bataille avec cette mèche qui se balade sur son front au gré du vent lui donnent un air sexy à souhait !
Sa bouche s'entrouvre, formant un O, et ses yeux semblent s'agrandir à la limite du possible. Je vois sa pomme d'Adam bouger lorsqu'il déglutit.
Et son menton, bordel, son bouc me donne envie de le toucher !
Il m'a l'air aussi surpris que moi de me trouver en dehors de notre cadre habituel. Je ne peux empêcher mes yeux de balayer sa tenue tant et si bien que j'ai l'impression qu'il frissonne.
Ou alors, c'est mon corps qui frémit.
J'ai tellement envie de voir à quoi il ressemble sans tous ses vêtements qui le cachent... Et ses mains, j'ai tellement envie qu'elles me touchent... partout... comme l'autre nuit en songe...
Mon Dieu, si Vous existez vraiment, prouvez-le-moi, éloignez mes dernières pensées de moi...
Il ferme sa bouche et l'ouvre une nouvelle fois pour prononcer deux mots qui me font fondre littéralement.
— Salut, Lily.

Son regard plonge dans le mien au point de toucher quelque chose de plus profond en moi et me transporte jusqu'à l'autre bout de je ne sais où. Il a des yeux brillants, magnifiques. Mon sourire me sauve, puis je lui réponds avant qu'il ne rompe notre contact visuel pour s'enfuir dans la librairie sans aucun autre mot.

Ce qu'il porte bien son jeans ! Il a de belles... fesses...

Oh mon Dieu ! Vous me faites attendre !

Je ne détache pas mes yeux de lui, jusqu'à ce qu'il entre dans la boutique.

Alors, il lit, lui aussi ?

Pourquoi ça me surprend ? Tout le monde sait lire, non ?

Même si on travaille dans une usine.

— Tu t'appelles Lily, maintenant ? me demande Lilou sur le ton de la plaisanterie.

J'avais oublié Lilou. Je la regarde d'un air bête. Si j'avais été Tobie, je suis certaine que mes oreilles se seraient abaissées comme pour indiquer que j'ai commis une grosse bêtise. Heureusement que je ne suis qu'un être humain...

Je lui réponds en me montrant à la fois indifférente et enthousiaste.

— Oui ! Pour tous les gars de l'usine, je suis Lily. Il ne faudrait pas qu'ils sachent que je suis la fille du patron. Et Lily, c'est un dérivé de Liliane, et Lys aussi, tu vois, en fait, je ne mens pas *vraiment* sur mon prénom.

Lilou secoue sa tête d'un air exaspéré, comme pour me réprimander.

— Ah... et lorsqu'*il* le saura ? me demande-t-elle.

J'admets ne pas avoir pensé à ce détail.

Enfin, un petit peu tout de même.

Il est clair qu'il ne pourra jamais rien se passer entre nous, de toute façon.

Je suis la fille du patron.

Il est un peu bad boy...

Pour faire diversion, je fouille dans mon sac à la recherche de mes lunettes de soleil. Je les installe sur mon nez pour la tranquilliser complètement (surtout pour qu'elle ne perçoive pas mon défaut d'assurance).

— Il ne le saura jamais, puisqu'il n'aura jamais besoin de le savoir. Je suis avec Hub. Tu comprends ?

Lilou m'enlace en me chuchotant à l'oreille d'un ton pas convaincant du tout :

— Oui, Hub est gentil. J'ai compris. On verra bien jusqu'à quand.

Sa phrase me transperce et un l'éclair qui me traverse me fait peur.

Bien sûr qu'il est gentil, d'ailleurs, c'est mon fiancé et nous allons emménager ensemble, puis nous marier !

Est-ce que je veux me marier un jour ?
Bien sûr que je le veux.
Me marier.
Un jour.
Comme tout le monde !
Quelle est la femme qui ne le désire pas ?

Hub est gentil et je l'aime… bien.
Je compte me répéter cette phrase cinquante fois de suite avant demain.
Histoire de dissuader mon cerveau de me ramener constamment à Félix.
Félix n'est qu'un collègue de l'usine. OK ? Uniquement et rien d'autre !
Tiens… je pourrais aussi me le répéter au moins…
Oui, au moins…
Cinq fois ?
Je n'y arriverais pas plus, de toute façon.

Chapitre 11 : jour 4 - Le hasard
Félix

Je me mets au chaud dans la librairie de ma mère, puis je guette Lily et sa copine à travers la vitrine jusqu'à ce qu'elles prennent le large. Putain, la bombasse ! Son jeans qui moule ses formes ! La tenue de l'usine ne la met pas en valeur. Le reste, je n'ai pas vu avec sa veste, mais j'imagine…

Elle sort vraiment du lot… Comment je vais faire à partir de maintenant pour rester à côté d'elle au boulot sans l'avoir tout le temps dans ma cervelle ? C'était déjà vachement dur avant, alors maintenant ! Elle me branche tellement que bientôt, il faudra que je déniche une pompe à énergie pour me ravitailler… et encore…

Quelle était la probabilité que je la rencontre en ville, alors qu'il y a plus de soixante-dix mille habitants ? Quelle était la probabilité pour qu'elle sorte de la librairie de ma mère pile au moment où j'y entre ?

Faut dire que la librairie est célèbre et se tient en plein centre, près de la place de la cathédrale où se trouve l'église gothique Saint-Martin. Tout le monde se balade dans les ruelles pavées entourées d'édifices médiévaux à colombages.

Colmar, ma ville de cœur, est aussi la sienne. Elle connaît ma mère. Elle aime lire.

Elle était sûrement avec une copine. Elle ne doit pas avoir de copain.

Je l'ai troublée. Je lui plais.

Bordel, pourquoi ça me fait plaisir, tout ça ?

Ma mère vient pour me taper la bise. Elle est toute jouasse. Pendant quelques secondes, elle me détourne de ma nouvelle came (Lily, Lily, encore Lily qui me martèle le cerveau tout le temps).

— Comment s'est passée ta journée ? me demande-t-elle en plaçant ses mains sur ses hanches.

Je prends un air relax et je fais bouger les doigts de mes manettes qui sont dans les vapes après tout ce qu'ils ont dégusté à l'usine. Ensuite, je bâille à m'en décrocher la mâchoire, puis je lui réponds en lui montrant que je suis à fond la caisse quand même.

— Très bien. J'ai un peu mal aux mains, mais ça baigne ! Au fait, j'ai lu le bouquin que tu m'as prêté et je le kiffe à mort !

Ma mère me regarde de travers. Je ne comprends pas pourquoi, puisque j'ai lu son livre et j'ai vraiment kiffé l'histoire. Ensuite, comme si ça ne suffisait pas, elle me rouspète.

— Pourrais-tu au moins faire l'effort de parler avec de beaux mots de la langue française lorsque tu es avec moi, s'il te plaît ? me somme-t-elle en grinçant des dents.

Ah, ce n'est que ça ! Bon. À un moment, j'ai cru que j'étais à la traîne par rapport à un truc important.

Mes lèvres s'étirent.

— Oui, maman chérie. Tu sais bien que depuis que je fais des missions intérim dans des usines, je parle comme ça. Ça me donne l'impression que toutes mes conneries ont décampé. Enfin, tu vois ce que je veux dire. Mais si tu veux, je ferai le forcing pour me recaler rien que pour toi. Je ferai gaffe. Enfin, lorsque j'y penserai… alors, laisse tomber, tu veux ? lui réponds-je en la serrant très fort contre moi.

Elle se met au vert et nous commençons à bavarder sur l'histoire du bouquin qu'elle m'a prêté. Je lui explique que je trouve que l'héroïne a un caractère bien trempé. Elle sait ce qu'elle veut, elle n'a pas froid aux yeux. Une meuf pour moi, quoi ! Sa bouche s'ouvre en grand lorsque je lui donne un papelard où j'ai écrit ce que je pense du livre. Ensuite, je lui demande une dédicace de l'auteur pour lui faire comprendre que j'aimerais bien garder le bouquin, si elle veut bien. Au lieu de me répondre, elle m'étouffe presque dans ses bras, comme si elle voulait gratter toutes les fois où elle n'a pas pu le faire. En plus, elle couine. Je ne comprends pas ce qui lui arrive, mais ce que je sais, c'est que si elle continue, elle va me faire chier des yeux.

Ma maternelle, c'est aussi un sacré bout de femme. C'est dommage qu'elle n'ait jamais trouvé chaussure à son pied. Enfin, remarque, il n'est jamais trop tard. Il faudra peut-être que je lui dégotte un mec bien. En douce, car elle a la main pour pas se laisser embarquer dans un truc qu'elle ne veut pas. Je le sais.

Je la kiffe grave, ma mère. Il faudra que je le lui dise plus souvent.

On dit jamais ces choses-là aux personnes qu'on aime, genre, c'est con comme un balai. Pff ! Tu parles ! Faut pas attendre de ne plus les voir pour ça, faut pas attendre qu'il soit trop tard. Merde !

Avec ma mère, je veux recoller les morceaux.

Soudain, elle prend un air de chien battu qui me fout les ch'tons.

— Sophie t'a appelé ? se renseigne-t-elle direct.

Ah bon ? Elle me cause juste de mon ex. Le sujet me fait gerber, mais je pense que cette fois, il faut qu'elle sache ce qu'il en est une bonne fois pour toutes. Alors, je lui dis tout. Ou disons… presque tout.

— Non. Toujours pas. Et tu veux savoir quoi ? Je m'en branle. On n'est pas compatibles, tous les deux. J'irai chercher mes affaires le week-end prochain et si tu ne me jettes pas tout de suite dehors, je crécherais bien chez toi pendant quelques semaines, enfin, je veux dire que je souhaite te demander la permission de rester dans ma chambre d'ado le temps pour moi de me retourner. Tu veux bien ? Si t'es OK, tapes-en cinq !

D'un coup, elle me reprend dans ses bras pour me serrer contre elle. Je crois qu'elle est d'accord avec moi, peut-être pour m'avoir encore un peu avec elle sous son toit... En fait non, j'crois juste qu'elle kiffe son p'tit gars.

Une fois la minute émotion passée, on se rend compte qu'il n'y a plus de clients dans la boutique et que le soleil est parti faire la chouille depuis belle lurette. Ma mère ferme et nous rentrons au château pour becter. Pour arroser mon retour, elle décide de commander un festin auprès d'un traiteur du coin. Un baeckeofe (plat avec trois viandes et des pommes de terre au vin blanc) avec juste avant une flammekueche (une tarte flambée bourrée de crème fraîche, de fromage et de champignons, une pizza alsacienne, comme dirait Fred). Je me régale, mais je suis dans le gaz. Le boulot et Lily m'ont déglingué à mort.

En fait, je ne comprends toujours pas pourquoi une meuf que je connais à peine me fait déjà cet effet-là. Je pense tellement à elle que je suis pressé de me pieuter pour me faire des films. Dans mes rêves, elle me fait des trucs de ouf. Avec ses mains, sa langue... sa bouche.

Et...

Elle devient ma copine dans la vie.

C'est trop cool.

Putain, c'est pas vrai... qu'est-ce que je dis ?
Cette fille va me rendre raide dingue, à la longue.
J'ouvre les yeux, elle est là.
Je les ferme, elle est toujours là !
À l'usine, elle est à côté de moi.
Même à la librairie, c'est dire !
Elle me harcèle, mais j'aime tellement ça !

En plus, cet après-midi, elle portait de ces fringues... elle est super bien gaulée en jeans... et ses nibars... bon, j'en peux plus. Mais j'en veux encore.

Il faut que je fasse quelque chose.

Deux jours et c'est mon héroïne.

Déjà.
C'est la folie !

Bon, je me pieute, il faut que je pique un somme, sinon demain, je risque de fonctionner au radar. Je ramène la couverture vers moi.
Merde ! J'ai tiré trop fort, du coup, mes orteils sont dehors. Faut que je me lève pour la rafistoler.

Putain ! Elle va me faire chier longtemps, cette couverture ?

Chapitre 12 : jour 5 - la routine
Lys

Ce matin, chose promise, chose due : je suis en avance. En réalité, c'est pour ma convenance personnelle. J'ai assurément besoin de prendre mon poste avant Félix. C'est une question de vie ou de mort. Même si le terme est un peu fort, il exprime complètement mon état d'excitation à chaque fois que je *le* vois. Depuis hier, il m'est absolument impossible de passer devant *lui* sans risquer de tomber dans les pommes.

Hub me dépose. Ma situation est complètement irréelle. Mon petit ami me conduit à mon travail pendant que mon cœur s'éloigne de lui à chaque minute qui passe. Je rejette son baiser rapide pour la bonne raison que je suis une espionne et que si quelqu'un nous voyait ensemble, ce serait la catastrophe assurée ! Oui, je sais, il y a peu de chance pour que quelqu'un nous aperçoive ici à trois heures du matin, soit deux heures avant l'ouverture des portes... Mais Hub ne dit rien. Il est vraiment gentil, même s'il râle un peu en raison de l'heure très matinale. Même si mes motivations sont illégitimes si je me plaçais de son point de vue... qu'il ne peut pas connaître, puisqu'il ne se doute pas de la révolution qui s'est déclenchée dans mon intérieur profond !

Alors que je m'apprête à descendre de son véhicule, Hub ose me faire une remarque à laquelle je ne m'étais pas préparée.

— Tu t'es maquillée, ce matin ? remarque-t-il.

Sans réfléchir, une réponse m'apparaît instantanément.

— Pour avoir meilleure mine !

Je pensais qu'il ne me regardait plus. Ce qui aggrave mon sentiment de culpabilité : parce que je respire pour un autre homme.

Hub reste silencieux, me semble presque distant par rapport à ma réponse, puis repart. Il s'excuse en prétextant l'oubli d'un dossier important pour une réunion qui doit se tenir ce matin. Lorsque sa voiture s'éloigne et bifurque à droite pour finalement disparaître pour de bon, j'ai honte. Hub est l'homme de ma vie. Pourquoi en douter soudain ? Simplement parce qu'un autre homme, qui soit dit en passant n'est pas libre, me séduit ?

Stop ! À partir de cette minute, j'arrête de penser à Félix. Il s'agit uniquement d'un homme de passage, qui ne sera plus là dans trois mois. Chacun sa vie. C'est bien ainsi.

J'entre dans l'usine déserte et je désactive l'alarme. Je me dirige vers les vestiaires, puis je m'assieds sur le banc en face des casiers. Il me reste encore une heure trente à patienter. Je vais en profiter pour lire le roman que j'ai acheté hier, enfin, sans le payer. Mais avant, je programme une alerte dans mon *smartphone,* de manière que je puisse prendre mon poste une vingtaine de minutes avant les autres.

Le livre me passionne dès le début. L'histoire est bien ficelée, les personnages bien ancrés... Je tâcherai d'adresser mon avis à l'auteur. J'adore le héros. Un homme compréhensif avec sa femme, toujours présent pour elle, quoi qu'il arrive. J'adorerais un homme comme celui-là.

Enfin, j'ai Hub et c'est un homme bien.

J'arrive à un point crucial tandis que l'heure sonne. Je dois arrêter ma lecture, à mon grand regret. Comme le temps ne m'attend pas, je range le roman dans mon casier, puis m'apprête à rejoindre mon poste de travail. Je continuerai à le lire ce soir. Il faut impérativement que je connaisse la suite de l'histoire. Je ne pourrai jamais m'endormir, sinon !

Lorsque la porte de mon casier se referme, j'entends les pas de Félix s'approcher. Que fait-il déjà là ? Il n'est même pas encore l'heure !

La question est surtout : pourquoi je reconnais ses pas, alors qu'en théorie, je ne connais pas cet homme !

Mon rythme cardiaque s'accélère. Mes jambes deviennent flagadas. Même mes doigts n'arrivent plus à refermer à clé mon casier. Pourtant, il n'y a rien d'extraordinaire !

Félix arrive enfin. Il me dit bonjour furtivement en me regardant à peine.

Sans me demander mon avis, il m'aide à refermer mon casier. Ses doigts se posent sur les miens, en même temps qu'un éclair dévastateur se produit dans mon estomac. À un point phénoménal, car avec ce geste, il arrive à remuer mon petit déjeuner en mon intérieur, comme si ce dernier se trouvait dans une machine à laver le linge.

Ensuite, comme si de rien n'était, Félix repart comme il est venu, afin de rejoindre son poste de travail.

Je reste immobile pendant quelques secondes, semblant encore ressentir la peau calleuse de ses doigts sur les miens et je frissonne. Comme choquée par son geste.

Comme droguée par son aura.

Un clignement de paupières pour me faire revenir à moi, je reprends mes esprits. Mes doigts recoiffent mes cheveux courts spontanément, puis je fais la même chose que lui : je me rends à mon poste de travail. Ensuite, nous nous affairons à la tâche en prenant garde de ne pas nous regarder.
C'est trop dangereux.
Lorsque Fred s'en aperçoit, il nous demande si nous sommes fatigués. Ce à quoi nous répondons tous deux en chœur :
— Crevés, nous ? Non. Pourquoi ?

Au bout d'une heure, Hubert fait une entrée magistrale avec à ses côtés une jeune femme. Il a mis sa veste de Machines H par-dessus son costume habituel. Il a l'air crispé et affiche ensuite son air dédaigneux que je déteste.
Égal à lui-même, il salue tout le monde de loin, puis s'approche de nous pour nous tendre le bout de ses doigts afin de mimer une poignée de main. Lorsqu'il arrive à ma hauteur, je tente de lui faire comprendre par l'intermédiaire d'un regard noir que son attitude n'est pas digne de son rang. Comble du comble, il ajoute une phrase exaspérante en s'essuyant les mains avec une lingette qu'il sort de la poche de son pantalon à pinces.
— Vous m'excuserez de ne pas vous serrer la main complètement, mais vous comprendrez sans doute !
Je suis abasourdie. Si je saisis bien l'astuce, nous sommes crasseux ! Je suis révoltée.
En une seconde, j'efface le mot *gentil* de ma mémoire.
Me laissant emporter par mon irritation grandissante, je le provoque devant les autres collaborateurs, qui me dévisagent avec stupéfaction. Il ne peut pas nous prendre pour des moins-que-rien ! Qui plus est, nous portons tous des gants ! Mince alors !
Hubert fait volte-face pour se diriger vers Félix. Il m'ignore, sans doute intentionnellement, m'humiliant devant tout le monde par la même occasion. Dans tous les cas, maintenant, je sais que le mot solidarité n'existe pas dans le dictionnaire de mes collègues de travail ! Puisque personne ne bouge.
Conscient de son pouvoir, Hub poursuit son chemin. Il s'approche de Félix, puis lui confie la jolie demoiselle pour une formation sur NOTRE module.
Cette fois-ci, j'explose ! Comment peut-il expédier cette espèce de blonde entre les mains de Félix ? À quoi joue-t-il ? Je n'avais pas remarqué son visage, mais maintenant que cette fille est proche de

mon collègue, je la vois. Blond délavé, cheveux longs, yeux bleus fades, avec une tonne de fond de teint qui lui donne des allures de poupée Barbie vulgaire. Une jupe qui lui arrive au niveau de sa blouse vert pomme, c'est-à-dire au-dessus de ses genoux.

Pourquoi elle n'enfile pas sa tenue réglementaire ? Pantalon et veste de Machines H ?

Hub repart en me faisant un clin d'œil discrètement. Je suis folle de rage, mais je ne peux pas faire d'esclandre dans ma position.

Noter pour le rapport : Hub ne respecte pas les règles. Cette fille ne respecte pas le dress code *de l'usine. Hub et elle enfreignent les règles de sécurité, mis à part les chaussures réglementaires qu'elle porte tout de même.*

Résignée, je retourne à mon poste sans être véritablement concentrée. De plus, je suis aux premières loges pour suivre en *live* le feuilleton Félix et mademoiselle qui se prend pour Miss Monde. Il va falloir que je limite mon adrénaline, car je risque de la zigouiller à la pause !

Si je tiens jusque-là.

Tout en poursuivant ma tâche, j'entends des éclats de rire, je vois des sourires ! Ils se parlent comme de vieux amis !

Je rêve ?

La blonde n'arrête pas de draguer Félix ouvertement et que fait-il, lui ? Il se laisse faire, pardi ! Quelle saleté ! Je suis outrée de voir cela sur un lieu de travail.

Je regarde l'horloge fixée sur le mur : à cette heure, je m'aperçois que j'ai déjà doublé ma production d'hier. Pour la peine, ce soir, je détaillerai dans mon rapport l'organisation grâce à laquelle la productivité peut être augmentée. Ça lui apprendra.

À la pause, Fred se joint à moi et me propose un café. Félix est trop occupé, LUI !

— Qu'est ce que t'as, aujourd'hui ? T'as tes règles ou quoi ? me demande-t-il.

— Mes... quoi ? Non, Fred, je suis juste, juste très très fâchée après cette blondasse de merde !

Il secoue la tête d'un air compatissant.

— Ouais, t'as tes règles !

Je respire pour évacuer le stress qui m'assaille afin de ne pas m'emporter outre mesure, ce qui représente pour l'heure, une épreuve magistrale pour moi.

— C'est cette femme ! Là ! T'as vu ce qu'elle fait ? Elle se penche en avant, juste devant le nez de Félix, pour lui montrer son popotin ! (Je la mime)

Fred me ramène à quelque chose de plus terre à terre qui me fait réfléchir et prendre un peu de recul.

— Ouais, elle n'est pas flémarde de la fourchette ! Elle ne donne envie à aucun mec, celle-là ! T'as vu son gros cul ?

Sa remarque me radoucit.

— Même à Félix ? lui demandé-je inconsciemment, ignorant sa dernière remarque.

Maintenant, Fred rit. J'attends la suite avec curiosité.

— Félix ? T'es vachement marrante. Félix, lui, il en pince pour une autre. Une meuf du genre qui chlingue le premier jour de travail et qu'il est le seul à trouver qu'elle fleure bon ! Tu vois, une blonde qui *a priori* a teint ses cheveux en noir ?

Ai-je bien compris ? Est-ce de moi qu'il s'agit ? Oui, je crois bien qu'il parle de ma personne… je descends encore d'un ton.

— Ah bon ?

— Vachement bon, oui ! me réplique-t-il en s'esclaffant.

Ma mauvaise humeur s'envole quasi instantanément. Félix aurait donc des vues sur moi ? Je porte à ma bouche le gobelet rempli de caféine, puis j'hésite. Après un court instant de réflexion, je décide de porter mon choix sur un chocolat chaud. Pour le magnésium, c'est mieux…

Fred repart et moi, le bonheur s'empare de moi. Je suis *zen* ! Très *zen* !

Au fait, il faut que je pense à rayer les mots *augmentation de productivité* dans mon rapport du jour !

Félix ne fait pas de pause. Il a la lourde mission de raccompagner la fille chez Hub pour un premier point. Lorsqu'il revient, il est seul. Il s'arrête à mon niveau et il m'adresse enfin la parole. Je me sens défaillir.

— T'es très belle avec ton maquillage. T'es belle tout le temps, en fait. Même sans. Même quand t'es en colère.

Il a vu que je porte du maquillage ! Je rougis sans le vouloir. Zut, il a certainement dû le remarquer ! Moi qui ne souhaitais plus qu'il… enfin… non, je ne pense rien, en fait.

Merde, il a vu que j'étais énervée ? Pourtant, je croyais qu'il ne faisait pas attention à moi !

Félix est toujours là, devant moi.

Qu'attend-il de moi au juste ?

— Rien. En réalité, il calcule juste sa prochaine action avant de me laisser plantée comme une nouille, au milieu de nos postes de travail.

Il me frôle doucement le menton avec l'index de sa main droite, et puis il stoppe son geste.

Pourquoi il a osé me toucher sans mon autorisation ?

Pourquoi moi, j'ai fermé les paupières lorsqu'il l'a fait et je ne l'ai pas arrêté ?

Parce que je ne lui résiste pas… entre nous, c'est une attraction incontrôlable.

J'ai l'impression que je le connais depuis toujours.

— Merde ! Désolé, Lily, je ne sais pas ce qui m'a pris, s'excuse-t-il en reprenant son doigt.

Et il s'en va.

Mais…

Enfin, voyons !

Il ne peut pas me dire ça, me faire ça et me laisser comme ça !

Sa peau est rugueuse… j'adorerais sentir ses doigts rugueux caressant mon corps… me faisant des massages dans le dos… et plus si affinités… comme dans mon rêve, qui se renouvelle toutes les nuits depuis que je le connais.

Stop, stop, stop ! Que de pensées insensées !

Laissez-moi tranquille à la fin ! Que vous ai-je donc fait ?

Maintenant, c'est au tour de mon cerveau de me réprimander : qu'est-ce encore que ça ?

Une alarme retentit dans mon for intérieur, une astuce se réveille : je m'efforce de répéter cinq fois la phrase : « Felix est un collègue de travail. C'est tout. »

Mais non, ce n'est pas tout !

Justement.

La méthode ne marche pas. Mais plus du tout.

En fait, elle n'a jamais fonctionné depuis que je l'ai rencontré.

Jamais !

La deuxième partie de la matinée se déroule presque comme d'habitude. Félix me jette un coup d'œil de temps en temps comme pour se rassurer. À chaque fois qu'il pose ses yeux sur moi, l'évanouissement me frôle. Alors, moi, je lui réponds par l'intermédiaire d'autres regards, comme une fille complètement stupide qui n'a jamais vu de garçons avant lui.

Après la cloche annonciatrice de la pause déjeuner, nous nous dirigeons tous vers ce qui nous sert de cuisine. Comme par le plus grand des hasards, Félix s'installe en face de moi. Il me fait une grande révélation : l'achat de son sandwich. Ah ? Très contente de le savoir. Sa copine l'a peut-être abandonné ?
Si seulement...
Non, il n'a pas de femme, sinon il ne m'aurait jamais caressé le menton, hein ?
Pendant que je réfléchis, Fred nous joue son numéro du jour. C'est toujours lui qui amuse la galerie. Heureusement, d'ailleurs, car l'ambiance est plutôt morose.
Il se lance dans une histoire qui fait rire toute la tablée.
— Ma fille m'a dit un truc sur mon caca, nous lance-t-il en mangeant.
Les mangeurs que nous sommes éprouvent immédiatement du dégoût qui se traduit par un rappel à l'ordre général à son attention.
— Oh non, Fred, on bouffe, là ! protestent plusieurs ouvriers.
Fred fait semblant de ne rien entendre et continue son récit.
— Le caca de maman, ça va, mais le mien, ça traverse les portes !
Félix éclate de rire, mais tente néanmoins de l'arrêter avant que son histoire ne devienne vraiment répugnante.
— Bon, Fred, t'arrêtes là, t'es vraiment dégueu !
Mais nous parlons de Fred : le chef des histoires fétides ! Il hausse une épaule.
— Ben quoi ? C'est important de bien chier ! Ma femme a même lu un bouquin dessus. En plus, quand je pète, je trouve que ça sent bon ! Et si ça sent bon, c'est plutôt un bon signe, non ?
Félix lui lance un bout de pain en pleine face pendant que tous s'esclaffent comme de grands bêtas.
— Quoi ? Avoir des gosses, c'est super. Tu t'emmerdes pas, en tout cas, affirme-t-il en regardant Félix. Et puis ta future copine et toi, ce serait dommage de ne pas faire de gosses ! Ils seraient beaux comme des dieux ! dit-il en nous regardant tous les deux à tour de rôle.
Tous les autres délaissent Fred pour s'intéresser à Félix et à moi d'une manière soutenue. Nous baissons les yeux sur la table et tentons de repérer des miettes à essuyer. Ensuite, voyant que rien ne se passe, le silence reprend sa place. Tous dégustent leurs plats en fixant

l'horloge fixée au-dessus de la porte de la pièce. Heureusement que la pause déjeuner ne dure que trente minutes ! Merci, papa !

Nous nous plongeons l'un dans l'autre, enfin, je veux dire... les yeux dans les yeux. Puis, lorsque nous reprenons le travail, le même cinéma que tout à l'heure reprend ses droits... finalement, même si je suis exténuée, je ne veux pas que cette journée s'achève. Il me manque déjà tellement...

Est-ce possible que quelqu'un que l'on connaît à peine puisse devenir l'être qui nous est le plus indispensable ? Et ce sans rien connaître de lui ?

Est-ce normal ?

À la fin de notre journée de travail, Félix s'approche de moi pour me faire une proposition inattendue.

— Samedi, je vais faire du *kart*. Tu m'accompagnes ?

Je suis estomaquée. S'agit-il d'une invitation ou suis-je encore dans mon lit à rêvasser ?

Il se reprend très vite.

— Tu peux venir avec ta copine, si tu veux. C'est juste parce que j'ai des places.

Un torrent d'eau froide se déverse sur ma tête. Ça m'apprendra à penser qu'il pourrait me proposer de sortir avec lui. Si ça se trouve, il vise Lilou. Il l'a vue l'autre jour devant la librairie.

— OK. On viendra, lui dis-je sèchement.

Ses yeux s'écarquillent, il paraît surpris.

De mon ton ?
Je l'emmerde !

Je m'en vais, furieuse. L'abandonnant au milieu du module.

Il m'invite *juste parce qu'il a des places* ? Qu'est-ce que ça veut dire ? Je ne joue pas les bouche-trous. Peut-être que sa petite amie ne peut pas s'y rendre ! Et puis d'abord, pourquoi ai-je accepté ?

Et Hub ? Bon, de toute manière, il est toujours très occupé le samedi.

De plus, il s'agit uniquement d'une petite sortie entre deux collègues qui s'entendent bien. Pour le bien du relationnel professionnel, en somme.

Je soupire.

Mais qu'est ce que je voulais, à la fin ?!
Bien, il faut que je me dépêche, Hub doit m'attendre.

Après avoir récupéré mes affaires dans mon casier, je quitte l'usine et Félix avec son offre à la noix.

En attendant Hub, à l'abri des regards, j'appelle Lilou pour lui expliquer ce qui m'arrive et surtout afin de lui demander son avis.
— Il t'a invitée ? me répète-t-elle, curieuse.
— Oui, mais...
— Ta ta ta, il t'a invitée. Il aurait pu inviter la blonde, mais il t'a invitée toi !
— Et toi aussi. Il a deux places en trop, en fait.
— C'est super, mais... oh zut ! J'ai quelque chose de prévu au même moment, c'est bête. Tu vas devoir faire du *karting* toute seule avec lui ! Mais ça ne te dérange pas, j'imagine ?

Elle raccroche sans un mot de plus. Elle ne m'aide pas. Vraiment... enfin, en réalité...
Je souris malgré moi. C'est vrai, ça, il aurait pu inviter quelqu'un d'autre !
Mais je suis officiellement avec Hub ! Je ne peux pas sortir avec un autre homme toute seule !
Oui, mais avec un ami homme, c'est possible, non ?
Bon. De toute manière, il est trop tard à présent pour me décommander. Cela ne se fait pas.
Quelle tenue faut-il porter pour faire du kart ?
J'allume mon *smartphone* pour surfer sur les e-boutiques de sport.
Hub arrive rapidement et me surprend. J'exprime une joie de vivre démente.
— Une bonne nouvelle ? me dit-il en m'embrassant avec empressement sur la joue.
— Oh, juste une sortie entre collègues de l'usine ! Histoire de fédérer les équipes lorsque je prendrai officiellement ma place. Ingénieux, n'est-ce pas ?
— Oui, très. Je le fais aussi de temps en temps avec mon équipe. Samedi, je les ai invités également. Je ne suis pas libre non plus.

Non, je ne mens pas par omission. Par ailleurs, lui aussi est de sortie avec son équipe. D'ailleurs, j'y pense : j'espère qu'ils ne décident pas de se rendre au *karting* !
Non, non, non, ce n'est pas vraiment le genre de Hub. Ou alors, il me surprendrait beaucoup !

Dans tous les cas, j'ai sa bénédiction et c'est ce qui importe le plus !

Le reste, je m'en bats les couilles !

Oh... mes propos ! Je suis confuse... si mon père m'entendait !

De plus, je n'en ai pas... de couilles...

Oh et puis zut !

Je suis hyper contente !

Yeeesss !

Chapitre 13 : jour 5 - l'invitation
Félix

Ce soir, ma maternelle m'a fricoté des lasagnes. Je m'en lèche les babines d'avance. Elle, par contre, j'ai l'impression qu'elle a mangé du lion.

Lorsqu'elle me sert, elle me crache le morceau.

— Tu te souviens de l'auteur local du livre que tu as lu et surtout que tu as aimé ?

Ouais, bien sûr que je me le rappelle.

Je me demande où elle veut en venir. À un moment, je veux lui faire croire que j'ai un trou, mais elle n'a pas l'air de blaguer.

Je lui demande d'abréger et tends l'oreille.

Elle se frotte les mains avant de s'asseoir sur sa chaise, puis me scie sur place.

— Tu as rendez-vous avec une jeune femme qui est le sosie exact de l'héroïne de son livre que tu voulais rencontrer ! C'est l'auteur qui a tout arrangé ! me dit-elle.

C'est quoi ce plan fumeux ? J'avale de travers et un bout de pâte reste coincé dans ma gorge. Je tousse pour le faire dégager de mon gosier. Elle me donne un verre d'eau. Je le siffle rapidement, puis racle encore un peu ma gorge avant de causer. Dire que j'ai failli y passer rien qu'avec ses conneries...

— C'est quoi cette histoire de ouf ?

— Oui, je sais, c'est dément, mais justement, c'est ça qui rend la chose plus intéressante, tu ne trouves pas ? me répond-elle.

Elle est timbrée ou quoi ?

— Tu me proposes de l'or en barre, c'est ça, ton plan ? Tu parles d'une occase ! En plus, je n'ai besoin de personne pour me trouver ma gonzesse ! Ce n'est pas parce que je me suis planté une fois que je vais refaire la même connerie ! C'est quoi, ce délire ?

Je continue de becter en avalant goulûment et en faisant semblant d'être bouché. Je veux bien qu'elle pense à moi, mais il y a des limites ! Et puis, il y a Lily.

Enfin... je veux dire... son idée est débile !

Elle laisse passer un blanc avant de renchérir bien comme il faut.

— Bon. Après tout, tu es grand. Tu fais ce que tu veux. Mais ça pourrait être drôle ! Et qui sait ? Tu es libre, non ? Tu m'as dit qu'entre Sophie et toi, c'était terminé depuis longtemps !

C'est qu'elle m'engueule, en plus !

Bon, de toute façon, je n'arrive pas à lui donner le change. Donc, je la caresse dans le sens du poil pour m'en défaire. Je prends la carte de visite de la meuf en question sur laquelle elle m'a gribouillé le lieu et l'heure du rencard. Semaine prochaine, samedi, à quatorze heures tapantes, dans la librairie de ma mère ! La meuf a un nom à dormir debout.

Tout de même, c'est chelou, tout ça.

On passe au dessert.

Je ne sais pas pourquoi elle a eu l'idée de nous payer de la forêt-noire. Je ne peux pas blairer les cerises qui se planquent dedans et le goût du kirch. Mais c'est comme quand j'étais gamin, elle pense que je kiffe ce truc, alors que ça n'a jamais été ma tasse de thé. En plus, ça ne va pas trop avec son plat, mais bon, je ne vais pas la ramener : ce soir, on se tire déjà assez la bourre comme ça.

Pendant que je bouffe, je gamberge, histoire de monter un plan qui tienne la route.

Alors, je fais quoi ? On ne va pas y passer la nuit !

Tout bien pesé, je décide de ne pas me laisser embarquer dans son *trip* même si je casse l'ambiance. Je suis fidèle et j'ai Lily.

Enfin, pas encore, mais...

— Non, maman. Y'a pas moyen que j'entre dans ce jeu. J'ai quelqu'un en vue.

Elle fait bonne figure même si je vois bien qu'elle n'est pas complètement aux anges.

— Ah ! est le seul mot qu'elle peut lâcher.

Elle ne bronche plus et repart bredouille. Je l'aide à débarrasser la table et je fous la vaisselle dans le lave-vaisselle. Quand même, c'est vachement pratique, cette machine, sauf, quand on doit combler des embrouilles. Là, c'est pas la joie...

Quand tout est fait, on regarde un peu la télé, motus et bouche cousue. Ensuite, je me tire dans ma piaule sans un mot.

Ça me fait mal de la voir tirer la tronche comme ça, mais je ne compte pas me laisser prendre à son jeu débile.

Qu'est-ce qu'elle dirait si je lui dressais un rendez-vous foireux de ce genre avec un mec ? Elle qui ne veut pas en voir un depuis qu'elle est veuve ?

Plus tard, lorsqu'elle s'amène dans ma chambre, je suis en train de repasser le futal que je vais enfiler samedi, pour mon premier rencard avec Lily et sa copine. Elle pose ses fesses sur mon pieu et me vise. Elle essaye de se dépatouiller pour régler le problème en question. À moi aussi, ça me fait chier de lui faire la gueule.

— Je suis désolée. Vraiment. Je ne pensais pas... je voulais juste t'aider. C'est tout.

Je fais le kakou tout en continuant à repasser mon froc. Si je continue, je vais faire un trou dedans tellement que je veux qu'il soit parfait.

— Arrête de repasser un instant et dis-moi quelque chose, à la fin ! En plus, si tu continues, tu vas faire un trou dans ton beau pantalon !

Bon, elle a raison. C'est vraiment trop con, cette histoire. Et puis, mon jeans, il m'a coûté bonbon. En plus, il a déjà assez de trous comme ça. Et les plis, c'est fait exprès.

J'arrête net de faire ma tête de cochon, pose le fer à repasser, puis je m'agenouille et je prends les mains de ma mère.

— Je ne te fais pas la gueule. Tu sais que la seule personne que je kiffe à mort, c'est toi. Mais je ne suis pas dans le coup. C'est quand même un plan pourri !

— Pourri ?

Et nous rigolons tous les deux comme des fêlés. Elle a pigé, en fait. Elle en a là-dedans. Ou alors, elle voulait en avoir le cœur net. Pas con, ma mère.

— Elle s'appelle comment ?

— Lily, lui réponds-je du tac au tac.

— C'est mignon comme prénom.

Et moi, je pense que ce n'est pas seulement son prénom qui est mignon...

Avant d'aller me coucher, j'appelle Sophie.

Ce sera la dernière fois.

Je lui dis que je la quitte.

Elle pleure à l'autre bout du fil, pendant quelques secondes : cinq très exactement.

Ensuite, elle raccroche.

C'est dire à quel point elle tient à moi.

Chapitre 14 : jour 6 – sauveteur
Lys

Ce matin, la lune subsiste encore dans un ciel bleuté. La beauté de ce paysage au-dessus de ma tête ne pourrait suggérer la bise glacée qui s'abat sur mon visage pendant que j'attends Hub devant chez moi. Je sautille sur place dans l'espoir de me réchauffer. Corps et âme.

Lorsqu'il arrive enfin, je m'installe rapidement côté passager. Il m'embrasse à la hâte sur la pointe *des lèvres* pour la première fois. Je frissonne, parce que j'ai peur, soudain.

Je m'y soustrais instinctivement, puis il démarre sans m'adresser la parole. L'air absent et distrait, il fixe la route sans ciller.

Il ne m'a jamais embrassée sur la bouche, c'est nouveau.

Et je ne veux pas qu'il commence à dépasser un stade plus... intime.

Pendant les vingt minutes qui suivent, il m'ignore. Mais à vrai dire, je m'en fiche. D'ailleurs, je consulte mes mails et mon compte Facebook jusqu'à ce que la voiture atteigne enfin son but. Hub arrête son bolide et coupe le moteur.

Nous sortons tous les deux, en symbiose. La froideur de l'air extérieur traduit exactement le climat ambiant qui régnait dans l'habitacle. Je mets mes gants et rajuste mon écharpe.

En cliquant sur sa télécommande pour fermer toutes les portes, il m'adresse la parole en évitant mon regard :

— On dîne ensemble, ce soir ? Je t'invite dans l'hôtel luxueux que je t'ai promis, avec un lit à baldaquin, baignoire spa, jacuzzi et tout le reste ! Pour me faire pardonner de ne pas pouvoir te consacrer mon week-end. Qu'en dis-tu ? me propose-t-il en regardant ailleurs comme si quelqu'un risquait de nous épier.

Très bonne question. Que dois-je en dire ? Il n'est pas dupe. Lui aussi constate qu'une certaine distance s'est immiscée entre nous depuis quelque temps.

Depuis le début, en fait.

Que faire ? Dans tous les cas, je ne peux assurément pas lui briser le cœur maintenant, dans ce parking lugubre, éclairé par des lampadaires à LED tout neufs. Réflexion faite, je me lance dans l'élaboration d'un plan stratégique minute.

Je lui dirai que je le quitte à un autre moment.

Lilou a raison, je ne peux plus continuer cette relation sans lendemain. Et cette soudaine révélation me ravit et me rend triste à la fois.

Je ne peux pas sortir avec Félix tout en étant avec Hubert, même si dans les faits, Hubert et moi ne sommes que des amis. Il faudra que je le quitte la prochaine fois que je le verrai, je lui dois au moins ça.

À présent, Hubert me dévisage dans l'espoir d'entendre ma réponse.

Troublé par son attitude, mon cerveau ne tarde pas à construire une réponse convenable, même si des vents contraires m'envahissent. J'accepte, naturellement. Mais dans ces circonstances, ma joie habituelle n'est pas au rendez-vous et en dépit du fait qu'Hubert fait semblant de ne pas le remarquer, il doit le constater sans aucun doute.

Je suis lâche, lâche, lâche.

Je devrais lui dire maintenant, maintenant, maintenant.

Pour couper court à notre gêne conjointe, j'évoque la nécessité de me rendre à mon poste de travail tout de suite.

Je ne l'embrasse pas. Par ce geste, j'arrête cette hypocrisie qui me tourmente.

— OK, merci, Hubert. J'y vais, j'ai quelques trucs à faire avant que les autres arrivent, lui dis-je en le laissant choir sur le parking.

— Tu ne m'appelles plus Hub, maintenant ? me demande-t-il pendant que je m'en vais.

Il reste immobile un temps, avant que mon oreille ne l'entende marcher derrière moi. *OK, merci…* une réponse stupide de la part d'une femme soi-disant éperdument amoureuse de son fiancé… et non… Hub n'est plus d'actualité.

Je désactive l'alarme, puis entre dans le bâtiment. Hubert me suit et rejoint sa tour pour s'isoler dans son antre. Quant à moi, je poursuis mon chemin jusqu'au mien.

J'arrive à mon poste et j'allume mon ordinateur portable pour poursuivre l'écriture de mon rapport à papa. J'ai une heure, très exactement. Avant que la vague humaine n'apparaisse.

Je jette un bref coup d'œil au menu du jour. Les titres de mes différents items sont déjà préinscrits. Aujourd'hui, je suis chargée d'observer de plus près mon poste de travail afin de comprendre pourquoi quasiment aucun ouvrier n'arrive à afficher la productivité requise. Pour moi, la liste est longue, mais elle ne tient qu'en un seul mot : optimisation. Des pertes de temps, des outils non disponibles, des rangements manquants, l'exécution de mouvements inutiles et trop nombreux… Simple question de bon sens. Toutes ces problématiques compliquent la tâche des agents de fabrication. Je comprends beaucoup mieux leurs accès d'humeur et leur exaspération devant le manque de moyens et le ridicule des fiches standards qui finalement ne sont pas facilitatrices ! D'ailleurs, j'en ai déjà moi-même modifié officieusement après expérimentation…

Seulement voilà, en théorie, ce travail est sous la responsabilité d'Hubert… et… disons que je vais lui couper un peu l'herbe sous le pied. Un peu… c'est peu de le dire… cependant, ma mission, c'est ma mission. Je ne mentirai pas par omission à mon père. Il est question de climat social en chute libre et de rentabilité de l'usine.

Je suis perdue dans mes réflexions lorsque je m'aperçois que l'heure s'est déjà écoulée. Il faut que je me presse, j'entends déjà des pas s'approcher de moi.

Fred est le premier à prendre son poste. Je lève les yeux un instant, puis je les rabats aussitôt sur mon ordinateur portable.

— Salut ! Tu es en avance ! lui dis-je en poursuivant mon rapport.
— Salut, Lily ! J'aime bien prendre un peu d'avance pour potasser ma fiche avant de bosser. Pas facile avec les nouvelles machines… Putain, tu tapes vachement vite ! Je vois ton clavier qui fume ! Tu pourrais faire le métier d'imprimeur, toi !

Nous rions tous les deux de bon cœur. Il a toujours le don de me mettre de bonne humeur chaque jour.

C'est un être exceptionnel. Rien d'étonnant qu'il soit aussi proche de Félix…

Et…

Lorsque l'on parle du chat…

Félix arrive bientôt lui aussi et son visage s'éclaire instantanément à ma vue.

— Salut, Lily. C'est toujours OK pour demain ? me demande-t-il en s'éloignant de son poste habituel.

Je tente de le rattraper au vol.

— Oui, toujours. Mais où vas-tu ?

Il s'arrête un instant pour me répondre.

— Près de l'armoire à glace là-bas, m'apprend-il en me désignant un homme avec son majeur droit.

— La quoi ?

— Le mec baraqué là-bas, tu le vois ? C'est Monsieur *mec hautain* qui m'envoie sur un autre poste aujourd'hui, me divulgue-t-il en reprenant son chemin.

— Hubert ?

Hubert veut éloigner Félix de moi, il doit avoir compris qu'il me plaît.

Il stoppe son pas sur-le-champ et se retourne subitement. Ses yeux sortent de ses orbites. Telle une enfant prise au piège, je rougis. Je suis stupide et très confuse, mais je me hasarde dans un rattrapage de la dernière chance.

— Enfin, je veux dire monsieur Hubert. J'ai oublié son nom de famille, me rattrapé-je comme si cela coulait de source.

— Tu le connais ? Enfin, tu le connais d'ailleurs ? me demande-t-il sur un ton suspicieux.

Je lâche un petit rire et balaye l'air d'un revers de la main.

— J'ai dit Hubert comme je dirais un autre nom de famille, même s'il s'agit de son prénom. Tu sais, le langage de l'usine ! Je ne l'aime pas trop, cet homme.

Je me rends compte que ma dernière phrase est tellement vraie, j'enlève le trop et ça reflète ce que je pense au fond de mon cœur.

Je ne sais pas si je l'ai convaincu ou non, mais dans tous les cas, ma dernière phrase a échappé à mon contrôle... et cela a l'air de lui faire plaisir...

Je ne l'aime pas, Hub ?
Bien sûr que je le sais.
Je ne l'aime... pas... je crois.
Non, j'en suis certaine.
Il me déplaît de plus en plus.
Lapsus révélateur.
Il faut que je le quitte, aujourd'hui.

Félix m'observe de plus près et il constate que je ne travaille pas comme ceux du module, aujourd'hui.

Un ange passe.

Il reprend son interrogatoire.

— Tu travailles dans la qualité ou dans le contrôle de gestion, maintenant ? me demande-t-il, curieux.

Fred a raison, il a beaucoup de réflexion pour quelqu'un qui œuvre comme un simple agent de fabrication. Personne d'autre ne m'a posé de questions. Mais peut-être qu'ils n'en pensent pas moins.

Je lui explique ma mission, en taisant l'objectif de mon père, ma véritable identité et en l'orientant sur un autre sujet que je veux humoristique.

— Oui, enfin non. Juste une mission que monsieur Hubert m'a donnée aujourd'hui. Je fais le tour de ce poste et je regarde ce qui ne va pas. Ensuite, je le note pour qu'il puisse prendre en charge les corrections. Ainsi, mes mains pourront se reposer : j'ai toutes mes mains qui me font mal, ris-je pour détendre l'atmosphère.

— Ah bon ? Parce que t'en as plus que deux, toi ? me demande-t-il en éclatant de rire.

Je suis rassurée et je me sens beaucoup mieux. Le malaise est oublié. J'étais terriblement inquiète à l'idée qu'il découvre ma véritable identité. Je crois que je ne pourrai jamais faire partie du FBI ! Que dis-je ? J'en ai la certitude.

— En tous cas, tape pas trop fort et ne fais pas gambader tes doigts trop vite, sinon gare à eux ! rajoute-t-il sur le ton de la plaisanterie.

Un sentiment de manque se réveille quand je le vois rejoindre l'autre bout du bâtiment, aussi, je me concentre totalement sur ma tâche. Finalement, je préfère terminer le rapport, puisque à présent, aucune méfiance ne se dégage des autres.

Le bruit des machines se propage dans l'espace et plus aucun autre son ne vient le perturber.

J'ai presque terminé ma première partie, lorsque j'entends un cri multiple suivi d'un affolement général, le tout complété par un remue-ménage extravagant. Je ne tarde pas à apprendre par un collègue du module que l'armoire à glace s'est tranché un doigt. La production s'arrête et Fred accourt avec les autres vers le lieu de l'accident.

Paniquée, je prends mon téléphone portable d'une main tremblante pour appeler les secours et accours à mon tour pour rejoindre la foule.

La scène à laquelle j'assiste est à peine croyable. Félix s'est converti en secouriste avéré. Une trousse de secours gît à ses côtés : il prodigue les premiers soins à l'homme blessé. Ses gestes sont précis, comme s'il avait l'habitude de ce type d'accidents. Pendant qu'il exerce un point de compression pour arrêter l'hémorragie, il ordonne à Fred d'aller lui chercher des glaçons dans le congélateur de la salle de pause. Ensuite, il désinfecte le moignon et l'entoure d'une compresse stérile, qu'il a sortie de sa trousse de secours personnelle. Il s'occupe ensuite du fragment qui s'est détaché du membre de l'homme : il le désinfecte, puis l'entoure lui aussi d'une compresse stérile. Il place l'ensemble dans un sachet en plastique hermétique et enfouit ce dernier dans un second sac, rempli au préalable de glaçons fraîchement apportés par Fred.

Félix reste près de l'homme et le rassure continuellement jusqu'à ce que les pompiers arrivent pour évacuer le blessé dans un centre *d'urgence main* à Mulhouse. Les secouristes le félicitent : sans lui, le membre de l'homme serait perdu. Félix explique avec précision la manière dont le membre a été sectionné et celle dont il a été touché avec des mots dont certains me sont inconnus. D'après les secouristes, une greffe est possible grâce à son intervention rapide. Félix paraît soulagé. Je suis si fière de lui, ma poitrine se gonfle de joie.

Après avoir remercié Félix pour les premiers soins qu'il a su prodiguer, les secours s'en vont sans perdre de temps : l'intervention doit se dérouler dans les cinq heures qui suivent. Le chirurgien est prévenu.

Au moment où j'aperçois le brancard qui s'évade entre les mains des ambulanciers, un tonnerre d'applaudissements se fait entendre. Félix reste humble et range sa trousse de secours sans y prêter garde. Pour ma part, je reste méditative. À la fois sur l'exploit de cet homme, que moi-même je n'aurais pas pu réaliser et sur le fait que l'infirmerie de l'usine ne dispose même pas d'un kit de premiers secours. Mon verdict est clair : je vais engager un audit sécurité au sens large du terme.

Fred aide son collègue à se relever.

— Eh, mec, on dirait que t'as fait ça toute ta vie ! Tapes-en cinq ! Si je ne te connaissais pas, j'aurais cru que t'as l'habitude de bosser aux urgences ! Un vrai toubib ricain, dis !

Félix reste immobile quelques instants, au milieu de tous, complètement désarçonné. On dirait qu'il tremble. Je suppose qu'il réalise seulement maintenant qu'il a sauvé le doigt de l'armoire à glace. À sa place, moi aussi, je serais choquée. À ma place, je suis très émue pour lui. En réalité, mon cœur a mal, parce que j'ai le sentiment que Félix va mal. Je ressens sa difficulté à respirer, son oppression soudaine. Je veux lui démontrer qu'il n'est pas seul à affronter ses peurs.

Je suis là. Pour lui.

Mon pouls prend le relais et s'accélère soudain. Un branle-bas s'opère à présent dans mon intérieur, comme si moi aussi, j'éprouvais tout ce qu'il endure en ce moment. Félix est tellement... tellement... je ne trouve pas mes mots pour exprimer l'intensité de l'émotion qui me frappe... je me sens chavirer vers un monde magnifique... je le découvre humain, fantastique, je... je... j'ai l'impression que c'est lui... c'est lui que j'attendais... depuis ce fameux jour sur le périphérique parisien où nos regards se sont croisés pour la première fois... je le savais... je le sais... comme une prémonition...

En cet instant précis, j'ai la révélation de ma vie : c'est lui et ce ne sera personne d'autre.

Au bord des larmes, je me rapproche de lui pour le féliciter à mon tour. Il m'observe avec des yeux de chien battu. À mon grand désespoir, je suis interrompue par mon père, qui surgit de nulle part. Il s'adresse à Félix sur un ton solennel.

— Merci, monsieur. Je tiens à vous remercier pour votre acte de bravoure. Vous avez sauvé son doigt, le félicite-t-il en lui empoignant la main fermement.

Félix ne bouge toujours pas, ne dit rien. Il me fait l'impression d'un petit garçon qui a besoin d'un gros câlin. J'ai envie de… de… je ne sais pas ce qui me retient de l'enlacer et de l'embrasser devant tout le monde.

Ah si, je sais : Hubert, qui reste à l'écart, l'examine d'un air méfiant et qui m'arrête dans mon élan par la même occasion.

Celui que je dois quitter aujourd'hui.

En raison de cet accident du travail, la fin de la journée a sonné en avance, mon père ayant offert gracieusement les dernières heures de travail à tout son personnel.

Félix s'éclipse sans me dire au revoir. Cela me contrarie. Fred, en bon ami, me console.

— Il est sous le choc. T'imagines ce qu'il vient de faire, là ? Il a sauvé le doigt de son collègue ! Si tu veux savoir ce que j'en pense, il doit accuser le coup, me dit-il en me quittant prestement, ne me laissant aucune possibilité de réponse.

Le relais est pris par Hubert, qui s'approche de moi pour me souffler une phrase à l'oreille d'un air arrogant que je déteste d'emblée.

Je me demande comment j'ai tenu tant de temps avec lui à mes côtés.

— Il est vraiment fort, celui-là. Être excellent et même surdimensionné sur les postes, se conduire en héros… il arrive à attirer l'attention de ton père au bout d'une seule semaine de travail. Vraiment très fort.

Sa remarque est la goutte d'eau qui fait déborder le vase déjà bien rempli ce matin. Pour qui se prend-il ? Agit-il par jalousie ? Par peur de perdre l'estime de mon père ? Ou par peur de me perdre ? En dépit de tout ce qu'il peut penser, rien ne justifie sa critique !

— Tu n'as pas besoin d'être désagréable avec lui, lui rétorqué-je aussi sec.

Il me fait face et se campe devant moi comme un shérif devant un bandit dans une scène de western. Ses yeux me fusillent. S'il avait eu un pistolet et des balles, je ne serais plus de ce monde.

— Tu ne le connais pas, Lys. Il n'est pas celui que tu crois. J'ai vu son CV. Je me demande pourquoi quelqu'un de sa trempe avec des études supérieures comme les siennes se contente d'un travail de simple ouvrier.

D'abord déstabilisée par ses propos, je me reprends aussitôt pour ne pas perdre la face. Mes oreilles chauffent atrocement. Mon rythme cardiaque s'envole. Son attaque envers un homme qui en a sauvé un autre m'horripile. Je fais comme lui : je tire, en pleine poitrine.

— Je le sais. Il me l'a dit, mens-je. Et alors ? En quoi ça peut te regarder ? Moi, je démarre bien en bas de l'échelle, non ?

Égal à lui-même, il prend congé à sa façon, oubliant par la même occasion qu'il est mon chauffeur et qu'il doit me payer un hôtel quatre étoiles ce soir.

— Oui, eh bien, il n'a qu'à faire carrière ailleurs qu'ici ! Je m'en vais. Passe une bonne soirée. À demain, conclut-il furieusement.

Eh bien, qu'il parte ! Bon débarras !

Il n'y a que sa petite personne et son monde qui comptent.

Je supposais qu'il souffrait de jalousie et voyait Félix comme un rival potentiel. Il n'en est rien. En réalité, il exprime des craintes par rapport à sa position dans l'entreprise de mon père !

Pauvre imbécile !

Lamentable et pitoyable.

Il n'y a pas d'autres mots.

Alors qu'il a déjà fait quelques pas, je le rejoins rapidement et l'arrête. Il me dévisage, désarçonné.

— Qu'est-ce que tu veux encore ? me largue-t-il, mauvais.

Il est plus que temps que je fasse ce que j'aurais dû faire depuis longtemps.

— Je te quitte.

Son visage se crispe, puis soudain, il rit aux éclats en rejetant sa tête en arrière. Je suis estomaquée par sa réaction, que je n'attendais pas.

— Comme tu veux. Mais si tu me quittes pour être avec ce connard, sache que je ne te laisserai pas faire.

Ensuite, il s'en va. Je bous de rage qu'il insulte Félix gratuitement.

— C'est tout ? lui crié-je, hors de moi.

Il se retourne, pivote sur lui-même, revient vers moi pour s'arrêter à une vingtaine de centimètres de ma personne. Il lève les mains vers moi en signe d'apaisement. Son ton est plus posé.

— Écoute, Lys, ça fait cinq ans qu'on s'emmerde tous les deux juste pour faire bonne figure devant nos parents. Au fond, tu le savais et je le savais. Il est temps qu'on tente notre chance chacun de son côté, le temps passe vite pour s'ennuyer avec quelqu'un. Et tu sais quoi ?

Je secoue la tête, interdite par son toupet, même s'il faut l'avouer, il a raison sur toute la ligne.

— Moi aussi, je vise quelqu'un. Tu m'as juste pris de court. Ce matin, je voulais voir ce que je ressentais en t'embrassant sur les lèvres. Eh bien, rien ! On reste amis ?

Je hoche la tête, je l'avoue légèrement décontenancée.

Il s'approche de moi et m'embrasse sur la joue, avant de se radoucir.

— Prends-soin de toi, Lily, mais laisse tomber Félix, c'est un mec qui cache plein de choses et qui n'est pas plus fait pour toi que moi. C'est la seule chose que je te demande. Pour ton bien.

Qu'est-ce que ça peut lui faire ? Il n'a aucun droit sur ma vie.

Il n'attend pas ma réponse, parce qu'il sait qu'il n'en aura pas.

Et ensuite, il part définitivement, provoquant un petit pincement au milieu de ma poitrine.

Je l'aimais ?
Question idiote.
Jamais je ne l'ai aimé.
Et c'est ça qui me rend triste.
Faire semblant pendant tout ce temps.

L'usine est devenue déserte. Je décide de partir moi aussi.

Je remballe mon ordinateur portable et l'introduis dans sa sacoche, puis je passe au vestiaire pour prendre mes affaires. Au moment où j'enfile ma veste, une certaine nostalgie mêlée de déception me gagne. Des larmes repeignent mes deux joues sans y être invitées. J'ai quitté Hub, mais surtout, Félix ne m'a pas attendue ce soir… trop d'évènements pour un seul jour.

J'aurais aimé lui parler, j'aurais aimé qu'il m'attende, qu'il me dise que je compte pour lui, comme il compte pour moi. Mais comment le pourrait-il ? Au bout d'une semaine seulement ?

Ce qui m'arrive est dément, je porte cette espèce de bad boy sexy *dans mon cœur, comme si je l'avais rencontré il y a un siècle.*

J'essuie mes larmes avec le revers de ma veste, comme une petite fille. À quoi bon pleurer ? Mon esprit avait imaginé un scénario surréaliste, un court métrage dans un monde imaginaire.

Le problème, c'est que là, je suis dans la vraie vie.

Je me reprends.

Je me ferai une raison.

Je ravale mes larmes et sors le ticket afin de pouvoir prendre le bus. Celui qui m'attend depuis ce matin dans la poche de ma veste, comme s'il avait prévu son utilisation à la fin de la journée.

J'ouvre mon casier pour y prendre mon sac à dos, lorsque je devine un souffle derrière moi.

Je retiens ma respiration.
Ma main reste inerte.
J'écoute.

Je n'ai entendu personne arriver et pourtant, je n'ai pas besoin de vérifier qui me frôle... mon cœur s'emballe au moment où j'entends une voix qui me fait frémir. Une phrase agréablement construite provoque en moi une émotion intense.

Je suis heureuse. Instantanément.

Un sourire se dessine sur mes lèvres. Toutes les contrariétés s'envolent.

Une seule phrase, un seul mot, un seul souffle me rassasient de bien-être... de plaisir inexplicable...

Je rejette tout l'air retenu dans mes poumons et prends une forte inspiration, avant de soupirer d'aise.

— Je peux vous raccompagner chez vous, jolie demoiselle ?

Félix.

Sa voix est rauque, voluptueuse, sincère...

Une douce chaleur envahit tout mon être et me remplit de bonheur.

Comme si son âme traversait le temps pour me rejoindre à chacune de mes vies...

Comme s'il m'était destiné depuis le début...

Comme si le destin devait nous réunir aujourd'hui, pour toujours.

Je respire profondément, puis tente de retrouver mes esprits pour agir...

C'est maintenant ou jamais.

Je me retourne et je lui prends la main.

Une force incroyable s'empare de moi pour me guider dans un geste complètement insensé.

Je lui saute au cou fermement pour le serrer dans mes bras, forçant son corps à épouser littéralement le mien. Il ne me rejette pas, au contraire. Ses bras s'enroulent autour de ma taille et m'attirent vers lui avec force.

Félix me chuchote une phrase qui me fait vibrer : *Si tu savais depuis combien de temps j'attendais ça...*

Après quelques secondes, je me dégage de quelques centimètres pour englober ses joues entre mes mains. J'approche doucement sa bouche de la mienne et je prends l'initiative d'un baiser inopiné, rapide, de deux secondes tout au plus. Cela suffit à mon ventre sous tension pour produire de l'électricité. Des fourmis pénètrent dans mon for intérieur... et ça me fait bizarre, ça me fait du bien, en même temps.

Ça me plaît à un point inimaginable.

Je ne savais pas que toucher un homme de cette façon pouvait procurer autant de satisfaction.

En réalité, c'est parce que cet homme m'attire plus que de raison.

Félix ne témoigne aucune résistance. Il m'accueille avec un grognement qui le trahit. Tout mon corps vibre. Une pensée ridicule me vient et me coupe dans mon élan : *mon haleine... mon pauvre baiser de novice...*

C'est pour ainsi dire, la première fois que j'embrasse un homme de cette façon. Et je suis certaine que lui n'en est pas à sa première expérience de ce côté-là. Hubert a été mon premier petit ami, avant, je n'ai jamais eu de coup de cœur pour un homme, même pour celui avec qui j'ai perdu ma virginité à dix-neuf ans. Et Hub...

Enfin, Hubert m'a été présenté par mon père, et mon cœur ne m'a jamais parlé de lui.

Je me dégage, exposant une coloration rosâtre de mon visage.

Je m'excuse.

À ma manière.

— Navrée... je ne sais plus si je sais embrasser sur la bouche... ça fait un bail que je n'ai pas... et je dois sentir... mauvais...

Ses lèvres s'étirent en un sourire sublime qui illumine son beau visage fatigué et si sensuel. Les yeux brillants, il me remet une mèche rebelle en place, puis il coupe ma phrase pour abonder dans mon sens.

— Ça tombe bien, moi non plus...

Maintenant, il prend le dessus en prenant mon visage en coupe et j'adore ça...

Lorsque ses doigts s'y posent, une nuée de frissons dévalent le long de ma colonne vertébrale et remontent jusqu'à ma gorge. J'attends, le souffle court, qu'il m'embrasse enfin. Parce que je meurs de sentir ses lippes contre les miennes une nouvelle fois.

La magie de ses yeux que je ne quitte pas une seconde, me fait comprendre à quel point ma vie était fade avant que je le connaisse.

À quel point ma relation avec Hubert était une mascarade.

— Putain, Lily, tu me rends dingue...

Sa voix rauque m'achève et je me liquéfie devant lui, comme si j'étais brûlée par un soleil ardent. Je déglutis et clos les paupières, puis les rouvre, comme hypnotisée.

— Moi aussi, Félix, tu me rends complètement folle...

Son regard devient sombre, presque animal, un air félin qui propage un désir affolant dans mes veines. Je vibre comme jamais et je flippe comme jamais.

— Arrête-moi, Lily, je ne sais plus ce que je fous...

Je lui souris et il soupire.

— Je suis sérieux, Lily, sinon je ne réponds plus de rien...

Je ne comprends rien à ce qu'il raconte. Ce que je sais, c'est que j'ai besoin qu'il m'embrasse encore une fois et que le reste, je m'en fiche.

— Sinon quoi ? lui chuchoté-je en humidifiant mes lèvres.

Il reproduit mon geste et ses pupilles dilatées trahissent son désir.

— Sinon je vais t'embrasser, *vraiment...* et je vais caresser ton corps, *vraiment...*

Un éclair traverse mon estomac et rebondit sur ma poitrine pour atterrir entre mes cuisses. C'est si inattendu que pendant une seconde, je suis comme secouée. Ce choc terrible pousse mon cœur à accélérer encore la cadence, tout comme mon souffle, qui se fait court.

Mes bras ne réfléchissent plus et se placent autour de son cou tandis que je plonge dans son regard ténébreux, lui donnant ainsi mon feu vert.

— Alors, embrasse-moi...

Sans sommation, sa bouche percute la mienne avec une espèce de violence mêlée à un appétit féroce qui me fait mourir sur place. La foudre s'abat à l'intérieur de mon corps et il entre en ébullition. Mon cerveau se déconnecte de l'endroit où nous sommes, avec qui je suis, ma mission, mon vrai prénom que je lui cache, ma véritable raison d'être ici. Le fait que je suis la fille du directeur de l'usine et qu'il n'en sait rien. Si mon père apprenait ce que je suis en train de faire avec l'un de ses ouvriers, il me tuerait sans doute. Mais je me fiche des conséquences comme de l'an quarante.

En cet instant, j'ai besoin de sa chaleur comme de l'air que je respire pour vivre.

C'est la folie qui s'est emparée de moi, celle que j'attendais alors que je revenais de Paris.

Et je n'ai pas envie de redevenir raisonnable.

Mon cœur palpite, et j'entends le sien contre ma poitrine tambourinant tout aussi fort. Sa langue cherche la mienne et la trouve enfin, joue à cache-cache, s'enroule autour d'elle, explore doucement mon palais. Il pousse un grognement animal qui s'évade au fond de ma gorge, pendant que ses mains s'emparent de ma tête, s'enfuient dans mes cheveux, avant de glisser jusqu'à mon cou. Je frissonne, lorsqu'elles dévient vers mes épaules, suivent la courbe de ma silhouette, effleurent le côté de mes seins, partent jusqu'à mes hanches afin de s'y ancrer fermement.

Son corps se presse contre le mien et je sens la dureté au niveau de son bassin. Ses mains remontent au milieu de mon dos et m'attirent encore un peu plus vers lui, comme si nous n'étions pas encore assez proches.

Mon Dieu, il a envie de moi !
Et moi ?
S'il me demandait l'autorisation de me faire l'amour, j'accepterais.

Suis-je attirée par lui ?
Bien entendu que je le suis...
Je suis même... plus que ça...
À présent, c'est une certitude...

Ses mains cherchent ma peau à travers la veste de *Machines H*, puis se faufilent en dessous pour toucher mon T-shirt.
Bordel, que c'est bon...
Il continue son exploration et suit les bretelles de mon soutien-gorge en grognant de plaisir.

Et j'ose, moi aussi. Je déplace mes mains et les passe en dessous de sa veste pour sentir les muscles de son dos à travers son T-shirt, descends plus bas encore, jusqu'à la limite de la ceinture de son pantalon.

Il m'arrête alors que mes doigts la suivent pour arriver sur son ventre et cherchent à soulever son haut.

Mon Dieu, mais je suis folle ? Nous sommes dans l'usine de mon père, quelqu'un pourrait nous surprendre et je ne rêve qu'à sa peau nue sur la mienne.

Je sens son sourire sur mes lèvres avant qu'il s'en écarte un instant.

— Lily… je ne veux pas aller trop vite… même si j'en crève d'envie.

— Félix… gémis-je.

Et…

Ses lèvres se posent sur les miennes pour ne plus les quitter.

Nos bouches demeurent ainsi, greffées l'une à l'autre pendant au moins…

Nos corps restent collés l'un à l'autre pendant au moins…

Nous restons en apnée pendant au moins…

Oui…

Au moins…

Chapitre 15 : Le rencart
Félix

J'arrive pile à l'heure devant chez Lilou pour chercher Lily. En vrai, j'ai pas arrêté de tourner autour du quartier depuis ce matin comme un débile. Pourtant, j'ai repéré les lieux hier, je n'aurais pas eu besoin de me pointer si tôt. Maintenant, avec tout ce trafic, je suis obligé de me grouiller. Faudrait pas que je la fasse attendre. Faudrait pas qu'elle pense que je lui pose un lapin.

Putain, hier, à l'usine, sentir sa bouche, sa peau même si c'était à travers du tissu, c'était bon, meilleur que bon, en fait. J'ai eu une nuit difficile à gérer, parce que je bandais comme un fou.
Encore plus lorsque je poursuivais la scène où elle me retirait mes fringues jusqu'au bout.
D'ailleurs, j'ai joui si fort que je n'ose pas imaginer comment ce sera pour de vrai.

Mais c'est trop tôt pour du peau à peau. Même si j'en crève d'envie.

D'abord, j'ai trouvé ça chelou, le fait qu'elle soit chez sa copine juste avant notre rencart, mais bon, les meufs sont comme ça. Faut croire qu'elles ont des trucs à se raconter avant. Genre comment je me fringue, comment je mets mes tifs en place et tout et tout. Déjà, l'autre soir, je l'ai raccompagnée ici. Elle voulait pas rentrer chez elle. Je me suis demandé si j'étais pas assez bien pour ses parents, parce qu'elle crèche encore chez eux. Ou alors, autre chose.
Bref. Rien d'inquiétant.
Je vais pas me bourrer le crâne avec des conneries.

Je me gare juste devant et coupe le moteur. Je sors de ma bagnole pour l'attendre le cul sur mon capot. Qu'est-ce que ça caille ! Je me demande si après, j'arriverai à décoller mon popotin avec ce gel. C'est peut-être la classe de frimer comme ça, mais si je chope froid, je risque d'attraper la crève. C'est pas du tout un bon plan. Du coup, je prends l'option d'aller appuyer sur la sonnette. C'est plus sûr.
Lilou m'ouvre la porte avec des yeux ronds. Ça commence bien. Qu'est-ce qu'elle a, ma tronche ? J'ai la gale ou quoi ? En même temps, je vois le mal partout. Elle a peut-être pas vu que c'était déjà l'heure, peut-être que Lily est à la traîne.

Et puis merde ! Je ne vais pas en faire un flan.

— Salut, Félix. Elle est encore dans la salle de bain. Tu entres une minute ? me propose-t-elle à la douce en me tapant la bise.

Et ensuite, elle braille *LILYYYYYY !* en me perçant les tympans en même temps.

Ouais, c'est ça. En fait, elle ne m'attendait pas encore, car Lily est à la bourre.

Je me demande pourquoi j'ai autant cavalé pour venir. Bon, je ne suis pas non plus à la minute. En plus, j'ai eu raison d'entrer, j'en aurais eu pour un bail à l'attendre sur ma bagnole. Je lui ferai le coup la prochaine fois. Genre cet été.

Je rigole un bon coup, puis je lui réponds en entrant dans son château.

— Salut, Lilou. Content de te revoir, lui dis-je après qu'elle a terminé de gueuler après ma copine.

Au fait, c'est ma copine ?

Elle me met tout de suite à l'aise et me montre le canapé du salon pour que je me pose dessus. Il doit coûter les yeux de la tête, ce machin. J'ai peur de le saloper tellement il est royal. Je fais le tour de la pièce avec mes yeux. En fait, on dirait un salon de chez Ikea. Bien *clean*. Il y a juste quelques trucs qui pourraient déranger. Des tableaux de corps humains sont accrochés sur les murs. Il y a même un squelette miniature debout sur le meuble bas.

J'aurais bien aimé l'avoir, celui-là.

Enfin... lorsque j'étais toubib...

En tous cas, il y a de la tune, dans cette baraque.

Je suis assis et je me tiens à carreau. J'ai l'impression qu'elle m'a à l'œil.

— Je te sers quelque chose à boire ? me propose-t-elle.

— Non merci. C'est très sympa à toi, lui réponds-je en continuant à guetter la déco zarbi de la pièce.

Cette fois, elle se campe sur le fauteuil en face de moi avec un regard pétillant et croise ses guibolles. J'ai l'impression qu'elle va jouer au flic. Juste histoire de me soutirer des informations qu'elle pourrait redire à Lily... ou alors, elle me cherche... va savoir avec les meufs...

Non, Lily n'est pas le genre à partager son copain...

Je suis son copain ?

Et si elle en avait déjà un autre et que c'est pour ça que je ne sais toujours pas où elle crèche ? Non, pas possible.

Elle ne se serait pas jetée sur moi de cette façon l'autre jour. Putain, je l'aurais flairé ! Pourquoi je pense qu'elle me cache des trucs ? Non, je me goure. J'ai un peu d'expérience avec Sophie.

Putain, Sophie, je l'ai oubliée, celle-là : il faut que je la calme. Depuis que je l'ai envoyée sur les roses, elle n'arrête pas de m'envoyer des SMS pour me racoler. Faudrait pas qu'elle s'imagine des trucs et surtout que Lily se casse par sa faute. J'aurais tout gagné.

— La déco est un peu gore, je sais, mais mon père est médecin. D'ailleurs, si tu visites nos toilettes, tu y trouveras un poster de notre système digestif. Histoire d'apprendre des tas de trucs en faisant nos besoins, me lâche Lilou au bout de cinq secondes.

— Je comprends.

La revoilà avec ses yeux ronds. Moi, je lis dans les chiottes depuis que je suis gamin. Il n'y a rien de ouf là-dedans. Je n'aime pas perdre mon temps, c'est tout. En plus, des bouquins de médecine, ça me connaît. Mais ça, elle ne peut pas le savoir. Elle tomberait des nues si elle le savait.

Ensuite, elle continue à papoter comme si elle avait affaire à l'une de ses copines.

Bon, Lily, tu fais quoi ? On n'attend pas la reine d'Angleterre. Juste moi.

Je trouve le temps long, elle pourrait au moins se grouiller. Sa copine n'arrête pas de me cuisiner, maintenant. Qu'est-ce qu'elle papote, quand même ! Elle ne me laisse même pas le temps de lui répondre, alors, j'ai la banane en continu. Elle doit sûrement se dire que je suis un mongol… comment lui dire qu'elle me prend la tête ?

Ça y est, elle ferme son clapet.

Ben non, c'était trop beau, voilà qu'elle recommence…

— Tu es très classe, aujourd'hui. Je ne t'avais jamais vu en chemise et pantalon. Enfin, je veux dire… pour du kart, m'avoue-t-elle, embêtée.

Ouais, j'ai troqué mon jeans et T-shirt contre un pantalon à pince et chemise cintrée.

— Ah… en fait, je me suis dit que ça ferait plaisir à Lily… merde, c'est trop classe, hein ? Quel crétin je fais !

Elle hausse les épaules. Là, elle me fait flipper.

— Ne te justifie pas. Après tout, chacun s'habille comme il veut pour faire du kart.

C'est là que Lily décide de se montrer. Heureusement, car j'étais en train de m'enfoncer de plus en plus.

Putain, maintenant, je me dis que je suis con de ne pas avoir pensé à acheter des roses.

Je savais bien que j'avais raté un truc important. J'espère qu'elle ne m'en voudra pas.

Non... c'est pas le genre... je ne pense pas que...

Mon cœur rate un coup.

Lily... putain... tu es...

Elle est... elle est vraiment... putain, elle m'anime.

J'ai les yeux ronds. Lily fait une entrée qui me rend fou.

Sa copine est fin excitée, elle aussi. Elles se disent salut comme si elles ne s'étaient pas vues depuis des lustres. Je ne comprends pas pourquoi quand des meufs se disent bonjour, elles se sentent obligées de gueuler comme des putois. Bon, ça ne me dérange pas, au fond, je ne vais pas en faire un fromage non plus. En fait, ce que je vois m'intéresse vachement plus. J'en reste siphonné, Lily m'excite à fond les gamelles. J'arrive même plus à décoller de ce fichu canapé...

Elle porte un froc en cuir noir hyper serré et un bustier noir assorti. Ses fringues doivent à peine la laisser respirer. Je bave comme un félin.

Elle s'approche de moi et me zieute comme si j'étais un mec venu d'une autre planète. Ah oui... le costard... quel con ! Je deviens rouge comme une tomate, puis nous nous mettons à pouffer tous les deux. Elle m'allonge toute l'histoire pendant que j'essaie de garder la tête froide. Cette fille me fait perdre la tête.

Elle n'a même pas besoin de me flinguer, je suis déjà mort.

— C'est une tenue de Lilou. Je ne savais pas comment m'habiller, alors, j'ai pensé que c'était ton style.

Ah... c'est pour les fringues qu'elle est chez sa copine...

Je lui réponds en rigolant.

— T'es top, t'inquiète. C'est moi qui me sens con. Je n'ai pas pris ma bécane !

Au fait, je dois l'embrasser ? Faire comme si on n'avait rien fait ?

— Ah, parce qu'en plus, tu as une moto... me dit-elle d'une voix rauque.

Elle s'amène pour piquer mon cou et me coller sa bouche contre la mienne. Ou plutôt sa langue.

Moi, j'en profite pour la ramener tout contre moi et je lui réponds avec plus de fougue.

Elle est toute chaude...

J'ai envie de la croquer...

Lorsqu'on s'écarte, nos souffles peinent à retrouver une cadence normale. Je dois être au moins à cent cinquante battements-minute, là, si c'est pas plus. Et je ne parle pas du diamètre de mon turbo.

Sa copine semble se foutre de ma gueule et tend un mouchoir à Lily.

Elle ne peut pas décamper ? Bon, en même temps, elle est chez elle, mais merde, elle est chiée quand même ! Elle peut faire semblant de devoir aller aux chiottes ! Ou bien de se retaper sa tronche !

— Tu as du rouge à lèvres noir sur les lèvres et ça ne te va pas du tout ! me dit Lily en s'activant pour le faire disparaître.

Quand elle me nettoie les lèvres, j'ai l'impression que ma peau devient fébrile.

Et surtout, mon pantalon devient très étroit, mon machin va agoniser, à ce rythme-là.

Quand elle finit, elle va chercher sa veste qui l'attend sur un bout du canapé, pendant que moi, je la reluque. Bordel, le désir coule dans mes veines, je vais sûrement me taper un infarctus d'ici la fin de la soirée.

Elle revient pour me coller de près et sa chaleur me crame en entier. Putain, je suis sur le cul, elle est super sexy dans sa tenue ! Ses nénés sont si près de mon torse que ça m'émoustille. En plus, son dos est à poil. Elle ne porte pas de soutif. Je l'ai senti tout à l'heure, quand j'y ai posé ma main. J'ai envie de la désaper, de la caresser, de lui faire des trucs de ouf qu'elle n'imagine même pas.

Mais il faut que je reste civilisé en calmant ma libido.

— Oh... tu en as encore un peu... là... me murmure-t-elle en reprenant un mouchoir.

Quand elle termine de m'asticoter, elle me dit que je suis beau comme un dieu grec avec mon costard. Il ne faut pas qu'on s'éternise ici, sinon je crains le pire. Je ne tiendrai jamais. Elle est mortelle, cette meuf.

— On y va ? lui proposé-je en roulant des mécaniques, histoire de reprendre mes esprits.

— OK, me dit-elle en se dandinant devant moi, pendant que moi, je desserre la cravate autour de mon cou.

J'arrive plus à respirer avec ce machin.

Lilou nous dit d'être sages.

Je me sens mieux, sa copine ne va pas nous tenir la chandelle...

Non, mais t'es maboul ou quoi ? Il aurait mieux valu qu'elle vienne ! Tu vas être seul avec Lily. Tu l'as embrassée, t'as déjà commencé l'exploration de son corps à travers ses vêtements et tu auras le champ libre pour le reste !

C'est pas un peu *rapide* ?

Je secoue la tête mentalement.

Connais pas ce mot.

Lorsqu'on arrive au kart, tous nous regardent avec des yeux gros comme des camions. Pourquoi ? Parce qu'on n'arrête pas de se bécoter et que ma meuf n'a plus de rouge à lèvres. Enfin, c'est mon bide qui le digère sûrement.

Mais nous, en s'en fout. On est super bien tous les deux, collés l'un à côté de l'autre.

On fait une trêve pour siroter un *mojito* sans alcool tout en se marrant, puis on choisit les bolides. On est venus pour faire du kart, pas vrai ?

Il n'y avait pas de rose, alors Lily a pris le rouge. Lorsqu'elle entre dedans, je me plante devant elle. J'ai la frousse que son futal se déchire. Mais non, il est mastoc.

Une fois assise, je lui montre quelques trucs.

Elle ne sait pas conduire un kart, alors au début, elle fait n'importe quoi. Mais, au bout de deux tours, elle se démerde plutôt bien. Ce qui me fait chier, ce sont les autres mecs qui n'arrêtent pas de la mater. Mais il faut dire qu'elle est bien roulée. Surtout avec sa tenue.

Bon, avec ma gueule de sauvage, personne ne s'amène pour la draguer.

Lorsqu'elle sort de son kart, je l'aide à enlever son casque, puis en profite pour la bécoter un peu.

Putain, j'adore son goût, son odeur et... bordel, j'ai envie de l'embarquer dans un coin tranquille pour lui faire l'amour.

— T'as aimé ? m'inquiété-je.

— Oui, beaucoup. Mais j'ai mal partout !

— Ah... normal ! Moi aussi. La prochaine fois, on fera un truc pénard.

— On peut le faire tout à l'heure, si tu veux.

— Quoi ? J'en meurs d'envie, mais je pense que...

Elle me donne une petite tape sur l'épaule.

— À quoi penses-tu, petit coquin ? Moi, je pense au restau ! J'en connais un très sympa. Je t'invite !

Ouais, je suis un petit filou... pendant une seconde, j'ai eu des vapeurs. Je ne sais pas si c'est pour ce que je pensais qu'on ne ferait pas ou bien pour ce que je pensais et qu'on ne fera pas. Je ne sais pas si je suis clair avec moi-même, mais je me comprends.

— OK, je valide.

Elle saute de joie. Elle est vraiment tip top, cette fille.

Et je ne m'emmerde pas avec elle.

Je lui prends la main pour aller vers le parking, en lançant un dernier regard noir aux mecs qui rêvent de lui sauter dessus.

Ouais, les gars, cette meuf est à moi.

Lorsqu'elle entre dans la bagnole, elle enlève ses godasses. Elle a mal aux pattes. Ça ne m'étonne pas vu les machins à talons pointus qu'elle porte. Mais je ne lui dis rien, je suis sûr qu'elle les a mis pour m'épater. Je décale le siège passager le plus en arrière possible et lui ponds un massage rapide, histoire de réactiver sa circulation.

Elle enlève ses chaussettes. J'ai la chair de poule.

Pourtant, ce ne sont que ses pieds que je vois. Pourquoi je perds le nord rien qu'avec ça ? Putain, elle a la peau si douce que j'ai peur de la casser ! Elle gémit et chaque bruit qui sort de sa bouche en cœur me réchauffe encore plus. Mon corps s'embrase, je ne suis qu'une boule de feu.

Je sens que je ne vais jamais tenir, je rêve d'être en elle et de lui faire des choses pendant des heures et des heures…

En tous cas, ça a l'air de lui faire du bien, parce qu'elle reprend de plus belle, comme si elle avait un orgasme.

S'te plaît, Lily, ne te mets pas à gémir de plaisir, sinon je ne réponds plus de rien.

— Merci. C'était vraiment très agréable. Tes ongles sont super bien aiguisés ! me dit-elle en retirant ses pieds.

Sauf que ce ne sont pas mes ongles, mais la peau de mes mains. Il faut dire que depuis je bosse dans des usines, mes mains sont devenues toutes calleuses.

Mais bon… si ça lui plaît…

Finalement, on décide d'aller chez Lilou, c'est plus sage.

On partage une pizza et un ciné (puisqu'elle a un home cinéma). En plus, elle a prévu de crécher chez sa copine le reste du week-end.

Je suis content. Un peu sur ma faim, mais content. Je ne veux pas aller trop vite. Il faut savoir prendre son temps pour déguster les bonnes choses.

Comme dans les pubs.

Et la théorie du gâteau.

Si tu vois un gâteau avec une sale gueule, t'as pas envie de le manger : Sophie.
S'il est beau, ça te donne envie de le manger : Lily.
Si tu le goûtes, il est dégueu, tu le bennes : Sophie.
S'il est beau et précieux, tu attends avant de le bouffer et quand tu le fais, tu le dégustes : Lily.
Si tu le goûtes, s'il est bon, tu le manges tout le temps : Lily.
Et surtout, tu deviens un ogre qui ne se rassasiera jamais.

À minuit tapant, je lui dis que je vais me casser. Lily fait une drôle de mine et donne à Lilou une excuse bidon pour qu'elle nous laisse seuls, rien que tous les deux.
Elle en a mis du temps pour capter qu'elle était de trop !
Je me lève, puis je m'approche d'elle. Elle se bouge elle aussi pour m'accompagner vers la sortie.
— Alors, tu crois qu'on va se revoir ? lui demandé-je avec un brin d'arrogance.
Au lieu de me répondre, elle me prend le cou avec ses deux mains et me lèche la bouche, me fait des trucs avec sa langue, tout en me caressant les tifs. Avec une violence qui me fout un désir de dingue. Tout ça me réveille de plus belle, mon machin va exploser, mon cœur va s'arrêter.
Et surtout, pour éviter tout ça, je vais déchirer ses fringues pour m'enfoncer en elle jusqu'à l'épuisement.
J'abrège et je lui explique qu'il faut qu'on prenne notre temps. Elle est d'accord, mais elle recommence.
À chaque fois que j'avance un peu, elle me rattrape.
— Lily... il faut que je rentre, maintenant, lui dis-je d'une voix rauque.
— Pourquoi ? me répond-elle en continuant ses léchouilles.
Putain, il est vachement long, ce couloir...
— Lily... tu m'aides pas, là.
Je geins et son souffle erratique bouffe le mien, qui n'existe plus.
— J'ai pas envie de t'aider... me répond-elle en terminant son baiser comme une sauvage.
Je mets longtemps à m'en défaire.
Jusqu'à ce que sa copine réapparaisse pour qu'elle déclare forfait.
Juste au bon moment.
Juste à temps.

Parce que quand je lui ferai l'amour, je veux que ce soit préparé. Je veux qu'on prenne notre temps. Je veux qu'on le fasse dans un lit à baldaquin qu'elle mérite. Pas dans un couloir ou chez sa copine.

Après un dîner que je lui aurai payé. Pas après avoir mangé des pizzas de chez *Domino's*.

Et après qu'on se raconte l'essentiel de nos vies.

Je veux tout savoir d'elle et je veux qu'elle sache tout de moi.

Cette nuit était terrible.

Lily... dans mon pieu... moi en elle, elle en moi. Mes mains partout sur elle, les siennes partout sur moi.

Sa bouche, putain, sa bouche sur la mienne et ailleurs...

Un beau rêve qui m'a fait planer jusqu'au petit matin...

Maintenant, je sais que c'est ma meuf.

Comme dans le bouquin de ma mère : j'ai senti des étoiles dans mon corps, partout.

Je n'ai pas senti que des étoiles, d'ailleurs...

J'ai senti bien plus de trucs qu'avec Sophie. En fait, avec mon ex, j'avais presque oublié comment c'était d'être excité par une gonzesse.

Avec Lily, c'est une autre histoire. Elle est intègre, ne me cache rien. Une fille simple, d'une famille simple, de mon monde.

Elle me rend dingue rien qu'avec ce qu'on a fait l'autre jour, avec ce qu'elle m'a fait ce soir...

C'est déjà tellement intense maintenant, qu'après, lorsqu'on passera aux choses sérieuses, elle va devoir m'enfermer dans un asile !

J'ai envie de la présenter à ma mère officiellement.
Bordel, pourquoi ça va aussi vite ?
Parce que Lily est différente des autres et qu'elle est faite pour moi.

Chapitre 16 : fin novembre
Lys

Des jours de la semaine, le lundi représente celui que je hais le plus. Et le mot est faible. Mais, aujourd'hui, en ce jour d'habitude tant redouté et malgré l'heure matinale, je n'ai aucun mal à me réveiller. Une stimulation récente me porte.

Ma tête encore posée sur mon oreiller, je souris. Un sourire émerveillé, inexploré avant *lui*. Les étoiles encore dans les yeux, je me remémore mon fabuleux week-end. Notre samedi idyllique, notre dimanche comblé par de petits sous-entendus délicieux, avec des SMS interminables.

On sort ensemble depuis un mois maintenant et tout se passe à merveille. Chaque week-end, il vient me chercher chez Lilou et il m'emmène en balade.

Notre relation interdite me stimule davantage, même si je sais qu'il faudra que je lui avoue ma véritable identité, que je le présente officiellement à ma famille. Que je ne lui cache rien du tout.

Enfin, il ne m'a pas présentée à sa famille non plus.

Car à présent, une seule chose compte : Félix et moi, moi et Félix, re-Félix et re-moi, re-moi et re-Félix...

Ce mec m'obsède. Son corps m'obsède. Sa chaleur m'obsède. Ses mains calleuses m'obsèdent.

Je soupire en m'étirant. Je ne me suis jamais sentie aussi bien à quatre heures du matin, depuis au moins cent mille ans ! Je n'ai qu'un seul empressement, celui de me rendre à mon travail, afin de rejoindre mon petit ami.

Tobie grimpe sur mon lit pour me dire bonjour à sa façon. Je m'écarte un peu, de manière à éviter des coulées de bave.

— Tobie ! Tu exagères ! Je consens à t'offrir une petite place à côté de mon lit pour la nuit et tu en profites ! Tu as de la chance que je ne sois pas grognon ! lui dis-je en le caressant.

Il est joyeux. Comme moi. La bonne humeur est une maladie très contagieuse.

Je m'assieds sur mon lit, puis Tobie s'étale sur mes genoux. Heureusement que mes couvertures sont là pour amortir son poids ! Pendant que je poursuis mes caresses, mon chien ferme les yeux. Je l'adore. J'ai l'impression qu'il ressent le bonheur qui est le mien depuis que Félix et moi sommes ensemble.

Au fait, j'espère que Félix aime les animaux...

Je pose la question à Tobie, pour savoir ce qu'il en pense.

— Tu penses que mon amoureux t'aime ?

Il lève son museau, puis je note un couinement rassurant. Il le repose sur mes genoux tranquillement. Jamais par le passé il n'a réagi de la sorte lorsque j'évoquais le prénom de Hub.

— Tu as raison ! Bien sûr qu'il t'aime déjà, sans te connaître ! Il ne pourrait pas en être autrement.

Hier, Félix et moi avons échangé des petits messages à longueur de temps, notre *smartphone* greffé à nos mains, nos doigts prêts à démarrer au quart de tour pour une danse endiablée sur notre écran tactile. Je l'ai salué de la part de Tobie, ce à quoi il m'a répondu : *Je ne savais pas que ton chien papotait.* C'est hyper drôle ! Et puis, s'il n'aimait pas les animaux, il m'aurait sans doute rétorqué : *Quoi, tu as un chien ? Merde alors ! Je suis allergique aux animaux ! C'est con !*

Non, il affectionne les chiens. C'est sûr.

Bon, maintenant, c'est plus que l'heure. Comme dirait Félix : il faut que je me bouge les fesses ! Mais d'abord, il faut que Tobie me laisse le champ libre pour que je puisse sortir de là !

— Bien, Tobie, ta maîtresse doit se rendre au travail, à présent ! Allez ! Couché ! lui ordonné-je en désignant l'endroit où j'exige sa présence grâce à mon index droit.

Après avoir émis quelques petites objections, il se retire docilement pour se coucher sur le tapis juste à côté de mon lit. Il s'installe, bâille, puis ferme les yeux.

Je retire ma couette, puis je fonce vers la salle de bain pour prendre une douche rapide, avant de me déguiser en « Machines H ». Le temps presse. Félix m'attend. Nous avons décrété que notre rendez-vous matinal aura lieu quotidiennement devant les casiers avant le début de notre journée de travail. Cet endroit sera chasse gardée. Nous avons passé un accord tacite bilatéral afin que personne ne se doute de notre vie privée.

Au fait, sommes-nous ensemble ?

Oui, je crois !

Non, j'en suis certaine !

Lorsque je suis prête, je ne peux éviter de décréter haut et fort.

— Aujourd'hui, une nouvelle semaine démarre avec Félix et moi, moi et Félix !

Sous les oreilles de mon chien qui les bouche instantanément avec ses pattes et me dresse un regard expressif, sous-entendant que je suis folle à lier !

Je suis folle ? Complètement folle de Félix !

Je me sens si légère !

L'amour me donne des ailes et me permet de dévaler rapidement l'escalier avec grâce, pour me téléporter dans la cuisine, où se trouvent déjà mes géniteurs. Tobie me suit.

Je déjeune rapidement et prends congé au bout de cinq minutes en prétextant une mission de la plus haute importance à l'usine avant l'arrivée de la marée humaine de cinq heures du matin. Mon père hoche la tête pour approuver ma décision.

— Eh bien, quelle conscience professionnelle ! me félicite-t-il en repliant son journal.

Le temps me manque pour discuter avec lui de ma conscience, car je n'ai qu'une hâte : revoir Félix pour plonger dans ses bras et sentir ses lèvres sur les miennes. Aussi, j'affiche ma mine de chien battu à ma mère, afin qu'elle s'occupe de la balade matinale de Tobie, exceptionnellement. Elle accepte. J'embrasse mon chien, mon père et ma mère, puis je m'en vais, les clés de ma voiture déjà en main.

Je démarre le moteur de ma 308 et je dépose mon sac ouvert sur le siège passager. Comme par magie, le premier feu est au rouge. Je tapote nerveusement ma main droite sur le volant, impatiente qu'il se convertisse en un vert lumineux. Lorsqu'il s'exécute, je poursuis ma route quand un autre feu reçoit les instructions du dernier : rouge ! Je suis certaine qu'ils le font tous exprès ! L'impatience devient mon alliée par obligation. Je tapote mon volant furieusement pendant que mon oreille est soudain alertée par mon téléphone portable. Cette transmission a le don de bouleverser mes plans de circulation. Un SMS s'affiche : c'est Félix.

Bonjour, toi, ça baigne ?

Ces quatre mots me font l'effet d'une bombe, suivie d'une explosion en moi. Je vibre de tout mon corps. Mon esprit divague, il l'imagine nu, à côté de moi, dans ma voiture... je lui saute dessus, puis...

Je m'empresse de lui répondre à mon tour :

Oui, très bien depuis hier, et toi ?

J'espère que le feu restera encore au rouge un petit instant, je meurs d'impatience de lire sa réponse. Tour à tour, j'observe le feu et l'écran de mon téléphone portable. Hier, j'ai gagné une crampe à mes deux pouces, ce matin, ce sont mes yeux qui font de l'exercice.

Une course contre la montre s'engage alors. Vite, vite, réponds-moi, s'il te plaît !

Quelques secondes interminables s'écoulent et le SMS tant attendu s'affiche enfin :

Délicieusement bien depuis hier, et toi, tu es où ?

Le pouvoir de ses mots m'achève. *Délicieusement...* il aurait pu dire *vachement*, mais il a dit... j'inspire profondément, puis je dégonfle mes poumons aussi lentement que je le peux.

Le feu est passé au vert. Je jette un coup d'œil rapide dans mon rétroviseur : personne n'est derrière moi : j'en profite pour lui adresser ma réponse avant de poser mon portable sur le siège passager :

Dans ma voiture, et toi ?

Quelqu'un me fait des appels de phares.

Mince ! Pourquoi y a-t-il une voiture derrière moi ? Quelle idée à cette heure !

J'enclenche la première vitesse, puis roule jusqu'au prochain feu, en espérant qu'il soit au rouge pour que je puisse prendre connaissance de sa réponse.

Il est au vert : tant pis, je m'arrête tout de même.

La voiture derrière moi a disparu : tant mieux.

Donc, plus personne pour m'embêter !

Je reprends mon outil de communication pour y lire un nouveau message de Félix.

On ne regarde pas son smartphone *au volant !*

Un sourire automatique se dessine sur mes lèvres, puis je lui adresse ma réplique :

Et toi, déjà en poste ?

J'appuie sur *envoi,* puis attends sa réponse.

Mince, une voiture arrive derrière moi !

Là, je suis véritablement navrée, mais je ne peux pas avancer. Il faut absolument que je prenne connaissance de sa réponse...

Le conducteur de l'automobile klaxonne violemment. Il ne va pas bien ? Quelle idée de klaxonner à cette heure !

Bon... s'il continue, je vais bientôt recevoir la visite de policiers !

Que faire ?

Oui ! C'est ça !

Une idée lumineuse jaillit de ma tête : je mets les feux de détresse. J'espère qu'il n'aura pas l'idée de s'arrêter pour me venir en aide !

Un bip résonne.

Dans ma caisse aussi...

Félix me torture…

J'entends un dernier bruit strident.

Le conducteur de la voiture qui est derrière moi me dépasse en me faisant un doigt d'honneur. Finalement, ce n'est qu'un goujat, ou alors, il est en retard. Dans tous les cas, il n'est pas du genre aimable. J'aurais pu avoir un souci !

Bon, ce qui compte, c'est qu'il me fiche la paix.

Ayant à présent un peu de temps devant moi, puisque le feu est passé réellement au rouge, je construis une réponse adéquate :

Tu es sur pilote automatique ? lol

Il me répond aussitôt. Ses doigts doivent être scotchés au clavier !

J.T.

J.T. ??? Qu'est-ce qu'il veut dire ? Un message avec une énigme ? À quatre heures trente du matin ? Je ne peux pas réfléchir à cette heure !

Bon…

Ce sont des initiales ?

Je suis au bord de l'évanouissement. Le conducteur de la prochaine voiture qui s'arrêtera derrière moi va vraiment devoir venir à mon secours ! Je ne peux pas ne pas comprendre ce qu'il veut me faire comprendre !

Je n'aurais jamais dû écrire *lol*, peut-être ne comprend-il pas non plus ?

Zut, MOI, je veux COMPRENDRE !!!!

Il veut ma mort… ou MA MORT !!!

Mon cœur s'emballe. Le feu devient vert et je décide de foncer jusqu'à l'usine. J'espère que je ne rencontrerai pas de radars dissimulés je ne sais où, je tiens à tous mes points, moi ! Au pire, je prétexterai une question de vie ou de mort…

Lorsque je gare mon véhicule sur le parking, je constate que sa voiture est déjà là, sans lui. Il doit déjà se trouver à l'intérieur.

C'est malin, j'ai perdu de précieuses minutes… celles que j'aurais pu partager avec lui…

Zut, j'aurais dû sprinter !

Bon… je ne peux pas revenir en arrière, autant me dépêcher pour éviter d'en perdre d'autres…

Lorsque je referme la portière de mon automobile, une ampoule s'éclaire dans mon cerveau : *J* comme *Je* et *T* comme *t'aime*. Je… t'aime ?

C'est invraisemblable !

C'est juste… romantique ! Oui, c'est ça. Très romantique et astucieux !

Avant d'entrer dans l'usine, je décide de lui répondre.

Moi aussi J.T.

Oh ! Mais, je suis complètement inepte ! Il va croire que je suis littéralement à ses pieds !

Ce n'est pas bien, ça, mais pas bien du tout !

Où se trouve donc ma conviction ? C'est-à-dire de ne jamais montrer trop vite à un homme que je… que je…

Et puis tant pis, c'est trop tard ! Je ne peux plus effacer le message, de toute façon…

Je me précipite vers le bâtiment, mon sac sur l'épaule droite.

L'usine est encore déserte à cette heure.

Devoir vivre notre histoire interdite cachée aux yeux de tous m'excite davantage.

J'enjambe rapidement les marches de l'escalier qui me mènera audit lieu. Lorsque je l'atteins, mon corps se met à trembler comme une feuille : il est là, adossé à un autre casier. Il m'attend. Le corps revêtu de l'uniforme de rigueur, il est super sexy. Et ses cheveux, plus longs sur le dessus par rapport au reste de sa coupe, en bataille lui donnent un air canaille qui fait flamber ma culotte. Et que dire de ses yeux verts qui me dévorent littéralement ?

J'ai envie de me déshabiller devant lui !

Zut, mais je suis complètement dépravée ! Je ne me reconnais plus.

Sans hésiter une seule seconde, je lâche mon sac pour qu'il s'effondre sur le sol et nous nous enlaçons sans attendre. Sa bouche touche la mienne avec force et sa langue trace un trait au milieu de mes lèvres pour obtenir le laissez-passer qu'il ambitionne. Ensuite, cette dernière vient à la rencontre de la mienne et lorsqu'elle l'effleure, j'ai l'impression d'attraper un coup de jus qui m'envoie du cent mille volts dans le corps. Ma respiration devient difficile tant mon cœur bat vite. Félix s'écarte un peu, le temps pour nous d'aspirer une bonne bouffée d'air. Hum… il sent bon. Un truc musqué, animal, aphrodisiaque. Ma peau devient fébrile lorsqu'il reprend là où il s'était arrêté brusquement, comme s'il n'avait aucune minute à perdre, qu'il avait besoin de mon contact pour vivre, qu'il prenait de l'énergie pour la journée qui s'annonce. Son baiser est vorace, comme s'il était affamé, ou qu'il avait besoin de déguster un bon dessert. Sa langue explore l'intérieur de ma bouche, comme si elle cherchait un trésor. Mon cœur fait boum, boum, boum et triple ses battements à chaque fois que je sens sa main droite qui escalade mon dos centimètre par centimètre, hésite un instant pour glisser jusqu'à mes reins. Je frémis et j'ai soudain une envie incontrôlée de plus. Bien plus. Comme s'il avait compris ma requête, son corps se presse contre le mien et je sens la dureté de son intimité contre mon ventre. *Oh my God...* Ce mec me rend dingue et amnésique. J'oublie le mot raisonnable et reprends ma folie, alors que je suis sur mon lieu de travail, que je suis la fille du patron, que ce que nous faisons est strictement interdit par le règlement intérieur. Et que Félix risque d'être viré. Mais ce mec me fait perdre tous mes moyens et le soupçon de raison qu'il me reste.

Mes mains, qui étaient restées sages, se posent sur ses hanches et commencent leur ascension le long de son dos, provoquant un frisson de mon petit copain et un grognement que j'étouffe dans ma gorge. Je remonte encore pour enfouir mes mains dans ses cheveux. Il gémit lorsque je caresse son cuir chevelu. Sa poitrine contre la mienne me permet de sentir son cœur qui bat furieusement contre le mien. J'ai envie de toucher sa peau, j'ai envie d'embrasser son corps, j'ai envie... de lui. Félix aspire mes lèvres comme un dingue et ses dents tirent sur ma lèvre inférieure avant que sa langue ne reprenne son service. Mon corps tremble. *Oh my God !* Ce mec est une bombe de *sex-appeal* et ce qu'il me fait est dément ! Jamais je n'ai ressenti ce que je ressens maintenant, du sang chaud dans mes veines, mon corps en ébullition, ma culotte trempée au niveau de mon entrejambe et ma peau qui se transforme en chair de poule.

Au moment où ses mains baladeuses descendent au niveau de mes fesses, que les miennes s'arrêtent au niveau de la ceinture de son pantalon et tentent de trouver un passage pour toucher sa peau, il s'arrête. Et moi aussi. Son front se pose sur le mien, nos souffles sont erratiques. Seul un filet de salive retient nos deux bouches, qui semblent reliées par lui. Au bout de quelques secondes, nous reprenons nos esprits et il pousse un profond soupir d'aise. Sa bouche s'évade vers mon oreille droite et le souffle qui s'échappe de sa gorge me fait frissonner. Ses dents me mordillent un instant le lobe avant qu'il ne stoppe une nouvelle fois ses actes.

— Alors, comme ça, tu me kiffes aussi ? me chuchote-t-il tendrement à l'oreille.
— Oui... et toi, tu m'aimes aussi ? lui réponds-je doucement.
— Oui, moi, je t'aime aussi...
— Tu m'as manqué, hier...
— Putain, moi aussi, tu m'as manqué, Lily... je ne sais plus où je crèche depuis toi... bordel...

Il termine sa phrase dans mon cou... ou plutôt sa bouche termine dans mon cou. Nous sommes seuls au monde... ou presque.

— Vous gênez pas pour moi. Mais je dois vous prévenir. Le Hubert machin-chose est en train d'arriver !

La voix de Fred nous fait sursauter et nous nous écartons brusquement, comme pris en faute. Félix masse sa nuque et je me racle la gorge sans raison.

Que fait-il déjà là ? Et Hubert ? Il veut faire du zèle ?

— C'est bon, les gars, inutile de me la faire, je sais que vous êtes en couple et perso, ça ne me dérange pas que vous vous bécotiez en cachette. Je suis juste venu vous prévenir.

Fred tapote doucement l'épaule de Félix et me fait un clin d'œil. Félix et moi lui sourions franchement.

Nous reprenons nos esprits très vite, rangeons nos affaires dans nos casiers respectifs comme des automates. Ensuite, nous rejoignons nos postes de travail, nos portables enfouis dans nos poches prêts à dégainer.

Vivement la fin de la journée qu'on se retrouve entièrement.

Notre humeur joyeuse ne passe pas inaperçue. Conscients que certains collègues nous épient, nous prenons garde de rester discrets. Hub se promène très souvent près de nos modules de travail, ce que je trouve curieux. Je me rends compte qu'il ne m'a plus contactée depuis le jour de l'accident à l'usine. Je sais qu'on s'est quittés officiellement, mais nous sommes amis et surtout travaillons tous les deux pour papa.

Il est au courant de ma mission.

Je sais qu'il déteste les ouvriers, pour lui, ce sont des exécutants sans importance.

Je sais qu'il sait que j'apprécie Félix.

Merde !

Suspecterait-il notre liaison ? Pourquoi ne cesse-t-il pas de surveiller Félix constamment ? Pourquoi lui montre-t-il une

amabilité incomparable ? Et moi, pourquoi me dévisage-t-il avec un air cynique ?
J'espère qu'il ne va pas me dénoncer auprès de papa. Même si ce dernier est de mon côté, je sais qu'il n'hésiterait pas à licencier Félix si Hubert avait des preuves de notre liaison clandestine.
Il va falloir redoubler de prudence.

Lors du déjeuner, Félix et moi dialoguons via SMS, pendant que Fred raconte à tous les convives son expérience chez le gastro-entérologue. Complices, nous l'écoutons néanmoins d'une oreille distraite. Les autres sont complètement subjugués par son histoire, le temps pour Félix et moi de faire diversion.

— C'est horrible, une endoscopie ! On vous enfile un tube par la bouche jusqu'à l'estomac pour zieuter ce qu'il y a dedans. J'arrivais pas à respirer par le nez ! À un moment, j'étouffais tellement, que j'ai empoigné le bras du toubib. Lui, il se débattait comme un cochon pour continuer à me torturer. Et puis, j'avais une envie de dégueuler ! Putain, c'était vachement dur ! Jamais j'y retournerai.

Cependant, l'image de Fred perdant son calme et au bord de l'asphyxie, avec le médecin qui tente de l'éloigner de son bras m'entraîne malgré moi dans un rire hystérique. J'espère qu'il ne m'en tiendra pas rigueur. Félix rit lui aussi et lui fait une proposition.

— Il fallait que tu respires calmement, tout simplement, et c'était dans la boîte, le rassure celui-ci. Si tu veux, j'ai un pote qui peut te refaire l'examen.

— Ah, parce que monsieur a des potes toubib ? lui demande-t-il.

— Je vois pas où est le malaise, tu m'excuseras. Un toubib, c'est un homme qui sauve des vies ! Ça peut toujours servir.

Ensuite, Félix baisse la tête vers son téléphone portable afin de poursuivre notre conversation par SMS. Il m'invite ce soir au marché de Noël de Colmar.

Comment résister ? Je réponds *oui* en n'oubliant pas notre code qui termine toutes nos phrases : *J.T.*

Fred reprend à l'attention de Félix :

— Si ton pote m'endort, je veux bien. Sinon je préfère bouffer des médocs pour mon ulcère toute ma vie, jusqu'à ce que mon estomac soit troué pour toujours !

Félix finit par le convaincre, pendant que ses doigts subtils me renvoient un autre SMS avec *« rv au casier J.T. »*.

Des frissons me parcourent jusqu'aux pieds.

Comment de simples mots peuvent-ils m'émouvoir à ce point ?

Les mots bien utilisés ont un pouvoir immense !

Lorsque la fin de la pause claironne, nous nous retrouvons pour des séances de bouche-à-bouche avant de nous remettre en selle pour nos deux dernières heures de travail.

— C'était bon ? nous demande Fred en clignant des yeux lorsque nous reprenons notre poste.

— La bouche était bonne, ouais. Euh... enfin, je veux dire, la bouffe... lui répond Félix le plus sérieusement du monde, pendant que je tourne au rouge pivoine.

Ce chapitre de ma vie est décisif.
Je suis tombée amoureuse pour un homme en peu de temps et déjà, je ne peux plus me passer de lui.
J'adore la vie ! Je suis heureuse comme jamais !

Chapitre 17 : la surprise
Félix

D'habitude, j'ai la tête dans le cul le matin, mais là, lorsque je vois mes SMS qui sont tous de Lily, je me réveille d'un coup.

Hier soir, c'était trop bien. Nous avons fait le marché de Noël main dans la main, corps contre corps, bouche contre bouche.

Dès qu'on pensait croiser un mec de l'usine, on se planquait, c'était excitant. Même si je ne comprends pas pourquoi Lily veut qu'on cache notre relation, je valide.

Sûrement parce que les couples bossant dans la même usine, c'est mal vu et ça ne le ferait plus pour notre futur CDI. Et elle comme moi avons besoin d'un boulot si on veut s'installer ensemble. Une fois casés, on avisera.

C'était magique quand même, on a bouffé des petits gâteaux de Noël en pain d'épices, des crêpes au chocolat. On a avalé du vin chaud, du chocolat chaud, léché une barbe à papa ensemble... nous nous sommes régalés avec les maisons alsaciennes illuminées pour l'occase, des pères Noël escaladant des fenêtres, les petites cabanes en bois remplies de bibelots en tout genre...

J'avais jamais fait gaffe à tous ces trucs qui réchauffent nos cœurs. Pour moi, ça fait un bail que Noël s'est tiré en Laponie. Depuis que mon vieux a décidé de claquer trop tôt, en fait, la veille de Noël. Ma maternelle ne s'est plus jamais pointée ici non plus depuis. Moi, il a fallu que je rencontre Lily pour y refoutre les pieds.

Avec Lily, tout est fastoche. Avec elle, je ne suis plus un zombie. Pour elle, je ferais n'importe quoi. Même un truc complètement débile comme faire les gamins dans un manège de chevaux de bois. Elle est tellement mignonne lorsqu'elle me cause de la magie des fêtes de fin d'année, des cadeaux et tout et tout ! Lily, c'est mon cadeau de Noël à moi. Mon vœu pour cette année et toutes les autres qui suivront. Lily, c'est ma raison de me lever de mon pieu le matin. Vachement drôle, lorsque je pense qu'il y a quelques semaines, je ne la connaissais pas encore. Comment j'ai fait tout seul sans cette meuf pendant tout ce temps ? J'en sais rien, mais ce que je sais en revanche, c'est que je la kiffe à mort. Une fille simple, sans chichis, qui me fait capter que la vie, c'est pas seulement les emmerdes.

Faudra que je la présente à ma mère, je suis sûr qu'elle lui plaira.

Enfin, officiellement, j'entends, parce que c'est une cliente de la librairie.

Et je le ferai quand elle sera prête à me présenter ses parents.

Un coup d'œil à l'heure, puis je fonce à la douche, au p'tit déj, puis dans ma caisse.
Il gèle, mais je m'en tape, la vie est trop géniale !
Cette fois, pas le temps pour des SMS, je suis à la bourre.
Je sais que Lily m'en voudra pas.

Une fois arrivé à l'usine, je rejoins ma meuf sur notre lieu fétiche : les casiers. Lorsque je me pointe, elle est déjà là, fixant son téléphone portable pour guetter mes SMS. En un clin d'œil, je l'attrape, puis je me grouille pour la bécoter. Je sens l'excitation monter en elle et en moi. C'est tellement fort ce que l'on éprouve tous les deux ! Et encore... on n'a *encore* rien fait.
Je sens que je n'arriverai plus à me retenir longtemps.
Lorsque Fred – notre horloge – s'amène à son tour, on arrête. Cette fois-ci, je glisse à Lily un petit mot dans une petite enveloppe, dans sa manette, en lui demandant à l'oreille, de ne l'ouvrir qu'à la fin du taf et avant de se pieuter ce soir, de préférence. Comme une petite fille devant son jouet, elle la secoue, regarde à travers comme pour voir ce qui s'y planque. Elle me saute une dernière fois au cou (ou plutôt elle me l'empoigne) et me dit merci comme si je lui avais offert un diamant. Pourtant, ce n'est qu'un bout de papier avec des lettres dessus. Si j'avais donné un truc de ce genre à Sophie, elle me l'aurait balancé à la gueule. Et en me crachant dessus, en plus.

On prend tous nos postes et bossons tranquilles. Enfin, façon de parler. Lors des pauses, on s'envoie des SMS, Lily et moi. C'est chaud. On dirait deux ados. Elle me remercie trente-six fois pour le cadeau que je lui ai fait. Je me demande ce qu'elle fera lorsque je lui offrirai des fleurs. J'en ai, de la veine, d'avoir une meuf comme ça qui est dingue de moi et qui en plus n'est pas chiante ! Pas comme Sophie qui n'arrêtait pas de me raconter des bobards comme si je ne savais pas à quoi m'en tenir avec elle ! Bon, Sophie, c'est de l'histoire ancienne. Je lui ai même dit qu'elle garde la bague que je lui ai donnée il y a quatre mois. Elle n'aura qu'à la vendre, elle se fera de la tune. De toute manière, j'en ai plus rien à foutre de cette bague. Elle m'a juste coûté un bras, pour une fille que je n'ai jamais kiffée.
Tout le monde peut se tromper.
Maintenant, il n'y a que Lily, et mon petit doigt me dit que cette fille est ma nana pour la vie.

Lors de la pause déj, tout le monde pète de joie. C'est peut-être en raison des fêtes qui approchent à vitesse grand V. C'est le moment de l'année où tout le monde a la banane et pense un peu plus à ceux qui sont dans la misère. Du moins, la plupart. Et je sens qu'à partir de cette année, ça m'attrapera aussi.

Pendant qu'on bouffe, Fred se met à nous chantonner des comptines que sa gosse a apprises à l'école. Et nous, on le suit comme dans une chorale. Sacré loustic, ce Fred, mais qu'est-ce qu'on se marre !

C'est bientôt l'heure de retourner au taf. Pendant qu'on boit le café, la responsable RH s'amène et nous fait de l'œil avec un air à la con. Elle demande à Lily de l'accompagner dans sa cage à poules. Discretos. Lily me regarde d'un air qui me dit qu'elle ne pige pas pourquoi elle doit la suivre. Moi non plus, je ne comprends pas la convocation. Je lui fais les gros yeux. Là, j'ne peux pas l'aider. Pourtant, elle n'a plus jamais été à la traîne au boulot et elle fait son taf bien comme il faut. Franchement, je ne capte pas le truc.

Lily se remue les fesses, puis l'accompagne. En partant, la responsable RH nous pond un truc pas possible : Lily sera remplacée à partir de demain. J'ai juste le temps de voir la tête de ma meuf : elle a la bouche ouverte d'étonnement, je crois qu'elle se demande si elle va être lourdée. Moi, je me sens mal pour elle. Je trouve que ce ne sont pas des manières. Et en plus, je ne peux même pas lui causer avant ce soir, parce que je dois reprendre mon poste !

Fait chier !

— Putain, j'comprends pas ! Pourquoi ils la jettent comme une merde ? Faudra que t'appelles ton pote du syndicat, me dit Fred pendant les quelques minutes qui nous séparent de notre module.

Je ne réponds rien. J'en ai marre qu'il y ait toujours un truc qui nous casse le coup. Avant de recommencer à bosser, j'envoie un SMS à Lily vite fait. Zéro réponse.

Putain, ça ne me dit rien qui vaille.

À la dernière pause de la journée, je relance mon SMS. La réponse se fait attendre.

Putain, c'est quoi, cette combine ?

Elle doit être super mal. Je n'attends qu'une chose : la fin du taf pour aller la retrouver. En attendant, on bosse comme des malades. J'ai une gueule à faire déguerpir n'importe qui...

Et cette journée qui n'en finit pas...

Cinq minutes avant la fin, je vois monsieur Hubert qui se montre, avec un sourire de trou du cul. Je l'kiffe vraiment pas, ce type. Je suis sûr que tout est à cause de lui. En plus, Lily doit sûrement m'attendre, maintenant. J'ai pas le temps pour entendre ses jérémiades.

Mais il me force à l'écouter.

Il s'arrête devant Fred et moi et cause.

— Je tenais à vous rassurer moi-même. Lily n'est pas licenciée. Elle a simplement été promue plus vite que prévu.

Hein ? C'est quoi, ce qu'il dit ? Je tombe des nues. Elle aurait au moins pu m'en parler, de sa promo. Ça m'a fait un coup de la voir partir avec dame RH à la noix !

C'est Fred qui répond en premier.

— Putain, j'ai eu les jetons ! Elle est montée en grade, alors ? Je savais qu'elle avait une tête de chef !

Hubert se redresse comme un paon. Juste au moment où j'allais rejoindre Lily pour lui demander de nous payer un coup.

— Voilà, elle aurait voulu vous l'annoncer elle-même, mais ces choses-là ne sont pas simples à avouer pour elle. En réalité, elle s'appelle Lys Haller, c'est la fille du dirigeant de Machines Haller. Même si elle est ingénieure, son père tenait absolument à ce qu'elle démarre au plus bas de l'échelle, avant de s'installer à la direction. Pour transformer la petite fille gâtée qu'elle est en une fille un peu plus responsable. Ce qui est plutôt réussi, n'est-ce pas ? Elle a tenu à se mêler à vous pour voir comment travaillent *les gens du bas* ! Elle décide qui sera viré ou pas. Ce qui l'intéresse, c'est sa place dans l'usine, l'argent surtout, et puis moi, bien sûr. Puisque nous allons bientôt nous marier. Vous voyez, il n'y a aucune inquiétude à avoir à son sujet. Au revoir, messieurs, et passez une très bonne soirée !

Il se tire, content de sa prouesse.

Il m'achève.

Net.

Me coupe tous mes moyens.

Il aurait pu m'assommer avec une massue, ça aurait eu le même effet.

Au fil des mots, je sentais mon cul s'approcher du sol, jusqu'à le toucher.

Comment a-t-elle pu me faire ça à moi ? Je lui faisais confiance.

Fred affiche une mine de consolation en secouant sa tête de droite à gauche et compatit à ma déception. Avant de foutre le camp, je ne range pas. Je ne balaye pas. Je laisse le foutoir. Je m'en branle complètement si je me fais virer par *mademoiselle*.

Qu'elle aille se faire voir avec son Hubert à la con !
Fred tente de me retenir avec son bras en me disant qu'il faut peut-être que j'en cause à Lily avant d'imaginer des trucs, mais je m'en dégage violemment. Je ne vois pas ce que j'ai à demander de plus. Y'a rien de plus clair.

— Fous-moi la paix !

Je ne suis d'humeur à faire la causette à personne. Je me barre chez moi *illico presto*. Je n'ai plus aucune attache ici. Je suis marié avec personne, moi.

Je pense même que demain, je mettrai le cap ailleurs.

Je commence à marcher en direction des casiers lorsque j'entends des pas pressés. C'est Lily. Elle me court après en me hurlant que ce n'est pas ce que je crois. Alors, j'avale ma salive, j'arrête de marcher, je serre mes poings et je lui fais face. Je sens une chaleur envahir mon visage d'un coup.

— T'es la fille du patron et t'es maquée avec Hubert ? lui dis-je comme une brute qui n'a jamais quitté sa campagne.

Elle se tient devant moi, en larmes. Les yeux rouges, la figure mouillée et triste. Il ne manque plus qu'elle se foute à genoux devant moi et son cinéma sera complet.

J'avale ma salive. Il faut que je tienne bon : elle m'a raconté des salades.

Une seule Sophie me suffit.

Mon estomac se troue, mon cœur crève et mon corps va me lâcher.

Putain, je lui faisais confiance !

Et je la kiffe au point de m'en rendre malade, d'en crever.

Pourquoi elle m'a fait ça ?

Pourquoi elle m'a menti ?

Toutes les mêmes.

— Je voulais te le dire, mais Hubert en a profité pour… la réponse est oui pour ta première question, je suis la fille du patron, mais Hubert et moi, c'est fini depuis longtemps. Laisse-moi t'expliquer, je t'en supplie.

Je ne la crois plus.

Après avoir presque flanché devant sa mine défaite, je me tire sans rien ajouter. Elle me balade depuis le début. Pour moi, c'est tout ce qui compte. Noël, cette année, sera encore plus merdique que l'an dernier.

Qu'ils aillent au diable, son salopard d'Hubert à la con et elle.

Une fois à la baraque, je prends une douche froide. Je la sens même pas après celle que j'ai prise à l'usine.

Je me pieute et je tends l'oreille vers mon téléphone, qui bipe toutes les secondes.

Chaque seconde porte un SMS de Lily avec *J.T.* dessus.

Je prends mon téléphone et lui ferme sa gueule une bonne fois pour toutes.

Toutes les mêmes, toutes des conasses.

Un trente-huit tonnes me tombe dessus et m'écrase jusqu'à ce que je devienne une crêpe.

Je m'enfonce dans mon pieu et je me mets à chialer comme un môme.

Parce que cette meuf, je l'aime plus que ma vie, et qu'elle m'a trahi.

Chapitre 18 : la révolte
Lys

Après le départ de Félix, je reste quelques secondes désemparée, les genoux maintenant à terre, pleurant toutes les larmes de mon corps. J'avais l'intention de tout lui avouer aujourd'hui, mais Hubert m'a prise par surprise lorsqu'il a compris mes sentiments pour Félix. Simple vengeance personnelle.
Une rage monte en moi et je sèche mes larmes d'un revers de main hargneux.
Je le hais.
Je ne lui pardonnerai jamais.

Fred s'agenouille à mes côtés pour me réconforter.
— Pourquoi tu lui as caché un truc pareil ? me demande-t-il avec pitié.
Je le regarde et déglutis avant de lui répondre que je comptais tout lui raconter.
— Il n'en a rien à foutre que tu sois la fille du *boss*, Lily ! Enfin, j'crois pas. Non, je parle de ton copain Hubert machin-chose. En tout cas, c'est ce qui me ferait sortir de mes gonds, à moi.
Je me relève. Lui aussi. Il attend une réponse sincère et juste.
— C'est vrai. Hubert et moi étions fiancés, mais j'ai rompu avec lui depuis que Félix et moi sommes ensemble. Hubert et moi… (j'éclate soudain de rire) quelle mascarade… en réalité, il s'agissait plus d'un désir de nos parents respectifs, qui sont allés jusqu'à organiser notre futur mariage ! Il faut que tu me croies, Fred. C'est la pure vérité et la seule. J'aime Félix comme mon âme sœur. Hubert, ce n'était et ce n'est personne. Rien qu'un crétin qui a la chance d'avoir une intelligence rare lui permettant d'être le bras droit de mon père.
Fred acquiesce.
— C'est à Félix qu'il faut raconter tout ça. Pas à moi.
— Mais comment ? Il ne veut plus me parler ! lui crié-je.
— Tu trouveras. T'es pas conne, toi ! Et me gueule pas dessus, j'y suis pour rien, moi.
Fred me fait un clin d'œil, puis s'en va sans rien ajouter.

J'aurais dû écouter Lilou dès le départ.
On ne bâtit pas un édifice sans de bonnes fondations.
J'ai tout fait capoter.

Je suis la pire des idiotes qui soit.
Je mérite ce qui m'arrive.

Lorsque j'arrive chez moi, ma mère m'attend dans la cuisine, un tablier autour de la taille. Je m'effondre tout de suite dans ses bras.

— Raconte-moi, me dit-elle simplement.

Et je lui raconte. Tout. Depuis le début.

Je lui explique la manigance d'Hubert, qui m'a d'abord subtilisé mon téléphone portable afin que Félix ne puisse pas me joindre.

— Je n'ai eu aucun moyen de prévenir Félix, maman. Maintenant, il ne me fait plus confiance.

— À mes débuts avec ton père, j'ai eu moi aussi mon lot de déboires. Finalement, tout s'est arrangé. Avec des discussions, tout s'arrange. Il faut pour cela que tu lui ouvres ton cœur. Mais s'il s'entête, c'est qu'il ne mérite pas ton amour.

Je la regarde un moment et mon palpitant bondit de colère.

— Naturellement, Félix n'est pas de notre monde ! Papa et toi, vous êtes deux êtres de bonne famille avec aucune différence de niveau social ! Félix n'est pas à la hauteur, vu qu'il n'est qu'un simple ouvrier !

À ma grande surprise, maman reste calme et me répond avec douceur.

— Tu sembles oublier que lorsque j'ai connu ton père, il n'était qu'un ouvrier dans une usine. C'est à force de travail, de reprise de ses études et d'acharnement qu'il est devenu ce qu'il est aujourd'hui. Moi, je l'ai aimé tout de suite et malgré les avertissements infondés de ma famille, je l'ai épousé. Nous n'avions pas beaucoup d'argent à l'époque, mais il a refusé toute aide extérieure. Notre deux-pièces était minuscule, mais notre amour très grand. Nous avons ensuite grandi ensemble. Il a bâti son usine de ses mains, avec cinq employés au départ. Maintenant, il est fier de pouvoir employer des centaines de personnes. Et moi, je suis fière de lui. Nous nous aimons comme au premier jour, au fond, rien n'a changé. Et puis Lys, si ton père était resté simple ouvrier, nous serions toujours ensemble aujourd'hui. Parce que avocate ou non, je ne l'aurais jamais quitté, c'est l'amour de ma vie.

Je deviens muette quelques secondes. C'est vrai, mon père a démarré lui aussi en bas de l'échelle.

— D'ailleurs, j'avais dit à ton père qu'Hubert et toi… en fait, il manquait cette étincelle, tu vois ? Lorsque tu regardes quelqu'un, il y a une étincelle et entre Hubert et toi, il n'y en avait pas.

J'écarquille les yeux.

— Alors, pourquoi avoir insisté pour le mariage ?

Elle hausse une épaule.

— Pour que tu prennes ta vie en main. Et ta vie signifie aussi ton destin amoureux, ma chérie. Au fond, ton père et moi savions que tu n'irais pas jusqu'au bout du mariage. D'ailleurs, nous n'avons rien planifié et nous avons bien fait, apparemment.

Je regarde ma mère d'une manière intense, ces propos me choquent à un point que je n'arrive pas à exprimer. Et si jamais, dans ma folie d'épouser Hubert, j'étais allée jusqu'au bout ?

Je secoue la tête mentalement.

Au fond de moi, je savais que j'allais rompre. Le jour de mon entretien à Paris.

Juste avant de rencontrer Félix dans sa voiture sur le périph.

Elle paraît soudain distraite et regarde derrière moi. Quelqu'un nous écoute.

Félix ?

Une lueur d'espoir me transperce. Mes pulsations cardiaques s'accélèrent. À ce rythme-là, je vais bientôt avoir un infarctus. Je sèche mes larmes, puis je me retourne.

Désillusion. Ce n'est pas lui.

Comment pourrait-il savoir où j'habite ? Je ne l'ai même jamais invité à venir chez moi. Il allait me cherchait chez Lilou.

À sa place, j'aurais réagi exactement comme lui.

Je ne suis qu'une manipulatrice, une traîtresse.

À ma place, j'aperçois mon père adossé sur le mur, un sourire aux lèvres.

Pour moi, tout devient très limpide, comme une illumination soudaine dans mon esprit.

— Vous êtes complices ! Vous m'attendiez ! Quelqu'un a tout rapporté, c'est ça ?

À présent, je suis folle de rage. Je pleure. Je grogne. Je suis une planète en orbite, qui cherche toujours son soleil pour se stabiliser. J'ai envie de crier pour faire ressortir toute mon amertume. Comment pourrais-je retourner à l'usine ?

Tout le monde va se moquer de moi, comme si le malheur qui me touche ne suffisait pas.

Sans aucun autre choix, je m'élance vers la sortie lorsque mon père m'attrape au vol. Il m'ouvre ses bras et je m'y réfugie. Il me serre contre lui de toutes ses forces pour me ramener au calme.

Au bout d'un moment, je m'immobilise. Une émotion dévastatrice revient en moi et progresse jusqu'à éclater au grand jour. Ma peine s'évacue à travers mes larmes, que je laisse glisser sur la veste de mon père, pendant que lui me caresse les cheveux doucement. Nous restons ainsi quelques instants avant de nous détacher l'un de l'autre.

Je me fais l'effet d'une gamine de quinze ans, mais je m'en fiche.

— Tu l'aimes plus que moi, alors ? me demande-t-il.

— Oui, papa. Je l'aime. Car il est comme toi, m'entends-je lui répondre dans un souffle.

— Félix m'a l'air d'être quelqu'un de bien, en effet, me confirme-t-il sobrement.

Je renifle.

— Hubert a tout gâché. Ce n'est qu'un... qu'un...

— Il a agi par amour. Il me l'a avoué, même si ça a été très ardu pour lui.

Je lève mon visage embué vers lui pour lui exprimer mon désaccord. Hubert n'est qu'un menteur. Je ne l'ai jamais intéressé.

— Mais papa, il ne m'aime pas, il ne m'a jamais aimée ! Nous étions tous deux d'accord pour rompre ! Il n'y a jamais rien eu de sérieux entre nous, ni de... euh... tu vois ce que je veux dire...

— Tu as raison. Il a un petit faible pour Félix. Il est homosexuel, m'apprend-il.

De l'eau glacée se déverse sur ma tête.

— Il est... quoi ?

Une longue minute s'écoule, pendant laquelle mon visage se transforme instantanément. Je suis partagée entre joie et surprise. Une remise en question s'impose.

Comment a-t-il pu vivre à mes côtés alors qu'il n'aime pas les femmes ?

Je n'étais qu'une simple couverture ?

J'aurais dû m'en rendre compte. Un homme qui ne me désire pas au lit... c'était plus que suspect, maintenant que j'y pense...

Cependant, cela n'excuse rien. Et surtout pas son comportement immature.

— Mais ça n'excuse pas son attitude ! Il mérite d'être puni pour son acte machiavélique !

Mon père me rappelle une nouvelle fois à l'ordre et remet les choses en place, séparant ses affaires des miennes.

— Vous réglerez vos différends plus tard. En ce qui me concerne, Hubert dispose des mêmes qualités professionnelles qu'avant, lorsqu'il était ton fiancé. Ça ne change rien au fait qu'il conserve son poste dans mon usine. Aussi, vous n'êtes pas obligés de vous aimer, ce que j'exige en revanche, c'est que le travail soit exécuté. Par ailleurs, si Félix est celui dont tu es tombée amoureuse, il comprendra et acceptera tes excuses. Alors, vas-y. Fonce et bats-toi pour lui.

— Mais… je ne connais pas son adresse, et je suis certaine qu'il ne viendra plus travailler à l'usine… après ce que… je lui ai menti… je n'aurais pas dû…

Mon père exige le silence et me donne un document mentionnant l'adresse de Félix.

— J'enfreins des règles, je sais, mais c'est pour la bonne cause.

Mon père me divulgue l'adresse d'un employé ? Je n'en crois pas mes yeux… ! Il n'a pas le droit… en théorie !

Je le remercie rapidement avant qu'il ne change d'avis, car sa proposition m'arrange bien.

Cependant, quelque chose me pose tout de même question.

— Comment savais-tu pour Félix et moi ? lui demandé-je, curieuse.

— Hubert m'a tout raconté. Car tout se sait et ton histoire n'échappe pas à la règle. Tout le monde est au courant, dans l'usine. Aussi, penses-tu que moi, celui qui dirige, je ne sois pas au fait ? D'ailleurs, les casiers ne constituent pas une bonne planque, chérie. J'y ai fait installer des caméras de surveillance à cause des vols de ces derniers temps. Tu ne lis pas les affiches sur le tableau d'affichage ?

Oh merde…

Je suis confuse et mes joues s'enflamment. L'image de mon père admirant mes prouesses avec Félix me rend honteuse à un point que je ne peux évoquer.

Heureusement que nous nous en sommes tenus aux baisers. Si jamais nous avions été un peu plus loin… Oh mon Dieu ! La tête de mon père n'aurait sans doute pas été identique ! Malgré ma majorité bien tassée !

J'accepte son bout de papier, rouge de honte.

Ensuite, nous dînons tous les trois, en toute simplicité.

Pendant le repas, mon esprit est cependant préoccupé. Mes mains tripotent régulièrement notre outil de communication. Je suis de plus en plus inquiète. Félix fait le mort.

Pourtant, je lui ai tout expliqué.

Voilà un trait de caractère que je lui découvre : il est rancunier.

Vers huit heures, je rejoins ma chambre, désœuvrée. En déballant mes affaires de mon sac, je découvre le cadeau que Félix m'a offert ce matin.
Comment ai-je pu l'oublier ?
Les mains tremblantes, j'ouvre l'enveloppe et en dégage un bout de papier. Ce ne sont que des mots, mais des mots qui me transpercent. Des mots d'une intensité rare qui m'ébranlent jusqu'à ressentir une intense chaleur dans mon cœur.
Il écrit bien. C'est le moins que l'on puisse dire.
Comment peut-il produire un écrit aussi beau ?
Peut-être a-t-il trouvé des idées dans les livres…
Tant pis si ces phrases ne sont pas de lui, il me les a données. Et ce geste est plus fort que tout.
Je décide alors de le remercier à ma manière.
Par SMS.
Avec des tonnes de *J.T.*
Des tonnes…
De *J.T.*…
Qui restent sans réponse…
Il est vraiment fâché…

Je m'étale sur mon lit et je déplie le petit papier que mon père m'a donné. Celui sur lequel figure l'adresse de Félix.
Lorsque j'en prends connaissance, l'incompréhension me gagne : pourquoi mon père y a-t-il noté l'adresse et le numéro de téléphone de la librairie ?
Une énigme ou une devinette ?
Je fixe mon plafond pour y trouver une quelconque réponse.
Peut-être qu'il loue une chambre au-dessus du magasin ?
Peut-être, oui… j'ai entendu dire que la libraire en louait une depuis qu'elle s'était retrouvée toute seule. Mais non… puisque son fils est revenu pour quelque temps… juste le temps pour lui d'ouvrir son cabinet médical…
Ou alors mon père me fait une blague.
Si c'est le cas, elle est de mauvais goût…
Non, je ne pense pas… ou alors…
Je me relève et reprends mon téléphone portable pour me connecter sur le net et y trouver l'heure d'ouverture de la librairie demain. De toute manière, il s'agit de la seule piste en ma possession.
Ensuite, je pose mon *smartphone* sur ma table de chevet et je me couche.

Ce dernier reste toujours calme.
Félix me fait toujours la tête.
Je ne dors pas tout de suite. L'insomnie est là. Génial !
Demain, j'irai le voir.
Demain, ce sera ma dernière chance pour le convaincre.
Demain, si je n'y arrive pas, je m'en irai aux États-Unis.
Mon deuxième rêve de jeune fille…
Et tant pis pour mon livre…
Celui que j'ai commencé à écrire avec lui…

Je ramène ma couette sur moi et m'enroule à l'intérieur.
Des spasmes de sanglots émergent du plus profond de moi.
Pendant quelques minutes…
Juste quelques minutes… avant que je ne revienne à moi.
Je m'assieds sur mon lit, puis une force puissante m'assaille : je me jure que je le reconquerrai, quoi qu'il m'en coûte !
J'en fais le serment.

Chapitre 19 : l'héroïne
Félix

— Tu ne travailles pas, aujourd'hui ? me demande ma mère en me secouant comme une malade.

Il est dix heures et je suis encore dans mon pieu. Ouais, et alors ? Elle est dingue de me tirer de mon cauchemar comme ça ou quoi ? Déjà que j'ai pas fermé l'œil de la nuit !

— Non, je n'y vais plus, lui réponds-je sans aucun autre commentaire pour la lui boucler une bonne fois pour toutes.

Mais je devrais le savoir, ma mère n'a pas l'intention de me lâcher comme ça. Elle me tire les vers du nez, à sa façon. En plus, elle me fait les gros yeux comme pour me gronder.

— Bien. Ton patron a appelé pour que je te transmette un message. Il est d'accord pour t'accorder un jour de congé exceptionnellement aujourd'hui.

Bordel, quoi ?

Mon patron qui la sonne en personne pour soi-disant m'offrir un congé ? Mais je fais un abandon de poste ! Il ne pige pas ? En plus, j'ai pas de congés, j'suis en intérim !

— Qu'est-ce que tu me chantes là ? En plus, j'suis plus un gamin ! De quel droit tu te mêles de ma vie privée ?

Ma mère n'en démord pas et fait comme si elle avait de la merde dans les oreilles.

— Il doit vraiment tenir à toi pour t'offrir un congé auquel tu n'as pas encore droit ! Tu m'expliques ?

Je retire mes couvertures pour m'asseoir sur le bord de mon pieu. Je m'ébouriffe les tifs et bâille un coup. Je dois avoir une gueule de bois, même si je n'ai pas bu. Ma mère attend, debout, les mains sur les hanches. Elle veut que je lui fasse un dessin ou quoi ?

— Maman, c'est compliqué. Et puis merde ! C'est ma vie, j'en fais ce que je veux ! Au cas où t'aurais pas remarqué, je suis majeur et vacciné.

Ma mère s'en moque comme de l'an quarante, de ma réponse. Elle reprend sur un ton inconnu au bataillon.

— Bon, j'en ai rien à foutre si tu laisses passer la chance de ta vie avec une fille bien, mais tu as un contrat, alors demain, je veux te voir debout comme d'habitude pour aller travailler ! Dans le cas contraire, je me verrai dans l'obligation de t'y emmener par la peau du cul !

La vache ! Je n'en crois pas mes tympans ! Comment elle me cause, ma mère ?

— Maman ! Surveille ton langage ! Et d'abord, qui t'a fait gober cette supposée chance de ma vie qui me file sous le nez ?

— Son père ! me répond-elle.

Quoi ? Putain, c'est sûr que maintenant, je vais me pointer au boulot ! Il faut que je lui raconte le fin mot de l'histoire, cette meuf, c'est quand même la fille du patron ! Et en plus, pourquoi Lily raconte mon histoire à son paternel ? En quoi ça le regarde ? Je suis pas son jouet, moi ! Merde !

— Mademoiselle veut un cadeau et elle l'a ! Non, mais je ne suis pas à vendre, moi ! lui dis-je en gueulant.

Ma mère secoue sa tête et soupire comme un ogre.

— Soit. Vu que tu es en congé en raison d'une grâce de ton employeur, tu vas m'aider à la librairie. Aujourd'hui, l'auteur dont tu as apprécié le livre vient en dédicaces. D'ailleurs, son héroïne aussi. J'aimerais que tu la rencontres. Et ne dis rien. J'ai besoin de toi, c'est un évènement pour ma librairie couvert par la presse locale, m'ordonne-t-elle.

— Je dois rencontrer l'héroïne aussi ? Je t'ai dit que je suis pas libre !

Elle m'offre un sourire espiègle.

— Ah bon ?

Merde, elle m'a eu !

Je suis libre puisque je ne suis plus avec Lily depuis hier... pourquoi j'ai dit ça à ma mère ?

Pour lui donner du grain à moudre !

Sûrement.

...

Eh bien, OK. Soit. Je vais lui prouver que j'en pince plus pour Lily. Je suis OK pour passer du bon temps avec l'auteur et l'héroïne, cette meuf qui soi-disant est la fille nickel chrome de son bouquin ! Foutaises, oui ! Les meufs parfaites, c'est du bidon.

Mais bon, il faut ce qu'il faut. Et puis j'aiderai ma mère à la librairie. Ça me changera les idées. Tiens, peut-être que je pourrais bosser dans son magasin ? Juste le temps que sa vendeuse ne revienne de son congé maladie. Je lui en toucherai deux mots tout à l'heure.

Bon, c'est pas tout...

Je vais filer pour me débarbouiller un peu, puis je vais me fringuer avec le jeans que j'ai repassé l'autre jour et que j'ai troqué contre un costard complètement hallucinant, pour une Mistinguett qui me menait en bateau depuis le début...

Après avoir avalé mon café d'un trait, je fonce à la librairie. Ma mère vient me taper la bise comme si de rien n'était. Je jette ma veste sur un cintre et ma bonne mine redescend d'un coup lorsque j'aperçois le salopard qui m'a piqué ma meuf.

Putain, il ne manquait plus que celui-là !

Mes poings se serrent, prêts à frapper sa tronche, ma mâchoire se crispe et mes dents perforent mes gencives à m'en faire mal. Je change de couleur et je demande à maman ce qu'il fout là.

— Sois poli. Il veut te parler, c'est tout. Sois discret, je t'en prie. Ce n'est pas tous les jours que je reçois les médias, me souffle-t-elle à l'oreille.

Ça pue la merde, ce deal...

Bon... je vais prendre sur moi.

En plus, vu que la presse est là, je vais faire genre *civilisé*. Ça me donne l'occasion d'abattre les cartes.

Je lui péterai la gueule après.

Je me trimbale jusqu'à sa table, au milieu des étagères bourrées de livres, mais un peu plus à l'écart. Je suis sûr qu'il s'est foutu là pour pouvoir me causer sans que les autres nous voient.

Tiens, il est sapé comme moi... c'est zarbi.

Je fous mon cul sur la chaise, puis je souris comme un idiot.

Je sais pas ce que j'attends.

Pour lui casser son pif, j'veux dire...

Il se racle la gorge et il commence à ouvrir son clapet de connard. Moi, il me donne la gerbe rien qu'en regardant sa tronche d'enculé.

Mais bon, pas d'esclandre, comme dirait ma maternelle.

Il ouvre sa gueule d'enfoiré.

— Je m'excuse pour hier. Lys n'y est pour rien. En réalité, nous ne sommes plus fiancés. D'ailleurs, d'une certaine façon, c'est moi qui l'ai trompée avec quelqu'un d'autre.

C'est nouveau, tiens... C'est quoi, ce baratin ?

C'est peut-être mademoiselle qui l'envoie... il a peut-être chaud aux fesses et du coup, il doit rattraper le coup avec moi pour garder son taf ?

Je fais mine de m'intéresser.

— Ah... et ce quelqu'un d'autre, il en vaut la peine ? lui demandé-je, alors que j'en ai rien à battre de ses histoires de cul.

— Non, pas vraiment. Il m'a quitté... enfin, d'une certaine manière, me répond-il en regardant ses mains d'un air gêné.

J'avais jamais remarqué ses manettes, alors je jette un coup d'œil aussi... on dirait qu'il en prend soin comme les gonzesses. Mais bon, quand on bosse au bureau, c'est un peu normal de pas les avoir calleuses comme les miennes.

Et Lily préfère les mains calleuses, ça lui fout des frissons. Pas les tiennes, connard !

— Ah ! C'est con pour vous, lui réponds-je en espérant qu'il arrête son discours à deux balles qui n'a ni queue ni tête.

Je me demande comment il a fait pour être le copain de Lily. À bien regarder, il n'a rien du tout, ce mec. Mis à part son fric... mais bon, Lily est hyper friquée elle aussi. Peut-être ses manettes... ou sa queue... non, je délire, là.

Il reprend sa chansonnette.

— En réalité, Lys et moi n'étions que des amis. D'ailleurs, nous n'avons jamais couché ensemble et ne nous sommes jamais vraiment embrassés, pour ainsi dire, poursuit-il.

J'ai ma réponse, c'est pas pour sa... et puis merde, j'en ai rien à foutre du pourquoi elle était avec lui. Je feins ma gueule d'abruti.

Intérieurement, je jubile et mes lèvres s'étirent sans rien me demander.

— Ah !

Je suis de plus en plus mal à l'aise pour lui et je me remue sur ma chaise, mais au fond, je suis tellement aux anges que je pourrais hurler ma joie !

Il sourit lui aussi comme un con.

— Lys vous aime et vous, vous l'aimez, vous, vous ne m'aimez pas.

Putain, il me fait presque bander comme un cerf, ce con ! Enfin, je veux dire, quand il me cause de Lily ! Je bois du petit lait. Allez... ça mérite bien que je lui fasse une fleur.

— Oh... je vous aime bien, au fond... enfin, je pense que je pourrais vous aimer un jour, vous n'êtes pas si désagréable, finalement, lui réponds-je hypocritement en lui parlant dans un langage à sa hauteur qui l'étonne vachement, à en croire sa binette.

C'est à ce moment-là qu'il commence à déconner. Il plante ses yeux dans les miens et me flanque la colique lorsqu'il prend ma manette pour me la caresser avec son pouce. Ce mec est complètement maboul ou quoi ? Sûrement pas ! Macache !

Plutôt me tirer une balle. Si je voulais me taper un mec, ce ne serait pas quelqu'un dans son genre. Trop guindé, genre balai dans le cul.

— Eh ! Lorsque je dis que je vous aime bien, c'est que j'apprécie votre sincérité, c'est tout ! lui dis-je avec des mots bien à lui, histoire qu'il sache à qui il a affaire.

Je sens ma sueur qui se pointe. Il a monté tout ce stratagème avec Lily parce qu'il... non ! Je l'crois pas ! Pourquoi j'avais jamais remarqué qu'il me faisait de l'œil quand il n'arrêtait pas de passer devant mon poste ?

Putain, maintenant que j'y pense...

Il remet en place sa tignasse. Il se colore comme une tomate.

Le con ! J'aimerais pas être à sa place pour tout l'or du monde.

Là, il s'est planté en beauté, mais il n'a pas lâché l'affaire avant d'être sûr que je n'étais pas intéressé. *Bien tenté, mec, mais raté.*

— Ah ! Bon, eh bien, j'ai ma réponse. Vous appartenez à Lys, j'ai compris. Sans rancune ! termine-t-il en me tendant la main.

Je suis quand même estomaqué.

Lily ne s'est pas rendu compte qu'il n'était pas hétéro ?

Je la lui serre rapidement en la lâchant non sans mal tout en souriant jaune. Là, non seulement ça le dérange pas de me la serrer, mais en plus, il veut me l'arracher, du genre si tu te laisses faire, c'est que... brrr... c'est complètement ouf, cette histoire !

Il se lève, puis s'arrache en balançant une poussière de son T-shirt.

En tout cas, il a du mérite. Moi, je me serais jamais ridiculisé comme ça auprès d'un gars de l'usine. Même si je le kiffais.

Si j'étais à la direction, j'veux dire.

Et snob par-dessus le marché.

Pour me prendre un râteau sur la tronche.

Mais bon, qui ne tente rien n'a rien, comme dirait l'autre.

Le mec ferme à peine la porte de la librairie que ma mère aboule pour me présenter à l'auteur. Nous causons un peu ensemble de sa vie, puis je l'installe derrière sa table et lui fous ses bouquins devant. Maman me gueule alors dessus comme si nous étions seuls. Elle est excitée comme si elle avait bu des tonnes de café ! Faudra que je lui dise que ça ne me branche pas quand elle fait ça. Je suis pas son chien, merde ! En plus, elle me fout la honte devant tout ce beau monde, comme si j'étais un gamin de cinq ans.

— Félix ! Viens t'asseoir ici, l'héroïne va arriver d'une minute à l'autre. Le journaliste va vous photographier ensemble ! Ça paraîtra dans l'édition de samedi. Toute la région sera au courant ! Comme c'est romantique !

Quoi ? L'héroïne ? Je lui ai dit qu'il n'en était pas question. Je n'ai pas l'intention de chambouler ma vie et de faire foirer mon histoire avec Lily ! Maintenant que je sais que je vais sûrement la remettre dans le circuit !
Ou Lys.
Non, je garde Lily, Lys, c'était pour l'autre enfoiré.
Alors, je dis non avec la tête.
Mais c'est trop tard, je suis tombé dans les filets de la meuf en question.
Elle me scie sur place.
La gonzesse arrive avec un grand chapeau et des lunettes de soleil. Je suis fichu.
Elle s'amène tout près de moi pendant que le photographe nous rafale déjà avec son appareil. J'm'en tape. Mon cœur s'emballe et fait la sourde oreille.
Elle se rapproche encore un peu de moi pour m'allumer.
Son allure m'attrape. Ses cheveux blonds m'attirent comme un aimant. Son odeur me fait tomber... ça me la coupe.
Elle se désape : son chapeau puis ses lunettes. Putain, elle est tellement bonne qu'elle me chatouille à mort !
Elle se colle encore un peu plus à moi.
Ses lèvres touchent les miennes comme un rapace.
Elle m'emballe à donf et une partie de moi se réveille.
Elle doit le sentir aussi... elle gémit de plaisir.
Putain, je vais crever !
Et en direct, en plus.
Les flashes de l'appareil photo nous mitraillent pendant qu'on se bécote à fond la caisse.
Je crève d'envie de lui sauter dessus.
J'ai envie de la baiser... comme un fou...

Chapitre 20 : compteurs à zéro
Félix

— Alors, à présent, que faisons-nous ? me demande-t-elle.
Je la mate de plus près. C'est vraiment une beauté. *Eye-liner* noir et poudre bleue sur ses paupières, rouge à lèvres *gloss* rose sur ses lèvres pulpeuses.
Et sa peau sent trop bon la fleur. Comment je peux faire pour pas penser tout le temps à elle ? À sa peau, à ses lèvres, à sa chute de reins…
— Et vous, que voulez-vous que l'on fasse ? lui réponds-je d'un air distingué.
Elle chasse une mèche rebelle de sa tête, puis mouille ses lèvres.
Elle veut ma mort ou quoi ?
Ses fringues la moulent parfaitement. Une robe noire en tricot qui s'arrête au niveau des genoux. Des bottes qui lui arrivent juste un poil en dessous des genoux. Qu'est-ce qu'elle est bien foutue comme ça !
Elle me sourit et je fonds comme neige au soleil.
Merde, me voilà romantique, maintenant !
On est bien… là, tous les deux, comme des idiots… devant la presse…
Devant la presse !
Putain de merde, d'un coup, je me rends compte que notre photo sera dans le journal d'ici quelques jours !
Je ne veux pas voir ma tronche dans le journal ! En plus avec elle ! J'imagine déjà le topo que le journaliste va pondre !
Il ne manquait plus que ça.

Cependant, elle me calme et me dévore avec ses petits yeux et reprend notre causette. Cette fois-ci, elle me tend la main.
— Je me présente : Lys Haller, héritière des usines H.
Je la lui prends, puis je la lui serre. Du genre, je t'empoigne la main et ensuite, je te la caresse un peu avant de te la rendre. Je la vois frissonner et son sourire s'élargit encore jusqu'à devenir lumineux. Ses yeux bleus, bordel, on dirait qu'ils illuminent la pièce !
Je lui souris et lui réponds :
— Enchanté, moi, c'est Félix. Actuellement ouvrier chez Machines H.
Les journalistes se tirent.

Son sourire montre ses chicots bien astiqués. Elle passe sa langue dessus comme pour m'appâter encore.

Putain, elle n'a pas besoin de faire ça et elle devrait arrêter avant que je ne lui saute dessus pour de bon !

Ça fait trop longtemps qu'on joue à cache-cache, j'arrive au bout de mes limites, là.

Je ravale ma salive, puis je remarque ma mère qui me zieute avec tendresse. Elle m'expédie un bisou, puis virevolte sur elle-même pour aller voir l'auteur, qui raconte sa vie au journaliste. J'en profite pour embarquer Lily dans la pièce où on stocke les bouquins. Et là, on se fait des trucs. On est timbrés, mais c'est tellement bon ! Sa bouche contre la mienne, sa langue collée à la mienne, ses mains qui se baladent partout, les miennes qui grignotent les limites.

Putain, elle n'a pas mis de soutif, je ne sens pas les bretelles.

— J'ai envie de toi, me susurre-t-elle presque à mes genoux.

Bordel, Lily, moi, mon machin agonise, là !

— Pas ici, Lily... lui réponds-je malgré mon désir, en lâchant un râle.

— Si, ici, personne ne nous voit... C'est tellement excitant, m'avoue-t-elle en épuisant toutes mes ressources de *self-control*.

Comment puis-je lutter contre cette fille ?

Je suis qu'un homme, moi !

La température de la petite pièce monte de quelques degrés, l'électricité parcourt nos veines, nos souffles deviennent sourds, mon désir devient insupportable.

Dans un effort surhumain, j'arrête ses mains lorsqu'elles pénètrent par l'espace que laisse ma ceinture et qu'elle touche mes fesses.

Putain de bordel de merde, je bande à fond la caisse, là !

— Lily... supplié-je, au bord de lui céder.

— J'ai envie de toi, Félix... mon félin... grrr...

Putain, bordel de merde, je n'arriverai plus, à me retenir !

Je n'arrive plus à respirer.

Je n'arriverai plus à me déplacer dans mon pantalon, qui a perdu au moins deux tailles au niveau de mon entrejambe.

Il faut que je calme mes ardeurs !

Je m'écarte d'elle et pose mon front sur le sien. Nos souffles se mêlent et je ne sais plus lequel j'avale, mais le mélange est exquis.

— Il faut qu'on soit sages.

Elle se fiche de mon conseil, elle continue et provoque des myriades de frissons dans mon corps qui ne rêve que de se coller au sien.

Notre première fois doit être du style qu'on n'oubliera jamais, pas dans un stock de magasin.

Je stoppe la course de ses manettes, qui maintenant se baladent sur mon torse, pour les embrasser avant de ramener Lily à la librairie.

Un endroit plus sûr.

— Pas tout de suite. Pas ici avec ce monde, Lily. Viens. Tu veux un café ou un autre truc à boire ? lui proposé-je.

Putain, ma queue souffre à un point inimaginable et mon cœur va se taper une crise cardiaque s'il ne se calme pas !

Je trouve une table, puis on s'y met. Ma vieille s'amène : elle ne cache pas sa joie.

— Je suis très contente pour vous deux ! nous dit-elle.

Puis elle s'adresse à Lily avec un sourire espiègle.

— J'ai le dernier tome de ta saga préférée ! Tu n'oublieras pas de le prendre avant de partir !

Lily lui en tape cinq et l'embrasse. Il faudra que je pense à payer ma mère ce soir : la reine de la mafia !

Putain, je me rends compte que je ne la lui ai même pas présentée ! Elles ont fait ça toutes seules.

On s'en tape.

Maintenant, on se regarde dans la prunelle des yeux. Je lui dis que je la trouve belle à ma manière.

— Ça te va bien, le blond.

— Merci. C'est ma vraie couleur de cheveux. Pas trop déçu ? me demande-t-elle.

— Tu rigoles ? J'adore les blondes. Surtout toi.

— Ah ? Donc il y a eu beaucoup de blondes avant moi ? insiste-t-elle.

— Non. Avant toi, je me disais que les blondasses étaient toutes des emmerdeuses avec en plus des trous dans les neurones, lui réponds-je en caressant doucement ses deux pouces avec les deux miens.

Elle secoue un peu ses tifs et devient toute rouge. Je lui demande ce qu'elle a. Elle me répond avec une voix rauque.

— Alors, tu n'as personne d'autre dans ta vie, toi ?

Moi, je rougis pas, je me crame comme si j'étais au soleil. Je lui dis un truc qui l'achève.

— Juste Lily et toi.

Elle se rapproche de moi au-dessus de la table, son bidon touche un peu le bord. Elle grignote un baiser sur la pointe de mes lèvres. Ça me fait des trucs de partout... Je suis sûr que je clignote tellement elle me branche...
Elle continue de me faire du rentre-dedans.
— Lorsque tu me touches comme ça, j'ai des frissons partout...
Elle me dit ça comme ça, là, en caressant ses lèvres, alors qu'il faut que je me tienne à carreau.
— Ah oui... lui dis-je en bougeant mes guibolles en dessous de la table.
Putain, il faut qu'elle arrête, il faut que je dégonfle !
— Oui... me confirme-t-elle d'une voix rauque.
Ma mère arrive avec nos chocolats chauds.
Il était temps... sinon, je crois que là, je l'aurais chargée dans mes bras d'un coup, vers d'autres horizons... dans le stock, par exemple...
Ma maternelle me lance un truc que j'attendais pas.
— Pas trop dur, le travail, aujourd'hui, n'est-ce pas, Félix ?
Putain, la douche froide !
Je dégonfle presque d'un coup.
Presque.
En plus, c'est vrai. J'ai promis de l'aider, ce matin.
Alors, je suis obligé d'abréger avec Lily.
— Désolé, Lily, maman a besoin de moi. Tu ne bouges pas, je reviens vite.
Maman m'arrête direct et me force à rester assis en me tapant un clin d'œil.
— Je blague ! Restez là, tous les deux, mes tourtereaux ! Pour une fois que mon fils m'obéit ! Je veux en profiter jusqu'au bout !
Elle nous a coupé l'effet.
Du coup, Lily enquille sur une conversation plus sérieuse.
— Demain, je commence mon nouveau poste à la demande de mon père, à la direction. Hubert reste à l'usine, ce qui veut dire que nous le verrons tous les jours.
— Ah oui, Hubert ! Je l'avais oublié, celui-là. Tu sais qu'il m'a foutu les jetons ? À un moment, j'ai cru qu'il allait me bécoter !
— Hubert ? Non, c'est pas vrai !
Elle se fout de ma gueule. Juste un peu... jusqu'à ce qu'elle lui donne raison...
— En même temps, je le comprends... tu es tellement mignon... me dit-elle.
— Je t'aime, Lys.

C'est la première fois que je l'appelle par son vrai prénom. C'est sorti tout seul... comme ça... trop bizarre... Elle, ça a l'air de la gêner.

— Tu sais, tu peux continuer à m'appeler Lily, si tu veux. C'est mon deuxième prénom en réalité, en fait, c'est un dérivé de Lys, qui est un dérivé de Liliane. Je l'utilisais pas mal, enfant.

Ma poitrine se gonfle de joie.

— Ce n'est pas un faux, alors.

— Non. En plus, il n'y a que toi qui auras le droit de m'appeler comme ça... et plus de mensonges entre nous, Félix. Je te le promets.

— Non, plus de bobards entre nous.

— Alors, on se raconte tout, OK ? On commence par quoi ? me demande-t-elle.

— On commence par ça.

Je rapproche ma chaise de la sienne. Elle a un moment de surprise, puis lorsque je m'empare de ses lèvres, elle soupire d'aise. Je lui réponds en l'embrassant jusqu'à que l'air nous manque.

Puis on papote pendant des heures.

Du coup, je lui dis que je suis toubib. Elle me dit qu'elle le savait, parce que ma maternelle a cafté et aussi parce que je me suis bien occupé du type dans l'usine. Elle me demande pas pourquoi je n'exerce pas et j'en suis content.

Je ne suis pas prêt pour le lui avouer.

On est bien, là, tous les deux... mais le temps passe et il faut qu'elle se barre. Demain, elle se lève à quatre heures du mat, et moi aussi.

On lève nos culs de nos chaises et on s'avance jusqu'au milieu de la boutique. Ma mère *finit* d'encaisser un client, puis *vient* taper l'incruste. De toute façon, on n'en a plus rien à foutre, on se cache plus, alors on se dit salut bien comme il faut.

Lily n'arrive pas à décamper, elle me lâche d'abord un doigt, puis un autre, puis encore un autre et puis encore un autre...

Je vais l'attraper avec mes bras, lorsqu'on entend la porte d'entrée qui s'ouvre.

On dirait que le temps s'arrête. On se regarde tous les deux.
Putain, non... ! J'en crois pas mes yeux... merde...
Je dis *Sophie* sans le vouloir...

Lily me lâche le dernier doigt d'un coup.
Je crois qu'elle comprend qui est Sophie.
Mais oui, je viens de le lui dire !

— Bonjour !
Sophie s'amène vers moi et m'embrasse à pleine bouche. Je m'attendais pas à ce qu'elle me fasse ça, alors je reste cloué sur place. Je me laisse faire, comme un âne.
— Bonjour, belle-maman. Regardez ce que votre fils m'a offert !
Sophie montre ma bague à ma mère, elle a le culot de la porter encore au doigt.
Lily ne bouge pas.

Qu'est-ce qu'elle fout là, celle-là ?
Caméra cachée ?
Non, ce serait trop beau...

Ma mère reste sciée sur place et me regarde d'un air interrogatif, du genre : tu ne l'as pas plaquée ? À quoi penses-tu, mon fils ?
Bien sûr que je l'ai plaquée ! Merde ! C'est elle qui ne me fout pas la paix !
Sophie comprend le malaise, mais elle s'en fiche. Elle fait exprès de regarder Lily comme si elle avait la peste. Elle se plante devant moi et secoue sa tignasse.
— Félix, mon chéri, tu ne me présentes pas ?
Après avoir fait la statue, Lily décampe sans même mettre sa veste. La seule chose que j'entends, c'est le tintement de la clochette de la porte.
— T'es vraiment qu'une sale conne ! Nous deux, on est plus ensemble ! dis-je à Sophie.
Je me grouille de partir aux trousses de ma meuf dans la rue.
— Lily, attends ! Je vais tout t'expliquer !
Elle arrête de marcher et se retourne, la figure mouillée de larmes.
— Plus de mensonges, hein ? Tu n'es qu'un pauvre crétin, comme Hubert !
Je me rapproche d'elle.
— Tu trembles ! Viens avec moi. Sophie, c'est de l'histoire ancienne. Comme toi avec Hubert, lui dis-je en lui prenant les mains.
Elle se dégage brusquement comme une chienne blessée. Son visage se transforme. Elle a la haine.

Et moi, je la comprends.

Elle a raison, je ne suis qu'un pauvre con.

— La bague, c'est un leurre, alors ? Quelle idiote je fais ! reprend-elle.

Je tente une nouvelle fois de la calmer, mais elle me crache à la gueule.

— Ne t'avise plus jamais de me revoir. Reste avec ta baudruche !

Sur ce, elle s'en va, me laissant au milieu du trottoir.

Je la zieute jusqu'à ce qu'elle s'engouffre dans sa caisse et qu'elle se taille comme un Jacky. Je me sens complètement nul à chier. Incapable de faire quoi que ce soit *d'autre*.

Je rentre dans la librairie, la queue entre les jambes.

Déboussolé.

À l'intérieur, Sophie est encore là en train de se marrer avec ma mère qui, elle, reste à son tour figée comme une statue, le regard vide.

Je fixe mon ex, qui reste jouasse, égale à elle même. Je vais lui mettre les points sur les « i » une bonne fois pour toutes.

— Tous les deux, c'est fini, t'as pigé ?

Elle se met à chialer.

— J'ai pensé que l'on pouvait tout reprendre à zéro… commence-t-elle par dire avant que je ne la coupe net.

— Arrête de penser. C'est fini ! Putain, mais dans quelle langue il faut que je te le dise ? Merde !

Ensuite, je me barre. Maman, dans sa grande bonté, lui a offert le gîte et le couvert pour la nuit. Je ne bouffe pas avec elles.

L'autre, je ne la supporte plus.

Vers vingt et une heures, ma maternelle m'apporte un casse-dalle. Je suis assis sur mon pieu depuis plus de deux heures à réfléchir, mais ma cervelle a un trou.

— Sophie regrette, mais elle m'a dit qu'elle t'aime, me révèle-t-elle.

— Ça me fait bien marrer, c'qu'elle dit ! Et puis moi, je ne la kiffe pas et elle le sait. Elle fait juste la conne, c'est tout.

Maman s'assied à côté de moi.

— Alors, sois franc avec elle et dis-le-lui demain.

Je me frotte la nuque, puis je craque… pas terrible pour un grand gaillard comme moi. Je chiale comme un gosse de trois ans.

— J'ai tout foiré avec Lily, maman. Je vais faire quoi, maintenant, sans elle ?

Elle m'oblige à relever la tête et à la regarder.
— Alors, dis-lui que tu l'aimes. Dis-le-lui. Si elle t'aime, elle comprendra.

Cette nuit, j'adresse des romans à Lily, par SMS, mais elle joue la morte. Alors, je lui adresse des tonnes de *J.T.*, comme elle, la dernière fois.
La seule réponse que j'obtiens est *va te faire voir*.
Ça, au moins, ça a le mérite d'être clair.

Chapitre 21 : sans lui
Lys

J'essuie mes larmes avec les manches de mon pull en cachemire que j'ai sorti pour l'occasion. Je sens encore son regard peser sur moi, ma veste dans sa main droite, mais je ne me retourne pas. Je poursuis ma course folle jusqu'à celle qui constitue mon refuge de l'instant. Ma nouvelle 308 flambant neuf, rouge passion… qui n'a plus aucun sens sans…

Ma tristesse est indescriptible tant elle est profonde. J'ai tout risqué et j'ai tout perdu. J'aurais mieux fait de ne jamais le rencontrer. De ne jamais le suivre ce jour-là sur le périph. De ne jamais accepter l'offre professionnelle atypique de papa dans son usine. De ne jamais faiblir. Mais il est trop tard pour tout annuler. Ce qui est fait est fait et ne sera jamais effacé.

C'est trop tard.
Pour revenir en arrière.
Pour ne pas en tomber amoureuse de lui.
Pour… quel gâchis !
Je suis furieuse et peinée à la fois.

La pluie se met à tomber lorsque j'entre dans ma voiture. Je propulse mon téléphone portable sur le siège passager. Les yeux encore embués de larmes, je tourne la clé pour démarrer le moteur pendant que mon téléphone portable s'éveille. Je jette un coup d'œil pour y constater que le visage de Lilou s'affiche sur l'écran. Je n'ai pas assez de force pour pouvoir lui répondre. Pour lui avouer la trahison de celui qui comptait plus que tout pour moi.

Jusqu'à cet instant.

Avec indifférence, je dégage mon véhicule de sa place de parking, puis me conduis chez moi. Tous les feux sont au vert, comme s'ils m'encourageaient à fuir le plus vite possible loin de *lui*.

Une fois mon objectif atteint, je franchis la porte de ma maison, puis me rends directement dans ma chambre pour m'isoler. Je ne veux entendre personne ni parler à quelqu'un. J'entends mon sac à main se fracasser sur le sol et assure un plongeon sur mon lit. La tête écrasée sur mon coussin, tout devient noir. Mes larmes se remettent en action de plus belle. Je n'ai pas le mode d'emploi pour les arrêter. Mon être entier est au bord de l'abîme…

Au bout d'un moment, mon esprit se déconnecte de la réalité pour autoriser mon corps à s'abandonner à un sommeil salvateur. Destructeur de chagrin. Jusqu'à ce que les appels de Lilou me ramènent à la surface de ma dure existence.

J'ouvre un œil, puis un autre. Je constate que ma tête se tient au bord du lit. Lilou est assise sur le sol et courbe son cou pour mieux m'observer.

Elle me laisse émerger quelques secondes avant de prendre de mes nouvelles. Je me redresse, dignement, pour lui prouver mon indifférence par rapport à ma situation actuelle. Elle réitère sa question, d'une manière plus diplomatique :

— Sa copine parisienne est revenue ?

Je me demande comment Lilou est au courant.

Les nouvelles vont vite, à ce que je vois… les mauvaises, en tous les cas.

Assise en tailleur sur mon lit, à présent, je me recoiffe d'un geste idiot, puis tente de lui répondre en ravalant mes larmes, qui me quémandent un laissez-passer.

— Oui.

Lilou et son air grave attirent un tourbillon de torpeur en moi. Et si la raison de sa venue chez moi n'était pas moi ?

— Je suis désolée de me montrer si égoïste avec toi. Qu'est-ce qui ne va pas ? lui demandé-je en faisant preuve d'empathie.

Elle soupire, puis se retrouve en tailleur sur mon lit, à mes côtés, comme par magie. Elle m'invite à la confidence.

— Tout va bien. J'ai rencontré quelqu'un que je désirais te présenter, mais vu ton état actuel, nous remettrons ça à plus tard. Donc, toi, que t'arrive-t-il ? Raconte-moi tout, me demande-t-elle.

En laissant affluer quelques gouttelettes de larmes sur mes joues, je lui raconte ma version des faits. Stupéfaite, elle me rétorque, avec une phrase ornée de bon sens :

— Qui te dit que cette fille est sa fiancée ? Elle s'est peut-être jetée sur lui parce qu'il aime quelqu'un d'autre ! En l'occurrence toi ! Et puis, par ailleurs, sans t'accuser de quoi que ce soit, tu n'es pas toute blanche non plus : toi, tu étais encore avec Hubert lorsque vous avez commencé votre flirt et Félix t'a pardonnée, je crois. Non ?

Pas vraiment, non. J'ai quitté Hubert lorsque j'ai accepté de sortir avec Félix. Piquée au vif, je décide de me justifier.

— Mais elle portait « SA » bague, tout de même ! lui rétorqué-je, scandalisée.

Lilou hausse les épaules.

— Et alors ? me lâche-t-elle.

Bien sûr, elle n'est pas à ma place, car si elle l'était, elle ne réagirait sans doute pas de la même manière.

Je reprends, avec conviction.

— Sa bague, ne comprends-tu pas la signification ?

En réponse à ma question, Lilou me désigne mon annulaire gauche, où se trouve encore la bague qu'Hub m'a offerte un jour et que je n'ai pas encore retirée.

Je me défends en lui indiquant que je n'y pensais plus, en la retirant aussitôt pour le lui prouver. J'irai d'ailleurs la lui rendre demain lorsque je le verrai à l'usine. Lilou me laisse tranquille en changeant de sujet, puis évoque très vite un rendez-vous pour partir.

Ce soir, je ne dîne pas.

Cette nuit, je lis chaque message que m'adresse Félix.

Des messages portant des demandes de pardon.

Des messages se confondant en excuses pour des faits indépendants de sa volonté.

Des messages réitérant sa flamme à mon égard, dénigrant son ex.

Mais tous ces mots ne me suffisent pas.

Tous ces mots restent sans effet.

Mon ressenti reste celui d'une femme trompée. Quoi qu'il me dise.

Alors, tremblante, je clôture tous ses mots,

Avec des mots bien à lui.

Va te faire voir.

Des mots ne laissant plus aucun autre espoir de revirement.

Il ne me répond plus.

Alors, je chute au fond d'un puits à l'intérieur duquel personne ne peut plus rien faire pour moi.

Ensuite, trois semaines s'écoulent sans que je m'adresse à Félix. Moi dans les bureaux, lui aux côtés des opérateurs. Chaque personne à sa place et chaque place à sa personne. C'est mieux ainsi.

De toute manière, j'ai été claire lors de mon dernier SMS.

Très claire.

Lui, il a compris.

Tout compris.

Il ne me relance plus.

Cependant, chaque matin, lorsque j'entre dans l'usine, les casiers m'attirent comme un aimant, je suis portée par un espoir inavoué.

Mais lorsque j'arrive audit lieu, la confusion s'empare de moi, la peur de me tromper et d'être abandonnée ou humiliée gagne le combat qui se joue à l'intérieur de moi.

En tout état de cause, de son côté, silence radio.

Ce matin, je décide de faire un tour du côté de mon ancien module. J'y remarque Fred, qui est déjà présent, fidèle au poste. Je m'arrête un instant pour l'embrasser et discuter un peu avec lui. Il reste encore trente minutes avant le début de notre journée.

Avant que Félix n'arrive lui aussi.

Notre échange est d'abord égal à celui de Fred : celui qui met de bonne humeur à chaque fois. Mais celui-ci laisse bientôt sa place à autre chose. Un style que je n'aime absolument pas, orienté sur une histoire qui me déplaît. Il entame un récit sur l'ex de Félix : Sophie. Comme s'il voulait me faire passer un message, celui d'une fiction passée. Mais lorsqu'il me déclare avoir aperçu Félix et cette femme ensemble en ville, mon cœur se brise une nouvelle fois.

Je n'arrive pas à dissimuler mon état émotionnel, ma voix se voile. Si je me mettais à parler, je risquerais d'éclater en sanglots. Ma blessure tarde à se refermer et moi, je suis à court de pansements.

Fred en profite pour réagir en excusant Félix, comme si notre rupture était uniquement de mon fait. Comme s'il me fallait un électrochoc pour comprendre que lui et moi sommes faits l'un pour l'autre.

— En même temps, avec ta manière de l'envoyer chier, faut pas s'étonner qu'il ne t'appelle plus ! Car lui, il te kiffe, ça, je peux te le dire, mais faudrait pas le faire attendre trop longtemps.

« *Va te faire voir* », oui, je me souviens de mes mots. Mais à ce moment-là, quelle aurait été la bonne solution ? J'étais en colère. Je l'aime... l'aimais... et il m'a trahie... je me suis sentie trahie... blessée... torturée...

Il soupire, comme s'il compatissait.

Je l'aime à en mourir.

Je respire profondément pour reprendre de l'assurance avant de lui offrir une réponse évidente.

— Tu as sans doute raison, mais je n'ai plus d'autre alternative. Il traîne avec cette fille. Même si c'était fini entre eux, notre rupture lui a donné l'occasion de refaire un essai avec elle.

Fred se frotte le nez et renifle d'un coup bref.

— On a toujours le choix et tu sais quoi, Lys ?

— Non, mais tu vas me le dire, lui réponds-je d'un ton sec malgré moi.

— Vous êtes deux cons.

— Donc, j'ai raison ! Il est bien avec cette fille ! lui affirmé-je en espérant une réponse qui contredise ma phrase.

Mais Fred regarde sa montre et me fait signe qu'il doit se rendre aux vestiaires avant de prendre le travail. Il s'éloigne de moi en répétant sa dernière phrase tout en secouant sa tête : « Vous êtes deux cons. »

Chapitre 22 : sans elle
Félix

Depuis que Lily m'a largué, je suis grognon. Toujours de mauvais poil, la tête dans le coaltar chaque jour, en espérant qu'elle me rejoindra aux casiers chaque matin. Mais lorsque je m'amène, la lumière de son aquarium est déjà allumée : elle est déjà en train de bosser. Pourtant, je suis du genre lève-tôt, juste pour essayer de la choper au vol, mais c'est comme si elle se cassait par une route invisible pour rejoindre son *loft* perché en haut de l'usine.

Sophie est restée une semaine, soi-disant pour me prouver qu'elle pouvait changer. Pour voir si on se kiffait encore. Tu parles ! J'ai même essayé de la comprendre, des fois que je me serais trompé. Mais malgré le restau qu'elle m'a payé, malgré son intérêt pour mon nouveau *job,* malgré nos balades en ville, malgré ses tentatives pour m'attraper dans son pieu : rien.
Je confirme.
Elle ne me botte plus.
Je suis accro à Lily, même si elle s'en fout de moi.
Même si je dois finir seul comme un con, sans femme ni gosses, avec d'autres vieux dans une maison de retraite.
Sophie, j'peux pas, j'peux plus.
On n'y peut rien, c'est la vie.
Après qu'elle m'a pompé tout mon air, je l'ai plaquée comme un bourru pour qu'elle capte enfin : elle m'a même lancé ma bague à la figure en me disant que de toute façon, elle ne me kiffait même pas. J'aime bien le « même pas ». C'est vachement marrant, quand j'y pense, surtout après qu'elle m'a tenu la grappe comme ça.
La bague n'était pas assez brillante, de toute façon, d'après elle. En même temps, Sophie ne brille pas trop non plus, donc la bague...
Elle m'a lâché que j'étais pas un bon coup, qu'elle avait des besoins que je pigeais pas. Ça me fait rigoler quand je pense que j'aurais dû le savoir, quand il y a trois mois, elle m'a laissé entendre qu'elle n'était pas contre une partie à trois.
Je me demande comment j'ai pu rester avec elle pendant tant de temps sans m'en rendre compte avant.

J'aurais pas dû la conduire à la gare, mais bon, j'ai joué les faux culs juste pour lui montrer que pour moi, c'est sans rancune.

En montant dans le train, elle a posé son cul sur son siège, puis ses écouteurs dans ses oreilles. Elle s'est pas retournée. En même temps, moi, j'en ai rien à foutre. Comme j'ai déjà dit, Sophie et moi, on a fait le tour.

En sortant de la gare, j'ai glissé la bague à une dame qui faisait de la gratte en échange de quelques pièces. En généreux que je suis, je lui ai même filé cinquante euros. Je ne la connais pas, mais d'après son look, elle a l'air d'en avoir bavé dans la vie. Peut-être qu'un jour, quelqu'un va la repérer et elle va pouvoir planter son drapeau, car elle joue vraiment bien. Lorsqu'elle m'a remercié, j'ai vu de la bonté dans ses yeux. On sent tout de suite si quelqu'un a un bon fond. Je me demande pourquoi certaines personnes se retrouvent là, sans plus rien à elles, dans le froid hivernal, aux yeux de tous, mais dans l'indifférence de tous. Des accidentés de la vie qui n'ont plus rien. Qui attendent que le temps passe et qui ne perdent jamais la foi. C'est tellement une vie de merde !

Mais tout le monde s'en tape.

Hier, j'ai vu Lily avec un mec se montrer comme ça, devant la librairie. Même Lilou était là pour leur tenir la chandelle. J'ai attrapé des boutons quand je l'ai vue avec cet apollon autre que moi marcher à ses côtés.

Sûrement un autre Hub à la con.

J'espère pour elle qu'il n'est pas homo, celui-là.

Enfin, j'en ai plus rien à battre, finalement.

J'ai rebroussé chemin et je suis allé me balader le long de la *Petite Venise*, tout seul, en essayant d'éliminer de ma tête le mec en question touchant Lily avec ses doigts dégueulasses.

Presque trois semaines sans elle, c'est long.

Je ne sais pas comment je tiendrai toute une vie.

Autant me flinguer tout de suite.

Ce matin, j'abandonne les casiers. Je crois plus aux miracles de Noël ni même au père Noël. De toute manière, j'ai dit non pour le CDI. Le père de Lily m'a dit que ça le faisait chier de perdre un bon élément juste pour un motif personnel. N'empêche que moi, je ne peux plus bosser dans la même boîte qu'elle. Surtout si on doit s'éviter tout le temps. J'en suis déjà assez malade comme ça. Ça empêcherait de me guérir d'elle, si jamais le temps en tant que remède pouvait m'aider un peu.

À part ça, ce qui m'emmerde, c'est la fête de l'usine en fin d'après-midi. La secrétaire m'a dit que chaque année, le patron remercie ses gens de bosser pour lui et leur file un cadeau, un jouet pour leurs gamins et un pot.

J'ai pas envie de voir Lily faire semblant de pas me voir devant tout ce monde.

De toute façon, j'en ai rien à foutre d'une bonne bouteille si j'ai personne avec qui trinquer ; j'en ai rien à foutre des jouets, car j'ai pas de gamin et je n'en aurai jamais ; j'en ai rien à branler du cocktail, car depuis qu'elle m'a largué, je n'ai plus la dalle.

Mais j'irai, juste par politesse pour mon patron et mes autres potes de l'usine.

Je leur dois au moins ça.

Et ensuite, je m'arracherai loin de tout ça.

À Paris, pourquoi pas, ou bien à Lyon, j'aime bien Lyon.

Lily pourra s'afficher avec l'autre type tranquille.

Je ne serai plus là pour le voir.

Pour moi, elle est morte et enterrée.

Chapitre 23 : La veille de Noël
Lys

Aujourd'hui, nous sommes à la veille de Noël et l'heure des vœux a sonné. L'usine fermera ensuite ses portes pendant deux semaines.

Comme tous les ans, papa impose que la direction effectue le tour de l'usine. Nous sommes cordialement conviés à serrer la main à tous les employés présents, avant de partager un moment de convivialité tous ensembles.

Cette année, par mesure de simplification, tout le monde sera déjà réuni à l'endroit où le traiteur a installé le buffet tout à l'heure.

Enfin, ceux qui ne sont pas pressés de rentrer chez eux.

Je réfléchis, tout en réalisant mon diagnostic.

C'est vite vu : toutes mes forces m'abandonnent, je me sens très faible.

Je ne pourrai pas.

Après m'être donné un semblant de courage, je passe la porte du bureau de mon père. Murs gris, sol gris, bureau métallique, pas de superflu, comme le reste de l'usine.

Dire que je pensais qu'il avait une cage dorée en haut de sa tour d'argent !

Il est assis devant son écran d'ordinateur, certainement en train de consulter les derniers résultats de l'année. Le chiffre semble bon, à en voir sa mine joyeuse. C'est le bon moment pour moi de lui avouer que je compte rentrer plus tôt que prévu. Surtout pour éviter de croiser Félix.

Je prends une profonde inspiration, puis déglutis pour me donner du courage. Je m'avance vers lui. Après l'avoir embrassé rapidement sur les joues, je le lui apprends sans prendre de gants.

Il lève ses yeux sur moi pour me répondre d'un ton las.

— Tu ne pourras pas l'éviter éternellement, me dit-il.

Il a compris.

Je prends une inspiration profonde pour lui répondre le plus calmement possible.

— Papa, tu ne comprends pas. Je ne peux pas. Il est avec une autre.

Papa rabat le couvercle de son ordinateur d'un geste brusque, se lève, puis m'entraîne avec lui.

— Non, toi, tu ne comprends pas ! Les affaires sont les affaires, Lys ! C'est un ordre ! La discussion est close.

Je le suis sans lui mettre mon veto. Nos pas résonnent dans ce long couloir vide qui nous mène d'abord dans la salle de réunion où se trouve le reste de l'équipe. L'angoisse me comble avec son arrogance la plus démesurée. Nous quittons ensuite cette pièce pour nous diriger directement dans la plus grande partie de l'usine, où tous nous attendent déjà.

Lors de mon arrivée, tous les visages m'épient. Je me sens de plus en plus mal à l'aise. L'oxygène se fait rare et m'oblige à respirer profondément toutes les dix secondes. La sueur réussit à franchir les pores de ma peau.

Je vais tomber si je poursuis ma marche.

Je n'y arriverai jamais.

Pourtant, il le faut.

Je prends une nouvelle inspiration profonde

Je tente de me calmer et essaie de tromper mon esprit avec des pensées positives. Sur ma bouche se dessine l'un de mes plus beaux sourires, paradoxalement.

Je fais semblant et j'y parviens, contre toute attente.

Papa se décale, puis exige que je me tienne à sa droite. Hubert me suit de près, devant la secrétaire de direction et le chef comptable. Nous nous postons en ligne. Devant nous, en arc de cercle, se tiennent les gars de l'usine, les bras croisés, dans l'expectative de la moindre défaillance de notre part.

Je regarde mes pieds.

Mon corps est fébrile, mon ventre me fait mal, mon angoisse monte. Ma respiration se fait de plus en plus difficile et reste bloquée dans mes poumons.

Je vais le revoir, ce n'est qu'une question de secondes.

Sur un ton affirmé, mais chaleureux, papa s'adresse ensuite à tous ses employés. Il les remercie pour leurs bons et loyaux services, puis leur adresse ses vœux les plus sincères.

Il va maintenant se déplacer pour saluer chacun d'entre eux d'une ferme poignée de main.

Pendant tout son discours, je suis restée tête basse, comme un enfant puni. J'ai vu Félix. Son regard figé sur moi. Intense, froid, glacial. Comment vais-je faire tout à l'heure, lorsque j'arriverai à sa hauteur pour lui serrer la main, moi qui l'embrassais, avant ?

Mon père entame sa route. Il passe devant et serre les mains de ses collaborateurs une à une, en prenant du temps pour chacun. En s'attardant un peu pour échanger quelques mots sur la famille, les *hobbies* de chacun, les fêtes qui se préparent. Mon père est comme ça. Humain. Épluchant chaque dossier du personnel pour être incollable. À faire toujours ce que lui souhaiterait qu'on lui fasse.

Aujourd'hui, ils sont deux cents.

Aujourd'hui, comme tous les ans, il va serrer deux cents mains.

Il a du courage...

Je me demande si tous en ont conscience. Je ne le pense pas. Moi, à leur place, je ne le réaliserais pas. Je trouverais que c'est normal que mon patron me salue au moins une fois dans l'année, puisque pendant quasiment toute la période, il reste perché dans son bureau sans se préoccuper de moi.

Je le suis, puis fais de même en plus court, en adoptant un air joyeux comme exigé. Avec toujours les mêmes mots : joyeuses fêtes. Sauf à ceux qui m'ont été très proches pendant ma période de « planque ». À eux, je leur réserve quelques mots bien choisis.

Fred m'accueille à bras ouverts, en m'offrant une petite blague en prime. Je l'embrasse et je me permets de rester quelques instants blottie contre lui. Il me souffle des mots réconfortants à l'oreille. Il me dit que ça va aller, que je suis balaise.

Oui, c'est ça, je suis forte. Combien de fois faut-il que je me le répète pour m'en convaincre ?

Au moins deux cents fois...

Je n'écrirai jamais plus dans mon livre : je laisse tomber.

Mon cœur bat à tout rompre et accélère le tempo au fur et à mesure que mes pas se rapprochent de celui que j'aime encore.

Et qui ne m'aime plus.

Ensuite, j'embrasse les autres opérateurs que j'ai côtoyés. Ils ont l'air surpris que je ne fasse pas de différence, maintenant que je ne suis plus opératrice comme eux.

Moi, je suis comme ça.

Simple héritage de mon père.

Puis arrive le tour de Félix.
Je marque un arrêt sur image.
Nos yeux se rencontrent enfin après tout ce temps sans se voir.
Ils se paralysent l'un sur l'autre, s'attardent, ne se détachent pas.
Pendant un instant, je vois un éclat dans les siens, une étincelle, une luminosité qu'il me réservait.
Avant.
Mais très vite, j'y lis de l'animosité.

Une impression de malaise me gagne à nouveau. La terre tourne autour de moi lorsque ma main frôle la sienne pour remplir mon contrat. Ma voix tremble lorsque je prononce mes premiers mots, qui me paraissent irréels. Tout à coup, contre toute attente, le timbre de ma voix devient ferme et fort. Je suis consciente que tous m'entendent.
— Je vous souhaite beaucoup de bonheur ensemble, Sophie et toi, et de très belles fêtes de fin d'année. Ayez beaucoup d'enfants, surtout !
Mon dernier mot résonne comme un écho.
Tout s'arrête.
Tout le monde nous observe.
Même ceux qui commençaient à se rendre au buffet bien garni.
Mon père attend la suite, car je ne l'entends plus parler.
Ni bouger.

Félix affiche un regard mêlé d'horreur et de surprise. Il ne me lâche pas la main. Pas encore.
Mais tout sonne faux.
Devant cette assemblée qui attend, il ose une réponse qui m'est fatale, en adoptant un ton identique au mien.
— À vous aussi, mademoiselle Lys Haller.
Paralysée, je n'arrive pas à me détacher de lui pendant quelques secondes. Puis il me libère la main d'un geste brutal.
Il me tue sur place.
J'ai des vertiges, je me sens mal.
Je ne le vois plus.
Mes yeux s'embuent.
Mon rythme cardiaque frôle l'indécence en rapidité.
Je ne me contrôle plus.

Ma respiration s'accélère, je porte ma main droite au milieu de ma poitrine.

Je cherche de l'air sans y parvenir en ouvrant ma bouche le plus que je le peux.

Mes jambes flageolent… je me sens partir…

L'oxygène se raréfie de plus en plus…

La chute… inévitable… inconcevable pour quelqu'un qui ne doit démontrer aucune faille…

Puis… je tombe…

Pour de bon.

Au loin, comme dans un brouillard épais, je crois entendre un cri particulier qui se mêle aux autres… Félix… Félix qui crie « Lily ».

Il m'appelle par mon prénom…

Celui qui n'appartient qu'à nous…

Enfin…

Et puis, plus rien.

Le noir.

Le trou.

Le néant.

Chapitre 24 : La chute
Lys

Passer la veille de Noël aux urgences : c'est fait.

Je me réveille dans un lit d'hôpital avec mes parents au-dessus de ma tête. Aussitôt, je leur souris et je m'excuse.
— Je suis tombée. Hypoglycémie. Désolée de vous avoir fait peur.
C'est tout ce que j'ai trouvé pour les rassurer. Ils me sourient à leur tour, puis prennent un air grave. Ma phrase n'a pas l'air de les détendre ni de les tranquilliser...
— Nous aurions dû nous en douter, tu as beaucoup maigri, ces derniers temps. Mais ce n'est pas grave, il faut te remplumer ! me dit maman.
Une émotion intense m'envahit. Surprendre mes géniteurs à mon chevet me ramène à l'essentiel : l'amour qu'ils me portent.
— Promis. Je mangerai davantage à l'avenir, leur déclaré-je avec une grande assurance.
Mon père me prend la main droite, puis m'indique que je dois garder le lit, le temps d'avoir les résultats de mon scanner.
Un scanner ? Mais pour quoi faire ? Je me sens bien, à présent. Cet examen est totalement inutile !
— Ne t'inquiète pas outre mesure. Dans ta chute, tu as heurté le sol, enfin... heureusement qu'*il* t'a rattrapée à temps... Aussi, il faut s'assurer que tu n'as rien de cassé. Ensuite, nous rentrerons à la maison.
Il doit sans doute s'agir de la procédure habituelle. Inutile, en effet, de se préoccuper pour rien. Par contre, je me souviens que j'ai interrompu un moment privilégié avec les gens de l'usine. J'espère que mon père ne m'en tiendra pas rigueur.
Attends, qui m'a rattrapée pour amortir ma chute ?
— Oh, je suis désolée d'avoir gâché la fête de fin d'année ! Comme je suis confuse ! lui dis-je, me souvenant des circonstances de mon malaise.
Félix.
Qui a dû déjà partir pour rejoindre la capitale à l'heure qu'il est.
Je retiens mes larmes alors qu'un sentiment de tristesse m'attrape. Pour focaliser mon esprit sur autre chose que *lui*, j'observe mon père. C'est vraiment un être exceptionnel. Il ne m'en veut pas. Au contraire, il culpabilise, alors qu'il n'y est pour rien.

— Ne t'inquiète pas. Nous ne sommes pas des machines. J'aurais dû t'écouter lorsque tu es venue me voir. Bon... Hubert est resté là-bas. Il gère. Le plus important pour l'instant, c'est toi.

Cependant, je pressens que quelque chose le tracasse. Il se gratte la tête avant de reprendre la parole.

— Je ne sais pas si je dois... le médecin m'a indiqué qu'il ne fallait pas trop t'embêter, mais... reprend-il.

Je lui souris et le rassure de nouveau sur mon bon état de santé. Il peut me parler sans crainte. Je tiendrai le choc.

Il hésite un court instant, puis se lance.

— Quelqu'un souhaite te voir.

Un coup de jus pince mon estomac et je me sens fébrile sans raison. Quelqu'un en visite ? Déjà ?

Si Hubert est resté à l'usine et que mes parents sont ici, qui pourrait bien vouloir me... Fred ?

Mais pourquoi quelqu'un voudrait venir me rendre visite ? Je ne reste pas à l'hôpital, n'est-ce pas ?

Mon père poursuit en prenant garde à chacune de mes réactions pendant que mon cœur me donne un coup comme s'il avait compris.

— C'est quelqu'un qui est resté aux urgences avec nous... avec toi. Quelqu'un qui t'a rattrapée dans ta chute et qui a évité que tu te fracasses le crâne sur...

Mon père est perturbé par une émotion manipulatrice. Ma mère prend le relais.

— C'est quelqu'un qui est important pour toi. Enfin, qui s'inquiète pour toi. Qu'en dis-tu ?

Quelqu'un qui m'a porté secours en premier.

Quelqu'un qui est resté avec moi. Quelqu'un qui s'inquiète pour ma vie.

Quelqu'un qui...

J'acquiesce de la tête en calmant mon cœur qui bat la chamade.

Je pose ma main sur ma poitrine, et ma vue se trouble.

Je sais de qui il s'agit, mais je n'ose y croire.

Je chasse mes larmes en les essuyant rapidement avec ma main.

Mon père s'en va, cédant sa place à Félix, qui apparaît comme par magie.

Il s'avance vers moi, les mains dans les poches et nos yeux plongent les uns dans les autres.

Il porte toujours son uniforme des Machines H.

Il est sexy, ses cheveux sont en bataille. Je n'avais pas remarqué les cernes sous ses yeux magnifiques.
Ma mère en profite pour quitter sa chaise discrètement.
J'adore mes parents.

Félix sort ses mains de ses poches, s'assied sur la chaise, puis la rapproche de mon lit. Avant d'ouvrir la bouche, il prend une profonde inspiration, pour finalement me sermonner à sa façon.
— Ne me refais plus jamais ça, Lily.
Sa voix est brisée, cassée, comme s'il éprouvait de la peine.
Comme si...
S'il est là, c'est qu'il y a un espoir ?
S'il me dit ça, c'est qu'il veut rester ?
C'est qu'il veut de moi ?

Je le dévisage avec un sourire qu'il n'avait pas eu depuis très longtemps. Sincère, radieux, merveilleux. *Amoureux.*
Je lui tends la main. Il l'accueille sans tarder pour la serrer dans les siennes.
— Tu tiens à moi, alors... lui demandé-je.
Il a les larmes aux yeux.
Je ne savais pas qu'il était si sensible... qu'il savait pleurer. Qu'il pouvait pleurer.
— Tu en doutes encore ? me répond-il avec douceur.
Cette même douceur qui m'a fait chavirer le jour où il s'est adressé à moi pour la première fois. Je l'avais presque oubliée, enfouie au fond de mon âme devenue grise et froide.
Il n'y a que nous deux, à cet instant.
Nous deux, seuls au monde.
Pourquoi faut-il des évènements de ce type pour que nous prenions conscience que nous tenons l'un à l'autre ?
Fred avait raison : nous étions deux cons.
— Lily, je t'aime.
Je ris, je pleure, je ne sais plus ce que je fais. Il m'avoue ses sentiments pour moi d'une manière si naturelle qu'elle m'émeut encore davantage. Je lui réponds, avec ses mots.
— Et moi, je te kiffe tellement, Félix...
Voilà, je pleure comme une gamine.
Son sourire est magnifique et ses yeux amoureux.

Il se penche vers moi et ses lèvres se posent mollement sur les miennes, comme s'il avait peur de les casser. Je sens qu'il sourit contre elles. J'en fait autant.

Nos larmes se mêlent et son baiser devient un peu plus appuyé, passionné, jusqu'à ce qu'il se souvienne où nous sommes et qu'il s'arrête. Sans doute. Son front se pose sur le mien, nos souffles se mélangent et s'unissent.

— Pardonne-moi, Lily, j'ai été con, me chuchote-t-il d'une voix éraillée.

— Non, pardonne-moi toi, j'ai été stupide, lui réponds-je d'une voix à peine audible, troublée par l'émotion.

Il prend une forte inspiration, puis nous restons collés l'un à l'autre pendant au moins une minute. Le temps que le médecin trouble notre intimité pour me donner les résultats tant attendus.

Nous nous écartons doucement l'un de l'autre et lorsque je ne sens plus son front sur ma peau, je me sens vide. Félix s'éclaircit la voix et sèche ses larmes discrètement. Puis, comme s'il venait de remarquer les miennes, son pouce efface les restes.

Le médecin sourit.

— Bon, très bonne nouvelle, votre prise de sang est correcte. Un petit manque de calcium et de fer, mais rien de grave. Par contre, sur le scanner, il y a un petit truc qu'il faudrait faire vérifier avec une IRM, mais rien d'alarmant. Il faut juste faire une vérification.

Félix, soucieux, s'immisce dans la discussion, pendant que mes parents arrivent.

— Je m'excuse, docteur, mais, puis-je voir les clichés ? Je suis moi-même médecin, commence-t-il par dire.

Sa voix professionnelle, ses mots habiles, son regard rivé sur le médecin. Tout me fait trembler au point que j'ai envie de coller mon corps contre le sien.

— Vous êtes son mari ? lui demande alors son confrère.

— Pas encore, lui répond Félix. Je suis son fiancé.

Je manque de m'étouffer de surprise, de joie, de bonheur et de je ne sais quoi d'autre encore qui fait briller mon âme.

L'interne lui explique alors en détail le contenu de mes résultats pendant qu'une immense joie me transperce. Plus rien ne compte. Je n'écoute même plus ce qu'ils se racontent.

Il a dit « pas encore » !

Ce qui signifie qu'il envisage une relation sérieuse avec moi. Que dis-je ? Très sérieuse.

Il a aussi dit qu'il est mon fiancé !

Ma poitrine se gonfle de joie et je me sens mieux d'un coup.
Je suis sa fiancée ! Il est mon fiancé !
Attends, il veut se marier avec moi ?
Je dois être folle, je ne le connais que depuis deux mois.
Mais je n'ai aucun doute, je le veux comme époux.
Je prends une forte inspiration et regarde mon *fiancé* discuter avec son confrère.
Il a l'air si différent d'un coup, si... médecin !
Je reprends le cours de la conversation lorsque l'interne arrive à la conclusion.
— Donc, en définitive, il vaut mieux vérifier même si le radiologue ne remarque rien d'inquiétant. Bon, eh bien, vous pouvez rentrer chez vous, mademoiselle ! Tout est bon !

Félix me paraît songeur, troublé, comme si quelque chose le chagrinait. Qu'il avait besoin de réfléchir à quelque chose.
Il a peur pour moi, c'est normal, après le coup que je lui ai fait !
Je m'assieds sur le bord de mon lit pour lui prouver que je me porte bien.
— Félix. Je vais bien, et puis je suis jeune ! Que pourrait-il bien m'arriver de grave à mon âge ? Je suis en parfaite santé, même si j'ai négligé l'essentiel pour que mon corps fonctionne sans accrocs. Des vitamines et une alimentation équilibrée et puis le tour sera joué !
Félix ne semble convaincu qu'à moitié, mais mes parents paraissent soulagés, même si mon père soutient sa théorie.
— Sûrement, mais je veux que tu fasses un *check-up* complet, *bébé*, reprend ce dernier.
— Bébé ? lui demandé-je, radieuse.
Son regard s'illumine, en même temps que ses lèvres s'étirent.
Mon Dieu, est-ce possible qu'il soit encore plus beau à cet instant ? Avec ses cheveux en bataille ? Avec son air fatigué ? Avec... ce corps musclé dont la chaleur irradie le mien et qui me donne des vapeurs ?
— Tu n'aimes pas le surnom que je te donne ? m'interroge-t-il en levant un sourcil.
— Oh si, *bébé*...
Il sourit et m'embrasse des bouts des lèvres, d'une manière trop sage à mon goût. Mais bon, mes parents sont là, ça doit être déstabilisant pour lui. Mon père donne une tape sur l'épaule de mon fiancé et les deux hommes de ma vie se font un clin d'œil complice.

Jamais je n'aurais cru tomber amoureuse d'un homme aussi vite. Et pourtant !

— Bien, je vous la confie jusqu'à chez nous, lui dit mon père. Nous rentrons de notre côté.

Même si je suis majeure et en pleine possession de mes droits, j'ai du mal à croire ce que mon père vient de dire !

— Bien entendu, si vous souhaitez rester pour la nuit, vous pouvez, enfin, du moins ce qu'il en reste ! lui indique ma mère, à ma grande stupéfaction.

Eh bien, si ma mère s'y met aussi…

— Oui, c'est déjà arrivé lorsque Hub…

Mon père est coupé dans sa phrase par un coup sur l'épaule opéré par ma mère. Félix sourit en guise de réponse et balaye l'air devant lui pour signifier que ça n'a pas d'importance.

— Je vous ramène tous, puisque nous sommes venus ensemble. Vous n'allez franchement pas rentrer en taxi ! Et puis Lily a besoin de roupiller. Nous nous verrons demain matin. Les nuits blanches, ça me connaît. Enfin, quand j'étais toubib.

Quand je sors de la chambre, Félix me rejoint aussitôt pour me servir d'appui et me dégarnir de mon sac à main.

— Je ne tomberai plus maintenant que tu es avec moi, lui chuchoté-je.

— Je préfère te tenir, je serai beaucoup plus tranquille, me répond-il en m'embrassant sur la joue. Mais promets-moi un truc : bouffe, à l'avenir, OK ? Sinon, tu auras droit à une fessée… enfin, quand tu iras mieux, me dit-il d'un air coquin qui me déstabilise un peu.

Directif, en plus. Comme mon père. Eh bien, ça promet…

Peu importe ! Je suis tellement heureuse !

Lorsque nous atteignons la voiture de Félix, celui-ci m'ouvre la porte droite de devant. Mes parents prennent place à l'arrière sans commentaires. J'en profite pour lui renouveler la proposition de ma mère. Je pense moi aussi qu'il est plus prudent qu'il reste chez moi, vu l'heure. Mais comme mon père, il est têtu. Ce qui n'arrange rien. Quand il met le contact, son air espiègle me transmet la raison de son refus.

Rien que de penser à ce que nous pourrions faire dans mon lit… je frissonne de partout.

Il faut vraiment que je récupère des forces rapidement !

En prenant congé, il propose à mon père de faire activer les choses pour mon IRM en faisant appel à ses connaissances. Selon lui, lorsqu'il y a un doute, il faut tout faire pour le lever. Son anxiété et sa prudence reprennent le dessus. Juste assez pour que finalement, mon père abonde en son sens et qu'il obtienne sa permission. J'ai l'impression de redevenir une petite fille de cinq ans. Soit. Comme dirait Félix, cela ne mange pas de pain.

Mais mon sixième sens me tourmente.

Je n'avais jamais vu Félix comme ça. Je veux dire, *en médecin*, analysant mes clichés d'un œil attentif. Il me fait flipper lorsqu'il agit comme ça. Il modifie même son langage lorsqu'il emprunte des mots dont je ne connais pas l'existence.

Quelque chose le tracasse.
Ce n'est pas bon signe.
Soudain, c'est plus fort que moi : j'ai peur.

Pour calmer mes angoisses, Félix reste avec moi pendant tout ce qui reste de la nuit. Juste pour me faire comprendre qu'il n'y a aucune raison que je m'alarme : lui non plus n'a rien vu d'inquiétant. Il se montre désolé de m'avoir transmis ses angoisses. Il m'embrasse, puis rejoint notre chambre d'amis.

Parce que selon lui, il faut qu'on reste sages, et avec moi à ses côtés, il n'est pas très sûr de l'être...

Je m'endors aussitôt, comme un bébé.

Le sourire aux lèvres.

Chapitre 25 : l'amour infini
Lys

Le réveillon de Noël s'est déroulé dans une atmosphère heureuse et détendue. Nous étions vingt au total, en comptant mes oncles et mes tantes ainsi que leur progéniture. Du moins ceux qui vivent encore dans notre région. Félix et sa mère étaient présents eux aussi, ils font déjà partie de la famille.

Depuis l'hôpital, il ne s'est pas passé un seul instant sans que je pense à Félix et à notre avenir à tous les deux. Mon père l'apprécie, c'est déjà ça. Et moi, j'apprécie beaucoup sa mère.

J'ai l'impression de connaître Félix depuis toujours.

Je m'imagine déjà avec lui, pour l'éternité.

Ce Noël, Félix et moi avons scellé un pacte : celui de ne plus jamais s'éloigner l'un de l'autre sur un coup de tête, uniquement pour motif *d'imagination trop débordante*. C'est-à-dire de jouer la carte de la confiance même lorsque les apparences sont contre nous.

Pendant les vacances de fin d'année, j'ai fait le *deal* de me reposer au possible, même si cela s'avère mission impossible. Car la maison grouille de gens à chaque instant. Aussi, pour obtenir du calme, je m'enferme dans ma chambre jusqu'à ce que Félix me rende visite. À chaque fois, le même rituel se reproduit : nous nous enlaçons, discutons, regardons un film et nous embrassons. Félix prend garde de ne pas trop m'approcher même si je choisis de l'en dissuader en lui rendant la tâche plus difficile. Mais il n'en démord pas, car pour lui, je reste fragile. Comme une poupée en porcelaine qui risque de se briser à tout instant. Moi, j'ai peur de le perdre encore une fois. Comme un pressentiment, un mauvais augure… mais ce que je sais avec une certitude appuyée, c'est que je ne laisserai plus rien ni personne entraver notre route.

Pour Nouvel An, nous avons fait le choix de réveillonner chez moi, rien que tous les deux. Mes parents sont de sortie dans un grand restaurant et ont invité la mère de Félix et les parents d'Hubert, avec qui ils ont gardé de bonnes relations. D'ailleurs, mon père doit leur apprendre une nouvelle ce soir pour donner un coup de main à mon ex : l'homosexualité d'Hubert et sa vie commune avec un autre homme.

J'imaginais mon père avec des préjugés, je le découvre en homme « ouvert ».
Je l'aime.

Félix est chargé de nous préparer notre dîner et autant dire qu'il s'est donné à fond pour me confectionner un repas que je n'oublierai jamais. Du foie gras en entrée avec de la confiture de figues et des toasts grillés à point, du saumon avec des patates douces ensuite et un dessert surprise. Je le découvre cuisinier et ça me semble bizarre et normal à la fois. Que dire de la décoration ? Une table digne d'une princesse avec des couverts en argent, disposés sur des serviettes dorées, des verres en cristal, le tout sur une nappe blanche décorée avec des pétales de roses. Au milieu ? Des bougies, pour une ambiance tamisée et intime.

J'adore. Tout.

Il n'a pas voulu que je l'aide, sauf pour trouver les ustensiles de cuisine et les couverts, puisqu'on fête le nouvel an chez moi, dans ma salle à manger. Lui à côté de moi à ma droite, pour ne pas être trop éloigné de moi, à cette table en chêne de plus de dix mètres.

Il m'offre un dîner aux chandelles, à triple signification pour nous : le premier en amoureux, le premier pour consolider nos liens et pour la première fois commencer la nouvelle année tous les deux, ensemble, l'un à côté de l'autre.

Pour l'occasion, il a revêtu un jeans noir avec une chemise blanche en soie. Pour mon plus grand bonheur, il a laissé ses cheveux en bataille, parce qu'il est trop sexy comme ça. Moi, j'ai revêtu une jupe noire à paillettes tranchée par un chemisier en soie blanc cassé. Mes cheveux ont poussé, mais pas assez pour que je réalise un chignon. De toute façon, Félix les préfère lâchés.

— Je ne peux plus rien avaler ! Le saumon et les patates douces étaient délicieux ! Sans parler du reste ! lui dis-je en essuyant mes lèvres.

Félix me fait un sourire en coin et boit une gorgée de vin en ne quittant pas mes yeux une seconde. Son regard de félin affamé me fait frissonner.

— Tu n'as plus de place pour un petit dessert ? me demande-t-il d'une manière espiègle.

Je déglutis en réagissant instinctivement à son allusion en rougissant. Nous n'avons jamais fait l'amour, aussi bizarre que ça puisse paraître. Pendant le mois qu'a duré notre relation, nous n'avons fait que de nous embrasser. Même si je l'avoue, cela devenait de plus en plus compliqué de se limiter sans passer au stade suivant. À vrai dire, Félix attendait que je me décide, enfin, je suppose, puisque je lui ai confié que les fois où je me suis adonnée à ce genre de sport, c'était avec mon petit ami de l'époque. Avant Hubert. J'avais dix-neuf ans, il s'appelait Yann et franchement, les quelques fois où nous l'avons fait, je n'ai pas apprécié. Je comprends maintenant qu'il faut plus que de croire qu'un homme est bien pour sortir avec lui, ou bêtement qu'il soit du même monde que toi pour te marier avec lui. Il faut un élément essentiel : éprouver des sentiments véritables et du désir. Ce que je n'ai jamais ressenti pour personne avant *lui*.

À mon retour de l'hôpital, j'en avais envie comme jamais. Les quelques jours qui ont suivi encore plus. Mais Félix a préféré que je reprenne des forces. Il esquivait à chaque fois mon invitation à rester chez moi pour la nuit, me laissant pantelante et, je l'avoue, un peu frustrée. Son côté médecin parfois m'agace, parce que j'ai l'impression d'être en sucre.

Je préfère son genre bad boy, *félin...*

La tension sexuelle grimpait à chaque contact et j'avoue qu'à présent, je suis prête. Je sais qu'il en a conscience, même si je ne lui ai rien dit.

— Ton millefeuille à la cannelle était exquis, tu nous as préparé autre chose ? le questionné-je, taquine.

Un rictus amusé plus tard, il me répond, provoquant un jet de chaleur monumentale dans mon corps.

— Je pensais à un autre genre *de sucre*, si tu en as le désir.

Ce soir, il dort chez moi, dans ma chambre. Donc par définition avec moi. Je sais ce qu'il a en tête.

J'ai la même chose dans ma cervelle, moi aussi.

— On monte ? lui proposé-je en clignant lentement des yeux.

Les siens étincellent de désir et s'illuminent. Je me lève et m'empare de sa main pour l'intimer de faire pareil lui aussi. Il s'exécute et il m'emboîte le pas en le tirant par le bras. Il me suit.

Nous grimpons l'escalier qui mène à l'étage, où se trouve ma chambre. Mon cœur accélère ses battements lorsque Félix ose tapoter mes fesses d'une main.

— Félix, le grondé-je en gloussant tout en enchaînant les marches.

— Je n'y peux rien, t'as des fesses rebondies qui me font de l'œil, se justifie-t-il sur le ton de l'humour.

Lorsque nous atteignons le palier, le vent tourne, la tension sexuelle palpable nous attrape. Félix ne me laisse pas atteindre la porte de ma chambre qu'il m'attrape et me plaque contre le mur. Son corps s'appuie contre le mien et une douce chaleur me pénètre à son contact. Il pose ses deux mains à plat sur le mur, à gauche et à droite de mon visage et sa bouche s'empare de la mienne avec un brin de violence animale qui me fait frémir et tourner la tête en même temps. Sa langue cherche la mienne et l'attire comme un aimant. Mon souffle se tarit, ma respiration s'accélère et son odeur musquée mêlée à celle de sa peau m'enivre. Il s'écarte un instant le souffle court, pour nous laisser le reprendre. Ses yeux remplis de désir percent les miens avec force.

— Si tu savais à quel point j'ai envie de te bouffer, bébé...

Avant que je ne puisse lui répondre, ses lèvres se posent sur mon cou et ma peau se transforme instantanément en chair de poule. Les yeux clos, je déguste ce qu'il me fait, toutes les sensations qu'il me procure déjà.

— Oh... mon... Dieu... Félix...

Je parviens à peine à articuler mes mots qu'il suce ma peau d'une manière si virile que l'humidité de mon entrejambe grandit à vue d'œil.

Il me délaisse une seconde.

— Oh putain, bébé... ouvre cette porte ou je vais te prendre ici, à la verticale... tellement j'ai envie de toi...

Je vibre, je tremble, j'adore ses mots. Il fait tellement monter le désir en moi que moi non plus, je n'arriverai plus à tenir s'il ne me soulage pas rapidement.

Il reprend mon cou pour aspirer ma peau, la mordiller. Les bruits de succion me rendent folle. Il me lâche, haletant, et je prends conscience maintenant que mes parents pourraient rentrer et nous surprendre, ce qui redouble mon excitation.

Jamais je n'ai été aussi ardente de toute ma vie. Jamais je n'aurais pensé que ce niveau puisse exister.

Il me libère en me laissant assez d'espace pour que je puisse ouvrir ma porte. Son regard de braise, ses yeux qui cherchent à s'enfoncer en moi, sa bouche portant déjà les stigmates de notre baiser enflammé me rendent dingue. Il est si prédateur, si dominant que j'ai la bouche sèche et en feu.

Je pose la main sur la poignée pour l'ouvrir et je sens son corps brûlant se plaquer contre le mien, ses bras s'enrouler autour de ma taille. Je sens son souffle tiède s'échouant sur ma nuque, sa langue parcourir le lobe de mon oreille, puis ses dents le mordiller.

Lorsque la porte s'efface enfin devant nous, nous entrons dans la chambre, comme deux siamois, collés l'un à l'autre. Sa chaleur me brûle et ma peau devient si chaude que je transpire déjà.

Très vite, Félix prend la main en me retournant vers lui, pour me plaquer contre le mur de droite. Je frissonne. D'un coup de pied, il claque la porte. Je tremble. Ses mains puissantes saisissent les miennes pour les coller sur le mur au-dessus de ma tête. Je pousse un cri de surprise. Mais il ne sourit pas, se contentant de plonger ses pupilles dilatées dans mes yeux éblouis par sa masculinité animale. Son regard ténébreux, l'affichage de son désir brut appellent le mien. Il dégage une puissance sexuelle monstrueuse qui me fait serrer les cuisses.

— J'ai envie de toi comme un fou, putain…

Je mordille ma lèvre inférieure et ses iris s'y focalisent. Il passe sa langue sur la sienne et un frisson me parcourt. J'ai l'impression qu'il va me dévorer en ne faisant qu'une seule bouchée de moi.

Et j'adore l'idée.

— Moi aussi, Félix…

Il reprend ma bouche comme l'aliéné qu'il semble devenir, tire sur ma lèvre inférieure avec ses dents, grogne, l'aspire comme un dingue. Et moi, je n'en peux plus du supplice de l'attente. Je le veux en moi, sur moi, partout.

J'ai trop attendu.
Pour le rencontrer.
Pour l'embrasser.
Pour m'unir à lui.

Ses mains descendent le long de mes bras jusqu'à ma poitrine, qu'il effleure rapidement. Mon souffle se coupe pour de bon.

— Bordel, Lily, j'ai trop envie de toi, j'ai trop attendu, putain, j'ai trop envie de m'enfoncer en toi jusqu'à la garde !

Le frisson qui me traverse me fait l'effet d'une bombe.

Son regard maintenant sévère et sombre plonge dans le mien comme s'il voulait atteindre mon âme.

— Je ne veux plus jamais être séparé de toi, ajoute-t-il d'une voix rauque qui me fait tressaillir d'envie.

Nos souffles se percutent. Sa main passe sous ma jupe, puis dans ma culotte. Un doigt se faufile sur mon sexe et il passe sa langue sur ses lèvres, tout en continuant à me fixer. Ma bouche s'entrouvre, les sensations sont plus que plaisantes, elles sont indescriptibles. Mes tétons se dressent et une myriade de frissons s'emparent de mon corps.

— Bébé, j'ai envie de te faire monter au paradis. J'ai besoin de te faire des tonnes de trucs. J'ai peur que ce soit trop pour toi, la première fois... tu...

Je pose un doigt sur ses lèvres et il l'attrape pour me le lécher. Mon Dieu, cet homme va me faire trépasser s'il continue ! Je n'ai pas envie, j'ai juste un désir vital à assouvir.

Je n'en peux plus.
De son odeur féline.
De ses caresses animales.
De sa voix rauque qui résonne dans mon corps.
Je le veux en entier, en moi. Partout.

— Fais-moi monter au septième ciel, Félix, j'ai *trop* envie de toi...

Ses pupilles semblent se dilater encore plus et son souffle paraît plus saccadé, comme si je l'excitais encore plus. Malgré le désir bestial que je lis dans ses yeux, je n'ai pas peur de lui. Je lui fais confiance. En réalité, j'avais envie d'un homme comme ça : brut, masculin, qui me donne enfin du plaisir. *Celui que je ne connais pas encore.*

— Si c'est trop fort, bébé, tu me dis STOP. Et je ralentis. OK ?

Je hoche la tête et il n'attend pas plus longtemps avant de me retirer ma jupe et ma culotte. Mon chemisier suit le même chemin. Je me retrouve nue devant lui et j'ai si chaud que je ne le comprends pas. Il me détaille, comme un lion qui s'apprête à dévorer sa proie et mon corps tremble.

— Bordel, bébé, tu es plus belle que dans mes rêves...

— Ce n'est pas juste, toi, tu es habillé, j'ai envie de te voir nu, boudé-je.

Il me lance un sourire canaille et se défait de son haut d'une manière si érotique que j'ai l'impression de me liquéfier. Ses muscles en mouvement sont magnifiques, son torse est parfait. Le tatouage sur son bras représentant un aigle m'attire comme un aimant et je ne peux pas m'empêcher de le toucher d'un doigt. Il fait le contour de son bras en partant de la naissance de son poignet jusqu'à son épaule.

— Je l'ai tatoué à la mort de mon meilleur pote, l'aigle est le symbole de la puissance, de la guerre et de l'élévation spirituelle. Il était tout ça. Et j'ai son grand frère tatoué sur mon dos : moi. Parce que pour moi, il l'était, même si nous n'avions pas le même sang.

Je découvre que son tatouage est un lien qui le relie à son meilleur ami, tatoué sur sa peau à tout jamais, et ça me rend triste d'un seul coup. Je préfère ne pas m'attarder et inspire profondément. À la place, je passe la main sur mes lèvres tout en caressant sa peau dure, douce et soyeuse, les yeux brillants et avides de pouvoir le détailler enfin.

— Je te plais ? me demande-t-il d'un air amusé.

Quelle question, franchement !

Je lève les yeux vers lui et les plante dans ses iris étincelantes.

— J'adore tout de toi, Félix.

Il ferme les yeux un instant, prend une forte inspiration et expire longuement, comme s'il était soulagé, puis me refixe.

Je mordille mes lèvres en signe de complément de réponse et les humecte en clignant des yeux presque au ralenti. Un truc pile sur sa poitrine du côté gauche attire mon attention. Un prénom, Lily, sur un pétale de fleur de lys rouge, comme amour et passion. Mon souffle se coupe pour la énième fois, mon cœur me donne un coup. Sa main se pose sur la mienne, qui se trouve sur le tatouage, et il la caresse avec son pouce.

— C'est ton prénom, Lily. Je l'ai fait tatouer le lendemain du jour où tu m'as envoyé chier. Enfin, des deux prénoms, je ne savais pas lequel choisir, termine-t-il sur le ton de la plaisanterie.

Mes yeux s'embrument et mes lèvres s'étirent, une bouffée de joie gonfle ma poitrine. Pour moi, cela signifie tant de choses. Lui et moi pour la vie. Il m'a toujours aimée, et malgré le fait que nous étions séparés.

Il voulait me tatouer sur sa peau.

Un tatouage c'est pas anodin.

Je suis si heureuse !

D'un doigt, il soulève mon menton pour que je le regarde. Je ne m'étais pas rendu compte que j'avais baissé la tête. Quand mes yeux le scrutent, il est flou, parce que mes larmes ne me laissent pas tranquille.

— Tu es tatouée dans mon cœur, bébé, et à défaut, je t'ai tatouée sur ma poitrine, juste au-dessus de mon cœur.

Il clôt les paupières au moment où mes mains glissent au milieu de son torse, jusqu'à la limite de son pantalon. Il m'arrête alors que je m'apprête à déboucler sa ceinture. Je remarque son énorme érection et pendant une seconde, j'ai peur que son membre soit trop dimensionné pour moi. Mais c'est ridicule.

Cet homme et tout ce qui le compose sont faits pour moi.

— Pas encore, Bébé... sinon je n'arriverai pas à me retenir... et je veux d'abord te découvrir... m'indique-t-il d'une voix éraillée.

D'un geste brusque qui me surprend l'espace d'une seconde, il se met à genoux devant moi et se positionne au niveau de mon intimité. Il ne lui faut pas deux secondes pour bloquer, lui aussi. Je souris, contente de mon effet.

Il relève sa tête vers moi et ses yeux s'agrandissent, tandis que ses lèvres s'étirent d'une manière radieuse.

— Putain, Lily, t'as fait tatouer mon prénom sur ton bas-ventre, juste au-dessus de ton sexe ? Avec une tête de lion ?

Ses yeux sont ronds, sa bouche entrouverte. Une mèche lui barre le front, le rendant encore plus sexy si c'est possible, tant il l'est déjà.

— Je l'ai fait le jour où tu m'as quittée. Je veux t'appartenir, bébé... personne d'autre n'a le droit d'y toucher...

— Oh, putain...

Son grognement me fait frémir. Il écarte mes jambes à la limite du possible et je me tiens sur sa tête avec mes mains pour ne pas vaciller. Il est beau, viril, sexy, plus que ça même. Et il est entre mes jambes. Aucun homme ne m'a proposé ça avant, enfin, le seul que j'ai eu dans mon lit se contentait de me pénétrer rapidement jusqu'à ce qu'il jouisse, sans se préoccuper de mon plaisir.

Et je détestais ça.

Avant, je détestais faire l'amour.

Sa tête s'enfuit entre mes cuisses sans repartir. Je ne tarde pas à sentir sa langue humide sur mon sexe, sur mon clitoris. Il joue, me lèche, me happe, m'aspire, me titille si habilement que je sens du plaisir monter progressivement de *je ne sais où*. Oh mon Dieu ! Je ne savais pas à quel point ce qu'il me fait pouvait être bon. J'ai l'impression qu'il se délecte, qu'il déguste mon intimité comme s'il savourait un dessert délicieux. Il pousse un râle si érotique que je sens que je dégouline de partout. Il continue à s'occuper de moi avec application, comme si seul mon plaisir comptait, et qu'en définitive il y prenait du plaisir lui aussi.

Je gémis longuement, je ne sens plus mes battements cardiaques tant ils m'assourdissent. J'ai l'impression que je vais m'évanouir de plaisir lorsqu'il revient titiller mon clitoris du bout de sa langue et qu'il me pénètre d'un doigt.

Les yeux clos, le souffle court, je sens les prémices d'un orgasme arriver alors qu'il entame des va-et-vient avec son majeur dans mon vagin, tout en poursuivant le jeu de son pouce sur mon clitoris. Je pousse un long râle rapidement étouffé par le baiser vorace de Félix dont je n'avais pas remarqué qu'il s'était redressé. Son doigt se courbe et touche un point sensible à l'intérieur de moi, au milieu de *je ne sais où*, qui me fait défaillir en provoquant un orgasme fulgurant.

Bordel ! Ça ne va pas du tout, j'ai l'impression que je viens de prendre du 4G et d'avoir été propulsée dans une fusée direction une autre planète.

Je tremble, mes muscles des jambes ne semblent pas pouvoir me maintenir debout. J'ai l'impression que je vais m'effondrer, tant je vole dans les airs, ailleurs. Comblée.

Mon amant me soulève, mes bras s'enroulent autour de son cou et mes jambes autour de sa taille d'une manière naturelle. Comme si j'avais produit ces gestes déjà plusieurs fois.

Lorsqu'il atteint mon lit, il me dépose délicatement, comme si j'étais une œuvre d'art qui risquait de se casser. J'ouvre les yeux, pousse un soupir d'aise, puis je vois les siens cloués sur les miens avec une intensité qui me fait frissonner une nouvelle fois.

Il ne me sourit pas tout de suite, se contentant de se redresser pour retirer son pantalon, laissant jaillir son érection dominatrice. Il déchire l'emballage d'un préservatif qu'il a certainement sorti de la poche de son pantalon avant de s'en débarrasser. Je n'ai rien vu, focalisée sur son corps d'homme habitué aux travaux manuels.

Je ne salive pas, je bave, littéralement.

Ses genoux se posent sur le matelas, qui s'enfonce, et son corps glisse sur le mien lentement. Nos doigts s'entrelacent lorsque son visage atteint le niveau du mien. Sa tête glisse vers ma poitrine et sa langue titille mon téton droit, qui réagit en durcissant de plus belle. Sa bouche embrasse mon sein avec violence et j'ai l'impression qu'il le gobe.

Je serre les cuisses, le sang bout dans mes veines. Lorsqu'il dévie vers mon sein droit, il mordille mon téton, et dévore mon sein comme s'il voulait l'avaler.

Je frémis de plus belle, je gémis, haletante. Ma peau devient fébrile de partout, tous ses contacts provoquent des picotements au creux de mes reins.

J'ai soudain envie qu'il me pénètre avec force, sans sommation.

Mon Dieu, qu'est-ce qu'il me fait ?

Son visage remonte vers le mien, se tenant à dix centimètres. Nos souffles saccadés se mêlent, son intimité double de volume contre mon ventre. Son regard profond, ténébreux, rempli de désir m'observe pendant ce qui me semble être une éternité.

— Tu m'obsèdes, Lily, depuis le jour où j'ai vu tes yeux. Je ne voyais que tes grandes billes brillantes et vertes. Maintenant que j'ai fait connaissance avec ton corps, je ne pourrai plus m'en passer non plus.

Je sens un doigt s'introduire dans mon intimité, puis deux, puis trois. Je n'avais pas remarqué qu'il avait lâché ma main. Il me rend amnésique.

Bordel, comme c'est bon...

Il sourit d'un air satisfait lorsque j'émets un long soupir d'aise.

— Tu mouilles encore pour moi, bébé... tu es trempée, putain... grogne-t-il.

Je sens d'abord son intimité qui gonfle encore plus si c'est possible, et sa dureté qui s'enfonce d'abord dans mon ventre. Puis, sans prévenir, il me pénètre doucement, longuement, profondément, pesant de tout son poids sur moi, glissant sur mon corps en le caressant en même temps, alors que ses pupilles me contemplent jusqu'à percer mon âme. Je ferme les yeux un instant et entrouvre ma bouche, laissant mon souffle s'échapper. Lorsque je les rouvre, les siens sont toujours sur moi et s'y plantent encore plus profondément. Mon cœur rate un battement lorsqu'il scrute mes lèvres, deux battements lorsqu'il humidifie les siennes.

Son mouvement est si lent que l'attente qu'il nous fait subir est intolérable tant j'ai envie de le sentir en entier en moi.

Car je le veux *en entier*, je le veux *lui, sans artifice*.

Je halète et je me cambre légèrement tandis que sa bouche s'entrouvre elle aussi, qu'il avale mon air, alors qu'il me pénètre centimètre par centimètre.

— Félix, ne te retiens pas, je t'en supplie...

Je n'en peux plus d'attendre, je veux qu'il me fasse l'amour comme je devine qu'il le fait : avec brutalité et douceur, le tout avec habileté. Il affiche un rictus qui ne dure qu'une seconde, avant de faire claquer nos peaux de plus en plus vite et de plus en plus profond. Je crie, je gémis, je griffe son dos avec mes ongles et trace un sillon jusqu'au bas de son dos. Il frissonne et jure.

— Tu me rends folle !

— Oh... pu... tain !

Et il poursuit de plus belle. Bientôt, tout n'est que bruits, étincelles, électricité, odeurs.

Félix devient un félin qui dévore sa proie et j'adore ça.

Il me donne un coup de langue sur les lèvres, et provoque un incendie qui nous ravage.

J'attrape sa bouche et l'embrasse avec fougue, danse avec sa langue pendant cinq secondes, jusqu'à la limite de l'étouffement.

Nous nous écartons tout en restant à moins de dix centimètres l'un de l'autre, nos bouches retenues par un simple fil de salive mêlée.

Il me pilonne avec hargne, de plus en plus fort.

Et j'adore ça.

Je crie, il crie.

Je gémis, il gémit.

Je ne sais plus qui je suis, où je suis.

Je ne sais plus rien sauf que je suis avec lui.

Enfin.

Mes râles l'encouragent de plus belle. Ses grognements augmentent le plaisir qui grimpe en moi à cent à l'heure.

— Bébé, dis-moi si je peux y aller, je n'arriverai plus à me retenir longtemps...

— Je sens que ça vient, Félix, oh... mon... Dieu... mais tu es un génie...

À ces mots, il jure d'une voix rauque qui m'emporte encore plus haut vers le sommet de ce que je veux atteindre.

Et soudain, lorsque j'y suis presque, son pouce vient à la rencontre de mon clitoris pour le bousculer. À vrai dire, il n'a pas besoin de faire grand-chose, parce que dès que je sens son doigt sur ce point sensible, il déclenche un feu d'artifice qui explose dans tout mon corps, en commençant par le bas-ventre jusqu'à mon cœur qui s'acharne contre ma cage thoracique.

Le feu grandit, se fait rattraper par la foudre. Mon amant donne deux derniers coups de reins et tout explose autour de nous lorsque notre fusion détone dans l'extase de ce moment exceptionnel que nous partageons.

Et je ne vois plus rien, que des étoiles, des rayons de lumière dans le ciel qui peinent à s'éteindre définitivement.

Et je ne sens plus rien, que sa bouche ensorcelante sur la mienne.

Et je ne touche plus rien, que son corps qui s'embrase au contact du mien.

Et je ne dis plus rien, si ce n'est son prénom, à l'infini.

Lorsque son corps s'arrête définitivement de bouger, que le mien le suit, son front vient se poser contre le mien.

Nos respirations tentent de retrouver un rythme de croisière, après ce que nous leur avons fait endurer.

Au bout de quelques secondes, Felix décolle son front du mien, soupire et frotte son nez sur le mien.

Cet instant de tendresse m'émeut à un point indescriptible.

Son air grave m'effraie soudain, tant il contraste avec tout ce que nous venons de vivre.

— Je t'aime à en crever, Lily. Jusqu'à ce que je claque, jusqu'à ce que tu clamses. Et même dans l'au-delà s'il existe.

Je souris.

Il me sourit.

— Je t'aime à en crever, Félix. Jusqu'à ce que je claque, jusqu'à ce que tu clamses. Et même dans l'au-delà s'il existe, répété-je mot pour mot comme pour sceller un pacte.

Puis on se serre dans nos bras. Très fort. Comme si nous avions peur que notre amour nous échappe.

Comme si ce qui nous arrivait était trop beau pour être réel.

Et on s'endort l'un contre l'autre, le sourire aux lèvres.

Moi la tête sur son épaule, une main sur sa poitrine, et lui enlaçant mon corps sans me lâcher.

Nos jambes entrelacées.

Et nos cœurs battant à l'unisson.

Et je remercie le ciel de l'avoir mis sur mon chemin.
Parce que je suis enfin heureuse.

J'ouvre un nouveau chapitre de ma vie.

Non, en réalité, je vais en écrire une autre.

Chapitre 26 : Le jour d'après
Lys

Nous nous sommes donnés l'un à l'autre pour la première fois, d'une manière vraie, d'une façon intense. Sans pudeur, nous avons découvert le corps l'un de l'autre, en inspectant chaque recoin, chaque bout de peau, en nous embrassant comme si c'était la première et la dernière fois de notre vie.
Je me souviendrai de cette nuit jusqu'à la fin.
Je me souviendrai de tout.
Je me souviendrai des propos de Félix : une phrase magique, une phrase qui a profondément touché mon âme, une phrase qui prend tout son sens aujourd'hui :
— *Je t'aime à en crever, Lily. Jusqu'à ce que je claque, jusqu'à ce que tu clamses. Et même dans l'au-delà s'il existe.*
Tout devait bien se passer.
Nous nous sommes retrouvés, nous nous aimons, nous avions toute la vie devant nous le soir du réveillon.
Alors, pourquoi ?
Pourquoi moi ?
Pourquoi nous ?

Je suis là, ce matin, celui du deuxième jour de la nouvelle année, seule, sur mon lit, à verser toutes les larmes de mon corps, en écoutant une chanson triste.
Je suis venu te dire que je m'en vais, de Serge Gainsbourg.
Pourquoi lorsqu'on est triste, on se sent obligé d'écouter une chanson qui nous rend triste ? Comme si ça nous plaisait de nous faire du mal ?

Je n'ai pas vu Félix depuis hier soir.
Ce matin, il est parti travailler très tôt à l'usine et moi, je n'avais pas la force de lui dire au revoir.
Alors, j'ai feint d'être encore entre les bras de Morphée.

Je suis tellement désolée, Félix, tellement désolée...
Désolée... de ne pas pouvoir t'appeler pour te le dire.
Car je ne parviendrai pas à t'expliquer ce qui me tourmente.
Cette douleur incommensurable qui m'accable à présent.
Jamais je ne pourrai.
C'est impossible.

Je m'effondre sur mon lit défait, à l'image de ce que sera bientôt ma vie...

Moi aussi, Félix, je t'aime jusqu'à ce que ma vie m'abandonne.

Et je ne t'oublierai jamais.

Félix : le puits sans fond

J'ai finalement signé le contrat avec Machines H, avec en prime un poste de chef d'équipe. Nous sommes le 2 janvier et il fait plutôt frisquet. Quand je repense à la nuit du réveillon, j'en suis encore tout émoustillé. C'était pas seulement trop bien, c'était tout bonnement un truc à encadrer ! Ça fait longtemps que je ne m'étais pas senti aussi bien, que je n'avais pas roupillé aussi bien.

Ma meuf dormait encore lorsque je l'ai quittée et je n'ai pas osé la réveiller. Deux nuits de folie à user de nos peaux, il faut qu'elle se repose.

Avant d'entrer dans l'usine, j'envoie un texto à Lily, pour lui rappeler que je l'aime. Je ne sais pas pourquoi, mais j'ai envie qu'elle le sache H24, comme si elle pouvait l'oublier !

Je repense au tatouage sur son sexe, avec mon nom et un lion, mon signe astral. C'est dingue qu'elle se soit fait tatouer, je pensais que ça ne la branchait pas. Elle l'a fait pour laisser mon empreinte sur elle, comme je l'ai fait pour elle. On s'appartient. Pour toujours.

La première fois que je me suis fait tatouer, c'est à la mort de Tom, mon meilleur pote. Il s'est battu comme un lion contre sa maladie de pute, j'ai fait tout ce que j'ai pu pour l'aider. Quand c'est trop tard, c'est trop tard. Mais, je ne l'oublierai jamais. Il est là, tatoué sur ma peau, pour toujours.

Bon, je ne vais pas chialer maintenant, je suis hyper heureux !

Moi qui pensais que la vie en avait contre moi, j'ai eu tout faux.

Je repense à ma fiancée. Je crois qu'elle n'est pas au bureau, aujourd'hui, elle a un rencard avec un client ou un truc comme ça en début de matinée, à ce qu'elle m'a dit hier. De toute façon, je la rejoindrai ce soir.

C'est vraiment une perle. Celle de ma vie.

Je me dis encore que c'est trop beau pour être vrai.

Mais c'est vrai ! Ça, c'est clair !

Aujourd'hui, je vais m'éclater au boulot. Ouais, j'aime mon taf !

Tout est beau, en fait, même les murs gris de ce bâtiment en tôle. Même la pluie de ce matin et le mec de la caisse de derrière qui m'a fait un doigt d'honneur quand j'ai traîné devant le feu rouge, les yeux dans les nuages.

Et ce soir, je rentre chez Lily, en attendant qu'on ait notre petit coin de paradis à nous.

Je souris à l'image de ma mère qui fait la tronche. Elle m'a même proposé d'habiter avec ma fiancée chez elle. Mais elle est contente pour nous.

Je jette mes affaires dans mon casier vite fait en sifflant un air joyeux. Quand j'ai fini, je le boucle avec mon cadenas. Faut faire gaffe, des gars se sont fait chourer des fringues dernièrement.

Mais Lily a fait une proposition à son père pour renforcer la sécurité. Installer des casiers à codes.

Ensuite, je siffle en marchant en zigzag jusqu'à mon module.

— Putain, ça rigole plus, mon vieux ! me dit Fred lorsque j'arrive à son niveau.

Je lui serre la main et lui claque la bise pour la bonne année en lui tapotant le dos. Lui, c'est vraiment un pote. Il me charrie.

— Alors, chef ? Comment on fait pour devenir chef et se la péter ?

— On regarde les autres bosser ! lui réponds-je.

Ouais, mon futur beau-père m'a promu, en plus du CDI, je suis maintenant responsable de toute mon unité, une cinquantaine de personnes. Il avait ça en tête quand je lui ai claqué ma démission et qu'il l'a refusée. Je rigole lorsque je revois son visage, au moment où je lui ai quand même posé l'enveloppe sur son bureau. Il était surpris que je refuse une opportunité pareille. Quand il a compris que c'était parce que Lily et moi étions en froid, il m'a dit que je finirais bien par changer d'avis. Et son intuition lui a donné raison. À Noël, il a renouvelé sa propo, j'ai accepté.

— Ouais, ouais, ou alors on est maqué à la fille du patron ! plaisante-t-il.

Je fais mine de lui courir après et il joue le jeu :

— T'as intérêt à courir vite ! lui crié-je en rigolant.

Ensuite, il stoppe sa course en tirant la langue.

— Putain, Félix, va falloir que je me mette à la diète ! J'ai plus de souffle, dis !

Sa tronche est tellement rouge qu'elle me fait marrer comme un idiot. Mais on dirait que Fred ne kiffe pas trop que je me foute de sa gueule.

— Sérieux, mec, faut que je me remette au sport ! reprend-il.

Ouais, pourquoi pas, j'pourrais même aller avec lui ? Faudrait pas que je prenne du gras maintenant que je vais moins bouger à la chaîne ! Faut que je garde mon corps sculpté pour que Lily continue à me kiffer.

Bordel, quand je repense à tout ce qu'on a fait en deux jours au lit, je bande !

— Marché conclu, répond Fred. On s'inscrit à la salle de sport et on verra qui en chiera le plus ! continue-t-il.

— Oh, mon vieux, tu sais pas à qui t'as affaire ! Tu seras à la ramasse, tu verras ! lui affirmé-je en forçant ma vanne.

C'est vrai, je suis capable d'enchaîner cinquante pompes d'affilée sans me fatiguer. Depuis que je suis chez ma mère, j'ai repris mes exercices.

— Ouais, ouais, on verra.

Bon, on va passer aux choses sérieuses. Je prends mon air aux petits oignons et lui pose une colle. Fred tend l'oreille et fronce les sourcils en même temps. Alors, je me lance.

— Bon, dans l'emmental, il y a des trous ? lui demandé-je.

Il tire une drôle de tronche : j'crois qu'il capte pas trop où je veux en venir. Il garde son sérieux et moi, j'essaie de garder le mien...

Je ne sais pas, je suis content, j'ai envie que tout le monde le soit.

— Ouais... me répond-il en plissant les yeux.

— OK, donc, plus il y a d'emmental, plus il y a de trous, non ?

Il se gratte le crâne. Je me demande comment j'arrive à pas éclater de rire. Mais je suis le chef, il doit m'écouter, alors il me répond, vachement sérieux.

— Ouais...

Je reprends.

— Donc, plus il y a de trous, moins il y a d'emmental !

Il a l'air vraiment emballé par ma vanne...

— Ouais... me répond-il sans plus.

Je respire un bon coup, puis je continue ma connerie avant d'éclater de rire.

— Donc, plus il y a de trous, plus il y a d'emmental !

Là, il en peut plus, il ne pige plus rien à ce que je lui raconte. En même temps, il y a de quoi.

— Putain, Félix, arrête, tu me fais mal à la tête... il est cinq heures du mat, là ! finit-il par me dire.

Il se tire pour aller vers son poste, pendant que moi, je pisse de rire. Il faudra quand même que je lui explique.

J'sais pas, moi, aujourd'hui, j'suis content.
Mais bon, il n'y a que moi, apparemment.
Tout le monde tire la gueule. Ça doit être le contrecoup des fêtes. Ça crève, mine de rien.

La journée démarre après mon débrief et tout le monde s'occupe de son taf.
Bon, c'est pas aujourd'hui qu'on va battre les records de la prod. Mais c'est pas grave, comme j'ai déjà dit, j'suis content.
Et puis, j'donnerai un p'tit coup de main à ceux qui sont à la traîne, comme ça, ça calmera le jeu.

J'arrête pas de zieuter l'heure. J'ai envie que cette journée soit bientôt liquidée pour rejoindre ma meuf. Je jette un coup d'œil à mes SMS pour voir si elle m'a répondu : rien. C'est chelou, quand même. J'espère qu'elle me fait pas le coup de... non, pas possible.

En début d'après-midi, c'est toujours silence radio du côté de Lily. J'avoue que je commence à avoir les jetons. Je sais pas, comme une intuition. Et je ne kiffe pas ça.
— Eh, mon gars, c'est pas parce que t'es devenu chef que tu fais pas tes pauses avec nous ! me braille Fred en me tirant de ma rêverie.
Je m'excuse en lui disant que je dois ramener mes fesses chez monsieur Haller. Juste pour voir si Lily va bien. Elle a peut-être un problème avec son téléphone, ou autre chose.
D'ailleurs, elle devait pas avoir les résultats de son IRM au tél ce matin ?
Une sueur froide m'envahit. Bordel, c'est pas bon, ça ! Pourquoi je transpire sans raison ?
Fred me tire de mes idées et capte ce qu'il m'arrive.
— Putain, laisse-la respirer ! Faut pas faire l'envahisseur, les nénettes, ça n'aime pas trop ça !
Je lui fais un geste de la main pour qu'il me fiche la paix en plissant les yeux d'un air mauvais.
— Ouais, c'est ça. Allez, retourne au taf. T'as de la prod à rattraper.
Il secoue la tête en se marrant et se tire.

Moi, je m'en fous de ses conseils et je vais voir son père quand même. Elle avait promis de me rappeler dans la journée, comme elle le fait pas, pour moi, ça cache quelque chose de pas net.

Je grimpe les marches de l'escalier deux par deux. Ma bonne humeur m'a lâché d'un coup : je ne sais pas pourquoi, mais je sens des ondes négatives.

Elle va pas me refaire le coup de... je te quitte ?

Mon cœur bat comme un taré et je le sens un peu partout dans mes veines.

Je ne suis pas assez bien pour elle ?

Je secoue la tête pour moi-même en me grouillant.

Pourquoi je pense toujours ça ?

J'entre dans le bureau d'Hubert. Il est debout à penser à je ne sais quoi en regardant le mur droit devant lui avec un sourire niais. Je tourne la tête pour lui parler et je remarque qu'il tient la main de quelqu'un, l'attire vers lui et que d'un coup, il lèche sa bouche. Je toussote pour lui faire remarquer qu'il n'est plus seul. Enfin, qu'ils ne sont plus seuls. Il se dégage vite fait de la personne en question et se décale de deux pas, manquant de s'étaler en arrière. Lorsqu'il m'aperçoit, il rougit.

En réalité, il n'est pas seul. Il est avec... putain... avec son jules... un mec de l'usine ! Un mec de mon équipe ! *En tous cas, il a pas perdu le nord.*

Il se racle la gorge et se masse la nuque, mal à l'aise. L'autre reste collé dos au mur avec les yeux grands comme des camions.

J'affiche un sourire en coin furtif.

On fait moins le malin, hein ? À se faire des papouilles au bureau !

Je n'ai pas le temps de lui dire qu'on devrait pas se bécoter au boulot, et je suis pas trop bien placé pour lui faire des reproches. Et entre nous, je m'en tape royalement.

J'entre donc comme si de rien n'était et je les salue tous les deux.

— Tu n'aurais pas vu le patron, par hasard ? lui demandé-je.

Hubert a l'air de se sentir mieux, mais après ce qu'il me dit, c'est moi qui sens venir un malaise.

— Il n'est pas venu travailler aujourd'hui, il a une affaire familiale grave à gérer. Avec Lys. Félix, tu devrais l'appeler d'abord avant de...

Mon sang ne fait qu'un tour. Je ne l'écoute plus.

Une affaire familiale grave avec Lys.

Putain, c'est quoi, une affaire familiale grave ?

Son père est malade ? Sa mère est décédée ?

Putain, pourquoi je pense au pire, moi ?

Je décampe vite fait et file chez Lily.

Foutue intuition de merde !

En arrivant chez elle, je sonne, il n'y a personne.
Ce matin, j'ai oublié mes clés.
Quel con !
Alors, j'attends.
J'envoie un SMS à Lily : toujours pas de réponse.
C'est pas normal.
J'appelle alors son père et tant pis s'il me prend pour un débile profond. Après quelques tonalités, il décroche et m'annonce tout de suite un truc pas trop clair, d'une voix ébréchée.
— Lys passe une scintigraphie osseuse. Elle... elle...
Sa voix faiblit, puis flanche pour de bon. Mon énergie redouble. Je sais ce que ça signifie.
— J'arrive, est la seule phrase que je dis.

J'en ai marre ! Marre ! Putain ! Merde ! Pas Lily... non, pas elle...

Mes yeux se mouillent tous seuls lorsque je monte dans ma caisse pour la rejoindre à l'hôpital en médecine nucléaire. Je freine brusquement pour m'adresser au mec là-haut, pour qu'il m'entende bien.
— Tu m'as pris mon père, mon pote et maintenant tu veux Lily ? Alors là, écoute-moi bien : tu ne l'auras pas ! Pas maintenant ! Je te le jure !
Et je lui fais un doigt d'honneur.

Lorsque je m'amène à l'hôpital, Lily est là, dans la salle d'attente, en train de lire un bouquin. Tranquillement, comme si de rien n'était. À ses côtés, ses vieux, les visages pâles, défaits. Lily me remarque soudain. Elle lâche son bouquin, puis vient s'enfoncer dans mes bras. Je la serre contre moi, très fort. Nos cœurs battent comme des forcenés, et cognent l'un sur l'autre à travers nos poitrines. Je sais pas ce qui me retient de chialer avec elle, mais j'peux pas le lui montrer.
Dire que j'étais content il n'y a pas si longtemps que ça et que maintenant, on est dans la merde !
— Ne t'inquiète pas, Lily, je suis là. On est plus costauds à deux. Tu t'en sortiras, Lily. Je te le promets. En plus, je lui ai causé de toi, à l'autre là-haut, et il m'a dit qu'il ne voulait pas encore de toi ! T'es trop chiante !
On s'écarte un peu, mais je ne la lâche pas. Lily me regarde et rigole en chialant à la fois. Je sens qu'elle reprend de la poigne. Je

resterai avec elle tout le temps. J'affronterai tout ce qu'elle devra affronter. Elle essuie ses larmes avec ses mains, puis me pose une question pour me tester.

— Tu préfères que je t'emmerde, alors ? me dit-elle en souriant avec une voix remplie de trémolos.

Je rigole en me forçant un peu. Je veux pas qu'elle pense que j'ai les boules.

— Oui, emmerde-moi, Lily. Pendant des siècles et des siècles. Jusqu'à ce que je ne puisse plus parler comme il faut parce que je n'aurai plus de chicots. Jusqu'à ce que je ne puisse plus t'entendre, car je serai sourd.

— Je t'aime, Félix. Jusqu'à en crever.

Là, je chiale, j'en peux plus.

— On va lui péter la gueule, à cette maladie de merde, tu verras. C'est elle qui va crever. Tu verras, lui dis-je d'une voix hachée par l'émotion.

Je ne lui reproche pas de ne pas m'avoir appelé. Je sais ce que c'est d'apprendre un truc comme ça en pleine gueule alors qu'on ne s'y attend pas.

— Je ne t'ai pas appelé parce que je... j'ai peur que tu me quittes...

Je prends son visage en coupe et plonge mes iris dans les siens.

— Lily, je t'aime, et quand on aime, on partage tout.

— Je suis désolée, Félix, d'avoir douté de toi. Mais tu mérites une femme... saine...

Je boucle sa bouche en posant mes lèvres sur les siennes dans un baiser passionné qui nous laisse à bout de souffle. Ensuite, je la gronde.

— C'est toi que je veux, bébé, tu es tatouée sur ma peau, sur mon cœur, tu te souviens ?

Elle hoche la tête plusieurs fois, ses yeux rivés aux miens.

— Alors, arrête avec tes conneries et ne m'abandonne pas, s'il te plaît, bébé.

Elle rit et j'efface ses larmes d'un pouce. Elle est si belle !

— Et si jamais je dois me faire faire enlever tout mon sein ? me demande-t-elle, inquiète.

C'est là qu'elle me pose une question qui me fait tout drôle. Un truc vachement important pour une meuf. Je joue le mec marrant, pour la détendre.

— Oh, tu sais, de nos jours, il en existe des bioniques ! Et moi, j'adore la technologie ! Faut vivre avec son temps !

Lily éclate de rire, ses parents aussi. L'atmosphère lugubre se détend. Ensuite, on s'assoit. Lily et moi, l'un à côté de l'autre, main dans la main, prêts à affronter la première emmerde de notre couple.

Y'a pas à dire, côté emmerdes, on donne...

Elle m'explique qu'elle a déjà fait l'examen, maintenant, elle attend le verdict. En fait, celui qui lui dira si la saleté de maladie a déjà fait des petits, ou pas.

J'espère que c'est « ou pas ».

Lily reprend son bouquin et lit comme si de rien n'était. En même temps, c'est pas parce que tu risques de crever qu'il faut te flinguer tout de suite...
Dans mon ciboulot, tout se précipite, comme un truc déjà vu, déjà vécu. L'attente est longue. Quel sera le jugement dernier ?
Au fur et à mesure que les minutes passent, mon gosier se resserre. J'ai les jetons.
J'ai peur qu'elle foute le camp dans un trou à cause de cette merde.

La porte s'ouvre enfin et le toubib appelle le patient suivant.
— Monsieur Haller ?
Lily retire son nez de son bouquin, puis prend la parole avec un sourire.
— Mademoiselle Haller, vous voulez dire ?
Le médecin tique, regarde son papelard pour vérifier, s'excuse, puis reprend sa phrase.
— Oui, bien sûr. Mademoiselle Haller.
Quel con !
Il sourit. Je n'aimerais pas être à sa place. Toute la journée à donner un diagnostic à des patients qui comptent sur lui pour annoncer une bonne nouvelle. Comme si c'était lui qui décidait. Elle a un cancer du sein, c'est sûr. Mais maintenant, il faut qu'on sache où en est sa maladie et comment on peut la soigner, si on peut... merde, il faut que j'arrête de penser à des conneries !
Elle vivra.
Parce qu'elle ne peut pas m'abandonner maintenant.
On vient juste de se rencontrer, putain !

Lily se lève, prête à le suivre, comme un robot télécommandé. Le toubib sourit et lui annonce la couleur avant qu'elle n'entre dans son bureau.

— D'abord, mademoiselle, sachez que votre squelette est en parfait état, en clair : pas de métastases.

L'air bloqué dans mes poumons s'évade d'un coup sec de ma bouche.

Putain, je le savais, il avait l'attitude d'un toubib qui va annoncer une bonne nouvelle à l'intérieur de la mauvaise !

Lily lui saute au cou pour le remercier alors qu'en vrai, il n'y est pour rien. Je sais, je me répète, mais c'est vrai. Le mec rougit et sourit comme un con. Je crois que lui aussi est bien content pour elle.

Putain, c'est dur, comme *job* !
J'sais pas comment il arrive à se pieuter tranquille le soir.
Il doit s'adonner à la bibine. J'vois pas d'autre solution.

Lily me tire par mon blouson pour que j'aille avec elle à l'intérieur de son bureau. Ses vieux, écartés, s'en fichent de pas être invités. Eux aussi sont contents. Avant d'entrer dans la pièce, je leur dis qu'ils peuvent rentrer chez eux, je ramènerai Lily.

Après cet examen, il lui restera encore un scanner de repérage, puis la recherche du ganglion sentinelle : en clair, celui qui est censé protéger le corps de la tumeur qui s'est installée comme un pacha dans son néné. Tout ça pour le chirurgien, qui fera la tumorectomie et qui fera analyser les ganglions.

Maintenant, j'espère juste encore un truc : que les ganglions sont pas touchés. Je ne dis rien à Lily, elle a assez eu de sueurs froides pour aujourd'hui.

Le soir, je reste pieuter avec elle. Je lui refais le pansement sur son nibar, celui qui a été biopsié ce matin même, pendant que moi, j'étais tranquille au taf.

Ensuite, on s'écoute de la musique et on danse dessus.

Elle ne sait pas ce qui l'attend.
Moi, j'préfère pas lui dire.
Avant de roupiller, je la zieute pendant son sommeil.
Puis je me mets à chialer comme un con.

Chapitre 27 : l'épreuve
Lys

Me voilà seule face à la maladie.
Moi qui pensais être à l'abri de tout.
Moi qui ne suis pas encore vieille...
Je le savais, pourtant.

Je pense que je l'ai su cette fameuse nuit aux urgences, lorsque le médecin m'a annoncé qu'il fallait approfondir mes examens.
Je l'ai su ensuite une deuxième fois, lorsque le radiologue a pris la peine de s'asseoir à mes côtés, dans la cabine, alors que j'attendais le résultat de mon IRM. Lorsqu'il a pris son temps pour m'expliquer l'éventualité de ce qu'il n'a pas appelé cancer. Lorsqu'il a contacté lui-même mon gynécologue. Dans la seconde.
Je l'ai su enfin par la confirmation inévitable du chirurgien qui a eu la lourde tâche d'exterminer ma tumeur.
Il m'a dit : *C'est pas bon, vous vous en doutez.*
Sa confirmation m'a pénétrée comme une lame d'un couteau bien affûtée, provoquant un *tsunami* dans mon corps.
Cependant, je suis restée égale à moi-même : droite comme un piquet, forte comme un roc. Accusant le coup comme une guerrière habituée aux combats de longue haleine.

Le mot *tumeur* est très explicite : *tu meurs.*

Le moins que je puisse dire, c'est que ce chapitre n'est pas bienvenu dans mon nouveau livre. Je ne suis pas prête pour ça. Personne n'est prêt pour affronter un tel fléau. Mais ne plus l'évoquer ne change rien à la donne.

Avoir un cancer à mon âge : c'est fait.

Tout au long de mon périple postopératoire, je me prépare au pire scénario qui soit. Celui qui risque de me conduire à ma mort prématurée.
C'est injuste.
Tellement injuste !
Au moment où je rencontre l'homme que j'attendais.
Au moment où je trouve ma voie professionnelle.
Au moment où tout devient clair, beau.

J'avais toute la vie devant moi !
Merde !

Je me souviens de ce que mon gynécologue m'a dit lorsque ma sentence a été réitérée par ses soins : vous êtes en bonne santé, mademoiselle Haller, mis à part ce petit cancer du sein ! Nous allons bien nous occuper de vous, n'ayez crainte.
N'ayez crainte… facile à dire.
Cela se voit qu'il n'est pas à ma place, mais puis-je lui en vouloir ?
Ce qu'il a voulu me faire comprendre, je l'apprendrai plus tard : lorsque quelqu'un est atteint de cette saleté, il vaut mieux afficher des indicateurs de santé au vert afin de pouvoir suivre une chimiothérapie dans de bonnes conditions.
Étrange paradoxe.

La première nuit après l'annonce a été dévastatrice en termes de repos. Des idées noires se sont présentées inlassablement à mon esprit, pendant que ce dernier tentait de les chasser.
Trouver un coupable ?
Tenter de comprendre le pourquoi ?
Se lamenter sur mon triste sort ?
Pourquoi, justement ?
Pour rien.
Lorsqu'il n'y a plus aucune solution, la seule chose à faire, c'est d'accepter.

Et se battre !
Si on le peut encore…

Trois semaines se sont écoulées depuis l'intervention chirurgicale. Trois semaines pendant lesquelles Félix est passé chez moi chaque jour après le travail.
Je ne suis qu'au début de mon expédition, mon *Koh Lanta* à moi.

Aujourd'hui, la deuxième partie des choses sérieuses commence. Félix et moi nous tenons l'un à côté de l'autre, chacun sur une chaise, dans cette salle d'attente, à patienter que mon futur oncologue m'appelle pour m'expliquer ce qui m'attend en détail.
Après quelques minutes angoissantes, c'est à mon tour.
Il est presque à l'heure du rendez-vous qui m'a été fixé.
Aujourd'hui, il a une trentaine de patients à voir.

Il n'est pas couché.
Il fait un métier d'avenir.

Je me lève comme un automate, suivie de Félix. Mon fiancé se montre détendu, mais au fond de moi, je sais qu'il n'en mène pas large. Sa force me contamine. C'est un aigle, un lion, qui se battra à mes côtés.

L'oncologue s'approche de nous, le visage grave. Nous serre la main à tour de rôle, puis nous invite à entrer dans son bureau.

Le médecin prend de mes nouvelles, naturellement. Comme si nous étions des connaissances. Félix affiche un air tragique. Moi, je préfère sourire.

Plus tard, dans la conversation, il ose une remarque qui me paraît déplacée : je me maquille, donc c'est que je vais bien moralement. Il n'a peut-être pas tort, car même si je suis en train de mourir, je ne vais tout de même pas m'arrêter de vivre, non ?

Ensuite, il adopte une posture plus sérieuse, qui me va beaucoup moins. Je n'aime pas la façon dont il ne me regarde plus. Il observe son ordinateur. Fronce les sourcils. Cherche le compte-rendu de la biopsie, de la chirurgie, des dernières analyses. Il lit consciencieusement les lignes qui apparaissent sur son écran. Félix lui pose des questions dont je ne connais ni les mots ni le sens.

Je n'ai qu'une seule crainte : comprendre.

L'oncologue se décide alors à prendre une feuille blanche, un stylo, puis m'annonce qu'il va m'expliquer les caractéristiques de ma maladie avant d'échanger sur la stratégie du traitement qu'il me propose...

Comme si j'avais le choix...

Je peine à ravaler ma salive.
Mon cœur s'emballe.
Il me terrifie.

Je prends la main de Félix. Il me la serre. Fort.

J'avale ma salive à nouveau, plutôt deux fois qu'une, prête à tout entendre.

À entendre le pire et à l'accepter.

Toute ma maigre vie défile dans mon esprit.

Je n'arrive pas à dégager les idées effrayantes qui me parviennent du plus profond de moi-même.

Je dévisage mon compagnon. Son regard crispé se pose en douceur sur le mien. Malgré toute cette peur qui m'assaille, je lui souris tout de même. Un sourire amoureux comme il les aime. Un sourire qui en appelle un autre : celui de Félix. Un homme que je connais depuis peu, mais qui me fait un grand bien. Un homme qui, je le prédis, restera avec moi jusqu'à la fin. *Jusqu'à ma fin.* Une fin malgré tout heureuse. Parce que nous nous aimerons sans doute sans trahisons, à visage découvert.

À présent, une seule chose me rassure : la jeunesse de Félix lui permettra certainement de trouver une autre Lily quelque part, qui le rendra heureux.

Et il gardera mon tatouage pour son éternité sur sa peau.

Chapitre 28 : l'épreuve
Félix

Les onco font partie de cette espèce rare de toubibs qui ont du cran. Des mecs qui conduisent un camion sans freins, mais qui ont à leur actif des réussites formidables. J'en ai assez côtoyé pour savoir de quoi je cause. Celui de Lily fait une drôle de tronche, de celles qui ne me racontent rien de bon. Mais tous les onco ont cette gueule-là. En même temps, c'est pas évident, leur *job*. Je compatis.

Au bout de cinq minutes de silence à regarder sa bécane, à se tordre les méninges pour nous amener sa chimio en douceur, il ouvre enfin son clapet. Il prend une feuille et un stylo et gribouille dessus les médocs qu'il propose à Lily. Des hiéroglyphes, des flèches, des lignes, des traits. Il cause, il explique, avec des mots chinois pour ma meuf. Devant la gueule enfarinée de ma fiancée, je prends les devants et l'interroge à la manière d'un flic. Il ne manque plus que la lampe sur sa gueule.
Finalement, c'est quoi, sa maladie ? Son grade, son stade et tout le tralala ? L'onco répond à tout, de toubib à toubib, sans gants, direct.
Finalement, je le kiffe, ce mec.
Même avec sa tronche zarbi.
Comme je l'ai déjà dit, ils sont tous idem. C'est sûr que ça doit pas être simple tous les jours.
Et puis, imaginons qu'il ait la banane devant un patient atteint de cette merde : le malade en question pourrait penser : « Il se fout de ma gueule, celui-là ? Il a qu'à prendre ma place, ce con ! ».
Ouais...
Pas facile.
Quand j'étais toubib, il m'est arrivé d'annoncer des merdes à mes patients. Eh ben, je confirme. Les malades ont tous la manie de nous accuser tout le temps, alors qu'on est là pour les soigner et que si on était sorciers ou un truc dans le genre, on n'hésiterait pas à fabriquer une potion magique pour tous les guérir.
Sauf qu'aujourd'hui, *je suis Lily* et que moi aussi, j'ai failli accuser son onco.
On n'est pas des machines.
Ça se comprend.

Soudain, Lily me fait bondir le cul de ma chaise en tapant du poing sur la table et revendique de tout comprendre sur ce qui l'attend.

Heureusement pour moi que je suis pas cardiaque. Mais bon, elle a raison : c'est quand même elle la malade et elle ne capte rien à ce qu'on raconte.

Le mec éclate de rire et il traduit ensuite notre jargon à ma fiancée.
Au moins, ça nous a tous détendus.
Pendant un moment, j'ai eu l'impression qu'elle ne pigeait pas la teneur de sa maladie, parce que finalement, dans le pire, c'est plutôt bon. Mais non. Je me suis gouré. Elle attend un peu et d'un coup, elle se lève pour lui taper la bise, en me sciant sur place.
Elle fait quoi, là ?
D'ici à ce que l'autre lui fasse la bise aussi à chaque fois qu'il la verra, il n'y a qu'un pas !
Bon, ma jalousie, c'est vraiment de la connerie... elle est juste heureuse du diagnostic. Pas de ganglions atteints, la chirurgie a tout enlevé. Ce qui en clair, veut dire que sa merde n'a pas eu le temps de faire des racines un peu partout dans son corps. Le hic, c'est sa jeunesse, en clair, un renouvellement des cellules ultras rapide et donc le risque que la maladie ait laissé encore une saleté en planque, prête à attaquer.
Voilà comment Lily se retrouve dans le club des séances de chimio. La fleur au fusil.

Quatre mois de traitement chimio.
Deux mois de traitement de radiothérapie.
Avec des hauts et des bas...
Mais pas la peine de l'affoler non plus tout de suite.

Devant le mec, je lui dis que je serai son *coach*. Elle fait sa timide, mais je suis sûr qu'elle me remerciera une fois à la baraque...

Finalement, j'ai pas à attendre qu'elle m'embrasse. À la fin de la consultation, elle empoigne mon cou pour le faire devant l'onco, qui là, pour le coup, a la banane.
Voilà, au moins, il sait que je suis son mec...
Bon, je sais, je suis nul à chier avec ma jalousie à deux balles...

On lui serre la main et on rentre.
Le top départ est lancé.

Ce soir, ce sera pizza et DVD.

Faut pas se laisser abattre.
Elle commencera son marathon la semaine prochaine.
Ça paraît rapide, mais plus vite elle commencera, plus vite elle terminera.

Le reste de la semaine est celle de « *the* » détente max. Il lui faut au moins ça.
Je lui paye un spa, des massages. Même qu'elle m'embarque avec elle et que du coup, elle m'oblige à porter un genre de string qui gêne mes couilles.
Elle, ça la fait doucement marrer.
En tout cas, c'est trop cool de la voir contente.

Et puis...
Voilà, on y est.
Première semaine à thèmes.
J-5.
On voit d'abord l'infirmière d'annonce qui lui étale un roman sur tout ce qu'elle doit savoir sur son traitement et les trucs auxquels elle doit faire gaffe.
J-4.
Le deuxième rencard pour un bilan cardiaque, juste histoire de vérifier si son cœur peut tenir le choc de la chimio.
J-3.
Le troisième rencard, c'est la pose d'une chambre implantable. En gros, un truc installé sous la peau qui permettra les injections sans bousiller les veines. Un vrai miracle de la technologie.
J-2
Le quatrième rencard, c'est le coupe-tifs, parce que les siens vont tomber tous seuls comme des grands et qu'il faudra qu'elle prévoie une perruque.
J-1.
On fait les courses.
Dans le magasin, elle s'achète tout ce qui lui fait envie. Une vraie gamine. Et je te prends ça pour ci et ce truc pour l'autre... Moi, je lui rappelle qu'il faut qu'elle bouffe avant et entre les injections de chimio. En bref, dès qu'elle pourra, car la chimio, ça risque de faire des dégâts dans le système digestif et c'est pas le moment de faire un régime.
Du coup, Lily m'épate : elle se branche sur des tonnes de M & M's au cas où : il n'y a presque plus de place dans le caddie.

Moi, je complète avec des fruits exotiques pour les vitamines et le renforcement immunitaire, pour limiter la perte des globules blancs.

On joue la carte de la prévention à fond : aussi, je commande tout un stock de masques de chirurgien pour faire barrage aux microbes quand ses globules blancs auront décidé de faire la java ailleurs pendant un moment.

De toute manière, je veillerai au grain.

Pendant sa période de faiblesse immunitaire, pas de sorties ni de visites, pas de bisous, ainsi *no problemo*.

On aura tout le temps de se rattraper après.

Ensuite, je l'emmène dans une parapharmacie pour qu'elle choisisse les crèmes pour son corps, ses ongles et *tutti quanti,* avec lesquelles elle devra se tartiner avant chaque cure.

Elle ne le sait pas encore, mais la chimio, ça décolle la peau et les ongles.

Je lui prends aussi des tas d'autres machins pour prévenir d'autres effets secondaires.

Je crois que c'est tout bon.

En tout cas, pour le moment.

J'entends souvent dire que la chimio, c'est de la merde parce que ça provoque beaucoup d'effets secondaires, parfois très graves.

C'est vrai, je vais pas dire le contraire.

C'est du poison.

Mais pour combattre une maladie de merde comme le cancer, il faut ce qu'il faut.

Un truc à sa hauteur.

La chimio, c'est révolutionnaire ! Il faut s'incliner : c'est un vrai exterminateur de merdes !

Je vénérerai chaque jour celui qui l'a inventée.

Chapitre 29 : la semaine avant la première
Lys

Je suis presque prête pour exécuter le premier marathon de ma vie.

Je me suis équipée de mes différentes armes : crèmes pour le corps, soins pour les ongles, bains de bouche, anti-nauséeux, petits flacons antibactériens, bouquins, tenue de sport et baskets... et... Félix.

Félix est toujours avec moi, un superman, super protecteur. Je ne peux plus faire un pas sans qu'il examine tout ce qui tourne autour de moi, tant et si bien que j'ai demandé à mon père de l'occuper un peu plus...

Ce qui m'agace par-dessus tout, c'est mon oncologue qui l'encourage !

Soutenir un malade est un facteur très important pour atteindre une guérison complète. Je n'en doute pas. Néanmoins, le malade exprime également parfois le besoin de se détendre sans son entourage !

Si j'avais un WC double, je suis certaine que Félix ferait ses besoins en même temps que moi ! C'est dire...

Lorsque je me suis rendue chez Lilou, il a vérifié ma tension avant de me laisser partir...

Lorsque je me suis rendue à la pharmacie pour acquérir mes crèmes à base d'eau thermale, il m'a forcée à mettre un masque pour faire barrage aux microbes et de retour chez moi, il m'a forcée à me laver les mains pendant cinq minutes, puis à me les imbiber de solution antibactérienne.

Lorsque j'ai fait la grasse matinée, il a vérifié que je respirais encore : son doigt placé devant mon nez m'a réveillée et j'ai frôlé la crise cardiaque et là... il a ausculté mon cœur...

À chaque fois que j'ose protester, il me rappelle l'objectif : faire mes cures de chimiothérapie en parfaite santé, afin d'éviter de retarder le traitement... et... de risquer de mourir d'un simple rhume...

J'en suis consciente, mais il me rend dingo !

Mais...
En réalité, il a fini par me contaminer.

Car maintenant, je ne me rends plus dans un supermarché au moment où il y a foule.

Je n'emprunte plus de livres à la bibliothèque de peur de toucher des pages infectées de microbes, d'ailleurs, je commande mes livres sur internet et Félix m'interdit d'ouvrir le paquet avant de laisser passer quatre jours...

Je ne touche plus une poignée de porte sans gants, mes serviettes de bain passent à la machine à laver chaque jour à soixante degrés... minimum... et je ne vous parle même pas du moment où je fais la cuisine !

Je vois des microbes partout !

À cause de lui !

Mais... j'aime Félix et au fond, comme me le dit Lilou, il agit ainsi car il tient à moi. Et là ! Comment dire ? Je me sens pousser des ailes !

Il reste avec moi, alors que d'autres auraient pris la poudre d'escampette depuis longtemps !

Alors, je lui pardonne ses délires de prudence... en l'éloignant un peu de moi... grâce à mon cher papa... même s'il vérifie que je vais bien toutes les dix minutes... grâce sûrement à un système de SMS automatiques...

Même s'il n'ose plus me toucher depuis qu'il a appris que j'étais malade.

Je me trouve dans mon bain lorsque j'entends les pas de Félix s'approcher. Je jette un coup d'œil à l'horloge perchée sur le mur. Il est pile à l'heure, comme d'habitude.

J'ai rendez-vous chez le coiffeur dans une heure, pour l'essayage des prothèses capillaires et il a tenu à m'accompagner.

— Salut, Lily, me dit-il en grattant doucement la porte de la salle de bain.

Il me parle à travers la porte sans entrer.

— J'ai bientôt fini, lui réponds-je en m'allongeant encore une dernière fois dans ma baignoire.

— Bien. Je redescends et je t'attends en bas.

J'entends ses pas s'éloigner pendant que je décide de couper court à ma séance de relaxation. Je m'enroule dans ma serviette, puis me rends dans mon *dressing* pour me vêtir. Un simple jeans et un pull en laine feront l'affaire.

De retour à la salle de bain, j'observe mon visage qui se reflète dans le miroir. Ce qui m'arrive me paraît encore irréel. On ne dirait pas moi.
Bien.
Je me brosse les cheveux en réfléchissant à la coupe qui m'irait. Tout est permis. J'ai le choix entre changer de look ou alors rester au plus près du mien.
Pourquoi ne pas tenter les cheveux longs ? Changer de couleur ?

Nous sommes arrivés tous les quatre chez le coiffeur. Maman, papa, Félix et moi.
Une véritable expédition.

La coiffeuse qui nous accueille est charmante. Elle est rousse, ses yeux verts pétillants semblent sourire comme sa bouche qui s'étire. Sa tunique d'un bleu profond tranche avec sa peau pâle.
Son salon de coiffure dispose d'une pièce à l'étage pour accueillir les clientes comme moi. À l'abri des regards des autres clients.
Une fois notre destination atteinte, je dépose ma veste sur le portemanteau, remets mon sac à maman, puis je m'installe dans le fauteuil posté en face d'un miroir. Papa et maman s'assoient dans les chaises à côté de moi. Seul Félix reste debout. J'ai l'impression qu'une autre a pris ma place. Je n'ai aucune appréhension. Je viens ici comme si c'était naturel.
Je ne me sens plus moi-même, comme si tout ce que je faisais l'était par une autre que moi.

Pendant que la coiffeuse s'occupe de sortir les différentes propositions de leurs boîtes, j'observe la décoration, que je trouve intéressante. Un mélange entre Louis XIV et l'art gothique. Félix m'adresse un clin d'œil, mes parents me sourient.
— Voilà, tous mes modèles sont ici. Vous souhaitez les essayer tous, ou bien préférez-vous un type de modèle en particulier ? me demande la coiffeuse en prenant place sur un tabouret à ma gauche.
Je ne comprends pas ce qu'elle suggère. Tout est nouveau pour moi. Je la questionne.
— C'est-à-dire ?
Elle me sourit chaleureusement, puis se lance dans les explications.
Cheveux naturels ou non.

Coupe longue ou courte, sachant qu'elle pourra recouper quelques mèches si je le souhaite.

Couleur unique ou chevelure méchée, raie au milieu, de côté, prix...

Elle m'expose un catalogue où les chevelures sont portées par des modèles. Puis des nuanciers avec lesquels je peux comparer la correspondance de couleur avec mes vrais cheveux.

Je ne savais pas qu'il y avait autant de choix.

Finalement, j'opte pour une coupe courte, couleur blond avec quelques reflets. L'idée d'une chevelure longue ne paraît pas idéale. Trop d'entretien. Et je préfère me rapprocher de ma couleur naturelle.

Le temps des essayages arrive enfin. J'avoue que je m'amuse comme une petite folle, sous les flashes de l'appareil photo de Félix : je souhaite en effet garder la trace de mon défilé de mode.

Certains pourraient trouver cette idée de mauvais goût : pas moi.

Les prothèses sont vraiment incroyables tant elles paraissent réelles : faux cuir chevelu intégré, mouvement de côté ! Même ma mère est bluffée.

Pour le choix, j'hésite. Aussi, je procède par élimination. Ensuite, nous passons au vote.

Il est unanime.

Coupe au carré plongeant, les mèches les plus courtes m'arrivent légèrement en dessous du menton. La couleur blonde avec des reflets cuivrés est magnifique. La raie au milieu semble être la mienne.

Le résultat est bluffant.

Et j'avoue que je me plais.

Je possède *ma* chevelure.

Check.

Il faudra que j'en prenne soin. Un shampoing, un soin, une brosse adéquate, un support pour la nuit, une technique de lavage représentent tout ce dont j'aurai besoin pour en m'en occuper.

Tout un programme.

Avant de prendre congé, je choisis également un petit bonnet pour la nuit et un turban. Puis, la coiffeuse me confectionne une coupe très courte de manière à m'accompagner lors de la perte de mes cheveux.

J'exige d'elle une coupe à ras du cuir chevelu.
Cela évitera d'avoir des cheveux un peu partout dans la maison, lorsqu'ils tomberont.

Je sens peser sur moi le regard de ma mère, dans l'expectative de ma réaction.
Moi, je me sens très belle et je le dis haut et fort.
— Tu sais que t'as une belle petite tête ronde ? me dit Félix en m'embrassant sur la joue sans que ses lèvres la touchent vraiment (il a toujours une peur bleue de me transmettre des microbes qu'il risque de véhiculer).

Avant de prendre congé, je me fais encore un petit plaisir : je m'achète deux chapeaux.
Après tout, il n'y a pas de mal à se faire du bien, non ? Et puis, en hiver, il fait froid. C'est, je crois, un très bon investissement !

Avant de sortir du salon, je vole un baiser à Félix. Sur la bouche, en plus. Je crois qu'il a la frousse de sa vie, car son visage devient pâle d'un coup sec.
— T'es dingue ou quoi ! Tu sais que tu peux choper un virus avec moi ? me dit-il, vraiment affolé.
Sa nature revient au galop.
Prudence, prudence et encore prudence.
Ah oui, je l'ai dit trois fois ?
J'éclate de rire, puis je lui rétorque sans détour :
— Je l'ai déjà *chopé* et il s'appelle Félix !
Il m'attrape la main et me répond en souriant.
— T'es con... mais je t'aime comme un fou !
— Je sais.
Félix me fait remarquer que j'ai oublié un sachet à l'intérieur du salon : une chose essentielle.
— N'oublie pas tes tifs, Lily ! me fait-il remarquer.
— Ah oui !
Mais je n'ai pas le temps de franchir la porte que la coiffeuse arrive, le paquet à la main.

Lorsque je serai chauve, il ne faudra pas que j'oublie mes cheveux. Je risquerais d'en effrayer plus d'un !

Une fois à l'extérieur sur le trottoir, Félix me prend par la taille et m'enlace tendrement.

Puis il me serre très fort.

Sa tête s'enfouit dans mon cou et il me respire.
Je cale la mienne au creux de son épaule.
Nous soupirons à l'unisson.

Le temps s'arrête.

Mon Dieu, faites que je guérisse, je veux vivre.
Je ne veux pas abandonner cet homme que j'aime à la folie avant de vivre une belle histoire avec lui.

JE.
VAIS.
VIVRE.

Puis le temps reprend son cours, comme si de rien n'était.

Chapitre 30 : la première
Félix

Le réveil sonne. C'est l'heure. Enfin, c'est bientôt l'heure. En fait, je l'ai programmé deux heures avant l'heure *pour de vrai*, avec un rappel dans une heure. J'avais peur d'avoir une panne de réveil...

Lily pionce encore à côté de moi. Elle est mignonne comme une poupée. J'vais encore la laisser roupiller un peu.

Moi, je n'ai pas fermé l'œil de la nuit.

Mon esprit n'arrêtait pas de m'emmerder avec des conneries : Lily va en chier. C'est sûr.

Bon, c'est vrai que sa saleté de maladie est partie avec le scalpel du chirurgien il y a quinze jours, qu'elle fait la chimio pour pas qu'elle revienne. Mais la chimio laisse la porte ouverte à des effets secondaires parfois mortels...

Mais si elle ne fait pas le traitement, cette merde risque de revenir rapidement, genre avant un an. Alors, il faut ce qu'il faut.

Bref, je vais devoir faire de la méditation pour pouvoir péter la gueule aux idées noires qui se baladent dans mon ciboulot. Car il ne faudrait pas que j'inquiète Lily inutilement. De toute façon, je la guetterai de près. Je vais carrer une caméra de surveillance ou un truc comme ça.

Rien ne doit passer entre les mailles.

Je frotte mes paupières, histoire de me réveiller. Lily gigote, puis ouvre les siennes aussi. Elle caresse les poils de mon torse, qui se dressent à son contact. Je sens qu'elle a envie de moi. Je sais qu'elle me cherche depuis trois semaines, parce que je ne l'ai pas touchée depuis.

Seulement, je veux la préserver, je ne veux pas l'épuiser avec du sport en chambre. Je ne veux pas qu'elle tombe malade non plus, si jamais je l'embrassais. Ça reculerait sa première chimio et je veux qu'elle la démarre pour en finir rapidement. Et elle a besoin de toute son énergie.

Je ne peux pas lui faire l'amour, même si j'en crève d'envie.

D'ailleurs, dormir auprès d'elle alors qu'elle n'arrête pas de tenter est un véritable supplice.

Mais j'attendrai le temps qu'il faut. Je ne suis pas à des semaines près.

Je la raisonne lorsqu'elle me grimpe dessus sans sommation.
— Non, Lily. Aujourd'hui, t'as ta chimio, ça va pas être de la tarte.
Mais elle poursuit son affaire en bougeant son bassin sur mon machin.
— Justement, me dit-elle.
Elle est têtue, cette fille-là.
Je soupire.
— Bébé, ce n'est pas raisonnable, lui dis-je en la recalant doucement.
— Tu ne veux plus de moi parce que je suis malade ?
Je secoue la tête et mon cœur me donne un coup. Je ne veux pas qu'elle pense que je la rejette à cause de ça.
— Je crève de fusionner avec toi, bébé, mais on ne peut pas.
Mes doigts caressent machinalement son crâne. Elle se laisse faire, n'empêchant pas un soupir de s'évader de sa bouche qui s'entrouvre. Elle est magnifique.
Je l'aime tellement !
Son regard me transperce de part en part et me brûle au point que le feu s'empare de moi. Ça fait trop longtemps que je ne la sens pas contre moi. Ça fait trop longtemps que je ne l'ai pas touchée.
Mais on ne peut pas.
— J'ai envie que tu me fasses l'amour, Félix.
Sa voix cassée, rauque, sexy me fait frétiller et mon membre gonfle encore plus. Tellement que c'en est douloureux.
Je ferme les yeux pendant que mon cœur s'emballe, pendant que mon désir augmente, que la température de la pièce atteint un pic de chaleur.
— Lily... ce n'est pas... raisonnable, dis-je à contrecœur.
Parce que oui, j'ai envie de m'enfoncer en elle. De ressentir ce que j'ai déjà ressenti plusieurs fois avec elle.
J'ai envie de me souvenir de ça, si jamais... si jamais...
J'ai peur que l'histoire de mon meilleur pote se répète. Sauf que cette fois-ci, je n'en sortirai pas vivant. Et je mourrai avec elle.
J'ouvre les paupières et une larme dévale ma joue sans prévenir, pendant que mon cœur s'évertue à cogner encore plus fort, touché par la tristesse et l'excitation.
— Lily...
D'un doigt qui se pose sur ma bouche, elle me fait taire. Ses yeux sont brillants, d'amour et de peine. Mes yeux mouillés brouillent ma

vue et lorsque je cligne les paupières, je remarque que ses yeux pleurent eux aussi.

— Félix, baise-moi, fais-moi sentir que je suis vivante, bordel !

Son cri de désespoir mixé avec de l'énervement me fait comme un électrochoc.

Pourquoi je lui refuse un peau à peau depuis tout ce temps ?

— Félix, reprend-elle, je ne suis pas morte, du moins pas encore. Et si jamais le pire arrivait, j'ai envie de me souvenir de nos chairs mêlées. Je t'en prie, ne me rejette pas…

Sa phrase s'étouffe dans un sanglot et mon souffle se coupe.

Bordel, je ne suis qu'un connard !

À force de vouloir trop la protéger, c'est moi qui la tue à petit feu.

— Baise-moi, Lily.

Elle s'empare de ma bouche avec une détresse qui me flingue. Ses larmes qui se mêlent aux miennes me prennent aux tripes. Son cœur qui bat comme un timbré contre le mien qui le file me fait comme une montée d'adrénaline.

C'est un jour normal. On est un jour comme un autre, aujourd'hui : des gens vont au taf, d'autres à l'école et certains doivent faire l'amour, comme nous.

Elle a raison. On ne va pas s'arrêter de vivre.

Pas tout de suite.

Jamais, putain !

Sa bouche provocante me malmène comme si elle ne devait plus me sentir. Sa langue divine, qu'elle manie avec dextérité, me rend fou. Sa main qui plonge dans mes cheveux, tandis qu'elle poursuit l'exploration de ma bouche avec avidité, m'électrise.

Putain, je l'aime ! Je ne veux pas la perdre.

Comme si c'était la dernière fois qu'elle pouvait me toucher, m'embrasser, elle m'attire vers elle et nos nez s'écrasent, nous étouffent. Nos dents s'entrechoquent et nos corps se serrent à nous en faire mal. Elle a tellement de force, alors qu'elle se trouve sur moi. Elle écrase mon corps, comme si elle était un bulldozer.

Et j'adore cette sensation.

On roule sur le côté et la situation s'inverse. J'en profite pour retirer mon bas de pyjama. Mon boxer suit le mouvement en glissant sur mes cuisses, dévoilant à ma maîtresse mon intimité gonflée et durcie. Nous sommes à présent nus, offerts à la vue de l'autre.

Nos lèvres s'étirent au même moment et nos larmes recommencent leurs conneries à vouloir à tout prix faire du surf sur nos joues. D'un geste hargneux j'efface les miennes d'un revers de la main. Lily m'imite.

On n'a aucune raison de pleurer, putain !

Je m'allonge sur son corps, faisant peser tout mon poids sur elle. Mes mains se posent sur ses joues. Je sens ses mains sur mon dos. Ses ongles me griffent, tracent un trait le long du sillon de mon dos, suivant ma colonne vertébrale jusqu'à mes fesses, qu'elle empoigne. Je grogne de plaisir et elle gémit. Je l'observe un instant et elle me scrute avec ses yeux magnifiques. Jamais je n'ai vu une aussi belle créature de ma vie.

Elle malaxe mes fesses et je geins de plus belle. Nos respirations s'accélèrent. Nos bouches s'entrouvrent.

— Baise-moi fort, Félix ! Bordel ! Baise-moi fort !

— Putain, Lily, je ne vais pas te baiser, je vais te faire l'amour tout en douceur.

Je me lève, le temps d'enfiler un préservatif. Elle m'observe en mordillant sa lèvre inférieure. Et lorsque j'ai terminé, je glisse sur sa peau, prenant soin de ne pas toucher sa cicatrice au niveau de son sein gauche. J'ai peur de lui faire mal, alors, j'hésite une seconde à commencer.

Mes yeux se remettent à chier. Elle le remarque.

— Je ne veux pas de la douceur, Félix, parce que je ne suis pas en sucre. Je veux que tu me fasses l'amour comme à une femme normale que je suis. Ne te retiens pas, fais-moi monter au septième ciel, comme les fois où tu m'as touchée. Bordel, Félix, baise-moi, putain ! Déchire cette foutue nuisette et prends-moi !

Cette phrase, cette colère, ses larmes qui dévalent ses joues rouges, cette guerrière qui me fait face, tout ça me rend dingue d'un désir qui monte encore d'un cran.

— Putain, Bébé, je vais te bouffer… grogné-je.

Elle sourit avec un air de malice, elle a gagné.

On oublie nos larmes, sans remarquer à quel moment elles ont décidé de se faire la malle.

Parce que maintenant, on va vivre.

Je me redresse, j'empoigne le bout de tissu à partir du bas et je le déchire d'un coup sec. Son corps se secoue, elle frissonne de plus belle. Le mien l'imite et ma peau se recouvre de chair de poule. L'allumette prend feu et nous enflamme pour de bon, cramant tout sur son passage.

Cette saleté qui lui est tombée sur la gueule, ce qui l'attend et qui va la faire souffrir, cette merde qui veut la faire crever.

Putain, cette fois, je te jure que c'est cette merde qui va y passer !
Je la retourne sans ménagement, la soulève du matelas de façon que son dos colle à mon torse. Elle pousse un cri et un gémissement qui me rendent chèvre.

Mes mains se collent à ses seins, prenant garde de ne pas toucher l'endroit où le chirurgien a utilisé son scalpel, juste au niveau de l'aréole de son téton. C'est encore frais.

Je masse le droit et caresse le gauche sur la partie saine de la peau. Elle frissonne et gémit encore plus fort en se tordant. Mes lèvres effleurent sa nuque, nos souffles erratiques s'éparpillent dans tous les coins de la pièce.

Ma main gauche descend vers son intimité pour jouer avec elle. Elle se cambre en décalant légèrement son dos de mon torse. Je constate qu'elle est plus que prête. J'enfonce un doigt, puis deux, et la caresse au niveau de sa partie la plus sensible.

Je n'ai pas à la chercher longtemps qu'elle part dans un long râle, que sa tête se renverse en arrière, que son corps tout entier se tortille et est pris de spasmes.

— Félix, c'est si bon...

Est-ce possible qu'elle soit déjà branchée à mon courant de cette façon ? En réagissant si rapidement à mes caresses ?

Est-ce possible que j'aie l'impression que si elle crève, je crèverai avec elle ?

Sauf qu'elle ne crèvera pas.

Au moment où je sens ses ongles qui se plantent dans mes fesses, j'écarte ses jambes d'un geste brusque et je me forge un passage entre ses cuisses pour m'enfoncer en elle d'un coup sec. Elle pousse un cri qui m'excite davantage.

— Putain, Félix, baise-moi plus fort !

La façon dont elle jure m'achève et me motive encore plus. Et lorsqu'elle gueule encore une fois mon prénom d'une voix rauque en jurant de plus belle, je décolle ailleurs, plus loin, plus haut.

Elle tombe à quatre pattes, se cambre et je m'enfonce en elle de plus en plus vite, de plus en plus fort, de plus en plus profondément, mes mains plantées sur ses hanches.

Elle halète, moi, je ne sais plus comment respirer.

Il ne faut pas plus qu'une dernière poussée violente et langoureuse à la fois pour que nous explosions ensemble, vers notre paradis.

Elle tombe sur le ventre et je l'accompagne, mon sexe toujours en elle.

Au bout de quelques secondes, je roule sur le côté et elle se met sur le flanc, son regard plongé dans le mien.

Sa langue lèche sa lèvre supérieure et sa main empoigne mon sexe, qui recommence à durcir.

Bordel, ce bout de langue que j'ai envie de happer !

— Putain, Lily, qu'est-ce que tu me fais ?

— Tu m'as dit : baise-moi. Alors, je vais te baiser.

Elle me masturbe, ses pupilles dilatées ancrées dans les miennes et je la laisse faire. Mon corps, putain, vibre d'une manière irréelle ! Pourtant, on vient de copuler. Je devrais attendre au moins quelques instants avant de bander.

Enfin, c'était comme ça avec les autres.

D'une main, elle me force à me positionner sur le dos et se cale entre mes cuisses. Lorsque sa bouche s'approche de mon intimité, je ferme les yeux.

Bordel, j'ai envie de jouir, alors qu'elle ne m'a pas encore touché !

J'ouvre les paupières pour observer sa langue qui caresse mon gland, puis sa bouche qui engloutit mon membre en entier.

Ses va-et-vient sont un délice !

Jamais je n'ai ressenti ça pour personne.

Ma mâchoire se crispe, mes yeux se ferment, mes doigts s'enfoncent dans le matelas.

Bordel, comme c'est bon !

Le plaisir monte et grimpe encore. Cette meuf me rend taré.

Au moment où je vais jouir, je l'arrête.

— Lily... lui dis-je alors que j'ai envie qu'elle continue.

— Laisse-moi te goûter jusqu'au bout, me demande-t-elle d'une voix rauque et sexy.

— Oh, putain ! Vas-y, bébé, j'en ai tellement envie...

Et elle le fait, sans attendre. Elle me goûte, jusqu'au bout.

Jusqu'à ce que je me déverse en elle.

Et je monte au paradis, ou vers d'autres planètes, je ne sais plus.

Cette fille me fait un effet de dingue.

Le pire, c'est qu'on recommence une troisième fois.

C'est elle qui commande, qui me contrôle.

Et putain, je veux qu'elle me contrôle toute ma vie !

Au moment où on revient sur Terre pour la troisième fois, nous restons dans la dernière position prise. En position de la cuillère. Mon torse collé à son dos, mon bras serrant sa taille, sa main sur ma main posée sur son ventre, nos jambes emmêlées.

Nous restons silencieux, dans cette position pendant un moment, comme si on attendait notre sentence.

Comme si on n'avait pas droit à l'amour que nous nous portons.

Pour retomber du paradis à l'enfer que nous allons devoir subir pour retrouver la paix.

Pour la première fois de ma vie, je sais que si elle crève, je ne tarderai pas à la rejoindre !

Parce que sans elle dans ce monde, je n'existe plus.

Chapitre 31 : Jour 1
Félix

On se retrouve à la cuisine deux heures plus tard, pour un p'tit déj. Son père zappe sur la télécommande de la télé pendant que sa mère est aux fourneaux et n'arrête pas de faire des toasts.

C'est qu'elle cuisine pour un régiment !

Bon, je pense qu'elle est plutôt vénère et qu'elle sait pas quoi faire d'autre pour aider Lily.

— Tu attends des invités ? lui demande celle-ci en arrivant. À moins que Félix ait une grande faim ! dit-elle en me faisant un clin d'œil.

L'ambiance pesante se détend d'un coup. Lily se cale à mes côtés. Je passe un bras autour de son épaule et je l'embrasse sur la bouche sous le regard curieux de sa mère, qui me fait un clin d'œil.

Putain, je crois qu'on n'a pas été trop discrets, ils ont dû nous entendre !

Je m'en tape et lui rends son clin d'œil.

Le bol de café de ma fiancée, son jus d'ananas et ses cachets sont déjà prêts à être avalés. Elle prend d'abord le comprimé bleu, antihistaminique, puis les cachets de corticoïdes, le médicament miracle employé à toutes les sauces. Puis elle s'attaque à ses toasts, bectant tout comme une ogresse.

Je cause de tout et de rien. Elle blague encore et arrive finalement à faire marrer ses vieux. Avant qu'on s'arrache, je lui pose son patch antidouleur juste sur la peau, en dessous de sa chambre implantable. Puis Lily prend son dossier médical ainsi que le résultat de sa prise de sang faite hier matin. Une fois dans ma caisse, ses paternels nous font coucou de la main.

On dirait qu'on part en voyage.

Ça fait vraiment étrange, tout ça.

Ça me donne une idée : pour quand elle aura fini tout ça.

Lors du chemin jusqu'à l'hosto de jour, on écoute de la zic à donf. Lily fait la timbrée en secouant sa tête dans tous les sens. Ça me rappelle le jour où je l'ai vue pour la première fois, sur le périph. Une meuf complètement maboule, mais super canon.

Je me marre.

Lorsque l'on arrive à l'hosto, on fait une escale à l'accueil. La secrétaire lui file un bracelet d'identification, avec ses nom et prénom dessus, sa date de naissance et un code-barres.

— Il me va bien au poignet, non ? J'ai un certain style, tu trouves pas ? me demande-t-elle avec un sourire en me le montrant.

J'arrive pas à répondre. Pour moi, ça signifie que ce machin est sur elle pour qu'on puisse la reconnaître au cas où...

Putain de merde !

Stop ! Sinon je risque de flancher.

À la place, je souris comme un con.

La bonne femme de l'accueil nous montre d'un doigt la salle d'attente où Lily doit poiroter jusqu'à ce que son onco la sonne. Il y a déjà plein de monde, assis, en train de patienter. Il y en a qui font la tronche, d'autres qui se marrent. D'autres qui ont la frousse... pour pas dire un peu tous...

La salle d'attente est comme toutes les salles à l'hôpital : murs blancs, chaises en plastique, des magazines sur une table basse avec une déco en plus ici, les *posters* de conseils pour mieux vivre sa maladie.

En regardant tout ce monde, présent pour la même raison, je peux pas m'empêcher de voir qu'il y a que des malades partout. Beaucoup trop de malades.

C'est la maladie du siècle, cette saleté.

Onco, c'est un métier d'avenir.

Lily, elle, remarque des gens qui vont guérir, des gens qui sont déjà passés par-là et qui sont guéris.

Ça dépend par quel côté tu le vois, finalement.

Elle me sermonne.

— Arrête de voir toujours le verre à moitié vide ! Regarde celui toujours à moitié plein ! me conseille-t-elle.

Alors, pour me décrisper, elle me chatouille. Là, devant tous ces gens. Et moi, j'arrête pas de rigoler et d'essayer de lui échapper. Ça fait à peine con. Deux gamins dans une cour de récré...

— Merde, Lily, on n'est pas tous seuls, là ! lui dis-je en essayant de reprendre mon souffle.

— Ah oui ? Tu connais la rigologie ? me demande-t-elle.

— La rigolo quoi ?

— Eh bien, la thérapie par le rire ! Regarde ! Tu as fait rire tout le monde !

Finalement, les autres sont vachement plus *zen* aussi et oublient pourquoi ils sont là. Du moins un temps. Moi, elle me fait pisser de rire. Si ça continue, va falloir que j'aille aux chiottes, sinon je risque de faire dans mon slip. Quand l'onco l'appelle, je m'essuie les larmes des yeux, tellement elle m'a fait rigoler.

Il nous serre la main, puis nous demande d'entrer dans la salle de consultation. Environ vingt mètres carrés, murs blancs et carrelage identique au sol. L'onco pose ses fesses sur son fauteuil imitation cuir, sûrement, devant son bureau en bois. Sur le côté droit se trouvent un lavabo, du gel hydroalcoolique, quelques trucs pour ausculter le patient et la table pour que celui-ci puisse être à son aise au moment de l'examen. La fenêtre qui se trouve derrière le mec permet de laisser entrer le soleil qui illumine la pièce.

Nous prenons place à son signal dans les deux fauteuils visiteurs, puis Lily attend la suite en croisant ses doigts posés sur ses genoux.

À la façon dont il nous a regardés, il doit nous prendre pour des débiles profonds. Il a vraiment la gueule de l'emploi, celui-là.

— Bien. Alors, comment allez-vous, mademoiselle Haller ? demande-t-il à Lily.

— Très bien, et vous ? lui répond-elle.

— Comme vous. Très bien, lui répond-il à son tour avec un sourire.

Ça, c'est ma meuf, toujours à prendre soin de mettre les autres à l'aise, alors que c'est à elle qu'on devrait faire attention.

Je souris, fier de ma lionne. Le mec reprend.

— Vous avez pris la prémédicamentation avant de venir ?

— Oui, le cachet bleu et trois cachets blancs. Je ne risquais pas d'oublier, monsieur me les a préparés depuis hier soir, au moins ! lui dit-elle en m'accusant d'un doigt avec un regard meurtrier qui m'est adressé.

Je m'enfonce dans ma chaise. Il va penser que je la harcèle.

— Bien. Vous avez les résultats de votre prise de sang ?

Même pas... il continue son *job*. Il examine les résultats *fissa*. Coche toutes les lignes. Il paraît satisfait.

Le mec donne le ton.

C'est parti.

— Bon. C'est bien. On va pouvoir faire la première chimio. Votre poids ?

— Toute nue ? lui demande Lily en écarquillant les yeux.

Je secoue la tête. Elle va le rendre chèvre. Je ne peux pas m'empêcher de rigoler.

Il arque un sourcil en inclinant légèrement la tête vers elle avec un air amusé.

S'il se marre, c'est que ça va bien se passer.
On se rassure comme on peut.
— Le poids de ce matin. Vous vous êtes pesée, ce matin ? reprend-il avec sérieux.
— Soixante kilos, à jeun. C'est bien ?
Il hoche la tête en notant le poids sur sa feuille.
— Oui, parfait. Par contre, n'hésitez pas à bien manger lorsque vous le pourrez. Car parfois, avec la chimio, vous n'aurez pas trop envie de manger. Et vous risquez de perdre du poids. Mais bon, rien de grave, lui conseille-t-il.
Mais oui... comme il minimise son truc...
Lui, il continue son *job*. Imperturbable.
L'onco tapote maintenant sur son ordinateur, puis dicte son compte-rendu sur un enregistreur en *live*. Ensuite, il tente d'imprimer la prescription pour la première cure de Lily. Mais l'imprimante le lâche. Il souffle, d'un air de dire qu'il en à ras le bol du matériel qui marche jamais. Puis il nous parle du budget de l'hôpital et tout le tintouin... En plus, il a encore vingt patients à voir aujourd'hui et il est en retard de quinze minutes. Lily lui tape la discut'.
Personnellement, j'en ai rien à foutre de ses problèmes.
Franchement, ça m'emmerde qu'ils fassent connaissance en discutant comme si j'étais pas là.
— Elle est fatiguée ? lui demande Lily en haussant les sourcils.
Il soupire et lève une main en l'air avant de la remettre sur sa machine pour la tripoter. Je reste immobile sur ma chaise, comme si j'étais au cinéma.
— Elle me fait ça de temps en temps. Je crois qu'un jour, elle va tomber de mon bureau par mégarde et ils n'auront pas d'autre choix que de me la remplacer, lui répond-il en lui faisant un clin d'œil.
Bordel, c'était quoi, ça ?
Mon estomac se pince.
Putain, je suis jaloux ! Il faut que je me calme.
— Désirez-vous que je vous aide ? Je suis hyper maladroite, propose Lily d'un air espiègle.
On éclate tous les trois de rire.
Au bout de quelques secondes l'imprimante fonctionne et il récupère sa feuille.
Le mec se lève et nous fait un signe pour qu'on lui colle au train jusqu'à la salle d'attente de l'hôpital de jour, où Lily prend place.
On dirait que le mec fait une course tellement il s'affole.

Lui aussi devrait bouffer, il est maigre comme un clou. En même temps, même s'il becte, avec cette cadence infernale, la graisse n'a pas le temps de s'installer au vu des heures qu'il doit se taper avec son boulot.

Il nous salue avec la banane en disant à Lily : *Bon courage et à la semaine prochaine.*

Et puis aussi et surtout : *S'il y a quoi que ce soit, vous pensez bien à appeler ce numéro.*

Sa dernière phrase me dérange un poil.

Mais mieux vaut prévenir que guérir... comme on dit.

Avec Lily, on prend place dans la salle d'attente qu'il nous a indiquée. Identique à la précédente, sauf qu'elle est plus petite.

Au bout de quinze minutes, une infirmière se pointe.

— Je t'ai vu ! m'avertit Lily en me donnant un coup de coude.

— Je ne savais pas qu'il y avait des infirmières aussi bien roulées ici ! lui réponds-je en blaguant.

— Oui, c'est ça... me répond-elle.

Bon, je crois que ma vanne est de trop. Elle a pas l'air de rigoler... surtout après ce qu'elle me rajoute :

— Attends que je sois morte pour ça !

Là, c'est franchement pas drôle.

— Arrête, bébé, ça ne me fait pas rire.

Sans réfléchir, elle s'assoit sur mes genoux, enroule ses bras autour de mon cou et pose ses lèvres sur les miennes. Notre baiser est violent, passionné et bordel, heureusement que je l'arrête !

Parce que sinon, je lui aurais proposé d'aller plus loin, genre dans les toilettes.

Et elle ne mérite pas ce genre d'endroit.

Et on n'est pas venus pour ça.

L'infirmière nous a attendus sagement et lorsqu'on émerge, on s'en rend compte. Je crois qu'on rougit tous les deux, Lily et moi. Comme deux ados pris sur le fait. Mais la meuf nous sourit et nous fait un clin d'œil.

On entre dans un couloir qui mène aux salles de chimio. Il y en a plusieurs, des petites accueillant une personne, d'autres qui disposent de six places.

L'infirmière nous précède jusqu'à la salle 4 et invite Lily à s'asseoir sur un fauteuil.

High tech et confortable, le fauteuil. C'est déjà ça.

Je remarque une télé accrochée au mur blanc, une fenêtre qui laisse entrer le soleil qui éclaire la pièce et du matériel médical avec tout ce qu'il faut comme équipements.

Elle lui explique toutes les fonctionnalités de son assise pour qu'elle soit le plus à l'aise possible. Je pose mon cul sur la chaise en face de Lily et commence à avoir envie de dégueuler. Elle a l'air complètement *zen* ou alors ce n'est qu'une façade. L'infirmière déballe tout son matériel après avoir enfilé des gants, se met un masque, puis lui en met un aussi et me demande de sortir de la salle pendant qu'elle l'installe.

Dans le couloir, j'entends Lily lui dire :

— On reconnaît la professionnelle !

Ensuite, toutes les deux blablatent de la pluie et du beau temps, comme si elles étaient copines.

Pendant que je fais le piquet dans le couloir, je me demande ce que l'on fout là. On est dans une quatrième dimension... ça n'aurait pas dû être pour elle, ça. Mais je suppose que tous ceux qui sont là se disent la même chose.

Qu'on soit vieux ou pas, ça ne change rien.

Personne n'a envie d'être là.

Personne ne mérite d'être là.

Mais il faut penser qu'il y en a qui auraient bien aimé être ici et qui n'ont pas eu cette chance.

Il y a pire que soi.

Il faut ce qu'il faut.

Point.

J'entends Lily qui m'appelle.

Je reviens au garde-à-vous et ramène ma fraise, puis je m'installe sur une chaise à côté d'elle.

Tout le monde est sympa. Il y a même des magazines *people*. Je sens bien que Lily sera au courant de tous les potins des starlettes. Elle qui d'habitude s'en tape de tout ça, elle arrête pas d'en vouloir. Je me lève et me relève pour lui donner ce qu'elle désire. Au moins, ça lui changera les idées, ces conneries...

Je respire à fond, la zieute, puis je regarde la montre. J'aimerais que le temps passe *illico presto* et que l'on soit déjà à la fin de toutes les injections.

Pendant que Lily attend sa poche de chimio, une esthéticienne vient lui expliquer des tas de trucs qu'elle doit savoir sur les effets sur la peau. Elle lui propose même un massage des guibolles pour éviter qu'elle gamberge trop à ce que l'on est en train de lui injecter... un poison... un poison qui tuera ses cellules « jeunes », mais qui la sauvera en même temps... vachement drôle. Enfin, façon de causer.

L'infirmière envoie la sauce.

Le liquide en profite pour se tailler dans les veines déjà prêtes.

Lily refuse poliment le massage : elle veut sentir le liquide entrer dans ses veines.

Elle ressent tout, Lily.

Elle me le dira plus tard.

Elle sent le liquide froid parcourir son corps à travers ses veines.

Elle imagine une lumière qui traverse son corps en même temps que ce médicament qui flingue ses cellules jeunes.

Ça l'aide à se débarrasser de ses angoisses...

« Dernier cours de sophro... »
Une lumière qui fait du bien à son corps.
Une lumière qui guérit.

Elle sent son corps qui se plaint... et qu'elle soignera une fois rentrée à la maison...

Putain, je sais pas comment elle fait pour tenir...

À midi, on lui donne un plateau-repas, qu'elle bouffe avec entrain.

Ensuite, la poche se vide.

C'est finito.

On dit au revoir et on se tire.

Jusqu'à la prochaine.

Prochain rencard dans une semaine.

Dans le fauteuil de Lily, une autre nana prend sa place.

Et les infirmières continuent leur besogne.

Nous, on va d'abord marcher un peu, histoire de sortir ce qui reste du liquide dans son corps.

Pour réduire les effets secondaires...

Pour aider son rein, qui bosse comme un malade pour évacuer toute cette merde qui pourtant vient de faire du bon boulot.

Son cœur aussi se demande ce qui se passe : il bat comme un fou.

Chimio : normal.

Ça va se calmer.

Plus tard.

Pendant les cinq bornes, elle se tape trois litres de flotte.

Lorsqu'elle ouvre sa bouteille, elle en verse un peu dans son sac. Elle commence à être crevée, alors je lui sors une vanne à deux balles.

— Eh, t'as pas besoin d'hydrater ton sac, chérie !

Elle me donne un coup de boule pour que je me la ferme, mais elle a la banane. Ça lui donne le courage pour terminer ses derniers mètres de marche avant de s'affaler dans ma caisse jusqu'à la maison.

Le soir, elle a envie de rien.

Pendant les trois jours qui suivent, c'est pas la joie.

Mais bon, elle dessine, colorie, joue du piano, travaille ses méninges.

Juste pour tester ses réflexes…

Conserver ses neurones…

Elle bosse aussi son anglais à côté de moi.

Je crois que j'ai compris son message.

Au fil des jours, elle reprend peu à peu du poil de la bête.

Puis elle remonte la pente.

Ensuite, ça recommence.

Ça redescend.

Plusieurs fois.

À chaque fois, c'est plus dur.

Elle en a ras le cul, mais elle le garde pour elle.

Le cumul du produit qui s'installe dans son corps.

La fatigue, qu'ils disent, la plombe et la casse à chaque fois un peu plus.

Parfois, elle arrive plus à décoller ses fesses de son fauteuil, elle prend cinquante ans d'un coup et elle ne peut même plus grimper l'escalier jusqu'à sa piaule.

Alors, la chambre d'amis du bas devient son nouveau refuge.

Jusqu'à ce que son bouton *on* redémarre.

Les effets secondaires s'amènent de plus en plus comme des filous et l'onco explique au fur et à mesure qu'ils se pointent.
Il adapte son traitement, change les médocs.
C'est un petit malin, lui.
Parce qu'il dit pas tout, lui.
Pas tout de suite.
En fait, jusqu'à ce que Lily découvre des trucs beaucoup plus durs que ses tifs qui se sont fait la malle.
Là, il confirme et il agit.
En tant que toubib, je sais que j'aurais fait pareil, mais là, ça m'emmerde, tout ça.
Parce que quand on est toubib, on imagine les pires trucs.
À chaque fois.
Et je suis toubib.

Lily a perdu dix kilos.
Elle kiffe même plus le chocolat.
Quand elle a la dalle, elle arrive plus à avaler quoi que ce soit, à cause des aphtes qui se sont logés jusqu'à son estomac.

J'peux plus parler.
Je sais pas comment elle fait pour être aussi forte.

Moi, je pourrais pas.

Lily, c'est un sacré bout de femme.

Et moi, je compte les heures jusqu'à la fin de son traitement de cheval.
Je suis avec elle tout le temps.

Je peux rien faire de plus.
Juste être là pour elle, faire le chauffeur, le livreur, le porteur, le cuistot... celui qui caresse sa peau et qui la fait jouir quand elle me le demande... parce qu'elle reste une jeune femme avec des envies.
Mais pas le toubib...
Là, le toubib peut rien faire...
Y'a qu'à attendre,
Et ça m'emmerde.

Chapitre 32 : huit mois
Félix

Voilà, huit mois ont filé.
Huit mois dont on se serait bien passés.

Vingt-deux heures d'injections de chimio.
Trente-trois séances de radiothérapie.
Quarante examens et consultations en tout genre.
Trente prises de sang.
Squat de plus de cent heures dans les salles d'attente.
Trois cents jours à se remettre debout après chaque traitement.
Plus d'un millier d'instants d'angoisses...

Lily...
Un moral d'acier, de fer.
Même lorsqu'elle a atterri aux urgences.
Même lorsqu'elle a été hospitalisée pendant une semaine.
Même lorsque sa peau se décollait et que ses yeux gonflés disparaissaient dans sa binette.
Même lorsqu'elle a perdu dix kilos et que sa peau recouvrait à peine son squelette.
Même lorsque ses ongles s'arrachaient.
Même lorsque ses articulations lui faisaient mal.
Même lorsqu'elle ne tenait plus sur ses jambes.
Même lorsque ses muscles ont lâché et qu'ils ont provoqué sa chute sur un sol de béton.
Même lorsque ses tifs sont tombés d'un coup et en une seule fois.
Même lorsqu'elle n'arrivait plus à serrer une fourchette dans ses manettes.
Même lorsqu'elle ne pouvait plus conduire.
Même lorsqu'elle en avait marre et qu'elle voulait tout envoyer balader...
Même quand...
Bref...

Celui qui n'a jamais vécu ça ne peut pas capter.
Même moi.
Car il faut le vivre pour ça.

Lily a tenu bon.

Son combat, c'est bientôt de l'histoire ancienne.

Ce soir, Lily se colle à moi.
Ses tifs recommencent à pousser,
Sa binette se détend,
Son corps reprend vie.
Elle se caresse le crâne... c'est devenu une habitude.
Elle kiffe son crâne chauve.
Elle a une belle tête ronde.

Tout lui va bien.
Je la kiffe à mort.

Bon... faudra que je trouve autre chose que ce mot à la con, je ne le prononce plus.

Demain, elle a décidé qu'elle offrirait des chocolats à tout le personnel de l'hosto et à son onco.
Histoire d'en terminer avec tout ça.
Histoire de tourner la page.

Une deuxième vie commence pour elle, pour moi, pour nous.

On a décidé de la vivre comme il faut, sans se prendre la tête avec des pacotilles.

Parce qu'avec la santé et la mort, on ne rigole pas.

Parce que pour tout le reste, il existe que des solutions.

Voilà, on tourne la page, on fait un reset *et on redémarre.*

Chapitre 33 : la libération
Lys

Octobre a sonné. Un mois s'est écoulé depuis la fin de mon traitement.

Il a été entamé en hiver pendant que s'installait un froid glacial dont même les canards ne voudraient pas. Il s'est achevé avec un temps plus clément, avec en prime un soleil qui ne devait plus être présent, mais qui est resté pour moi.

Assise sur mon lit avec Tobie à mes côtés, je contemple et compare mon visage au fil des selfies que j'ai pris ces derniers mois.
Je voulais me souvenir, car malgré tout ce que j'ai vécu, cela fait partie de ma vie, désormais.
Je remarque mon visage au fil du temps, entaché peu à peu par la maladie, puis revenant progressivement à la normale. Comme dans une publicité que j'ai vue récemment à la télévision. Un homme seul, face à son cancer. Un homme qui s'époumone à gravir une montagne malgré l'obstacle de cette ordure qui lui fait barrage. Un homme déterminé, qui arrive au sommet pour respirer à pleins poumons. Sous les feux du projecteur, je remarque son visage, son corps qui se détériorent, puis, ce même visage, ce même corps qui se transforment pour atteindre ce qu'il était avant. Son être qui reprend vie.

Le jour marquant la fin de mon long périple a été signé par le moment le plus nostalgique de toute ma vie. Un étrange paradoxe, non ?
Le cancer-*blues*.
J'allais enfin quitter le monde médical que je côtoyais depuis plusieurs mois, un monde que je souhaitais voir disparaître au plus tôt le jour où je l'ai rencontré.
Et pourtant, des émotions contraires s'affichaient contre toute attente.
À cette dernière séance de radiothérapie, une adrénaline extraordinaire a pris possession de moi. Je riais à n'en plus finir, j'avais une pêche d'enfer.
J'aurais pu déplacer des montagnes.
Le monde entier était à moi.
Ensuite, le contrecoup.

Une fatigue intense m'a prise au dépourvu.
Des boules m'ont frappée dans la gorge, pour se dénouer avec mes sanglots quelques secondes plus tard...
Jamais je n'aurais pensé un instant que cela puisse m'arriver.
Et pourtant...

Aujourd'hui, voilà que cela me reprend.
Tobie se redresse, puis me regarde avec des yeux remplis d'amour. Je le serre contre moi, les larmes plein les yeux.
— Je pleure, Tobie, mais ne t'inquiète pas, je ne suis pas triste, bien au contraire !
Maintenant, une tristesse heureuse s'empare de moi de temps en temps.
Moi que le corps médical surnomme la guerrière, je suis fatiguée de me battre.
Un guerrier aussi a le droit au repos.
Alors, je craque, le plus souvent lorsque je suis dans ma chambre avec Tobie.
Lui seul connaît mon secret.
Les autres ne comprendraient pas. Moi ? Je pleure ? Une fille comme moi qui a du cran, les nerfs d'acier ? Celle qui n'a pas pleuré lorsqu'elle a su ? Celle qui a traversé une expédition fastidieuse ? Et le mot est faible ! Celle qui a résisté à plusieurs effets secondaires herculéens ? Celle qui n'a pas dégueulé une seule fois, comme dirait Félix ?
Maintenant, j'ai besoin de reprendre une vie normale.

Tobie me lèche les mains. Je le reprends dans mes bras, puis soudain ravale mes larmes.

Une hargne de vivre me gagne doucement. Une profonde énergie me transporte. Je sens mon bouton « on/off » se mettre en route sur la position on.
Tobie me regarde. Il remue sa queue. Il est content et saute sur le tapis au pied de mon lit. Les animaux sentent les choses et je crois qu'il me comprend plus que n'importe qui au monde.

Soudain, je me lève sur le matelas et exécute un saut en faisant l'étoile avec mes membres. Je hurle de joie et fais une confidence à mon plus fidèle compagnon.

— J'ai envie de faire plein de choses, Tobie ! Tiens, par exemple, passer mon permis moto, ou alors apprendre le japonais, ou encore pratiquer des arts martiaux ! Voyager aux États-Unis, tu sais que c'est mon rêve, hein ?

Tobie pousse un petit aboiement d'acquiescement.

Je poursuis la conversation avec mon chien.

— Pendant ces dernières semaines, j'ai fait de la sophrologie pour me relaxer, de l'acupuncture pour faire revenir mon énergie, de l'escrime pour rééduquer mon bras endolori ! Te rends-tu compte de toutes les découvertes que je n'avais pas faites avant ? J'aimerais faire encore plein d'autres choses ! J'aimerais voyager, découvrir de nouvelles contrées, partir en pèlerinage ! J'aimerais aimer Félix et lui donner un bel enfant ! Tu crois que c'est possible ?

Maintenant, Tobie se poste sur ses quatre pattes, à côté de la porte, prêt à découvrir le monde avec moi.

Il est très intelligent, ce chien. Il se dresse sur la porte et tente de l'ouvrir avec ses deux pattes de devant, le tout en poussant des petits cris. Je devine ce qu'il veut : sa balade avec moi.

Je le calme en le rassurant.

— Attends, Tobie, je me maquille un peu avant de sortir et surtout je mets mon jogging, tu ne vois pas que je suis encore en pyjama ?

Alors que je veux foncer dans ma salle de bain pour me préparer, j'entends des pas. Je m'assieds sur mon lit, un sourire aux lèvres. Inutile de demander qui arrive, mon cœur bondit malgré l'habitude que j'ai de le voir.

Au bout de quelques instants, j'entends la porte s'ouvrir et la tête de Félix apparaître dans l'entrebâillement. Il me demande la permission d'entrer, comme s'il devait passer par de telles formalités alors qu'il dort avec moi toutes les nuits depuis neuf mois ! Je lui crie un « oui » dynamique. Il entre. Il accourt vers moi pour m'embrasser. Je suis encore en pyjama à dix heures du matin. J'espère qu'il ne pense pas que je suis déprimée ! Ce qui n'est absolument pas le cas ! D'ailleurs, pour lui prouver le contraire, je me détache de lui en prétextant un besoin de poudre supplémentaire sur mes joues. Il est heureux de me voir m'apprêter comme avant.

Pour me le prouver, il me complimente, tout en caressant Tobie d'une main.

— Tu es rayonnante, ce matin ! me déclare-t-il.

— En même temps, avec tous les rayons que j'ai eus ces derniers temps, c'est normal ! lui réponds-je en éclatant de rire.

Personnellement, je préfère faire de l'humour plutôt que de me plaindre. Cela minimise la gravité de ce qui m'a atteint et cela me rend plus joyeuse, ce qui à l'évidence fait l'effet contraire à Félix. Il ne *kiffe* pas lorsque je fais allusion à mon traitement passé. Pour lui, il faut tourner la page immédiatement pour pouvoir passer à autre chose.

— Allez, ne fais pas cette tête ! L'emmerdeuse est revenue ! Et autant te prévenir tout de suite, je retourne à l'usine bientôt !

À mon annonce, il devient tout pâle. Il ne s'attendait pas à ma déclaration.

— Quoi ? me demande-t-il d'un air ahuri.

— Tu m'as très bien entendue. Je veux retrouver ma vie sociale le plus rapidement possible.

Il s'assoit à mes côtés et se passe la main dans les cheveux.

— Mais t'es une vraie tarée ou quoi ? Je crois que tu ne te rends pas bien compte de tout ce que tu t'es pris dans la gueule ces derniers temps. C'était pas un rhume, tu devrais te la couler douce encore un peu. De plus, avec ton nouveau *job*, la pression et tout le reste... et ton vieux te laisse faire en plus ? J'hallucine !

Je le pousse d'un coup d'épaule, il lève les yeux au ciel.

— Justement, je ne suis PLUS malade !

Il ne réagit plus.

Je tente de l'apaiser. De toute manière, j'ai déjà vu le médecin du travail et j'ai déjà tout programmé. Reprendre le travail sera pour moi un médicament bien plus efficace que le repos forcé dans une chambre à me battre contre mes coups de *blues*. Car tout le monde vaque à ses occupations : une journée à attendre, c'est très long. Même si ma famille et Félix viennent me voir à tour de rôle en pleine journée. J'ai l'impression qu'ils ont planifié leur espionnage !

Je poursuis mon argumentaire avec conviction.

— Je ne travaillerai que la moitié du temps. J'en ai besoin, Félix. J'ai besoin de me sentir utile à nouveau, de voir du monde. Tu comprends ?

Un long silence s'abat sur nous deux. Je n'avais pas prévu sa réaction. En complice, Tobie se couche sur le dos, aux pieds de Félix et lui fait les yeux doux. Lui seul sait à quel point j'ai besoin de me sentir comme avant. Mon amoureux le caresse et le chatouille. Il se détend d'un coup.

— T'es du côté de ta maîtresse, toi, hein ? Comme d'hab ? Je suis sûr que t'en sais un peu plus que moi, toi. Si seulement tu pouvais fayoter, je te soudoierais à coup de nonos !

Félix me regarde avec des yeux profonds, intenses, irrésistibles. Je l'enlace, puis lui caresse doucement le torse.

— Tu sais que tu es super musclé, toi ? J'adore...

Pendant un moment, il se laisse aller à ses pulsions, puis tente d'éloigner mes intentions.

— Tu es encore faible, Lily. Laisse le temps au temps. Il faut que tu te reposes. On l'a déjà fait deux fois, cette semaine...

Je suis malgré moi piquée au vif. Verrait-il quelqu'un d'autre ? Pourquoi me rejette-t-il maintenant que je suis guérie ? J'ai besoin de sa peau. De plus en plus.

En dépit de tout bon sens, je réagis avec violence, comme si j'étais poussée par une force invisible.

— C'est la pétasse qui t'attire, l'espèce de chienne en chaleur de secrétaire de l'usine ? Je vais dire à mon père de la virer !

Félix plisse les yeux et fait tourner son majeur sur sa tempe.

— Arrête de dire n'importe quoi.

— Neuf mois, c'est long, on n'a pas vraiment fait ça beaucoup de fois pendant... reprends-je.

— Oui, t'as raison, c'est long. Et trente ans, c'est encore plus long.

Je ne comprends pas ce qu'il insinue. Aussi, j'insiste.

— Je ne vois pas le rapport. Ton anniversaire peut-être ?

Il inspire à fond et m'explique le sens de sa phrase.

— J'ai poiroté pendant trente ans de ma vie que t'arrives et je n'ai pas envie de te lâcher aussitôt. Il faut que je te fasse une chanson où que je t'écrive un poème pour que tu piges ? Et pour ton info, au cas où tu n'aurais pas encore capté, je te kiffe grave, Lily.

À ces mots, il se lève et fait sortir Tobie. Sa voix devient sensuelle.

— D'ailleurs, qu'est-ce que tu fous ici chez moi à cette heure ? le grondé-je.

Je me rends compte seulement maintenant qu'il devrait être au travail en ce moment, jusqu'à treize heures, puisqu'il a commencé à quatre heures du matin.

Il affiche un rictus avant de me répondre.

— J'ai séché le boulot !

Je secoue la tête en levant les yeux au ciel.

— Mon père sait que tu es là au lieu d'être à l'usine ?

Il me fait un clin d'œil.

— Ouais, il m'a missionné pour voir si tu chialais encore.

Je roule des yeux et souffle.

Ils me gavent tous les deux à trop venir voir ce que je trafique. Ils se passent le relais ou quoi ? C'est comme ça depuis que j'ai terminé le traitement.

Il y a des caméras ? Ils en seraient capables.
— Je ne pleurais pas, me défends-je.
D'un pouce, il caresse ma joue et je frémis.
— Je t'étouffe, bébé ?
Ses yeux brillent, sa bouche sourit. *Lui m'étouffer ? Il rigole ?*
Cependant, je cogne son épaule avec mon poing et lui tire la langue comme une gamine.
— Je suis *ta fiancée*, tu es *mon fiancé*, donc, ça va.
Son sourire devient encore plus radieux, ses pupilles se dilatent. C'est vrai, ça, nous sommes fiancés depuis mon malaise qui a fait découvrir finalement ma maladie et...
Pourquoi ne m'a-t-il pas encore offert une bague ?
— Ça veut dire quoi, ça, bébé ? me répond-il d'une voix rauque avec un rictus amusé.
Il sait de quoi je parle, pourtant, il ne me répond toujours pas. Ce qu'il est agaçant !
Faut-il que je l'écrive dans mon livre, ça ?
Mon genou vient cogner le sien et je le fais exprès. Bien sûr, il ne bouge pas d'un poil et ses yeux qui observent ma bouche avec gourmandise me déstabilisent et me donnent chaud.
— Tu sais que tu es lourd, lorsque tu apparais à l'improviste pour voir ce que je fais ? lui fais-je remarquer, irritée, parce qu'il ne répond toujours pas à ma question incluant une bague.
Quelque chose vrille dans son regard et devient plus... animal.
Bon sang, mon bas-ventre réagit en se contractant et je ne parle même pas de mon entrejambe, qui oblige mes cuisses à se serrer.
D'une main, il me renverse en arrière et m'allonge sur le matelas, comme si j'étais une poupée de chiffon. Je me retrouve allongée et il fait peser son corps sur le mien, son visage plongé sur le mien. Le tout avec un regard qui n'a plus rien de celui qui était amusé tout à l'heure. C'est plutôt un truc sombre, érotique.
Bordel, je suis vraiment en manque...
— Je parlais au sens figuré, là, tu m'écrases, plaisanté-je, le souffle court.
— Qu'est-ce que tu caches là en dessous, me demande-t-il en déboutonnant le haut de mon pyjama.
Il se moque royalement de ma remarque et à vrai dire, ce n'est pas ce qui m'intéresse non plus.

— En fait, je suis venu pour te faire l'amour, je suis en manque de toi, bébé... et on dirait que toi aussi...

Sa voix rauque redouble mon envie de lui.

— Je croyais qu'on l'avait déjà fait deux fois cette semaine...

Son souffle s'échoue sur le mien et son sourire canaille me fait frissonner.

— J'ai senti que t'avais envie à l'odeur sexy que tu dégages, bébé...

Je lève les yeux au ciel, la respiration se fait plus courte.

— Sexy ? Je suis en pyjama pilou, Félix ! m'offusqué-je.

— C'est *toi* qui es sexy, bébé... quoi que tu portes.

Sa bouche trouve mon téton et l'embrasse, sa langue le lèche, oh mon Dieu, j'aime tellement ce qu'il me fait ! Son nez s'enfouit dans mon cou et il me respire profondément.

— Et en plus, je sens mauvais... lui fais-je remarquer.

Il redresse sa tête et me fait un clin d'œil avant de poursuivre sa manœuvre au creux de ma poitrine maintenant découverte.

— J'adore quand tu pues, alors...

— Félix... j'ai besoin de me décrasser.

Soudain, il se redresse, pose ses genoux sur le matelas et de deux mains, me soulève, comme si j'étais une mariée qui allait traverser le seuil de sa maison. Il pose ses pieds sur le sol et m'emmène je ne sais où.

Sauf que je ne suis que sa fiancée...

— Qu'est-ce que tu fais encore ? lui demandé-je.

Ses yeux bloquent sur les miens et deviennent brûlants.

— Puisque tu insistes, on va prendre une douche... enfin, on va se foutre sous la douche, bébé...

— Félix, tu...

Il me coupe en s'emparant de ma bouche et je sens qu'il marche.

Arrivé à destination, il me dépose sur le sol carrelé, se débarrasse de son pull qu'il envoie n'importe où dans la pièce et il se fige. Ses yeux sont sombres de désir. Sa main se pose sur la braguette de son jeans et la descend doucement. Ce geste est si sensuel que je frémis.

Il me sourit fièrement.

— Tu me mates, bébé ? Ça te plaît ?

En réponse, ma langue vient lisser le milieu de ma lèvre supérieure.

Il passe un pouce sur sa lèvre inférieure et poursuit un genre de *strip-tease* qui me donne encore plus chaud. Son pantalon, aidé par ses mains, glisse en même temps que son boxer le long de ses cuisses,

laissant jaillir son érection dominatrice. Une fois à ses pieds, ces derniers envoient valser ses vêtements dans un coin d'un coup.
— Bordel, Félix, tu es un mec si viril, si musclé, si magnifique !
Ses yeux me clouent sur place et me coupent la respiration. Son air animal fait encore grimper les degrés de cette pièce et ma chaleur corporelle doit talonner les quarante degrés, au moins.
— Et toi, bébé, tu es encore habillée ? Je te veux toute *ploute*.
— *Ploute* ?
Il m'arrache mon haut en faisant sauter les boutons qu'il n'avait pas encore défaits et un cri jaillit de ma bouche. Je sens son souffle chaud parcourir ma poitrine lorsqu'il se baisse pour retirer mon bas jusqu'à mes pieds. Je sens son souffle au niveau de mon intimité.
— Putain, bébé, t'as pas de culotte ? constate-t-il.
Sa voix éraillée me fait trembler et je vois son membre s'agrandir davantage. Je lui fais beaucoup d'effet et je souris, satisfaite, avant de mordiller ma lèvre inférieure.
Oh mon Dieu, je brûle de le sentir en moi, surtout lorsqu'il m'embrasse là, juste en bas et qu'il souffle ensuite dessus. Il se relève, s'approche au plus près de moi, enfonce ses doigts dans mes cheveux, m'attire vers lui et incline sa tête pour approfondir notre baiser au maximum. Son corps se presse contre le mien, nos cœurs se retrouvent eux aussi et cognent follement l'un contre l'autre.
Il pose ses mains sur mes fesses et me soulève. Je noue mes jambes autour de sa taille et mes bras autour de son cou. Il me porte jusqu'à la douche où il nous introduit, puis plaque mon dos contre le mur de la douche italienne deux places.
— Putain, Lily, tu tiens vraiment à ce qu'on se lave tout de suite ?
Sans attendre ma réponse, il grogne, puis comme s'il avait une autre idée, me repose sur le sol. Il actionne rapidement le robinet thermostatique qui ne tarde pas à déverser une pluie de gouttelettes d'eau sur nos corps.
— Je te savonne, décide-t-il.
Sauf que oui, ou non. Ce n'est pas *exactement* ce qu'il fait. Ses mains glissent sur ma peau avec le savon et le mélange avec sa peau calleuse me fait frissonner alors qu'elles vagabondent sur mon corps. Et il me torture, parce que ses caresses réveillent encore plus toutes les parcelles de ma chair déjà en alerte. Lorsqu'elles arrivent au niveau de mes seins, ses yeux scrutent celui qui a été touché avec une tendresse qui m'émeut.
— Il est magnifique, Lily…

Je ferme les paupières et respire à fond. Mon cœur se serre et une émotion remplie d'amour gonfle ma poitrine au moment de sa déclaration. Ses lèvres se posent sur le sein en convalescence, sa langue trace un chemin autour de l'aréole maintenant cicatrisée et il l'embrasse avec application, passionnément, avant de s'attaquer à l'autre. J'ouvre les yeux et observe ce qu'il me procure. Je gémis tandis que son visage se matérialise devant mes yeux qui s'ouvrent.

Je le touche de mes mains. Moi aussi, j'ai envie de le caresser. Elles glissent avec le savon sur son torse, ses épaules. Il râle, grogne, gémit.

— Bébé... qu'est-ce que tu me fais...

J'empoigne son sexe et le lave. Il glisse aisément sur mes paumes et durcit davantage. Mes doigts ne parviennent pas à faire le tour tant il est épais. Félix produit un profond grognement en s'emparant de ma bouche avec passion. Il est si excité qu'il m'excite encore plus.

D'un geste brusque, que j'aime tant, il lève une de mes jambes et pose mon pied sur le siège qu'on utilise habituellement lors des séances d'hydromassage. Il enfonce ses doigts sur mes hanches et il me pénètre d'un seul coup de reins. Faire l'amour à la verticale me procure d'autres sensations que j'adore. Son buste glisse sur ma poitrine, tandis qu'il me donne des coups de boutoir langoureux. Mes yeux dans les siens, je ne le quitte pas une seconde, pendant que mon intimité l'absorbe encore plus.

Nos souffles sont bruyants et de la buée se forme sur la paroi de la douche. La pièce a pris de terribles degrés supplémentaires qui en amplifient la chaleur. Il va et vient sur moi, lorsqu'il nous fait soudain changer de position, en inversant les rôles.

Il prend place sur le siège et me hisse sur les genoux.

— C'est assez solide, tu crois ? lui demandé-je, au bord du gouffre du désir, parce que je suis frustrée de l'arrêt qu'il a décidé.

— On s'en fiche, bébé... grogne-t-il.

Ses mains sur mes hanches, il me soulève pour placer son gland à l'entrée de mon sexe.

— C'est toi qui passes aux commandes, bébé... tu m'excites trop, putain, il faut que tu me contrôles, je veux que tu montes en plaisir d'abord, pour qu'on atteigne le nirvana ensemble.

Mon souffle est parti je ne sais où, le sien a dû l'attraper. Les battements cardiaques semblent devenir dingues eux aussi, mais c'est trop bien, trop bon. Trop fort.

Magique.

Je renverse ma tête en arrière, mes mains appuyées sur ses épaules et je me cambre. Il geint comme un félin et ça m'émoustille encore plus.

Mon intimité l'avale en entier jusqu'à ce que mes fesses touchent ses testicules. Je bouge mon bassin, guidée par ses mains fixées sur mes hanches. Je me frotte à lui et accélère mes va-et-vient, forçant ses mains à me suivre.

— Putain, Lily, pas si vite… je vais pas pouvoir me retenir…

Son visage est crispé, la tension que j'y vois, le désir que je lis dans ses yeux, ses doigts qui marquent mes hanches, tout me rend folle et pousse mon désir toujours plus haut. Il le sent.

— Lily… bébé… baise-moi fort, putain… !

Et je fais ce qu'il exige de toutes mes forces, mes seins lourds se balancent au-dessus de lui. Mes cuisses tremblent et mon plaisir grandit encore lorsque je sens le pouce de mon amant toucher mon clitoris. Nos respirations sont hachées, nos bouches se rejoignent avec violence. Son pouce presse mon petit bouton sensible et je m'envole dans un orgasme fulgurant. Je souris lorsque je le sens se déverser en moi dans un jet puissant et brûlant. Je gémis longuement. Ses mains remontent vers ma tête pour attirer une nouvelle fois ses lèvres contre les miennes. Sa langue plonge sur mon palais, en fait le tour d'une manière bestiale et se tord alors qu'un son rauque s'achève dans ma bouche.

Et, alors que je croyais que c'était fini, une nouvelle vague de spasmes prend possession de mon corps. Félix me serre contre lui, ne laissant aucun espace entre nous. Comme s'il ne voulait pas que je parte.

Nos bouches restent soudées quelques secondes, avant de se relâcher. En quête d'air, nous haletons, un sourire aux lèvres.

— Tu es tellement belle, bébé, tu es si à moi que je n'y crois toujours pas…

— Et pourtant, si, je suis à toi. *Ta fiancée…*

Qui ne tente rien n'a rien.

Je profite de sa tête dans les nuages pour lui rappeler qu'il me doit toujours une bague. Peut-être aussi que mon état postorgasmique fait que j'ose le lui rappeler depuis quelque temps maintenant.

Je veux qu'il soit à moi, vraiment.
Je veux être à lui, vraiment.
Je veux fusionner avec lui, vraiment.
Je veux m'appeler Lys Mayer.

Je cligne des yeux, il ne dit toujours rien, mais il me serre plus fort contre lui.

— J'ai envie de te demander quelque chose, bébé.

Je soupire d'aise.

Enfin, il en aura mis, du temps !

Il sourit et ses yeux brillent. Je retiens mon souffle.

— J'ai déjà négocié les congés avec ton vieux. Il est assez dur en affaires, mais il a lâché très facilement. Ta maternelle, c'est un peu autre chose. Elle flippe à l'idée que tu prennes l'avion et que tu te retrouves dans un autre pays sans savoir si le système de soins équivaut au nôtre. Mais voilà, je suis toubib et faut dire qu'elle me fait une confiance aveugle !

Raté.

C'est quoi, son truc et l'avion ? Une certaine déception me gagne.

Je ne comprends rien.

— Je t'embarque à New York, Lily, la semaine de Noël et un bout de janvier. On va faire des trucs de ouf là-bas, me lâche-t-il, les yeux étincelants.

D'accord, c'est pas ce à quoi je m'attendais.

Mais bordel ! C'est mon rêve !

— New York ! J'en rêve depuis toujours ! Mais comment fais-tu pour deviner mes pensées ?

— T'as plein de bouquins là-dessus et tu n'arrêtes pas d'en parler. Alors, je me suis dit...

Pour le remercier, je l'embrasse partout, sur ses joues, son nez, pour finir dans sa bouche.

New York en décembre, pour les prochaines fêtes de Noël.

Maintenant, il faut que je pense à me refaire une nouvelle garde-robe, car décembre, c'est dans deux mois !

Un nouveau voyage, une nouvelle vie... voilà la deuxième partie de mon livre qui s'annonce plutôt très bien.

Elle s'intitulera : « ma deuxième vie ».

YEEESS !

— Je t'aime, Félix, bordel ! Je t'aime ! Et tu es tellement beau, sexy, tellement protecteur, prévenant, attentionné, tellement mouillant !

Un rayon de désir traverse ses yeux qui mute en quelque chose de plus sensuel.

— Oh putain, bébé, j'ai encore envie de toi... constate-t-il.

Sa voix éraillée fait revenir mon désir pour cet homme de plus belle.

— Oh, Félix, moi aussi, mais je n'écrirai pas tout ça dans mon livre, c'est trop... coquin, lui dis-je en mordillant ma lèvre inférieure d'un air malicieux.

Il fronce son nez et plisse son front, étonné.

— Tu écris les trucs qu'on fait dans un bouquin ? Tu ne vas pas le publier, j'espère ? s'inquiète-t-il.

Je lève les yeux au ciel.

— Bien sûr que non, je t'expliquerai un jour. Quoique, ça remonterait le moral à pas mal de personnes qui pensent que tu ne peux pas faire l'amour quand...

Il pose ses lèvres un instant sur les miennes, je devine que c'est pour me faire taire. Il s'écarte et plonge son regard ténébreux dans le mien.

— Bébé... je sais que t'es généreuse, mais raconter ton histoire, c'est un peu...

Je refais son geste pour lui couper sa phrase. Puis le libère.

— Tu as raison, je n'aimerais pas que d'autres filles bavent sur toi ! Tu es si viril, sculptural, beau, musclé, mouillant, tu caresses vachement bien, ta langue fait des merveilles sur moi, ta bouche, oh mon Dieu, elle sait faire plein de trucs, et tes mains ? Je n'en parle même pas. Et tu es insatiable, ce qui me va plutôt bien, et ta queue est si, putain, elle est si bonne que j'ai envie de la déguster là tout de suite !

Sa bouche s'empare de la mienne, m'aspire et ses dents tirent sur ma lèvre inférieure comme des folles. Je tremble.

— Bordel, bébé, j'adore quand tu dis des trucs comme ça... j'ai envie de te faire grimper au paradis avec moi toute la journée et toute la nuit !

Ma respiration se coupe et mon désir explose.

— Alors, prends-moi.

Et c'est ce qu'il fait.
Cette semaine, on le fera au moins...
Oui, au moins...

Chapitre 34 : le soulagement
Félix

Ce matin, je suis crevé, putain, quel marathon de sexe hier soir ! C'est comme ça depuis octobre. En me rendant au boulot, je sifflote une chanson. Je dors avec Lily tous les jours, elle me rend dingue dans tous les sens du terme. Et en plus, on est bientôt en décembre, New York approche à grands pas.

Je sais que c'est pas bien de l'espionner, mais je sais qu'elle avait tendance à chialer toute seule comme une madeleine sans raison et ça ne me disait rien qui vaille. Mais bon, c'est assez fréquent après avoir subi un truc pareil. Elle avait beau me montrer qu'elle était dans la joie, je savais bien que c'est une façade. Au fond, elle devait être terrifiée et je peux la comprendre. Moi, à sa place, j'aurais été le pessimiste qui dégage des idées noires à toute vitesse, sans raisonner alors que je sais que se faire du mouron inutilement pour des trucs qui ne sont pas encore arrivés, c'est con. Bon, je ne suis pas là non plus à dire que si on pense très fort qu'un truc mauvais va nous arriver, il va forcément apparaître, mais bon, la psychologie de l'être humain est tellement compliquée qu'on sait jamais. Alors, j'ai décidé de devenir comme Lily : voir un truc positif dans toute chose. Tiens, par exemple, cet été, Lily n'a pas été piquée par les moustiques alors que moi, ils m'ont littéralement bouffé ! C'était presque drôle ! On en a vu un atterrir sur son bras alors qu'elle venait de se faire un cocktail de chimio, eh ben, le pauvre insecte est tombé raide mort, instantanément ! Marrant, non ? Même si en premier, ça m'a pas trop fait rire, j'ai suivi l'exemple de ma copine. J'aime pas les rigolades sur des trucs aussi graves, mais bon, comme dit souvent Lily, un optimiste, c'est quelqu'un qui sait voir le bon côté des choses et en tirer profit pour aller de l'avant.

Et maintenant ? Nos muscles intimes sont vachement bien musclés...

Je ne vais pas m'en plaindre, hein ?

Putain, je l'aime, cette fille.

J'arrive près des casiers lorsque j'aperçois Fred.

— Salut, Félix ! Alors, Lys va bientôt revenir, à ce que j'ai entendu ? Comment elle va bien ?

— Oui, elle va bien, mais finalement, elle reviendra en janvier. Elle veut faire d'autres trucs avant, genre des expériences jamais vécues.

Fred tire une drôle de tronche. Je tente de le tranquilliser.

— T'inquiète, elle va pas sauter en parachute ou un truc dans le genre. Ce serait trop con de s'être sortie d'un cancer et de mourir dans un saut à la con !

— Faut qu'elle fasse gaffe quand même. Son truc, c'était pas un rhume.

— T'inquiète pas, je veille.

Fred éclate de rire et me tend une enveloppe pour Lily.

— Ouais, t'es du genre collant. Faudrait que tu la lâches un peu, sinon elle va se tirer ! Tiens, c'est pour elle, un texte qu'on a fait à l'usine. Bon, plutôt des mots pour lui dire qu'on est contents pour elle. Elle saura. On l'a appelée plusieurs fois, mais comme elle kiffe les bouquins…

Je le remercie en l'empoignant et en le ramenant vers moi pour un câlin qui me surprend moi-même. Il paraît gêné de mon geste et essuie même des larmes avec le revers de sa veste.

— Tu m'as fait chialer, maintenant. T'es vraiment un con ! me dit-il.

— Oui, je sais.

Avant de commencer à bosser, j'attrape mon téléphone pour appeler Lily. C'est devenu un rituel entre nous. Elle décroche sans attendre.

— Ah quand même ! J'attendais ton appel depuis au moins cinq minutes !

J'adore quand elle est comme ça. C'est qu'elle va vachement mieux. Je prends une voix mielleuse qui a le don de l'agacer. Ça y est, on est un couple comme les autres ! On se chamaille !

— Oui, ma chérie ?

Je la vois bien dans mon esprit. Elle doit taper des pieds ou des ongles. Ou alors elle regarde son clébard pour lui faire comprendre que je suis qu'une pauvre cloche.

— Ce que tu peux être insupportable, parfois ! Tu étais avec la secrétaire de mon père et tu n'avais pas de temps pour moi, c'est ça ? Cette fausse blonde à la con ?

J'adore lorsqu'elle devient vulgaire. J'adore lorsqu'elle est jalouse !

— Arrête avec ça. D'ailleurs, Hubert n'est pas là, il est de retour chez toi depuis que son jules l'a lâché ? lui lancé-je en masquant un fou rire.

Pendant un moment, j'ai cru qu'elle allait me raccrocher au nez et ce n'est pas le moment. Je la sens inspirer à fond, puis reprendre son souffle pour me répondre. Là, elle n'a plus envie de se marrer. Elle est vénère. Faut que je l'arrête.

— Je sais, je suis bête. Excuse-moi. Mais cette nénette t'aime encore bien. Je suis certaine que si j'étais morte, elle serait déjà là à te harceler et toi…

Je ne peux pas en entendre plus, je la coupe dans son élan. Net.

— Arrête, Lily. Je préférerais vivre ma vie en ermite plutôt que de me maquer avec une autre meuf si tu disparaissais un jour.

Elle attend un peu avant de me faire une réponse. Je m'attends à tout, là.

— Il faut que je fasse de la méditation, ou un truc similaire. Je n'arrive plus à me contrôler. Ce sont mes poils, ils sont revenus. Avec la chimio, j'avais la paix au moins de ce côté-là, m'apprend-elle.

Encore une fois, je n'aime pas son humour à deux balles. Humour noir que je n'apprécie pas du tout. Si ça l'emmerde tellement, ses poils, elle a qu'à se faire l'épilation définitive au laser. Je connais un pote qui peut le lui faire pour moitié prix.

Au bout d'une minute, elle reprend.

— Excuse-moi, Félix. Je ne sais pas ce qui me prend, en ce moment. Enfin, si. Je viens d'avoir mes règles et j'ai peur… tu sais, on a fait quatre fois ce que tu sais sans préservatif…

Elle se met à sangloter à l'autre bout du fil. Voilà autre chose. Je comprends pas ce qui la chagrine à ce point. Le pire, c'est que bientôt, je dois commencer à bosser et je ne sais pas quoi faire. La rejoindre ou aller retrouver mon équipe qui attend depuis au moins quinze minutes que j'arrive pour démarrer la prod. *Son paternel va me tuer…*

— C'est bien, Lily !

Elle ne peut pas être enceinte, elle a fait des tests toutes les semaines, presque.

Quel con je fais, parfois ! Je réponds ça alors que finalement, je ne sais pas pourquoi elle me dit qu'elle a peur de ses règles ! Lily me répond de manière directe.

— Eh bien, je suis allée voir mon gynéco ce matin parce que mes règles sont revenues, mais de manière bizarre.

Je sais pas à quoi m'attendre. Les bonnes femmes, avec elles, on ne sait jamais de quoi il retourne.

J'ose même plus lui dire quoi que ce soit de peur qu'elle le prenne mal.

— Bon, t'as raison, en fait, j'ai envie de toi.

— Hein ?
Là, elle me scotche. Je suis au boulot quand même !
Son père va me tuer. Définitivement.
— Mais je dois bosser, là.
C'est vrai, ça, j'ai pris une semaine de congé, son père m'a dit qu'il fallait quand même arrêter, puisque je pars en vacances avec Lily bientôt et il faut régler des trucs à la prod.
— Tu crois ? Je suis *ta fiancée* ! me répond-elle.
Elle prononce cette phrase tellement fort que les autres entendent sûrement. Faut que je m'isole. Là, je crois que son paternel va vraiment me tuer...
Lily ne répond plus. Je l'entends chialer à l'autre bout du fil. Et pas qu'un peu.
Pourquoi elle pleure ? Putain, je ne comprendrai jamais rien aux femmes.
Là, j'ai pas le choix. Je vais la rejoindre. Je bosserai pas aujourd'hui.
— Tu te tires ? me crie Fred.
Je lui réponds pas et fais un SMS au père de Lily, sans trop dire ce qui se passe.

Putain de merde !

Chapitre 35 : l'incompréhension
Félix

Lorsque je me pointe chez Lily, sa mère m'attend sur le pas de la porte et me fait signe pour me dire que sa fille se trouve dans le salon. Je suis tout de suite guidé par la musique de son piano. La mélodie qu'elle joue est fine, délicate, joyeuse. D'abord, je ne brille pas pour elle. Ses doigts parcourent les touches de son instrument comme avant, avec une souplesse de ouf. Je remarque que ses ongles sont bien arrangés. Ça aussi, elle ne l'avait pas fait depuis des lustres.
Ça fait tilt.
J'attends un peu avant de me la ramener.
Elle veut que je la demande en mariage.
Sûrement.
La zic stoppe. Lily se lève pour me fixer sans me causer. J'essaye de deviner ce qu'elle pense, ce qu'elle va me dire. J'ai la frousse. Mais j'assumerai.
— Tu n'es vraiment qu'un con !
Quoi ?
Elle me tape un baiser bien comme il faut, puis escalade l'escalier rapidement pour rejoindre sa piaule en me laissant planté là. Sa vieille, qui a assisté à toute la scène, hausse les épaules et les sourcils. Une manière de dire qu'elle non plus ne sait pas quoi faire. D'un geste de la main, elle m'ordonne d'aller rejoindre sa fille. Ce que je fais sans broncher.

Une fois en haut, j'entre dans sa chambre. Sa porte est restée ouverte, pas la peine de frapper. Je reste un moment figé sur le pas de la porte en regardant l'intérieur de sa chambre complètement chamboulée. Une tonne de fringues sont regroupées en montagne sur son lit. D'autres trucs traînent par terre. Lily parle toute seule à l'intérieur de son *dressing*. J'y vais, j'y vais pas ? Bon, c'est du tri. Pas de quoi faire un fromage.
— Tu fais du tri ? lui demandé-je bêtement
Lily agit d'abord comme si j'étais transparent. Moi, je reste planté devant l'entrée de son *dressing*, à la voir gigoter dans tous les sens, à sortir des fringues, à les fixer, puis à les lancer sur son pieu, où la montagne s'élève à vue d'œil. Bientôt, elle aura reconstitué le sommet de l'Himalaya. C'est fou ce qu'elle peut entasser comme vêtements ! *Bon, après tout, c'est une nana.*
— Ah, tu es là ? me dit-elle enfin.

— Ouais, lui réponds-je.
Sérieux, elle ne m'a pas vu ?
Elle délire, là, non ?
— Ces fleurs sont pour moi ? me demande-t-elle.
Quel idiot je fais ! J'avais même oublié le bouquet de roses que je lui ai acheté avant de venir. Alors je lui dis que oui, le bouquet, c'est bien pour elle. Je le lui donne.
— Tu es un amour ! C'est très gentil, tout ça. Il me manquait justement des roses pour faire le glaçage de mon gâteau à la lavande ! Hum, en plus, elles sont de très bonne qualité, elles dégagent un doux parfum ! me dit-elle en rapprochant les roses de ses narines.
Incrédule, j'ose lui poser une question. Mais franchement, je vois pas pourquoi maintenant elle veut des fleurs pour les bouffer...
— Tu veux manger des fleurs ?
Elle éclate de rire, puis me fait un cours sur les fleurs comestibles. Elle me dit qu'au déjeuner, elle confectionnera un plat de pâtes dotées de capucine, qui est pourvue d'une saveur poivrée ; accompagnée d'une salade à base de pétales confits d'hibiscus, puis son fameux gâteau à la lavande qui sera dégusté avec un thé à la violette odorante. Bon, si ça peut lui faire plaisir, je suis prêt à becter ce qu'elle veut...
Ensuite, elle s'affaire à son tri.
— Tu vas jeter toutes tes fringues ? la questionné-je, les yeux écarquillés.
Elle fait la grimace. Peut-être que c'est juste parce qu'elle a ses machins qu'elle fait ça. Car elle a une de ces énergies... en plus, elle est pas obligée de foutre tout ça sur son lit n'importe comment. Je suis sûr que ce soir, je vais devoir l'aider à tout plier...
— Je fais du tri pour me débarrasser de vêtements futiles que j'avais avant. J'aurai moins de choix et donc moins de stress pour décider de ma tenue ! De plus, certaines choses me rappellent le passé, par exemple ce tailleur Chanel.
Je ne réponds plus. Je crois que je comprends son malaise, se débarrasser de tout ce qui pourrait lui rappeler sa merde. Mais bon, un tailleur Chanel, tout de même !
— Je comprends, Lily, mais c'est du fric quand même ! Je sais que pour toi, ça n'a pas trop d'importance, mais...
Lily se plante devant moi. Ses yeux brillent de fureur, ou d'un truc similaire. Elle me fout la frousse. Ça y est, elle va me planter là.
— Avant oui, mais j'ai changé ! Tiens, tu connais le prix d'une baguette, toi ?
Je hausse une épaule.

— Ben oui ! Qui ne connaît pas le prix d'une baguette de nos jours ?

Elle se désigne d'un doigt.

— Eh bien, moi, je ne connaissais pas le prix, avant, lorsque j'étais qu'une petite fille gâtée à son papa ! Une bourgeoise de merde qui ne pensait qu'à des trucs inutiles et ne vivait pas sa vie pleinement ! Qui ne savait pas profiter des plaisirs simples de la vie, par exemple, regarder un arbre !

Je pose mon majeur sur mes lèvres et lui fais des gros yeux.

— Oh ! Lily, surveille ton langage, si ta mère t'entendait...

Elle me tire la langue.

Sérieux ?

Qu'est-ce qu'elle a bu depuis que je suis parti au taf ?

— Bon, j'n'en ai rien à foutre ! Je vais les donner, mes fringues ! Ainsi, je ferai en plus une bonne action ! Et puis merde, j'en ai marre !!!!

Là, elle se jette dans mes bras. Je la serre très fort contre mon torse, sans savoir quoi faire d'autre.

Je lève la tête à mon tour et je m'aperçois que sa mère se trouve sur le seuil de la chambre.

Je me demande ce qu'elle a derrière la tête.

Lily se redresse et se dirige vers sa table de nuit pour en sortir des préservatifs et venir me les brandir devant ma tronche déconfite. Je rougis. Sa mère est là quand même ! C'est un peu trop intime et gênant !

C'est vrai que j'ai encore oublié de foutre une capote, hier soir, mais bon.

Bordel, elle a raison ! Il ne faut pas qu'elle tombe enceinte maintenant.

Elle vient d'avoir ses règles, ça signifie qu'il faut qu'on fasse gaffe.

Et qu'on attende un peu. Qu'on se marie, par exemple.

Bordel, c'est ce qu'elle veut, que je la demande en mariage !

Sauf que je ne peux pas encore.

— Voilà ce que tu mettras à partir de cet instant, Félix ! J'espère que le modèle te conviendra, c'est papa qui l'a acheté à ma demande ! me dit-elle le plus naturellement du monde.

Son paternel l'a quoi ? Alors là, je ne me sens pas mal, ni rougir, je me sens crever ! Son père a acheté mes préservatifs !

Voyant mon malaise, Lily revient à la charge.

— Allez, quoi, papa et maman savent ce que c'est qu'un préservatif, ils font l'amour aussi, tu sais ! En plus, c'est soit la protection et tu sais que je ne prendrai jamais la pilule, soit un nœud dans ton machin...

Je souris malgré moi tout en rejetant l'idée de voir ses parents l'un sur l'autre. Beurk, rien que d'y penser... je me demande comment Lily fait ça.

Quoi ? Un nœud dans quoi ?

— Bon, ce n'est pas tout, mais il faut que je prépare le déjeuner. Tu appelles papa ? demande-t-elle à sa mère.

Celle-ci, gênée, lui avoue qu'il a beaucoup de taf et qu'il n'a pas le temps de bouffer avec nous.

Sans attendre, Lily prend son téléphone portable et compose la ligne directe de son père.

C'est une pile électrique, un truc à turbo super puissant.

Je suppose que c'est parce que c'est sa période.

— Papa ? Ta fille chérie t'attend pour déjeuner !... Quoi ? Félix ? Oui, il est là. Non, il ne peut pas te représenter, non, papa. Ne te défile pas. Si tu ne rappliques pas d'ici quinze minutes, tu auras affaire à moi ! Ferme ton usine aujourd'hui !

En changeant de sujet, elle me demande de l'aider à faire la cuisine. Elle me semble hystérique.

Ouais, c'est parce qu'elle a ses règles, sans doute.

Je n'aime pas beaucoup l'idée d'être à ses ordres. J'imagine déjà la cata lorsque j'aurai cramé un pétale de fleur sans faire exprès ! Heureusement, Tobie apparaît juste à temps et se couche à mes pieds. Je le caresse et une idée géniale me vient.

— Lily, Tobie a besoin de sortir. Je me disais que je pouvais le balader un peu, pendant que ta mère et toi, vous prépareriez le déjeuner. Peut-être même que ton père aussi pourrait t'aider un peu, non ? Bon, j'en ai pour quelques minutes et lorsque je reviens, je t'aide.

Lily paraît satisfaite et m'autorise à balader son chien. Elle s'agenouille pour embrasser Tobie et lui demander d'être obéissant avec moi.

— Tu as raison, Félix. Il faut qu'il s'habitue aussi à ce que toi, tu le promènes. Après tout, mon père peut m'aider, lui qui voulait que tu le représentes ! Tel est pris qui croyait prendre. Ça lui apprendra !

J'ai honte d'un coup, mais à la guerre comme à la guerre.

— Et puis, ainsi, tu pourras faire un peu d'exercice par la même occasion ! me lance-t-elle à la figure.

Quoi ? Qu'est-ce qu'elle me dit ? Avant de partir, je regarde mon bidon. Il n'est pas trop gros quand même, je dirais qu'il est même musclé. En plus, elle a dit qu'elle aimait mes formes ! Pendant ce temps, sa mère fait semblant de nettoyer une poussière. À mon avis, elle ne sait pas quoi faire et doit surtout avoir peur que Lily la prenne à parti.

Je mets la laisse à Tobie, puis nous quittons la maison docilement, pendant que j'entends Lily donner des consignes à sa mère.

Une fois à l'extérieur, je préviens Tobie.

— Fini la rigolade, mon chien ! On va se balader au pas de course !

Bon, j'ai quand même dû m'arrêter de temps en temps, car Tobie n'arrêtait pas de renifler l'herbe avant de pisser dessus... Il m'écoute pas.

Comment faire un peu de marche avec un clébard qui ne pense qu'à sentir tout ce qu'il voit ?

Putain, comment je vais faire pour le mariage ?
Je ne suis pas encore prêt.

Chapitre 36 : vivre l'instant présent pour mieux préparer l'avenir
Félix

— T'es un grand malade d'avoir raconté un bobard à Lys ! Tu crois que quand elle saura, elle va avaler la pilule ? me dit Fred.
— Quoi ? Juste un p'tit crack, rien de bien méchant, lui réponds-je.
— Ouais et avec moi comme complice. Je suis vraiment dans la merde si elle le découvre. Au fait, tu connais ses goûts ?
— Ouais, et si tu lui dis quoi que ce soit, je t'écrabouille comme une bestiole ! Et ouais, je connais ce qu'elle kiffe, tu me prends pour qui ? Et puis, de quoi je me mêle ?… Bon alors, t'arrêtes ton baratin et tu me dis où on va ? … Attends, je me souviens d'un magasin très branché ! Faut juste que je me rappelle où il crèche !

J'entends Fred lever les yeux au ciel et souffler comme un bœuf. Il me fait bien marrer, ce type, c'est un chouette gars.

Aujourd'hui, je ne bosse pas et Lily tient la jambe à Lilou, qui, elle, se coltine plein de nouveautés et laisse courir tout ce qu'elle veut ! À un moment, j'ai eu la frousse de risquer de la voir en ville, mais je vois pas pourquoi elle mettrait les pieds dans un magasin de ce genre.

Pendant que Fred prend place côté passager dans ma bagnole, j'appelle Lily. Je dis à mon pote de se la fermer le temps que je lui parle. Elle doit avoir le téléphone greffé sur elle, car elle me répond quasi instantanément.

— Lily ?
— Oui, c'est moi. Tu t'attendais à quelqu'un d'autre ?

J'entends son sourire à travers le combiné. Elle est de bonne humeur, aujourd'hui. Un bon signe.

— Alors, c'est sympa, ta journée avec Lilou ? lui demandé-je.
— Oui, très sympa. C'est tout ce que tu as à me dire ?

Je la sens pas. On dirait qu'elle veut me jeter au plus vite.

— Je te les casse ?
— Non, non. Ou plutôt oui. Lilou et moi allons faire du shopping. Ne me dis rien. Je sais ce que tu penses de ma future activité vu que je me suis débarrassée de plus de quatre-vingts pour cent de ma garde-robe hier pour ne garder que l'essentiel, mais tu m'emmènes à New York et je n'ai vraiment rien à me mettre !
— Ah, tu vas en ville ? De quel côté ?

— Comment ça, de quel côté ! En ville, c'est tout. Là où je trouverai ce que je cherche. Pourquoi cette question ? me demande-t-elle, surprise.

— Pour rien. Je vois bien que je te gave avec mes questions à la con, alors prends du bon temps avec ta copine. À tout. Moi aussi, j'ai une course à faire. Je te fais plein de bisous partout...

— Ah, OK ! Moi aussi. À tout à l'heure alors, me répond-elle en raccrochant aussitôt.

Fred m'observe curieusement. Il doit se demander ce qu'on manigance.

— Elle te pose pas plus de questions que ça ? s'étonne-t-il.

— Non. Je pense qu'elle sait que je suis pas au taf. Son vieux ! Ou alors... il y a un truc qui me turlupine... bon, c'est rien. J'espère que son père lui a rien dit.

— Ah merde ! C'est con. Tu crois qu'elle se doute que tu vas lui acheter une bague ?

Je pouffe.

— Une bague ? Qu'est-ce qui te passe par la tête ! Non. Je vais lui acheter des patins à glace ! À New York, il y a plein de patinoires !

Fred paraît étonné et me regarde comme si j'étais un extraterrestre.

— Bien sûr, comment je n'y avais pas pensé plus tôt ! Des patins à glace, bien sûr ! Alors, pourquoi tu as besoin de mes bons plans ? me répond-il en s'épongeant le front qui dégouline de sueur.

J'éclate de rire et je mets la clim. Il a des sueurs froides à ma place. Ça, c'est un vrai pote !

— Tu es mon alibi, c'est tout ! Je veux pas qu'elle pense que je sors par exemple avec une autre fille.

— Ah, vous en êtes encore là, après toutes les merdes que vous avez eues ? Putain, mais tu peux au moins me dire pourquoi tu veux lui acheter des patins sans qu'elle le sache et surtout, t'es sûr de la pointure ? Faudrait pas que tu sois obligé de les benner après !

— T'inquiète. Je maîtrise.

— Ah, si tu gères, alors ! Bon, on peut au moins aller boire un coup quelque part après ou t'as un autre rencard ?

— Ouais, où tu veux, aucun problème.

Il se gratte le crâne et je coupe la clim, sinon on va congeler sur place. Il faut vraiment qu'il se mette au sport.

Il reprend son baratin.

— Vous êtes vraiment frappés, tous les deux ! Quand je pense à ce que Lily m'a demandé hier...

Là, il attire mon attention. C'est quoi, cette affaire ?

— Non, t'inquiète. Elle veut aussi te faire un cadeau complètement débile. Genre comme le tien.

— Ah oui ? Et quoi ?

— Une nuit dans un igloo, juste après votre escapade aux States ! Quand je te dis que vous êtes complètement ouf ! En tout cas, vous faites la paire, tous les deux !

Je rigole, mais au fond, il m'a gâché la surprise, cet idiot !

Bon, y'a pas mort d'homme, Fred est vraiment génial, c'est sa nature.

Quelqu'un de bien, je l'ai su dès que je l'ai rencontré le premier jour à l'usine.

Je mets le cap vers le magasin de sport le plus proche, pendant que je branche l'autoradio sur une zic de dingue.

Chapitre 37 : le voyage
Lys

Notre avion décolle à sept heures trente, heure de Paris. Mon excitation ne désemplit pas tant ce voyage me paraît surréaliste et séduisant ! J'ai l'impression bizarre que ces vacances sont trop belles pour être vraies ! Mais je suis bien dans ma vraie vie !
Aucun doute !

Félix me vole un baiser.

Nous nous tenons tous les deux dans le hall de l'aéroport Roissy-Charles-de-Gaulle et atterrirons bientôt à l'aéroport JFK de New York ! Enfin, il s'agit d'une façon de parler, car nous avons huit heures trente de vol et il y a six heures de décalage. Donc, en gros, il est actuellement six heures du matin à Paris et là-bas, il y a six heures de moins. Les New-Yorkais se trouvent encore dans les bras de Morphée.

Mes parents et la mère de Félix ont tenu à nous accompagner, malgré le fait que nous sommes aujourd'hui le 26 décembre et que nous nous sommes tous couchés très tard hier soir. Cette année, nous avons fêté Noël tous ensemble à Paris. C'était magique !

Leur vol pour l'aéroport de Bâle-Mulhouse est annoncé dans deux heures à Orly. Ils disposent encore d'un peu de temps, en tenant compte des encombrements routiers de la capitale.

Ah ! J'oubliais ! Il faut absolument que je note nos premiers cadeaux de Noël dans mon livre : des patins à glace pour moi de la part de mon amoureux, une nuit dans un lieu insolite en Alsace de ma part pour nous deux. Je reconnais bien Félix dans son geste : me faire plaisir avant tout et c'est réussi ! J'adore.

Noter *« j'adore »*.

Nous prenons le temps de prendre un café, avant que les écrans des départs n'affichent notre vol.

J'adore l'ambiance des aéroports. En observant chaque passager, on pourrait presque y lire son histoire. Dans tous les cas, je m'amuse à les inventer. Mais tout n'est qu'illusion. Impossible, finalement.

Qui d'entre eux oserait imaginer ce que nous avons enduré ces derniers mois ?

Personne, je pense.

Chacun porte sa croix.

C'est bien suffisant.

Pendant que maman s'évertue à nous faire rire, une agréable voix nous surprend et Félix règle l'addition. Tout le monde se lève pour abandonner sa chaise aux voyageurs suivants.
Je soupire en détaillant mon fiancé amoureusement.
Celui qui ne m'a toujours pas demandé ma main.
Voilà, ça y est, notre avion est annoncé, nous allons embarquer !

S'il y a une seule chose que je déteste dans ce genre d'endroit, ce sont les scènes d'au revoir. Et celle-ci, je ne l'aime pas.
Mes parents me serrent contre eux avec une telle intensité qu'elle rime avec un adieu définitif.
Je n'aime pas mes pressentiments.
Je les hais même.
D'un geste invisible de la main, je les chasse aussitôt pour les remplacer par ma méthode d'art de vivre l'instant présent.

Je tends l'oreille.
Dernier appel pour les voyageurs à destination de New York.
New York : symbole d'un nouveau départ et d'un commencement pour Félix et moi.

Après une dernière accolade, nous nous détachons enfin d'eux.

Comme deux êtres seuls au monde, le sourire aux lèvres, nous courons, main dans la main, jusqu'à l'entrée de l'avion. Nos vestes en cuir à moitié ouvertes sur nos pulls blancs identiques, nos jeans bleus délavés avec quelques plis faits exprès et nos baskets à nos pieds. Une fois arrivés, à bout de souffle, nous sommes au bord de l'euphorie. Une charmante hôtesse nous accueille et nous indique le chemin pour rejoindre nos places dans notre Boeing de taille gargantuesque.

Une fois notre emplacement trouvé, Félix et moi nous installons sur nos sièges pour un long voyage. Moi côté hublot, lui à ma gauche. Par réflexe, je boucle ma ceinture de sécurité avant que les consignes ne soient données.
Une incertitude me gagne.
Celle de la poursuite de nos mésaventures.
Je secoue la tête mentalement.

Je n'aime pas ce à quoi je pense...
Exit !

Lorsque le pilote prononce son discours, une crainte irraisonnée s'empare de moi.

Comme si une malédiction pesait sur moi, sur nous deux. Comme si notre bonheur était à nouveau éphémère.

Je chasse aussitôt ces idées inconvenantes de ma tête pour me lover contre Félix.

Avec lui, je me sens en sécurité.

— Tu peux roupiller, si tu veux. Tu dois être crevée, me propose-t-il en m'embrassant sur le haut du crâne.

— Je n'y arrive pas. C'est bête, mais j'ai peur de faire un cauchemar. Trop d'idées noires dans ma tête sans que je sache pourquoi.

Félix me rassure en m'indiquant qu'il va me faire un lavage de cerveau. Lorsqu'il se met à jouer au psy, je souris, puis ferme mes yeux malgré moi pour n'écouter que sa voix.

Il sait que j'ai un peu peur de l'avion.

Ou peut-être pas, je ne lui ai rien dit, mais je n'ai jamais fait des long-courriers. Et l'idée d'être dans les airs si longtemps et de traverser l'océan contracte mon estomac.

— Imagine-toi couchée sur le sable d'une belle plage. En face de toi, l'océan avec les vagues qui chatouillent tes oreilles. Tu sens l'air doux et chaud sur ta binette. Derrière toi, une grande baraque style starlette, commence-t-il.

— Je commence à avoir froid. Je peux rentrer maintenant dans la maison ?

— Euh... oui, bien sûr. Tu rentres donc dans la baraque et tu t'amènes dans une piaule où tu t'allonges dans un pieu vachement confortable, bien chaud. Et ensuite...

— Je peux me couvrir avec la couverture ?

— Euh... ouais, couvre-toi. Il y en a une. Ensuite, tu sens tes muscles se relâcher et ton corps s'abandonner peu à peu vers un sommeil profond, réparateur...

— J'ai des idées qui me trottent encore dans ma tête... comment je fais pour les enlever ?

Il soupire.

— Euh... ouais, Lily. Bon, concentre-toi et essaye de ne pas m'interrompre tout le temps. Donc, je disais, t'aperçois une barque sur l'océan, parce que dans ta piaule, une grande baie vitrée te permet de voir l'océan. OK ? Ensuite, tes idées se tirent, traversent la vitre et entrent dans la barque. La barque déguerpit elle aussi, se laissant bercer par le vent. Toi, tu ronfles, paisiblement. Plus rien ne t'emmerde.

Après avoir étouffé un rire qui a le bénéfice de m'apaiser, je m'endors. Pendant quelques minutes, plus rien ne me ramène au monde réel.

Lorsque je m'éveille, un plateau-repas nous est servi. Félix semble passionné par la lecture d'un livre sur l'art de vivre différemment. Je laisse deviner un bâillement expressif afin d'attirer son attention.

— Tu n'as pas dormi, toi ? lui demandé-je en m'étirant.
— Non. Et toi ? Ça a été ?
— Génial. Ta méthode a bien fonctionné. Mais je dois cependant te dire que mes idées ne voulaient pas vraiment me laisser. Alors, je leur ai écrit une lettre dans laquelle je m'excusais de ne plus vouloir d'elles, mais qu'elles m'empêchaient de me reposer.

Félix me sourit en me caressant le menton et la joue. J'adore lorsqu'il me fait ça. Pour le lui faire comprendre, je fais semblant de ronronner jusqu'au moment où des chuchotements de passagers m'attirent. Ils sont bientôt accompagnés de secousses qui m'électrisent.

Je me redresse d'un coup et jette un coup d'œil à Félix, qui atteste mon état en me démontrant lui-même son angoisse. Nous apercevons l'aimable hôtesse affichant un air faussement décontracté. Elle s'efforce de faire revenir le calme. Selon elle, rien d'inquiétant. Juste un minuscule problème technique tout au plus, qui vient d'ailleurs d'être réglé.

Loin d'être soulagée, je l'alpague lorsqu'elle traverse notre couloir pour l'interpeller. Je n'ai qu'une seule chose à dire, c'est qu'elle-même n'est pas vraiment convaincante lorsqu'elle m'affirme qu'il n'y a rien à redouter. Ce qui est vraiment encourageant !

— T'inquiète, c'est rien, me rassure Félix avec un sourire crispé qui a le don de m'alarmer encore plus.

Ses yeux me parlent. Félix me dévisage comme si c'était la dernière fois, puis me saisit la main pour me la serrer très fort. Mon esprit sollicite une raison qui aiderait mon inconscient à se taire, au lieu d'évoquer un crash.

Félix me répète : *T'inquiète, ça va bien se passer.*

Je ne pense qu'à une seule chose : ce serait vraiment bête de mourir tous les deux, maintenant que je suis sortie d'affaire, que nous venons de nous rencontrer et que nous avons toute notre vie devant nous.

Ce serait si injuste !
Non.
C'est impossible !

Les chuchotements des autres passagers s'intensifient : un réacteur ne répondrait plus.

Mince, nous allons vraiment y passer ?
Non.
Je ne peux me résoudre à cette idée, aussi, je prie.
Je prie très fort pour qu'une force divine nous guide.

Pour que nous ne nous éteignions pas déjà, là, lors de notre premier voyage en amoureux ayant pour objectif de fêter ma victoire sur la maladie.

Sinon à quoi bon avoir parcouru tout ce chemin semé d'embûches ?

À quoi bon avoir subi toutes ces semaines de douleur, de doutes, de batailles et de réussites ?

J'observe les nuages par le hublot. J'y aperçois le soleil et le ciel bleu.

Ce n'est pas possible, non, pas possible du tout.
Il fait terriblement beau !
Mon cerveau poursuit son alerte malgré mes avertissements.

J'entends un bruit bizarre... les réacteurs... un problème à ce niveau là... c'est donc vrai...

À présent, je remarque la terre à nouveau, alors que nous l'avions quittée pour voler au-dessus de l'eau. Mais... c'est... Paris ! Nous avons rebroussé chemin !

Je tremble, mon cœur bat trop vite, j'ai envie de crier.

Je m'empresse d'apprendre la bonne nouvelle à Félix.

— Félix, regarde, c'est Paris ! L'avion a fait demi-tour !

Celui-ci regarde à son tour par le hublot et confirme mon affirmation. Il serre ma main plus fort. C'est alors que le pilote s'adresse à nous pour nous indiquer que nous allons atterrir à Paris pour changer d'avion, en raison d'un détail technique qu'il préfère vérifier.

— Heureusement qu'il préfère vérifier ! Non, mais il en raconte, des conneries ! Il nous prend pour des débiles mentaux ou quoi ? lance Félix, révolté.

Lorsque nous descendons de l'avion quelques minutes plus tard, des personnes nous guident jusqu'à une salle VIP, où l'on nous propose de nous restaurer à souhait. Une fois à l'intérieur, Félix se jette sur les mets. Il semble affamé alors que moi, je suis incapable d'avaler quoi que ce soit.

— Ben quoi ? me dit-il. S'il faut crever, autant le faire avec le bidon plein !

Lorsque nous nous asseyons, je remarque des panneaux d'affichage, des départs et des arrivées. Aucun ne stipule le retour de notre avion.

Félix devine mes pensées.

— À mon avis, ça arrive de temps en temps et les compagnies ne veulent pas ébruiter la chose. Mais bon, pas d'inquiétude, l'avion, c'est le mode de transport le plus sûr du monde ! Si, si, j'te le jure ! m'affirme-t-il en avalant goulûment sa quatrième viennoiserie.

Je pense que lui aussi est stressé et la nourriture représente une sorte d'antidote. Moi, je lis un magazine *people*. Il n'y a rien de tel pour me faire oublier que nous devrons bientôt remonter dans un nouvel avion !

D'ailleurs, je suis en retard sur les potins, cet hiver !

Bon... j'ouvre mon magazine...

Ah, tiens ! Il a une nouvelle femme, celui-là ?

Les stars changent de partenaire comme elles le font avec leur chemise !

Oh là, là, elle, la chirurgie esthétique ne lui a pas réussi...

Et puis, elle, encore un autre enfant ?

À cet âge ?

Mince !

Et puis lui, il est vraiment trop bête sur un snowboard !

Juste hilarant !

Chapitre 38 : l'arrivée
Félix

Lorsque nous remontons à bord de l'avion, nous n'avons pas l'esprit tranquille. Dire que j'ai eu les billets en promo ! Je m'en mordrais les doigts toute ma vie... enfin, je ne serais plus là pour le dire. Après avoir pris nos places, nos oreilles restent en alerte au moins pendant vingt longues minutes, pour tenter de capter un son suspect. Mais bon, il faut croire que ce n'est pas encore notre heure, puisque tout le reste du voyage se déroule sans accroc.

Lorsque le pilote annonce l'atterrissage, Lily est agitée comme une puce. Je me réveille en sursaut pendant qu'elle me crie dans les oreilles d'admirer le beau paysage dans le hublot.

— Tu veux me faire crever d'une crise cardiaque ou quoi ? lui dis-je.

Je tourne ma tête en me frottant les yeux tout gonflés. C'est vrai que c'est beau. C'est un autre décor, un autre monde. Des gratte-ciel avec un truc qui ressemble d'ici à la statue de la Liberté. En plus, il a l'air d'y avoir du soleil. Tant mieux. Je n'aimerais pas avoir affaire à une tempête de neige, car on est en plein dans la saison. Mais bon, c'est moi qui ai eu l'idée de New York en hiver, alors, j'assumerais au cas où.

L'avion s'arrête et malgré la lumière qui est encore au rouge, tout le monde se détache et commence à se tortiller pour passer devant les autres. Les gens sont fous. Ils sont là, tous à vouloir marcher sur les pieds des autres. De vrais pignoufs... de toute façon, le bus nous attend et ne démarrera pas tant que tout le monde ne sera pas dedans. D'ailleurs, heureusement qu'il y a le bus, j'suis complètement K.-O., moi. Pas Lily, non, Lily, on dirait qu'elle a le diable au corps !

— On fait quoi, aujourd'hui ? me demande-t-elle, surexcitée.

— D'abord, direction l'hôtel. Ensuite, on se pose un peu avant d'aller se balader dans les rues de Manhattan.

Se détendre, prendre une douche et puis... hum... le délice de nos corps...

— Notre hôtel est à Manhattan ? Le quartier le plus culturel et huppé de la ville ? Tu es vraiment un amour, Félix ! Nous pourrons admirer les gratte-ciel et visiter quelques musées !

Je fais une moue, un peu déçu.

— Tu ne veux pas faire un *break* à l'hôtel d'abord ?

Elle m'embrasse du bout des lèvres et je frissonne.

Bordel, je suis déjà en manque d'elle !

— On aura toute la vie pour ça. Tu es dans la ville de New York, mon chéri, la ville qui ne dort jamais !

Je sens que je vais être vachement crevé à la fin du voyage. Le décalage horaire, tout ce que j'ai prévu et tout ce que prévoit Lily, ça va nous faire tirer la langue !

Et ce que moi, je prévois… sous la douche ou ailleurs…

— Et demain ? Que ferons-nous demain ? me demande-t-elle en même temps que nous marchons en direction du hall où nous allons récupérer nos valises.

Je croyais qu'il ne fallait vivre que l'instant présent, moi…

— Un vol en hélicoptère pour voir la ville d'en haut !

— Ne pourrions-nous pas nous rendre à Brooklyn ? Je rêve de traverser le Brooklyn bridge depuis que je suis toute petite ! me supplie-t-elle comme une gamine.

— C'est quoi, le Brooklyn br… ?

— C'est le pont suspendu qui relie Manhattan à Brooklyn. Le plus ancien pont des États-Unis. Et puis je veux visiter chaque arrondissement ! Bronx, Queens et Staten Island ! Et puis je veux aller à la plage pour me balader, je veux aller à Coney Island !

— Ouais, ouais. On va déjà caler les choses, Lily, on est là pour quinze jours. On a tout notre temps !

J'attrape nos bagages à la volée, puis direction les taxis jaunes. C'est marrant, les gens causent anglais. En même temps, on n'est plus en France. Il va falloir que je montre à Lily mes talents dans cette langue. Et je sens que je vais l'épater !

À peine se retrouve-t-on à l'extérieur que l'on est immergés dans l'ambiance américaine. On entre dans un taxi et le chauffeur est tout de suite très sympa avec nous. Il n'arrête pas de se fendre la gueule pour un truc que je ne pige pas trop. Ensuite, il nous prend nos bagages qu'il planque immédiatement dans le coffre. Nous posons nos fesses à l'intérieur du taxi, puis je donne l'adresse de notre hôtel devant une Lily qui vient juste de comprendre que je me démerde plutôt pas mal en anglais. Le mec, il a la langue bien pendue, en tout cas, il arrête pas son bla-bla.

— Wouah, je ne savais pas que monsieur parlait aussi bien anglais ! Mes félicitations, mon cher ! me complimente-t-elle en m'embrassant sur la pointe des lèvres.

Putain, cette langue qui est entrée dans ma bouche furtivement, ça me fait bander !

Mais je suis obsédé ou quoi ?

Je déglutis et essaie de penser à autre chose qu'à ma meuf en moi et moi en elle...

Elle a beau dire ce qu'elle veut, on va aussi s'éclater ici, et dans toutes les positions possibles. Après les visites.

Il faudra qu'on s'alimente en énergie.

Je regarde par les vitres de notre placard et je me dis que t'as pas intérêt à paumer un truc dans cette faune, pour le retrouver, ce serait comme chercher une aiguille dans une meule de foin. Le chauffeur fout la zic à donf. Genre tout droit sortie d'une caisse de gang, comme dans les polars à *suspense* ou un machin de ce style.

Le mec se faufile comme un timbré dans la circulation. Les bagnoles, il en arrive de partout, Paris à côté, c'est de la gnognotte. Il continue à foncer comme un vrai malade. S'il continue, je pense que je vais gerber. Lily, elle, s'émerveille à chaque truc qu'elle voit. Je lui dis que « ouais », c'est vraiment super dingue ! Au moment où je le lui dis, le mec freine comme s'il était flic : on est arrivés. C'est pas trop tôt, c'était moins une pour moi. Sans perdre une seconde, je paye *fissa* et on sort de la caisse. Le mec se tire à la *Starsky et Hutch*, un vieux feuilleton que ma maternelle adore encore, malgré les couleurs délavées qui apparaissent dans sa téloche. C'est ça qui fait son charme, au feuilleton, qu'elle dit...

Dans la rue, c'est une vraie fourmilière. Il y a du peuple partout ! Je regarde vers le ciel et je me trouve comme un couillon qui n'est jamais sorti de sa cambrousse. Des gratte-ciel partout : ça donne le tournis. Lily me prend ma main et me fait signe de regarder notre hôtel juste en face de notre nez. Putain, c'est du tonnerre ! C'est comme dans les films. Un truc somptueux, en pierres grises. En tous cas, j'espère que l'ascenseur n'est pas en panne. J'ai mal aux panards, moi. Mais non, je pense pas, les Ricains savent y faire pour pas s'emmerder.

Devant la porte vitrée à tourniquet, un malabar qui joue les flics, avec un air de tueur. C'est cool de se sentir en sécurité, en même temps, ça fout la trouille.

Après être passés à la réception, nous prenons la clé de notre piaule, pendant qu'un mec en costard s'affole pour nous piquer nos bagages. D'abord, je voulais pas trop les lui donner, mais quand Lily me fait les gros yeux, je comprends que c'est le larbin de service. Mais bon, j'kiffe pas trop. On sait jamais.

Le hall est gigantesque et les sols en marbre. Tout scintille. Il y a des gens partout.

On s'approche des quatre ascenseurs et Lily s'acharne sur le premier qu'on atteint en appuyant sur tous les boutons comme une gamine de cinq ans.

— Lily, lui dis-je. Tu vas nous faire repérer !

Mais Lily s'en fout pendant qu'on se tape la honte devant des gens de la haute qui ne se gênent pas pour nous regarder ouvertement.

Heureusement, il y en a un, plus rapide que les autres, qui nous ouvre les portes. On entre et un autre mec appuie sur le bouton. Ouais... je n'ai pas lésiné sur les moyens, moi ! Lily est épatée ! Elle me saute au cou pour me remercier et me pince le derrière à la discrète, je sens que c'est gagné pour ce soir...

L'ascenseur arrive à notre étage à toute vitesse et nous fait un « *stop-and-go* », pour qu'on puisse descendre. Le mec qui appuie sur les boutons nous fait signe de sortir avec un *good bye* blasé. En tout cas, ce *job*, ça doit l'emmerder... mais bon, il est pépère quand même, on peut pas avoir le beurre, l'argent du beurre et la crémière en plus. Et chose importante, il a du taf.

On traverse un long couloir avec du marbre blanc brillant partout et on trouve notre numéro. Je passe devant Lily et j'ouvre la porte en bois blindée. Le maître d'hôtel du rez-de-chaussée a déjà foutu nos valises à l'entrée. Je me demande par où il est passé pour nous dépasser ! Lily me dit que les ascenseurs, ça pousse comme des champignons, ici. Moi, je me dis qu'elle a pas tort. En plus, ça fait trop bizarre. Une autre planète, quoi !

On entre un peu plus dans la pièce et Lily referme la porte derrière elle. On s'arrête tous les deux pour la zieuter. Elle est faramineuse. L'agence ne m'a pas menti. Un pieu immense à baldaquin avec des draps en satin et deux chevets en bois, une salle de bain attenante entièrement carrelée de marbre blanc qui dispose d'une douche, baignoire balnéo, deux vasques ! Un p'tit salon *cosy*, deux fauteuils, un petit canapé, une table basse, une télé écran plat. La déco est sensas et minimaliste. Putain, c'est la classe ! Je sens qu'on va bien se sentir, là-dedans !

Lily tambourine mon épaule droite et me dit qu'elle veut se débarbouiller.

— Tu ne veux pas plutôt un bain pour te détendre ? lui proposé-je avec une idée derrière la tête.

— Non, pas le temps, pas le temps ! me dit-elle avant de se tailler dans la salle de bain.

Ça vaut le coup d'avoir bataillé pour avoir une grande baignoire balnéo et tout le tintouin !

Bon, elle a raison, moi aussi, je chlingue...

J'irai après, j'aimerais pas qu'elle se fasse des idées, finalement, j'suis claqué, après ce voyage, moi...

Ouais...
Je dirais pas non pour un peau à peau vite fait...
Allez...
Pendant ce temps, je défais les valises... mais j'y vais mollo. En plus, au niveau classement de fringues, je suis pas au top.
On verra bien...

Lorsque Lily ressort de sa douche, elle est toute pimpante et fraîche comme si elle venait de se lever après une longue nuit de sommeil. Je l'attrape et la colle contre mon torse. Son contact fait réagir mon corps tout de suite.

Bordel, jamais je ne me lasserai de sa peau, de son odeur, de son contact.

Elle m'embrasse furtivement de la pointe des lèvres et j'attrape une joue pour la mordre.

— Tu as faim, bébé ? me susurre-t-elle d'un air espiègle.

Elle déconne, là ? Je n'ai pas faim, je suis devenu cannibale, là ! Je lui sors mon air coquin.

— J'ai le droit de prendre une douche moi aussi avant de partir ?

Elle lâche un petit rire.

— Tu peux attendre un peu ? Genre ce soir ? me propose-t-elle ?

Je fais la moue et une grimace. Je suis affamé. Je n'ai pas vu son corps depuis deux jours, et ce lit pile à côté de nous me donne des idées, sans parler de la salle de bain... enfin, bref. Je me comprends.

Je râle tout en m'approchant de son cou pour l'embrasser. En réalité, lui faire un suçon. Elle gémit et mon désir grimpe au-dessus de ce gratte-ciel. Lorsque je la lâche, je vois du désir dans ses pupilles, j'entends et je sens son souffle saccadé, mais elle n'en démord pas.

— Va pour une douche, mais tout seul. Moi aussi, j'attends depuis longtemps que... enfin, tu vois ?

Je secoue la tête. Non, je ne vois pas. Si on est sur la même longueur d'onde, pourquoi elle me fait languir ?

— Tu me rejoins sous la douche, alors ? lui proposé-je tout de même.

Elle pouffe et me signifie non de son majeur.

— J'attends ça aussi, mais ce n'est pas à ce *ça* que je pense !

D'accord. J'ai pigé. Ça doit encore être l'histoire de demande en mariage que je ne lui ai pas faite. Elle me rabâche sans cesse qu'elle est ma fiancée, genre pas encore officielle.

Mais ce ne sera pas pour aujourd'hui.

Je change de sujet.

— Tu sais où il est, le minifrigo ? Je vais boire un coup avant, j'ai la gorge sèche.

Mon ton est plus sec que je l'aurais voulu, mais là, je suis frustré. Ça fait deux jours qu'elle me balade alors qu'elle a autant envie de moi. J'aime pas trop l'idée qu'elle me punisse pour un truc qu'elle veut tout de suite, et que je ne peux pas lui donner tout de suite.

Pas encore.

Lily tire la gueule en voyant la mienne, m'apporte de l'eau, puis je me casse à mon tour sous la douche, après avoir avalé toute la bouteille.

Elle me dit que je dois me grouiller avant que la nuit ne tombe. Au fond, je sais qu'elle crève d'envie de commencer les visites de la ville, je ne peux pas lui en vouloir.

— Ouais, Lily, pas la peine de s'exciter, on n'est que l'aprèm, là !

Mais bon, elle m'active tellement, en tambourinant ensuite sur ma porte comme une timbrée pour que je me dépêche, que je mets les bouchées doubles en battant le record de la douche la plus rapide du monde. Lorsque je la rejoins, elle est assise sur le fauteuil et regarde les prospectus touristiques qu'elle a étalés sur la table. Je me fous derrière, me penche, entoure son cou avec mes deux bras et mordille le lobe de son oreille. Elle frissonne.

Mon objectif ? La faire chier de frustration elle aussi. Elle gémit, prend une de mes mains et la fait glisser sur un sein, dont le bout se dresse. Je le caresse pendant que ma langue déguste son cou délicatement. Elle tire sur mes mains pour que je vienne à elle, son souffle se saccade et c'est là que j'arrête pour lui proposer d'aller bouffer quelque part avant notre balade au milieu des gratte-ciel. Elle est emballée, mais ne cache pas sa frustration. Je viens poser mes fesses sur le fauteuil pile en face d'elle, un sourire en coin. Elle me lance un regard meurtrier, puis plisse les yeux avant de les lever au ciel.

Quelques secondes plus tard, elle se radoucit.

Elle a capté mon manège.

— Oui, si tu veux. Ah, j'ai oublié de te dire, pendant que tu étais sous la douche, je nous ai réservé deux billets pour le ferry pour Staten Island ! reprend-elle.

Je fais une moue approbatrice.

— Nickel ! Tu veux y aller quand ? lui demandé-je.

— Après-demain. J'ai vérifié le temps et ça ira. Le jour qu'il faut pour traverser Manhattan et avoir une vue en plein sur la statue de la Liberté ! Bon, on y *go* ?

Heureusement que cette sortie n'est pas dans ma *check-list*. Il faudra quand même que je lui dise que j'ai pris des entrées pour la *Wollman Rink*, l'une des plus belles patinoires du monde, juste après la visite nocturne des plus beaux sites de Manhattan et Brooklyn ! D'ici à ce qu'elle me réserve les places, il n'y a qu'un pas !

Bon, au pire, on ira deux fois... je vais pas faire la fine bouche !

Le temps que je ferme la porte, Lily est déjà dehors en train de me la jouer femme qui gueule sur son homme !

Elle est énergique, ma meuf ! Elle est si joyeuse, si excitée qu'elle me rend complètement dingue.

— C'est bon, Lily, on n'est pas aux pièces !

Elle passe devant moi et son parfum floral attire mes narines.

Et pas seulement.

Bordel, si elle continue, je vais la soulever et l'enfermer dans notre chambre pendant une heure.

Au moins.

— Si, si, justement ! Nous n'avons pas une minute à perdre ! reprend-elle.

Ça commence déjà... les meufs, faut toujours qu'on soit à leurs pieds !

Et moi, j'adore être l'esclave de la mienne, maso que je suis !

Perso, j'aime bien lorsqu'elle me malmène...

Bon, allez, j'arrête avec mes conneries...

On y va.

Chapitre 39 : le bonheur absolu
Lys

— Je ne savais pas que tu avais un appétit d'ogre ! dis-je à Félix.

— Ben, on ne peut pas se taper toutes ces bornes jusqu'ici et becter que des hamburgers ! Il y a tant de trucs comestibles à découvrir ! Et puis, à force de marcher, on dirait pas, mais on consomme. J'ai jamais autant gambadé de toute ma vie !

Félix et moi en sommes déjà à notre quatrième jour de séjour dans cette ville grandiose. J'envie les gens qui vivent ici. J'ai l'impression qu'ils profitent de tout ce qui existe, qu'ils ne s'arrêtent jamais de faire un millier de choses intéressantes ! Et puis, ils sont agréables, aimables, gentils. Ils me donnent l'impression que je suis l'une des leurs. Quelqu'un de leur famille.

Nous nous tenons dans un restaurant recommandé par notre guide touristique. La déco est sympa, il y a des tableaux sur les gratte-ciel de New York sur tous les murs peints en jaune. Les assises sont des banquettes rouges de vieilles voitures et les tables en aluminium. La musique diffuse un ancien tube d'Elvis Presley. J'adore.

Félix entame un autre mets, pendant que moi, je fais une pause en buvant mon énorme Coca zéro. En règle générale, ici, tout est démesuré !

— C'est bon, ton *lobster roll* ? lui demandé-je, curieuse.

— Vachement bon, tu devrais goûter, me répond-il après avoir avalé sa première bouchée.

— Pourtant, il paraît très simple à réaliser, ce sandwich : un pain à hot dog avec du homard dedans, le tout pour un prix imbattable ! lui révélé-je, fière de ma découverte.

Il lève un œil intéressé vers mon plat. Il dévore comme s'il n'avait pas mangé depuis des lustres.

En réalité, il fait grimper mon désir pour lui. Je le fais languir en refusant nos fusions. En fait, je fais semblant d'être lasse au point que mon énergie m'abandonne. Il me serre dans ses bras et n'insiste pas, nous laissant frustrés tous les deux.

Je me venge parce qu'il ne m'a toujours pas demandée en mariage ?

Exactement !

Bazar, je n'arriverai pas à me retenir longtemps. C'est dommage de gâcher trois nuits de suite. Sans parler des deux jours avant de prendre l'avion.

— Oui, t'as pas tort. Chez nous, le homard coûte la peau des fesses ! Et tes *ribs* ? Ils sont comment ?

C'était quoi, ma question ?

Ah oui, le homard !

— Oh, rien à voir avec ceux cuisinés chez nous ! Un goût succulent, lui réponds-je.

La saveur est tellement délicate et goûteuse que je ne peux m'empêcher de me lécher les doigts. Félix m'observe d'abord comme si j'étais moi-même un truc à dévorer, puis il plisse les yeux en me détaillant comme si j'étais sortie d'une autre planète. Il arrête de mastiquer.

Merde, j'espère que la nourriture qu'il absorbe ne remplace pas nos ébats !

— Oh, Lily, tu me fais honte, d'un coup ! Aurais-tu oublié tes bonnes manières de princesse ? me taquine-t-il.

Après que je me suis révoltée en plaisantant, nous dégustons nos plats lentement en en ressentant chaque saveur. Lorsque nous terminons notre repas, nous sommes repus. Néanmoins, quand la serveuse revient avec la carte des desserts, il nous est impossible de résister au délicieux *cheese-cake* et aux merveilleux *cupcakes*. Il faut dire que les photos sont très avantageuses ! Ici, tout est très *marketing* aussi !

— J'en peux plus, m'avoue Félix en s'adossant à la chaise, tout en me faisant signe qu'il ne souhaite plus rien.

— On fait un *deal* ?

Je lui propose de commander tout de même un dessert et de demander un *cheese-cake* à emporter que nous partagerons à l'occasion de notre goûter. Juste après notre balade à Central Park.

— Tu veux qu'on le bouffe sur un banc, comme les gens d'ici, c'est ça ? Ça risque de geler nos culs !

Je lui réponds avant d'éclater de rire :

— Oui !

Je me demande comment un homme que je connais finalement à peine peut me connaître à ce point et devancer toutes mes pensées !

Nous quittons le restaurant après avoir réglé la note. Il fait plutôt froid dehors, mais cela ne nous empêche pas d'apprécier chaque instant. Nous nous donnons la main et avec détermination, nous prenons la direction de Central Park.

Central Park nous émerveille. Comment se peut-il qu'il existe un havre de paix comme celui-ci, empli d'une flore et d'une faune aussi invraisemblables, d'une véritable forêt d'une beauté inoubliable, juste ici, au milieu d'une ville continuellement en mouvement ? Et pourtant si, cela existe. Juste là. Juste devant nos nez.

Félix me dit que ça ressemble à la forêt qui entoure la maison de sa grand-mère à quelques kilomètres de Besançon. Il me révèle qu'en plus, il s'est rendu compte que Fred connaissait son meilleur copain qui est parti trop vite.

Le monde est vraiment petit. Malgré son immensité.

Nous nous baladons, Félix et moi, au milieu de ce poumon de la ville, les doigts entrelacés, parmi d'autres promeneurs tranquilles. Central Park est plus qu'un parc, plus que tout ce que j'ai pu imaginer dans mon petit coin en France. Central Park est un vrai labyrinthe doté d'une superficie vraiment étonnante… un endroit pour se ressourcer, tout simplement.

Soudain, je me sens totalement apaisée et libérée de toutes mes émotions passées.

Je suis… LIBRE !
Plus rien ne me fait peur !

Je me détache de Félix pour tournoyer sur moi-même en levant mon visage vers le ciel, mes paumes de main gantées vers son immensité… et je dis merci, à tout le monde et à n'importe qui !

Je suis LIBRE !!!!
J'ai l'impression que plus rien ne peut m'arriver !
Que plus rien ne peut NOUS arriver !

Je m'arrête pour prendre les deux mains de Félix et nous nous lançons tous deux dans une course folle, sous les applaudissements des gens que nous dépassons.

New York est vraiment une ville pas comme les autres !
New York est la ville qui me fait revivre !

Une fois cette euphorie passée, il est presque seize heures. Nous prenons possession d'un banc pour notre goûter et faisons un *selfie* pour immortaliser ce moment.

Lui sera notre banc.

Félix a toujours autant d'appétit.
Moi, il grandit aussi, mais pour une tout autre raison.
Ce soir, je le veux nu, contre moi.

Il fait presque nuit lorsque nous visitons Times Square. Ce nouvel emblème nous laisse sans voix. Une tonne de lumière et de néons se mêlent juste au-dessus de nos têtes.
Félix s'arrête de marcher un instant et me force à faire de même.
— Regarde en l'air, m'ordonne-t-il.
Je m'exécute et j'ai la sensation que ma tête tourne sous l'effet de la lumière.
— Bizarre, hein ?
— Magnifique, tu veux dire !
Il m'enlace en collant son buste contre moi, ses bras autour de mon cou et nous restons tous les deux inertes, pris par la magie de la beauté de ce lieu.

Plus tard, nous dînons dans un petit restaurant italien. La salle est petite, environ soixante mètres carrés. Les tables sont disposées en rangées et ornées de nappes rouge et vert. La décoration est magnifique avec des murs crépis en blanc cassé et des tableaux représentant les monuments d'Italie. J'y remarque la tour de Pise, la cathédrale de Milan, les gondoles de Venise.
Pendant qu'un orchestre enchaîne des tarentelles, nous enfournons des pizzas immenses. Ensuite, deux serveurs nous apportent un tiramisu géant, sur lequel une bougie est plantée. Les autres clients applaudissent pendant que je souffle sur la bougie. Puis nous réalisons notre traditionnel *selfie* pour cette commémoration si spéciale.

Le ventre bien plein, nous rentrons à l'hôtel en taxi.
Je commence à ressentir la fatigue : ce sera tout pour aujourd'hui.
Félix le remarque et il ne me propose plus rien.
Mais il y a une chose que je veux faire.
Tant pis, je n'aurai pas ma demande en mariage.
Après tout, il m'a affecté le titre de fiancée, pourquoi officialiser tout cela tout de suite ?
Cela ne change rien à notre amour.

Une fois à l'hôtel, dans l'ascenseur, nos regards se croisent : inutile de parler, nos yeux s'en chargent pour nous. Ils étincellent, les siens me pénètrent au plus profond de mon âme et j'y lis un désir au régime depuis trop longtemps.

Pendant que la machine nous transporte vers notre étage, Félix saisit mon visage avec ses deux mains, puis le ramène vers le sien, pour me transporter vers un autre monde de délices. Sa bouche encore sucrée se rapproche de la mienne, pour s'éloigner au dernier moment vers mon cou. À chaque effleurement, je frémis, une émotion intense me gagne, jusqu'au bas-ventre. Je me laisse transporter dans la folie du désir qui me défie. Ses deux mains se déplacent doucement vers l'arrière de mon corps. Délicatement, elles me caressent en portant leur attention plus bas encore... jusqu'à la limite de ma chute de reins. Sa bouche dévore la mienne et m'aspire dans un tourbillon de folie. Je vibre. Tout mon être brûle. Mes vêtements me gênent... une vague de chaleur s'empare de moi... je me cambre...

J'ai besoin qu'il me déshabille...

J'ai besoin qu'il me prenne tout entière...

Je le veux.

Ici et maintenant... sans attendre...

Mais dans un sursaut raisonnable, au prix d'un effort presque insurmontable, Félix se reprend.

L'ascenseur s'arrête et un *good night* nous ramène à la réalité. Le liftier nous affiche un sourire espiègle et fait un clin d'œil à mon amoureux. Jusqu'à cet instant, il était invisible à nos yeux.

Nous nous esclaffons tous deux en chœur.

— On y va ? me chuchote Félix.

— *Yes* !

Dans le long couloir qui nous mène à notre chambre, nous courons tantôt en riant, tantôt en prononçant un *chut* pour ne pas réveiller les autres locataires. Lorsque nous parvenons à rejoindre notre porte, Félix sort la carte magnétique de sa poche pendant que je touche ses pectoraux et que je caresse ses fesses... il tente de l'introduire aussi vite qu'il le peut, sans vraiment y parvenir dans le délai attendu.

— Lily, tu m'aides pas, là... me dit-il d'une voix rauque.

— Ah... bon ? lui rétorqué-je malicieusement en poursuivant ce que j'ai initié.

— Oh putain, bébé, si tu savais à quel point j'ai envie de te bouffer !

Sa voix rauque me fait trembler et le sang bout dans mes veines à une vitesse folle.

La porte cède enfin et Félix m'entraîne à l'intérieur prestement. Dans le vestibule plongé dans la pénombre, il jette la carte et son sac sur le sol, puis il me plaque contre le mur du hall d'entrée tout en refermant la porte avec un coup de pied arrière. Il enfile ses doigts entre les miens et pose doucement mes bras sur le mur au-dessus de ma tête. Son souffle s'accélère et ses lèvres me dévorent littéralement, pendant que son bassin se colle au mien. Je sens son désir grimper de plus en plus fort et bordel, j'ai trop attendu, j'ai besoin de lui en moi, tout de suite !

Il lâche mes mains et fait glisser les siennes tout le long de mes bras, vers le bas...

Mes seins me parlent et me supplient, ma peau tout entière souhaite se coller à la sienne. D'un mouvement brusque, Félix me débarrasse de mon pull, puis, d'une main habile, me dégrafe mon soutien-gorge. Sa bouche experte parcourt ma poitrine, pendant que ses mains déboutonnent mon pantalon, qui s'échoue sur le sol. Je sens son souffle tiède sur mes seins. Son rythme cardiaque qui augmente d'intensité. Il déboutonne son pantalon. D'instinct, je le dévêtis à mon tour en glissant son bas jusqu'à ses chevilles, il se laisse faire et d'un coup de pied envoie balader le vêtement n'importe où dans la pièce. Puis il termine d'enlever son pull d'un mouvement efficace et rapide, laissant son torse magnifique à ma vue, son tatouage sur le bras qui remue en même temps que ses muscles en action. Enfin, mes lèvres rejoignent les siennes, ma langue s'enfonce dans sa bouche, provoquant en moi un frémissement.

Je l'attire vers moi encore un peu plus, d'un mouvement de ma main posée sur sa nuque. Il grogne en approfondissant notre baiser.

Maintenant, il exige que je m'accroche à lui : sans tarder, je m'exécute, puis il me soulève. Mes jambes s'enroulent autour de ses hanches d'instinct.

Il m'emporte sur notre lit, puis m'y dépose délicatement.

Je le regarde : ses yeux brillent. Son torse musclé, habitué aux durs travaux manuels, finit par me stimuler davantage. Il est sublime. Plus bas, son membre est déjà au garde-à-vous. Je mouille mes lèvres dans l'expectative de la suite.

Je laisse échapper un soupir pendant qu'il s'allonge sur moi, prenant la peine de faire tenir le poids de son corps sur ses coudes, tandis que ses mains tiennent ma tête au niveau de mes joues. Lorsqu'il me pénètre enfin, je souris et plante mes doigts dans ses fesses. Maintenant, nous ne sommes qu'un et bougeons à l'unisson. Ses mouvements deviennent plus intenses, plus rapides. Nos halètements envahissent la pièce, nos parfums se mêlent, les goûts des plats que nous avons avalés s'unissent.

Et tout est bon, fort, merveilleux.

Soudain, son pouce descend pour stimuler mon clitoris. Comme d'habitude, il ne lui faut pas longtemps pour me faire ressentir un plaisir puissant qui grimpe en moi.

Et nous explosons, dans une folie de feu d'artifice qui dure longtemps.

Lorsqu'il laisse échapper un grognement de satisfaction, je produis le mien en symbiose. Sa tête se loge dans mon cou, je sens son souffle reprendre un rythme normal, comme le mien. Mes mains caressent son dos, à l'endroit où se trouve son grand aigle.

Lui.

Il reste un instant sur moi, puis il roule sur le côté. Il prend ma main droite et autorise son pouce à caresser le mien. Je frémis, encore une fois.

Je me tourne sur le côté droit pour mieux le voir, les yeux brillants. Il tourne sa tête vers moi, puis me sourit.

Je pose la mienne au creux de son épaule et caresse mon nom au milieu de sa poitrine.

— J'adore lorsque tu me fais l'amour, lui chuchoté-je.

— On a joui tous les deux au même moment.

Évidemment, les références de l'homme qu'il est ne sont pas les mêmes que les miennes. Alors, je fais mine de bouder, puis je me redresse pour lui chatouiller le ventre. Il se tord de rire et me supplie d'arrêter.

— Putain, Lily, tu vas me faire dégueuler ma bouffe ! me dit-il en riant.

Mais comme je poursuis mon affaire, il se redresse et commence à se venger, puis à faire une ébauche de danse du ventre. Cette dernière démonstration me déclenche un fou rire qui s'étend jusqu'à lui.

— On aurait eu l'air fins, tous les deux ! me dit-il. Imagine : deux amants sont morts étouffés après s'être envoyés en l'air !

— Oh oui, très bête, en effet !

Il redevient sérieux et s'allonge à mes côtés, nous nous positionnons dans la position de la cuillère. Il caresse mon épaule doucement.

— T'as aimé ? J'étais un peu plus doux, ce soir, m'avoue-t-il.

Je me cale un peu plus contre son torse. Il resserre son étreinte et soupire.

— J'aime toujours avec toi, doux ou bestial, j'adore.

— J'ai cru que tu me repoussais. On n'a rien fait depuis cinq jours.

Son ton est rauque. Je lève un œil qu'il ne peut pas voir, et prends une forte inspiration. Je ne veux pas qu'il pense ça, mais je ne veux pas non plus lui donner ma raison.

— Tu es fou ! Pourquoi je ferais une chose pareille !

— Parce que... non, laisse tomber, je suis con.

Je lui fais face et son regard intense plonge dans le mien.

— Je t'interdis de dire ça de toi. Je t'aime, bébé, tu es mon fiancé et moi, je suis ta fiancée.

Bordel, s'il n'a pas compris après ça...

Il caresse ma joue de son pouce et son sourire s'élargit.

— J'ai capté, bébé.

D'accord, mais encore ?

Au lieu de me répondre, ses lèvres se posent sur les miennes et notre flamme se rallume en devenant du feu.

Lorsqu'il s'endort une heure plus tard, je me sens bien, mon corps à côté du sien. J'observe sa poitrine se soulever doucement, puis le recouvre avec la couverture, pendant que j'entends les sons de la rue d'un New York toujours en mouvement.

J'aimerais que ces moments ne se terminent jamais. Je suis tellement heureuse d'être là avec lui !

Si quelqu'un m'avait prédit il y a un an que je ferais le voyage que j'ai attendu toute ma vie, avec l'homme que j'ai attendu toute ma vie, je ne l'aurais pas cru.

Qui aurait imaginé que celui que j'ai suivi un jour sur le périph parisien deviendrait ma moitié ? Dans tous les cas, pas moi. Et pourtant.

Et pourtant, il est là, près de moi, ses jambes mêlées aux miennes, son souffle chaud dans mon cou, son bras droit autour de mon corps...

Moi, Félix, ma maladie, maintenant, c'est toi...

Chapitre 40 : le début
Félix

Ce matin, nous nous sommes amenés au mémorial du 11 septembre. À l'endroit où des gens ont clamsé dans un attentat. Un cancer… l'officiel, comme dirait Lily. Aujourd'hui, c'est un endroit de recueillement. En plus, c'est à s'en crever les mirettes tellement c'est tip top la classe. Deux bassins remplis d'eau se tapent une descente le long des murs : ces deux-là sont nés sur les empreintes des *Twin Towers*, les tours jumelles qui ont, elles aussi, claqué ce jour merdique. Lily ne voulait pas quitter New York sans s'y pointer. Et je lui ai dit oui, même si j'avais un peu la frousse que ce recueillement ne l'entraîne dans des pensées de merde en la ramenant au passé. Mais Lily reste forte, même si elle est prête à chialer comme un mioche.

Ça se comprend.

— Ces personnes n'ont pas eu de chance. Savaient-elles qu'elles allaient perdre la vie ?… Finalement, moi, j'ai eu plus de chance qu'elles, me déclare-t-elle tristement.

J'aime pas la voir comme ça, elle est à fendre l'âme, mais il faut dire que ce monument dégage une atmosphère zarbi, même s'il est tordant de beauté. Un carré central fait dégager l'eau, avec des arbres tout autour. L'eau et la nature. En gros, la vie, tout bêtement. Ce qui fait drôle aussi, ce sont tous ces noms gravés autour des bassins. Un hommage aux victimes. Une espèce de tombe virtuelle permettant aux familles des défunts de venir se recueillir sur ce lieu où les personnes qu'ils kiffent se sont fait péter la tronche. En regardant tout ça, on ne peut s'empêcher de penser à tous ceux qui ont cramé dans des attaques sauvages, partout dans le monde. Lily gamberge alors sur l'attentat du 13 novembre, à Paris, un attentat auquel l'une de ses copines a survécu de justesse. Juste parce qu'elle se tapait une grippe avec une fièvre à assommer un bœuf. Elle avait même fait la gueule à son paternel parce qu'une maladie est venue la faire chier ce jour-là pour l'empêcher d'aller voir le concert qu'elle attendait depuis longtemps. Dire qu'une grippe peut sauver quelqu'un d'un truc encore bien pire ! C'est dément.

Nous nous tirons enfin de cet endroit et Lily retrouve son humeur joyeuse. C'est alors que des flocons de neige commencent à nous assommer. Comme deux cons qui n'ont jamais vu la neige se casser la gueule sur les pavés de New York, on fout nos lunettes de soleil sur nos pifs et on zieute le ciel. Lily gesticule comme une timbrée et sautille sur place, juste pour écraser la neige qui tombe avec ses grosses godasses. Moi, je me marre : j'aime mieux qu'elle soit comme ça. En plus, je l'applaudis. Enfin, disons que je fais ce que je peux avec mes grosses moufles. Puis, quand elle m'a un peu trop soûlé, je l'arrache à son occupation.

Ouais, Lily, on a encore plein de trucs à faire et la neige, elle sera là jusqu'à ce que l'on se tire à Paris.

Elle me fait la moue, puis se laisse faire. Nos *boots* écrasent la neige qui s'étale sur les pavés et Lily fait des zigzags, pour choisir les coins qui auront la chance d'être boxés. Elle me fait pisser de rire, cette meuf ! Au bout d'un moment, on a un peu l'estomac qui gargouille, mais on n'a pas le temps pour une pause : Lily n'a pas trop envie. Donc, on trotte encore un peu jusqu'à ce que je me décide à choisir un autre moyen de transport. J'en ai marre de bourlinguer comme ça et puis on commence à se les geler : raison de plus. Je siffle un taxi, aucun ne fait gaffe. Arrêter un taxi jaune, c'est la pire galère qui soit. Mais il paraît qu'ici, c'est monnaie courante. Et de toute façon, maintenant, comme on a du bol, il y en aura bien un qui aura pitié de deux *Frenchies* complètement paumés...

Plus tard, notre taxi nous lâche devant *l'Empire State Building*, dans la Cinquième Avenue. On peut dire que c'est le deuxième symbole de la ville, après la statue de la Liberté. En tous cas, c'est Lily qui le dit. J'ai pas vérifié. Et puis après tout, si c'est pas vrai, qu'est-ce que ça peut foutre ?

Quand on arrive devant le bâtiment, on s'aperçoit qu'il est énorme. Sans que je le veuille, tous ces étages me font penser au film *King Kong*. Ce film m'a vraiment fichu les jetons lorsque j'étais petit. Et ça revient à ma mémoire.

— T'as vu, c'est haut, hein ? T'imagines la hauteur de King Kong ? Trois cent quatre-vingt-un mètres, c'est pas rien ! dis-je à Lily en déconnant.

— Et si nous montions plutôt tout en haut, au cent deuxième étage pour profiter de la vue panoramique sur toute la ville ? me propose-t-elle. Alors, on monte ?

Sans blague ! J'ai le vertige rien que d'y penser !
Mais...
Est-ce que je peux le lui refuser ?
Nan...

Comme elle a vu que j'étais un peu mal à l'aise, j'ai cru à un moment qu'elle voulait grimper à pied. Moi, j'arrive au cinquantième étage à tout casser et encore, en m'arrêtant de temps en temps. Lily m'enlève mon bonnet, me frotte les tifs et me décoiffe par la même occasion.

Bon, de toute façon, avec mon bonnet...
Elle me rassure.

— Mais non, gros bêta ! On prend l'ascenseur ! Je ne suis pas encore assez en forme !

Ce qui en clair veut dire que la prochaine fois, on utilisera nos panards !

Elle me prend la main, puis m'entraîne comme si on était à la bourre, jusqu'à un truc qui me va à merveille : un ascenseur. Une belle invention, je dois dire !

Qui me va bien.

Ouais, ça, je l'ai déjà dit, mais ça me va super bien, surtout dans cette ville !

J'ose même pas imaginer ce qui risque de se passer, en cas de *black-out*... Nan... vaux mieux pas y penser... quoique... ça pourrait être pas mal, si on restait coincés dedans... disons quelques minutes...

Putain, mais je suis devenu un obsédé depuis que je suis avec elle ou quoi ?

D'un coup, je m'arrête. Net. J'admire ce que je vois et je siffle : putain, y'a pas à dire, les Ricains font les choses bien. Je crois que je n'ai jamais vu une architecture pareille, ni des ascenseurs aussi classe. On grimpe dans la machine et une fois à l'intérieur, Lily me dit que certains couples se fiancent là-haut et il paraît aussi que sur simple demande, ils jouent leur chanson préférée pour l'occase de la demande en mariage. Enfin, sur simple résa avec des dollars sur la table, je suppose. J'ai pas pensé à vérifier. Je me gratte la tête avant de lui répondre. Faudrait pas être à côté de la plaque : je sais pas ce qu'elle pense dans sa tête, Lily... on n'a jamais parlé de... même si je sais ce qu'elle attend avec son truc de *je suis ta fiancée* qu'elle me martèle depuis longtemps.

— Ah bon ? C'est plutôt sympa comme idée, lui dis-je.
— Oui, c'est plutôt romantique, me répond-elle sèchement.
Ça la fout mal.
Merde !

Peut-être qu'elle pensait que je lui ferais ma demande ici, en haut du cent deuxième étage. Sauf, que c'est pas dans mes plans...

L'engin poursuit sa croisière avec nous dedans. Lily fait une sale tronche jusqu'à ce que, une fois en haut, elle aperçoive la vue. Là, elle change radicalement d'humeur et me saute au cou. Ça faisait longtemps qu'elle n'avait pas fait ce geste et que mon torticolis n'était pas revenu. Ensuite, on s'amuse comme des gamins qui voient pour la première fois un jouet fantastique. Puis la journée se déroule comme dans un TGV qui file sur les rails. On voit pas le temps passer.

Plus tard, j'annonce à Lily que nous allons passer notre dernière soirée dans un bus pour une visite de nuit, puis profiter d'une des meilleures patinoires de New York. Elle a pas vraiment l'air emballée.

— Tu avais l'embarras du choix, ce ne sont pas les patinoires qui manquent ici ! me fait-elle comme si ce que je lui offrais ne cassait pas des briques.

— Oui, mais c'est l'une des meilleures au monde ! lui répliqué-je en forçant mon enthousiasme.

— D'acc.

D'acc ? Après toutes les recherches que j'ai faites pour que notre dernière soirée soit à encadrer sur les murs ? J'ai passé des heures sur le *net* à chercher pour m'entendre dire un petit *d'acc* avec un ton un peu zarbi ? Pourquoi elle le prend de travers ?

Bon...

Je vais pas en faire un fromage non plus. Elle va se calmer...

On redescend et après avoir attendu des plombes que le bus arrive (à la limite de déposer plainte pour retard, ce qui, paraît-il, est très fréquent ici), on y prend place. Pas mal. Assez confortable. Comme prévu dans la doc que j'ai lue et surtout les promesses de l'agence de voyages !

Dans le bus, Lily boit du petit lait, elle kiffe chaque instant. Finalement, elle en pince pour ce que je nous ai réservé et ça me va bien. Elle me largue des vannes, me sort des devinettes. On voit la vie en rose. Puis, d'un coup, le vent tourne. C'est quoi cette manigance ? Elle se racle la gorge et m'annonce un truc que je n'attendais pas.

— Demain, lorsque nous rentrerons, tout redeviendra comme avant. Toi chez toi, moi chez moi. Le travail et tout le reste.

— Ouais, lui répliqué-je simplement.

Sérieux ? Je suis toutes les nuits dans son pieu ! Je me réveille avec elle !

Elle veut que je retourne chez moi ?

J'ai pas bien compris. Mais j'évite de me la ramener, elle n'est pas dans sa bonne minute.

Après un petit silence *de la mort qui tue*, comblé par la causette de notre guide, qui poursuit l'explication de notre visite tranquille, Lily me tend son carnet en me demandant de lire ce qu'elle y a pondu.

— Il faudra que j'adresse mes vœux aux gens de l'usine. Ils ont tous été très sympas avec moi tout au long de mon absence, avec leurs messages, leurs fleurs. Ils sont vraiment géniaux. Tiens, lis et dis-moi ce que tu en penses. En toute franchise.

À la lecture de ses lignes, mon gosier se serre. Les mots sont terribles, avec une sensibilité qui toucherait n'importe quel pingouin. Même quelqu'un avec un cœur de pierre. Je me les prends dans la gueule comme ça : paf ! Ils font ressortir toutes les émotions vécues à gogo ces derniers mois, qu'elle a besoin d'écrire pour tourner une page de sa vie. Définitivement, comme elle écrit. J'ai envie de chialer, pourtant, je résiste à fond. Elle le remarque.

— Arrête, si tu pleures, je vais m'y mettre aussi, me largue-t-elle en me donnant un coup de coude.

Je tente de faire diversion lorsque notre guide nous annonce l'arrivée à la patinoire *Wollman Rink*, située à *Central Park*. Lily me dit qu'on va se les geler. C'est pas faux. Mais bon, même si ça caille, on s'en fout, nous sommes bien emmitouflés dans nos manteaux, écharpes et *tutti quanti*.

Ce n'est pas un petit gel à la con qui va nous faire lâcher l'activité que j'ai prévue pour nous deux.

On pourra toujours se réchauffer au snack, avec un cacao tout chaud. Et puis c'est pas vraiment le moment. Le final m'a coûté bonbon. Un final à l'américaine.

Y'a qu'ici que je pouvais faire ça !

Dans une patinoire avec un fond romantique, des lumières scintillantes, comme aime Lily, comme dans le film *Love story* que kiffe ma maternelle.

— Zut, je n'ai pas apporté tes patins ! me fait-elle en portant une main devant sa bouche. Comme une gamine qui a peur d'être grondée.

— Pas grave, la location des patins est incluse dans le forfait visite de nuit en bus !

Ben ouais, j'ai tout prévu, moi ! Avec les meufs, on ne sait jamais. La preuve !

Après plusieurs essayages, Lily dégotte enfin la paire qui lui va comme un gant. Nous bataillons jusqu'à arriver sur la glace. Enfin, surtout moi, je ne sais pas vraiment bien patiner. Une fois dessus, on se laisse emporter par les autres, qui tournent déjà.

Nous glissons, main dans la main. On se sent bien. Finalement, je me démerde pas trop mal. Comme quoi, le patin, c'est comme le vélo, ça ne s'oublie pas.

La patinoire grouille de monde. On dirait des fourmis géantes qui tournent autour d'un pot sucré invisible sans s'arrêter. En plus, j'ai l'impression que tout le monde fait *sa life*.

Au fait, je me demande jusqu'à quand la zic sonnera ?

En réalité, je commence à avoir mal au bide. Pas longtemps, finalement, car le son de la zic diminue jusqu'à mettre les voiles. C'est là que les gens de la patinoire s'écartent de nous et rejoignent les bords.

C'est là que j'entre en action.

Je lis un point d'interrogation sur la binette de Lily.

Elle doit se demander pourquoi nous sommes le seul couple au milieu de cette patinoire géante, sans qu'on se bouge.

J'attends le top départ et fais signe à Lily de rester sur place. Ça y est : une lumière rose nous arrose. Nous sommes sous les projecteurs, *like des stars*, tandis que hôtesse me refourgue un micro. Lily est muette, la bouche grande ouverte. Elle doit se demander ce qui se passe. Alors, je me fais de la bile à fond. J'ai de nouveau mal au bide. Mais c'est pas le moment d'aller aux chiottes. D'ailleurs, je ne sais même pas où ils sont fourrés... ni s'il y en a...

Putain, ma main tremble et ce n'est pas à cause du froid ! Ensuite, j'ai chaud, je transpire. Voilà autre chose...

Tout le monde nous regarde, avec de beaux sourires qui marquent leurs lèvres. Lily aperçoit son visage et le mien sur un écran géant qui se tient juste devant nous. J'ai l'impression qu'elle veut lâcher un mot, mais que sa bouche n'est pas encore assez grande pour ça.

— C'est quoi, ce délire ? me demande-t-elle quand même.

Je prends une grande inspiration pour me dire à moi-même que j'en ai dans le froc et je me lance. Je pose un genou à terre, sors la bague de fiançailles de son écrin que j'avais dans ma poche, lui prends la main gauche et parle dans le micro. J'essaie de tenir en équilibre, ce qui avec mon genou qui se congèle n'est pas trop simple. Puis je lui déclare que je la demande en mariage. En anglais, comme dans les films de Hollywood. En tout cas, j'essaye.

— *Lily, I love you. Do you want to be my wife?*

Lily est plantée comme un piquet. Sa bouche reste bouclée. Elle dégage sa main de la mienne. Tout le monde se fout au point mort. Les sourires des personnes qui attendent de pouvoir reprendre leurs glissades fichent le camp.

Je pige que dalle.
Elle ne dit rien. *Nada.* J'ai l'impression qu'elle la trouve amère. Pourtant, j'avais juré que c'était ce qu'elle espérait lorsqu'elle m'a causé tout à l'heure quand nous étions dans l'Empire State Building. Lorsqu'elle me répétait sans cesse l'histoire de fiancée !
Et moi, putain, je la veux pour la vie, officiellement.
Bon, peut-être qu'elle n'a pas bien pigé ma phrase vu que je l'ai sortie en anglais. Sans en démordre, je fais une nouvelle tentative. En récitant une prière par la même occasion. Ça faisait longtemps...

— Lily, veux-tu que je devienne ton mec pour la vie ?

Elle reste toujours plantée là, comme un pommier dans un champ. Même ses yeux ne clignent plus. Alors là, du coup, je suis à court d'idées.

Dis-moi quelque chose, Lily. J'sais pas, un truc, n'importe quoi ! Ne me laisse pas comme ça, devant tous ces gens que je connais même pas, sans rien me dire. Si c'est trop tôt, je comprendrai, Lily, mais please, *dis-moi quelque chose... parce que là, je sens que j'ai le cœur qui se décroche...*

Chapitre 41 : le début
Lys

Je sais que je devrais dire quelque chose, mais je n'y parviens pas. Sa proposition est si soudaine et inattendue... et puis, il m'a coupé l'herbe sous le pied. Je voulais lui faire ma demande ce soir, au restaurant. Je désirais lui jouer un romantisme digne d'un film de Hollywood : le serveur lui aurait servi un gâteau dans lequel ma bague serait cachée.
Parce qu'en réalité, il a tellement traîné que j'ai décidé de prendre les devants !
Et voilà que Félix choisit de me faire sa demande devant une tonne d'inconnus ! Ici et maintenant ! Si cela se trouve, il a même prévu une retransmission en direct sur une chaîne américaine ! Seulement, il m'est impossible de rejeter sa demande, puis de lui faire la mienne ce soir. Ce serait plus qu'inconvenant...
Et... il pourrait refuser...
Et là... ce serait idiot.
Vraiment.

Pendant que je réfléchis, tout se fige. Même la jolie hôtesse blonde emmitouflée dans son manteau de velours noir dans l'expectative de la moindre réaction de ma part ne comprend pas si elle doit reprendre le micro des mains de Félix. Je remarque ses signes d'encouragement... des signes qui souhaitent mon approbation...
Mais...
Tout se brouille dans ma tête...
Suis-je certaine que c'est lui, l'homme de ma vie ?
Mais...
Quels sont ces doutes nouveaux qui m'assaillent ?
N'est-ce pas ce que j'attendais ?

Ma gorge se serre, mon corps emprisonne une émotion naissante qui ne demande qu'à s'échapper de moi.
Ma respiration devient difficile, je me relâche...
C'est tellement, tellement...
Je l'aime !
Peu importe qui fait sa demande en premier !
Mon attitude est complètement absurde !
Je décide de lui dire « OUI ».

Je remarque le visage de Félix se décrisper au moment même où des larmes perlent sur mon visage, des larmes qui apparaissent en zoom sur l'écran géant, pendant que le public prononce un « oh ! » langoureux.

Car je me souviens.
Oui, je me souviens.
De l'amour qu'il me porte.
De l'amour que je lui porte.
De tout ce qu'il m'a donné pendant que j'étais mal en point.

L'amour, c'est ça.
Être là lorsque l'autre en a besoin.
Car être là lorsque tout va pour le mieux, c'est facile.
Nous, on a tout : l'attirance physique, la complicité, l'alchimie sexuelle, l'amour, la passion. TOUT.

Félix n'a pas choisi la facilité.
Il aurait pu choisir l'autre pétasse de l'usine. La blonde qui n'arrêtait pas de le charmer.
Non. Il a fait un autre choix : moi.
Il a choisi d'accompagner une fille atteinte d'une grave maladie, par amour : car son amour pour moi est plus fort que tout. Il me le démontre à chaque instant depuis, même lorsque mes caprices sont plus forts que moi et l'importunent.
Félix était là pour moi, alors que nous ne nous connaissions que depuis quelques semaines.

Au bout d'un instant, mon interrupteur s'allume, car en réalité, je ne suis pas triste, non. Je pleure de joie. Je lui crie mon amour devant tous ces inconnus qui finalement nous acclament comme si nous étions deux célébrités qui figureront demain dans un magazine *people*.
C'est lui que j'attendais.
Depuis toujours.
— *Yes, yes, yes !!!!* lui dis-je en m'accroupissant pour l'enlacer.

Emportés par mon élan, Félix et moi tombons à la renverse sur la glace. L'hôtesse vient voir si tout va bien et si nous n'avons rien de cassé.
Non, nous n'avons rien. Juste un brin de folie qui nous est coutumier !

Je m'excuse de l'avoir fait attendre en l'embrassant partout. Félix sourit en me suppliant de le laisser respirer. Oui, ce serait vraiment stupide de l'étouffer en public !

— Tu ne fais vraiment rien comme les autres, hein ? me demande-t-il.

— Euh… nan ! fais-je.

Je retire mon gant et il enfile ma bague. Je rhabille ma main après avoir admiré le solitaire en diamant qu'il vient de m'offrir.

— Oh, Félix, je l'adore !

— Putain, bébé, je t'aime comme un dingue !

— Oh, moi aussi, je t'aime tellement ! Et je deviens officiellement ta fiancée !

Je lui fais un clin d'œil et embrasse ses lèvres glacées pour les réchauffer pendant quelques minutes.

On se relève et des tonnerres d'applaudissements se font entendre. C'est magique.

Pour eux, il s'agit d'un conte de fées qui s'achève. Du style : ils vécurent heureux et eurent beaucoup d'enfants.

Pour nous, c'est une nouvelle vie qui commence : à deux, ici et maintenant, mais pour toujours.

Félix remet le micro à l'hôtesse, qui émet un soupir de soulagement. Ce geste signe la fin de l'évènement qui a tenu en haleine tous les patineurs, qui reprennent immédiatement leur route.

Félix me ramène à lui en m'étreignant très fort.

— Putain, tu m'as fait peur ! J'ai cru que tu allais me dire non, m'avoue-t-il.

— Tu as vraiment cru que je ne voulais pas de toi ?

— Oh, des fois que tu trouves un joli Ricain pour me remplacer…

— T'es bête, toi. Personne ne pourra jamais te remplacer dans mon cœur, lui fais-je en l'étreignant. Mais moi aussi, j'ai une surprise pour toi.

— Ne me dis rien, tu as réservé une nuit en Alaska ? me demande-t-il d'un air soupçonneux, mais ironique.

— Non. Mieux que ça ! lui réponds-je avec malice tout en suscitant son intérêt.

Il ne se doute de rien jusqu'au dîner. Un dîner pendant lequel Félix ne trouve aucune bague dans le gâteau, mais un dîner après lequel nous allons nous marier (et après lequel je lui donnerai tout de même ma bague de fiançailles : tant pis si nous en portons deux !).

J'ai exigé de lui qu'il porte un smoking, tandis que moi, je revêts une robe de cocktail. Je ne voulais pas qu'il se doute de quelque chose si j'arborais une robe blanche du genre *robe de mariée*.

À la sortie du restaurant, une limousine nous attend pour nous emmener à l'endroit où nous allons nous dire oui pour la vie. Félix ne comprend pas mon empressement, mais au fond de lui-même, il s'attend à tout de ma part. Je ne peux pas m'empêcher de vérifier son état de stress.

— Tu as peur ? lui demandé-je.

— Moi, non. Je me demande juste où cette limousine nous emmène, c'est tout. Mais je me doute bien qu'il s'agit d'une soirée de gala ou un truc dans le style, vu que je suis sapé comme un dieu ! me dit-il en riant de plus belle.

— Et moi ? Tu me trouves comment ?

— Tu veux la vérité ?

— Oui, toute la vérité, rien que la vérité, je le jure ! lui dis-je en levant mon bras droit pour simuler un serment.

— On dirait Ken et Barbie ! Il ne manque plus de la chirurgie plastique et on leur ressemble comme deux gouttes d'eau !

Il s'esclaffe.

— Nous sommes à New York, Félix, tout est à la hauteur de la ville ! Alors, Ken, es-tu prêt pour passer la plus inoubliable soirée de ta vie ?

— Purée, Barbie, là, tu m'inquiètes ! me rétorque-t-il, sincèrement troublé.

Au bout de quelques minutes, la limousine s'arrête devant *l'Empire States Building*. La portière s'ouvre et notre chauffeur nous invite à sortir de notre carrosse. Félix m'adresse un clin d'œil : aurait-il compris ?

Nous sommes accueillis par notre *marriage minister* : quelqu'un qui possède l'agrément pour nous marier et qui nous a concocté notre mariage sur mesure.

Je crois que Félix vient de comprendre, manifestement. Il s'approche de moi et me souffle à l'oreille un mot, un seul mot dont je me souviendrai toute ma vie et qu'il reproduira un peu plus tard dans la soirée…

— Coquine…

Nous prenons l'ascenseur tous les trois. L'excitation atteint une extase que je n'ai jamais vécue. J'ai hâte de voir la tête de Félix lorsque l'idée qui germe dans sa tête actuellement se concrétisera. Enfin, j'espère qu'il s'agit de la même que la mienne !

Oui, puisqu'il m'a demandé ma main, se marier aujourd'hui ou demain, quelle différence ?

Autant profiter d'un cadre idyllique !

Les portes de l'ascenseur s'ouvrent enfin. Félix marque un temps d'arrêt, puis poursuit sa route avec moi. Notre *marriage minister* ne cesse de nous regarder comme si nous étions le plus beau couple au monde. Elle me remet mon bouquet de fleurs de lys et de roses mêlées.

Un panneau géant en bois nous accueille : Bienvenue au mariage de Lily et Félix.

Félix m'offre un baiser rapide sur la joue et serre encore un peu plus nos doigts entrelacés.

Puis il nous invite à nous approcher de l'autel qui a été installé en un temps record. Un arc orné de fleurs de lys qui se mêlent à des roses. Sur une table à notre droite, un arbre à vœux où sont suspendus des petits mots, que nous ouvrirons après la cérémonie.

Le sol est fait en marbre, le plafond blanc est lumineux, les lustres en cristal sont allumés pour l'occasion.

Des fauteuils en velours rouge à gauche et à droite du couloir qui mène à l'autel n'attendent que les invités surprise.

Une décoration qui brille de mille feux. Tout ici est fantasmagorique. Cela me paraît tellement irréel !

Félix me fixe intensément lorsqu'il entend jouer notre chanson.

Je suis venu te dire que je m'en vais *de Serge Gainsbourg.*

Bon, ouais, mais elle nous plaît, c'est l'essentiel.

Des larmes de joies apparaissent sur mes joues, sur les siennes. Soudain, sa mère surgit, puis mes parents et enfin Lilou et Fred, nos deux témoins. Ils sont appareillés comme jamais. Eux en costume identique à celui de mon futur époux et les filles en robe moulante rose.

Oui, Barbies et Kens... j'ai suivi ma folie jusqu'au bout !

Les femmes, plus sensibles que les hommes (en tous cas sur la face visible de l'iceberg), sèchent déjà quelques larmes qui se sont aventurées avant d'y être autorisées.

Félix est ému. Il pleure.

— C'est con, Lily. Je ne chiale pas, d'hab.

Je craque à mon tour.

— Arrête de chialer, Lily, sinon ça va pas le faire. Et en plus, ton maquillage va être abîmé... me conseille-t-il.

Je lance un clin d'œil mouillé à Félix. Je lui dis que j'adore lorsqu'un homme laisse apparaître son âme sensible. Cela démontre qu'il éprouve lui aussi des sentiments.

Notre *marriage minister* nous tend des mouchoirs (qui sont prévus dans le prix) : cela nous fait rire.

J'ai fait venir mes parents, Lilou et la mère de Félix il y a une semaine et j'avoue que cela a été très dur de leur parler au téléphone à l'insu de Félix.

Mon idée m'est venue d'un coup. Un soir. Je me suis dit qu'il fallait que je fonce. Que je lui déclare ma flamme officiellement.
À quoi bon attendre et perdre du temps ?
Moi, je n'ai plus de temps à perdre.
Qui peut dire où nous serons demain ?
Personne.
D'autant plus qu'il était un peu long à la détente !

J'embrasse Lilou et Fred. Ce dernier m'affirme qu'il n'a pas eu peur de l'avion malgré ses angoisses. Enfin, je pense qu'il doit le bénéfice de cela aux calmants qu'il a avalés dans l'appareil...

Je joue le jeu des retrouvailles, en indiquant à Félix la nouvelle fonction de nos deux amis.

— Félix, je te présente nos témoins : Lilou et Fred.
— Sans blague ! Tu m'étonnes ! me répond-il.

Il embrasse Lilou, puis empoigne fermement le bras droit de Fred avant de lui faire une accolade dont il se souviendra toute sa vie.

— T'es vraiment la dernière personne que j'aurais cru voir ici ! T'es vraiment monté dans un avion ? J'y crois pas. Tu m'épates, lui dit Félix.

— Bah... tu sais que vous deux, vous êtes vraiment des potes ! J'pouvais manquer votre mariage pour rien au monde ! Et puis, tu le sais peut-être pas, mais j'ai déjà fait un saut en parachute, à Courcelles, dans le Doubs, près de mon chez-moi ! réplique Fred.

Ensuite, Félix me fixe. Intensément.

— Là, tu as fait fort, Lily. Organiser tout ça. Faire venir tout ce beau monde. J'ai qu'un truc encore à dire : wouah ! me dit-il.

— Que veux-tu, je ne suis pas une *working girl* pour rien !

Après avoir résisté aux émotions qui nous accablent, nous nous effondrons dans les bras de nos parents.

Curieux, Félix interroge mon père :

— Je suppose qu'elle a également négocié la lune de miel à New York cet été ? lui demande-t-il.

— Ah non, cette fois, ce sera Los Angeles ! me dit-il. Il fait beaucoup plus chaud là-bas, en ce moment.

— Ah, parce qu'on part en lune de miel tout de suite ? Et nos billets de retour ? se renseigne Félix.

Mon père lui offre une tape dans le dos.

— Eh bien, Lys me les a donnés et j'ai tout arrangé. Alors, profitez-en bien, car je vous attends fidèle au poste dans vingt et un jours très exactement !

— J'ai flippé lorsque je ne trouvais pas mon passeport pour la licence de mariage ! lui avoue Félix en éclatant de rire. Je n'ai même pas osé le dire à Lily lorsque je m'en suis aperçu !

Mon père empoigne la main droite de Félix, puis lui assène une tape dans le dos.

— Je vous la confie. Sachez qu'elle n'est pas toujours facile à vivre ! lui dit-il en éclatant de rire.

— Merci du cadeau ! lui répond Félix avec humour.

L'instant des retrouvailles passé, la cérémonie a lieu. Notre *marriage minister* nous a même dégotté quelqu'un qui nous a fait les serments en français !

Nous nous sommes mariés et une fois n'est pas coutume, nous avons passé les cinq jours suivants avec nos parents et nos témoins.

Le dernier soir avant notre départ pour la Californie, Félix et moi admirons la vue depuis la fenêtre de notre hôtel.

New York est magnifique.

L'aboutissement de notre rêve à tous les deux.

Maintenant, à nous de jouer.

À nous deux de vivre.

Le mieux que l'on peut.

Sans plus rien se cacher et en étant simplement là l'un pour l'autre.

Félix tient mon visage entre ses mains.

Je pose mes mains sur les siennes.
Son souffle est proche du mien.
J'ai l'impression qu'il va me faire une confidence.
Mais il me dit une chose très simple.
Belle.
Une chose que je souhaite entendre chaque jour de notre vie.
— Je t'aime, Lily. Tu es ce qui m'est arrivé de plus beau dans ma vie.
— Moi aussi, je te kiffe, Félix. Tu es l'homme le plus formidable de la Terre…

Nous admirons le coucher de soleil d'hiver dans un New York toujours en ébullition. À travers la vitre de la fenêtre de notre hôtel.
Ouverte sur le monde.
Sur un monde en mouvement constant.

Avant de nous coucher, je lui fais lire les vœux que j'adresse au personnel de l'usine, avec la dernière phrase qui donne de nos nouvelles à tous les deux.
Un scoop qui fera parler de nous encore un temps.
Ou pas…
Mais on s'en fiche.
Je clos une partie de ma vie ici et j'entame la deuxième partie de ma vie avec Félix.
Ici.
Dans une ville qui vit toujours, même la nuit, qui jamais ne s'éteindra, à l'image de notre amour éternel.

Félix sourit en voyant mon *nota bene* rajouté à la fin de mes vœux :
Au fait, chose essentielle : je me suis mariée avec Félix. Suis-je heureuse ? Question idiote ! Bien sûr que je le suis ! JE suis TRÈS heureuse. Lys Mayer.

Félix et moi restons collés l'un à l'autre, pendant que je clique sur « envoi ».

Et… voilà. Grâce à ce geste, un simple doigt sur une touche, tout termine et tout recommence.
Enfin.

Le courriel est parti et avec lui, un nouveau chapitre de NOTRE livre s'ouvre.

ÉPILOGUE
Lily et Félix M : un seul

Lily et Félix se sont envolés tous les deux pour Los Angeles pour quinze jours de dépaysement total.

Une nouvelle contrée, encore, pour savourer le *California dream*, comme dirait Félix.

Pour éloigner les derniers tracas de ces derniers mois, surtout.

Pour visiter la deuxième plus grande agglomération après New York, selon Lily.

Et pour fêter leur union !

Lorsqu'ils se sont rendus à Hollywood, ils ont rencontré des étoiles du cinéma. Un monde irréel. Un monde qui paraît tellement loin de celui qu'ils ont connu il y a de cela quelque temps.

Le rêve, c'est le mot qui au premier abord leur est venu à l'esprit à tous les deux. Le climat inégalable de Los Angeles y a été pour beaucoup, son étalement urbain faisant en sorte que son centre-ville soit en réalité extensible à l'infini.

La ville des anges les a accueillis à bras ouverts.

À aucun moment ils n'ont pensé aux risques de tremblement de terre ou autres joyeusetés que la nature pourrait leur faire découvrir.

Ils ont juste pensé à en profiter au maximum.

— *Tu sais que d'après de nombreuses croyances, nous aurions tous un ange gardien qui nous protège constamment ? a dit Lily à Félix.*

— *J'y crois. Je lui cause tout le temps. Je pense qu'il faut le remercier de nous protéger comme ça, lui a répondu Félix.*

Lorsqu'un être a vécu tout ce que Lily a vécu, lorsqu'un couple résiste à une telle épreuve et s'en sort indemne, il est peut-être envisageable de penser qu'une force divine l'a accompagné. Ou alors que tous deux ont eu une force exemplaire, une force de réaction portée par leur rage de vivre augmentée de l'amour qu'ils se portent.

Car oui, il s'agit d'amour de la vie, d'amour de l'être qui vous accompagne ou que vous accompagnez.

Il s'agit de votre entourage qui est là lorsque vous en avez besoin, qui vous aide à combattre les démons qui peuvent s'abattre sur vous à chaque instant.

Car oui, malgré la résistance qui ne l'a jamais quittée tout au long de son enfer, Lily a parfois fléchi.

L'envie de tout arrêter l'a parfois effleurée, pour laisser courir le temps jusqu'à l'arrivée de sa dernière heure.

Parce que Lily est humaine avant tout.

Ainsi, la peur de s'éteindre était également dans son monde. Même si, lorsqu'un compagnon de chimio lui avait révélé que la mort ne lui faisait pas peur, elle lui avait rétorqué qu'elle non plus n'avait pas peur de mourir, mais qu'elle avait tout de même envie de vivre pour connaître l'amour de Félix.

Normalement.

Comme n'importe quelle femme.

Qu'ils venaient juste de se rencontrer et que le destin n'aurait certainement pas provoqué cette rencontre si elle ne servait à rien.

Et que s'il n'y avait pas eu Félix, elle n'aurait peut-être pas eu cette volonté de vaincre.

Demain, lorsqu'ils rentreront en France, ils reprendront le cours de leur vie. Lys reprendra sa place à l'usine de son père avec Félix. Demain, ils emménageront ensemble et partageront leur quotidien. Les joies, les peines, les déceptions, le bonheur, le malheur... Demain, ils garderont en lumière tout ce qu'ils ont vécu pendant leur voyage, regarderont les photos qu'ils ont réalisées, se rappelleront tout.

Plus tard, Lilou demandera à Lys si elle n'a pas peur de l'épée de Damoclès qui risque de tomber sur sa tête à n'importe quel moment. Lys lui répondra que tout le monde risque de voir cette épée lui tomber sur la tête, à n'importe quel moment et lorsqu'il s'y attend le moins. Et que le remède à suivre, c'est simplement de vivre chaque instant de sa vie comme une chance.

De ne pas penser à ce risque.

De savourer chaque moment en compagnie des gens que l'on aime.

Car l'important, c'est de vivre sans penser à ce qui pourrait se passer le lendemain.

Admirer chaque petite chose qu'offre la vie.

Fêter son anniversaire chaque année comme une chance.

Accueillir sa première ride comme un don de Dieu.

Sans attacher d'importance à des choses futiles.

En faisant ce qui nous fait envie.
Ne pas attendre qu'un malheur s'abatte pour se rendre compte de la richesse qui nous entoure... des gens que l'on aime...

Vivre !!
Aimer !

Donc,

Ne pas s'emmerder avec des pacotilles.
Parce qu'avec la santé et la mort, on ne rigole pas.
Parce que pour tout le reste, il existe des solutions.

Et enfin : c'est tout.

NB : Enfin, non ! Pas tout à fait !
Lily a mis au monde des jumeaux cinq ans plus tard, et a pris la direction de l'usine de son père, qui a levé le pied.
Félix a choisi de replonger dans la médecine en ouvrant son cabinet médical pour faire ce qu'il fait le mieux : soigner les gens.
Et leurs deux petits monstres leur font voir la vie de toutes les couleurs ! Heureusement que les grands-mères sont là pour les prendre en charge de temps en temps.
La maman de Félix a retrouvé l'amour en rencontrant un confrère de son fils.
Parfois, le hasard fait bien les choses.
Et,
Lily et Félix n'ont jamais été aussi heureux.

BONUS !

Livre de Lys, extrait du chapitre : il s'appelle Félix

Hier, je n'étais rien. Juste une minuscule poussière qui cherchait l'endroit où se poser. Comme si je souhaitais envahir un endroit bien à moi, qui ne connaîtrait personne d'autre.

Hier, je croyais aux fées et aux lutins. Je vivais dans un conte où tout n'était que magie et dans lequel tout coulait de source. Ma vie, néanmoins insipide, me paraissait tellement simple ! Mon foyer était celui à l'intérieur duquel j'ai toujours vécu, depuis que j'ai demandé asile dans l'utérus de ma mère. Un antre dans lequel jamais aucune source de difficulté n'osait venir à ma rencontre. En dépit du fait qu'à mon âge, d'autres auraient déjà pris le large, pour une aventure loin de la chaleur sécurisante qu'offrent leurs géniteurs. Moi, j'attendais que mon prince charmant m'emporte dans notre château. Ce prince qui déjà était à ma porte depuis longtemps. Celui sans qui la poussière des fées n'était qu'un mirage. Celui avec qui je risquerais de m'aventurer ailleurs que dans mon chez-moi. Dans un palais rien qu'à moi, rien qu'à nous. Jusqu'à ce que la mort nous sépare...

Et puis, tu m'es apparu, comme une oasis miraculeuse dans un désert aride dans lequel je cherchais à me rafraîchir désespérément, inconsciemment. Tu n'étais pas de mon monde : un indigène venant d'une autre tribu. Moi, petite gamine, vivant encore dans les jupes de mes parents à mon âge, par simple commodité... toi, grand gamin, s'étant rapproché de l'ombre maternelle par nécessité... notre rencontre, dans un territoire neutre. À l'abri des regards. Seuls parmi tant de monde.

Ton premier regard, je ne l'oublierai jamais. Une apparition, dans le brouillard du périphérique parisien. Ce regard qui m'a poursuivie par la suite, jusqu'à ce que je le capte à nouveau. Comme par miracle.

Ensuite, des nuits d'insomnie se sont succédé, des nuits à me morfondre de toi, en inspectant chaque recoin de mon esprit pour tenter de te reconnaître. Ma fenêtre grande ouverte, j'admirais la lune et la suppliais de me communiquer le chemin jusqu'à toi. Pourtant, mon prince charmant était censé être celui de mon conte, et cette seule pensée torturait ma conscience. Seulement, c'est toi que je voyais, à chaque fois que je fermais les yeux, à chaque fois que quelqu'un m'appelait, à chaque fois qu'un inconnu se tournait sur

mon passage. Même lorsque celui qui était censé être mon prince était allongé à mes côtés...
Toi.
Toi que j'ai reconnu tout de suite, ce premier jour à l'usine, lorsque tes yeux se sont enfin posés sur moi.
Toi qui occupais alors toutes mes pensées, même les plus osées et indécentes.
Toi qui me procurais toutes ces souffrances. Celles de ne pas t'avoir auprès de moi.
Toi qui ne me sembles pas être inconnu.
Juste toi.
Toi qu'il me semble si familier, comme si nous nous étions déjà rencontrés, avions déjà appris à nous connaître.

Il y a des personnes comme ça, que l'on croit connaître depuis toujours, qui nous font un immense bien avec un petit rien.
Avec un sourire.
Avec un regard.
Avec un mot.
Avec un geste.

Avec un petit rien, tu me rends heureuse, un bonheur immense qui m'emplit depuis la première seconde où nos regards se sont croisés.
Sans le savoir.
Comme ça.
Pour rien.
Bêtement.

Maintenant, j'attends que tu te déclares à moi.

Maintenant, tu overbookes tous mes rêves qui bientôt ne me suffiront plus.

Je t'imagine tel un Robin des Bois m'enlevant de force à celui dont je suis la promise.
Chaque nuit, je t'attends avec impatience, pour te prouver virtuellement mon amour. Je perçois tes mains rugueuses sur ma peau fine. Je respire ton parfum à pleines narines pour me rassasier de toi. Je soupire lorsque enfin tu me savoures. Je te réponds avec ardeur.

Mon désir de toi est si violent que j'en ai mal. Mais il me permet de tenir, jusqu'à ce que je vienne à ta rencontre au petit matin, aux yeux de tous, l'air de rien... en espérant que tu m'accordes encore un peu plus d'attention.

Cette nuit, j'ai parlé aux fées, pour qu'elles exaucent mon vœu le plus sincère.
Le dernier avant que je ne les quitte pour toujours. Avant que je ne laisse mes légendes et mes contes d'enfant s'enterrer à tout jamais.

Mes mots ne suffisent plus, mes songes non plus.
Ma vie a perdu tout son sens.

Je t'aime à n'en plus finir, je t'aime à en mourir.
Je puise dans l'immensité de mon âme pour ne pas défaillir.

Je veux être à toi,
Et je veux que tu sois à moi.

Car je le sais, notre deuxième rencontre n'est pas le fruit d'un hasard.
Comme une évidence.
Comme un tatouage dans mon cœur, une empreinte indélébile.

Et si je suis complètement insensée, je ne veux pas me réveiller.

Je t'attendrai, Félix, ou je provoquerai notre troisième rencontre,
Je chercherai puis trouverai comment m'y prendre.
Parce que nos destins sont liés à perpétuité,
Parce que toi, tu es ma moitié.

Parce que je suis malade de toi...

Petit mot de Félix pour Lily,

Je sais que tu vas me trouver con, ou alors, avec un peu de chance, un mec du genre romantique, mais je m'en tape comme de l'an quarante, car je crois qu'au fond, t'en pinces pour moi aussi... et pas qu'un peu... d'après ce que j'ai pu voir...

Donc,
Voilà,
Un brin de poème que j'ai pondu pour toi.

Titre : ma meuf à moi

Lily,

Il paraît que tu es la fille de ma vie,
C'est mon petit doigt qui me l'a dit,
Le jour où tu balançais tes tifs comme une malade,
Le jour où à Paris, tu faisais une balade.
Jusqu'à la fin, j'espérais en secret que tu m'attrapes,
Mais finalement, Tobie m'a fait passer à la trappe !

Tu m'as tué...
Avec tes beaux yeux qui flinguent,
Tes yeux langoureux qui me rendent dingue.
Et tout le reste que je devine aussi,
Que je n'ose pas écrire ici.

Qui aurait cru qu'on se retrouverait un jour ?
Parfois, la vie est vachement drôle, mais là, je suis pour !
Maintenant, t'es la fille qui m'embrouille l'esprit,
La meuf qui va me faire changer de vie...

Je ne songe qu'à me soûler,
De ton odeur suave à tomber,
Alors, je te déclare ma flamme
Avec ces mots sortant direct de mon âme.

Je veux respirer tes lèvres,
Humer ton corps en fièvre,
Plonger dans l'océan de ton toi,
Prolonger mon désir dans ta loi.

J'ai l'air d'un dur comme ça,
Mais au fond, je suis un tendre, n'en doute pas.

Je veux te faire l'amour jusqu'à n'en plus finir,
Et ce jusqu'à notre dernier soupir...

Je veux être toi,
Et je veux que tu sois moi.
Je serai toujours là à tes côtés,
Jusqu'à ce que tu me jettes comme un vulgaire papier...

NB : ce poème est top secret... entre toi et moi... je veux pas qu'un truc comme ça s'ébruite... et entre parenthèses, je suis un type collant, t'arriveras jamais à te débarrasser de moi... lol comme tu dis...

Félix... ton félin... grrr
Malade de toi

Mot des gens de l'usine pour lys

T'es vraiment une meuf qui a non seulement la classe, mais en plus, les couilles qui vont avec ! On l'a su dès que t'es rentrée la première fois dans l'usine. On a été tristes de savoir qu'une merde avait réussi à te toucher. Mais on savait que tu allais lui péter la gueule bien comme il faut !
Lys, t'es trop géniale et on est trop contents que tu sois sortie d'affaire. Alors, s'te plaît, remets-toi vite et reviens vite nous botter les fesses, on en a vraiment besoin !
On te kiffe trop.

Les gars de l'usine H.

Blague de Fred à Lily :
C'est une blague pour les blondes, mais je n'ai rien contre les blondes.

Une blonde dit à une autre : T'as vu que le Nouvel An tombait un vendredi, cette année ?
L'autre blonde lui répond : Ouais, j'espère juste que ça tombe pas un vendredi 13 !

Ouais, bon, elle est bonne, mais elle ne fait pas le ménage...
Eh, Lily, t'as compris au moins ? (Aujourd'hui, ça ne la fait pas marrer, ma blague...)

Qui moi ? Moi, maintenant, je suis Lys, au boulot, maintenant !

Fred, t'as dit quoi à ma femme ?
(De quoi je me mêle ? Je l'ai pas sonné, Félix !)

Et voilà, Lily est revenue... et elle nous fait bosser, encore plus qu'avant !
Félix, lui, en plus d'être chef, c'est un homme responsable, maintenant.
Respect.
Mais bon, ça doit être les hormones pour Lily, Félix et elles attendent une bonne nouvelle pour le début de l'année prochaine. Juste pour le cinquième anniversaire de leur voyage à New York et de leur mariage.
On est trop contents pour eux ! Même si ça promet pour la suite ! (Félix veut s'occuper de son accouchement en tant que toubib et elle veut pas, elle dit qu'il est trop étouffant... tu m'étonnes !). Bref, ils sont comme d'hab, quoi !

Objet : Vœux.

Bonjour à tous,

Aujourd'hui, je vous écris à visage découvert, comme un être humain que je suis.
En ce début de nouvelle année, que puis-je vous dire ? Que je me porte bien. Que je suis arrivée au bout de mon traitement et que j'ai hâte d'enfin retrouver ma vie véritable. Et vous, vous en faites partie.

Il y a un an maintenant, après l'annonce fatidique, après avoir éprouvé un instant de faiblesse pendant quelques secondes, seule, devant mon piano, la rage de vaincre est venue à moi, comme une évidence. J'ai ravalé mes larmes, puis revêtu mon habit de guerrière. Sans connaître l'état de gravité de ma maladie. Sans savoir ce qui m'attendait.

Une guerre à mener face à un ennemi invisible, sournois, traître : le cancer. Un attentat qui se prépare dans un corps pour le prendre par surprise. Comme l'officiel, il laisse des blessés, des morts et des rescapés... Moi, j'ai eu la chance d'être dans la dernière catégorie. Ce jour-là, je me suis fixé un objectif : le plus ambitieux de toute ma vie.

Puis, après avoir déjeuné, je me suis rendue comme d'habitude au bureau. Un jour spécial, un jour où j'ai annoncé à mes proches que j'étais malade : moi qui depuis toujours suis en parfaite santé !

Il me restait l'organisation de mon départ avant de mettre « tout » entre parenthèses, sans en avoir le choix, par la force des choses.

Ces derniers mois, j'ai vécu des instants difficiles, terribles, indescriptibles, heureux aussi... mais je ne retiendrai que le meilleur : mes rencontres, mes découvertes et redécouvertes d'êtres exceptionnels de tout mon entourage, proche ou non : familial, médical, amical, professionnel, artistique, qui tous m'ont aidé à surmonter cette épreuve, chacun à sa manière. Je penserai à la maladie, pour le bon pronostic qu'elle m'a offert malgré tout. Au traitement qui a exterminé mon envahisseur. Au système de santé français, à l'Assurance Maladie, qui m'ont permis une rapide prise en charge qui a contribué à ma guérison. À moi, qui ai eu une force d'instinct de survie.

L'an dernier, j'ai appris la valeur de la vie.

Alors, que puis-je vous souhaiter pour cette nouvelle année qui démarre ?

Simplement ce que je me souhaite à moi-même : la santé. Car si vous la conservez, potentiellement, vous aurez tous les atouts pour essayer de transformer vos désirs en réalité.

Et aussi, j'ai une pensée toute particulière pour certains d'entre vous qui avez souffert de cette maladie du siècle, pour certains de vos proches qui ont vécu ou vivent ce fléau.

Peut-être même qu'un jour, il sera possible de dire : « J'ai un cancer, docteur ? Ouf ! À un moment, je pensais que c'était plus grave que ça ! »

Et enfin : c'est tout.

Je terminerai mon miniroman en vous disant que lorsque je reviendrai parmi vous, j'aurai tourné la page. Définitivement.

Car une deuxième vie commence pour moi. La meilleure partie de mon livre. Celle que je croquerai à pleines dents. Comme jamais.

Très bonne nouvelle année à vous tous, et surtout, que la santé soit avec vous.

Lily Mayer.

FIN
(Qui n'est qu'un début)

Site internet Eva Baldaras
https://www.evabaldaras.com

Suivez-moi sur les réseaux sociaux !